柳宗宣丛书 | 言论集

语词居住的山冈

一个人的语词生涯

柳宗宣 著

华中师范大学出版社

本书由江汉大学武汉语言文化中心资助出版

新出图证(鄂)字 10 号

图书在版编目(CIP)数据

语词居住的山冈:一个人的语词生涯/柳宗宣著.—武汉:华中师范大学出版社,2019.12

ISBN 978-7-5622-8943-2

Ⅰ.①语…　Ⅱ.①柳…　Ⅲ.①随笔—作品集—中国—当代　Ⅳ.①I267.1

中国版本图书馆 CIP 数据核字(2020)第 017870 号

语词居住的山冈:一个人的语词生涯

©柳宗宣　著

责任编辑:汪伟亚　陈良军　**责任校对**:罗　艺　**封面设计**:罗明波

编 辑 室:第一分社　**电　　话**:027－67867317

出版发行:华中师范大学出版社有限责任公司

社　　址:湖北省武汉市洪山区珞喻路 152 号　**邮　　编**:430079

电　　话:027－67861549(发行部)　027－67861321(邮购)

传　　真:027－67863291

网　　址:http://press.ccnu.edu.cn　**电子信箱**:press@mail.ccnu.edu.cn

字　　数:398 千字

印　　刷:武汉邮科印务有限公司　**督　　印**:刘　敏

开　　本:710mm×960mm　1/16　**印　　张**:26.75

版　　次:2020 年 11 月第 1 版　**印　　次**:2020 年 11 月第 1 次印刷

定　　价:80.00 元

欢迎上网查询、购书

目　录

语词

1 你生活的一切是为写作准备的。在作品中显现出它的端倪。你的作品和你的生活经历有某种类似，可以被视为个人生活的不完全的翻译。或者说，你的经历会转化成词语。

2 在地安门那间有书柜的租房，你躺在地上的一张凉席上，想着这一生就是一个行为艺术；把自己的经历转换成一个行为作品。

3 在诗集封底写下这样的自白：a．考察一首诗，它的来由或发生学，似乎与诗人历经的情境有关。一首诗的切入点可能来自诗人面对存在的最初震颤。或者说，诗的写作，即用词语再现那个最初的震颤。b．可能要把成百上千的事综合在一起才能创造出一首诗。c．如果可以，我愿意把这本诗集取名为“自传的写法”。

4 你总是把自己的生活与写作跟诗人哲学家们相比照。他们的存在提升了你生命与写作的品位。他们的写作是其精神历程的一部分。用雅斯贝尔斯的话说，他的哲学是通过他的生活而成长的。

5 忠实于你对事物的亲历状态，没有人代替另一个人去体验去传达，无可重复；每个写作者有自己的出发点和目的地，像一条河有自己的源头与指向的目的。一个诗人要创造自己的经历。

6 人就是他自己造就的。萨特强调处境是自由的产物，自由赋予处境以意义，而不是处境决定人的选择。他和波夫娃在写作的同时也在塑造自己，把生活变成作品。萨特曾对波伏娃这样建议，你为什么不把自己写进作品。

7 你尝试在语言与经验的边界展开诗与思。作品中的一些素材，无非是你过去的人生。写作本身对你而言是自我塑造，通过写作，将其人生转化为一个用以承载某种价值、特立独行的文学形象；作品描述和呈现自身经验或发生在想象中的一些具体事件，趋近或达到对事物本质的领悟；诗本身就是高强度的能量结构，其诗性能量传送给可能的读者。

8 传统哲学只关注心（心灵和精神）而排斥身体。对身体的研究成为这个世纪的新领域。梅洛·庞蒂把身体作为现象学分析的起点。作为物体的身体，身体的体验、身体的空间性、身体的性别。作为表达和言语的身体，我们的身体与万物交织。我们变成他人，我们变成世界。主体和客体的交织，我的身体和他人的身体的交织，身体与自然的交织。写作就是一种交织，回归到“世界之肉”。

9 在三联书店咖啡厅听刘索拉讲座《音乐的倾向》。她说我们身体中音乐之门被关闭，我们的身体与音乐有隔阂，它就在我们的身体。她在现场要大家用身体发出声音，要我们参与音乐。音乐是从我们指甲缝隙里流出来的。

10 写作时，你觉得自己正在向内移动，通过自身，再现过去生活的记忆经验，捕获那逝去的人事与时光。与此同时，你想向外移动，朝向正在行进的当下，怕因了写作遗失或中断那稍纵即逝的一刻。你是那样贪恋，要把两种生活紧紧抓住。或者说，写作的快感让你更加热爱流逝着的日常生活。

11 写作的年龄和你的实际年龄相差很大。27 岁开始的写作，使你不断地要往前挺进。你还年轻，还有许多词语的时光去经历，词语的生命远未完成。你在日记中这样写道：写作的黄金时代还未到来。

12 他每日来到电脑跟前坐上几分钟，想让自己静下来，看能否写点什么。他说写作能让人安稳，让生命下沉。我们的写作类似于一条船的压舱物；没有什么实用，但能让那条船不漂浮起来。

13 与马永波去中央美院见另一个诗人。他所在的美学院在乱糟糟的马路边，潦草得让人觉得是倒闭的工厂。我想到我们为什么要写作他的诗歌。福楼拜说过，他的小说是一块岩石，紧紧抓住它，免得掉进周围世界的漩涡之中——这是我们灵魂的保健术。

14 克尔凯戈尔的写作是从日记开始的。日记是他作品不可分割的伴生物。倾向于作品展现具体个人存在的情态，试图身体力行地实践他的写作。他用日记来追问存在，赋予时间以深度。

15 职业对写作的隐形伤害。在一个传统文学媒体待久了，发现耗损的不仅是自己的身心，严重的是它对诗歌造成渗透性伤害。拥有物质财富也是一个写作者要警惕的，一个诗人需要适度的穷困；他要游离于众多的束缚之外，完成自己的一无所有；他拥有属于自己的时间，慵懒的心境，或对世界的某种疏离。

16 强烈感觉自己生命中重要的作品还没有完成。你的生命在不断地新生，但是你的肉体经过了那么多岁月，在经历它的衰老；肉身与精神冲突着，剧烈地分裂你的意识。

17 思想的兴奋此时占据了身心。想到在那个围墙内所遭遇的多年的压抑或自己的屈从，是写作让你从那里超脱，游离了它们。一个写作者就是如此，活下来然后坚持自己的游离。

18 电脑突然出现故障。你的复写也不能呈现之前的文字，你努力再现那神迹一般的词语和灵韵的句子，但它出现的是另一糟糕的面容。那消失的是唯一语词。

19 诗的节奏要有变奏，不可为了表现情绪而忽视语言的自主性。把注意力放到句子的运作中来。诗不是表达情感，而是如何呈现诗境；提防对外部现实的仿写。诗写作其实是对现实进行移置、裁剪、充满暗示的缩略、扩展、魔魅化的过程。抒情诗的现象学使语言出现幽灵般的非现实。要知道真实的不是世界而是词语。或者说，现实仅仅存在于语言之中。

20 英国诗人拉金说过，诗是一件明智的如实看事物的事。他们相信实实在在的常识，热爱细节，关心真实的而非乍看起来真实的事物。在具体表达中，带有现象学分析、描述的特征，文本呈现出贴近地面的描述，放弃激情的彰显和抽象虚无的思辨，钟情于明察与呈现。诗不是表现，它是呈现。

21 拉金想着如何使他的诗像小说一样耐读，与保存当代人的日常经验。在他看来“当代”意味着“真实”，他认为每首诗必须是它自己单独新造的宇宙，所以他不信仰“传统”（不过他找到了哈代这个传统），他不想让诗成为一个公共神话的储集物，现代派的引文用典。他在意的是写本地的个人的经验，不至于让的诗间接成为他人文本的附属品。当代题材，真实的具体的时间、地点、人事呈现在诗中。拉金处理题材的大胆与诚实成为运动派诗歌吸引人的地方——成为我们当代诗写作的某种“传统”。

22 写作《一个摄影师冬日的漫游》，是在找到虚拟的“摄影师”这一叙述主体之后才动笔的。用七八张文稿纸拼在一起前后观看着写。第一次驾驭这么长的诗，小心地比照、前后呼应，令其相互生长推进。一则则片断是长诗的某个元素。其中的故事、事件、不同的场景描述和独白，共同构成一首完整的作品。

23 一首诗的背后宜有个人生活事件影子的隐现，这吻合当代诗倾向新感性的主旨。在对“物事的陈述”方面，当代诗不像既往的诗歌处理抽象的宏大主题，而是对发生在个人生活中的小事件的书写，即便最后指向另一个玄妙的维度，不可言说的诗性空间，但它的起点仍来自可感可触的诗性场景及物事，这让当代诗获得了自身的肌质和张力。

24 哈代、拉金的诗歌中的诗性是可以触摸的。如前者的《你最后一次乘车》，处理的时空充盈着意象与事象，或者说它既具象也抽象；后者的代表作《上教堂》，强化诗的叙事，一个清晰事件在诗中历历可观，诗的现场感毕现，诗的层次多维。这样的当代诗歌回避了象征主义诗的空幻与晦暗之限囿，也逃离现代主义诗歌某种诗学方面的专制，拓展了当代诗对心理现实的表现力和诗性能量辐射的疆域。

25 特德·贝里根致力于一种谈话的诗歌：有肌肤的温度和现场感；这不同于艾略特诗中的艰涩的智性构成。

26 “不要想，而要看。”维特根斯坦的观点给诗人以多重启发。以陈述代替抒情，以细节替换意象。诗的肌理和质感在直观多重的叙述中呈现，从意境到情境，触及现代诗真正的进展。情境诗拓展诗歌的包容力，对当代诗的构成提出新的要求；诗中时空的重叠交叉，在强化的叙事中彰显。

27 R.S.托马斯的诗中将他隐居过的山村人事转入他诗中的词语。他的诗背靠着威尔士北部的一个小山村，所以他的诗坚固不朽。不过，R.S.托马斯写作的也不是我们同时代人所写的乡土诗，他是一个传教士，有着开阔眼光，诗中的乡村只是为诗提供背景或场景，更多的是他与隐身的上帝的对话。

28 成为一个行吟诗人吧，一生写作流变的生命之诗。诗人是一个行者，肩负天赋的责任，背负一个隐秘的愿望行走在大地之上；同时他也是一个固执的语言炼金术士，隐身在一间屋子，不停地打磨诗艺。

29 在波兰导演基耶斯洛夫斯基电影的观看中，你听到了存在主义的回声。

30 柯尔维尔的绘画迷住了我。他的新写实的绘画有着无时不在的神奇。他的绘画呈现根植于他心灵中的题材，他提出的是一些基本的问题：我是谁？我们干什么？那个“游泳者”在海中几乎分辨不出，一个孤单的主体形象。画面弥散的是寂寞、隔绝的非现实因素。

31 艺术各门类是同步逼向前沿阵地的：诗、绘画、音乐、电影、雕塑。现代感就是在各门艺术的沟通与呼应之间建立和形成其共有的书写场域。

32 20世纪九十年代以来汉诗出现了浓厚的叙事性。叙事作为对事境的分析与再现，为诗歌赋予了“肉感”或新的感性。可以说，你的诗即对话诗，动人的是呈现于诗中的语调，与友人说话的亲切语调。用巴赫金的话来说，语调不是由发言的客观内容来决定的，也不是由叙述者的经验来决定的，而是由叙述者与他倾诉的对象的关系来决定的。《棉花的香气》一诗的语调柔软深情，面对两个女人的倾诉（一个近在身旁，一个远在天边），诗中荡漾出来的语调可谓深情多姿。

33 诗中的对话除了指诗歌语境在努力寻求和事境中的同一性，也对事境进行观看与理解，通过事境的叙写，并依恃对话，不再轻易在诗中设置天堂一类的虚构空间。把音量降低下来，回到现象事境的理解与观看；试图深层次地诠释时代、生活与个人存在的处境。诗境和读者在对话中相互交换生活与理解；这样八十年代诗歌的抒情一跃为九十年代诗歌空间中浓厚的叙事，叙事是对事境的分析性的行为，也给诗歌赋予“肉感”或新的感性。

34 斯蒂文斯一次开会见到弗罗斯特，对后者说：你的诗太拘泥于事。后者反唇相讥：你的诗太凌空蹈虚。大师相见，分外眼“毒”，彼此将对方的局限点出来。在我看来，斯蒂文斯是出世，是离和隔，思考形而上，发掘自我意识与语言奥妙；弗罗斯特则是入世，融而不隔，带着一种感同身受和旁观者的眼光看人与事。

35 布罗茨基在解读弗罗斯特时，曾说弗罗斯特的诗大都是对话，都是交谈；有时是独白，一个人与自己争吵。诗文本与之对话的人仅仅是一个替身。弗罗斯特的对话因素使其作品的结构呈现出多重建构和复杂的音域。

36 20世纪九十年代的诗歌（当代诗）是“偏离诗歌的诗歌”。对现代诗出现的主体性的幻觉导致自我过度沉溺，当代诗则纠正了这个偏执。当代诗对待现实的态度也发生了变化，对文本现实与文本外的泛文本意义上的相互指涉的现实进行自觉分离，而文本的现实写作者理解的现实，包含了知识、激情、经验、观察与想象。对历史语境束缚的提防，将创作主体从对自我过度的关注中摆脱出来，把创作主体看成处在一个由历史、他人、世界诸事物组成的关联网络；当代诗人书写当下晦暗，迎向当代生活，对当代历史进行持续的凝视，而非因现代生活无力和绝望转身离去。这种对现代性的溢出与偏移，使当代诗建立起同现实可靠、谦逊的关系。

37 当代诗的话语空间从公共话语空间转向诗人个体的日常生活领域。这受到胡塞尔提出的回归“日常的生活世界”的影响，对抗近代以来对人的忽视，把人的活动及世界，化约为外在于个人的、与人无关的、可计算的、本质既定的科学主义思维，可能的出路即回到前反思的生活世界中。几乎同时，维特根斯坦也发现日常生活的语言的本真性，确立自己“把字词从形而上学的用法带到日常用法中来”。日常生活中个体作用的重要性给显现出来；从宏大的一元话语转到个体私人话语，诗人们在日常生活领域开始关注主体自身的“自我观看”，超越以往与外部世界受控与反受控的二元对抗模式，诗歌试图在习得的个人话语空间发声。从无所不能的大而空的观照世界转入个人的细微的真实个人空间的讲述，开始个人生命的独特叙事，对大词对圣词的自觉抵制，面向个人生存的特殊处境和深度经验的开掘与呈现。这是当代诗的一个大的变身或语言转型。

38 美国新诗的运动从惠特曼和狄金开启，到以后庞德倡导的意象派的原则；艾略特的诗的象征手法的强调；奥尔森的黑山派诗歌的强调能量；以金斯伯格为代表的垮掉派强调的自动写作；罗威尔倡导的自白派诗对个人私密生活在语言中的利用；勃莱和赖特发起的新超现实主义对潜意识的探索，这些异域诗歌的实践通过译介在中国新诗的写作中产生了不可忽视的移植式影响。

39 美国现代诗歌的理论与实践，强调诗歌语言的“能呈现”，基本倾向是反浪漫主义、反象征，如庞德—威廉斯—奥尔森一脉相承的传统，皆是用对物象的临即性代替浪漫主义的繁复和象征的替代暗示。庞德就说，不要把意象当成装饰，意象本身就是语言。形象语言可以直接表现事物。庞德还列举汉字直接的表现能力：诗歌语言所表现的意象是物象本身，是具体经验的融合，而不是神秘理念的载体。

40 一切伟大文本的字里行间包含潜在的翻译的可能。在本雅明看来，把波德莱尔翻译为德语，德语本身也被它所翻译的法语诗歌篇章所改变。

41 在江汉油田一个单元楼里和诗友宇龙谈论诗的语言。他打了一个比方，自行车的链条在运行的时候是一环紧扣一环的，充满了张力。

42 稍有写作经历的人在没有找到一个好的切入点之前是不会轻易动笔的。这似乎是一个重要的进入诗创作的动因。有了好的切入角度，一首诗在写作者看来“被看见了”。诗的情感就是能被身体感知的客观化的空间，也是可以“被看见”的。一个写作者要做的工作是呈现，把那首可能的诗构造出来。

43 诗的生成中写作者的身体性因素几乎是一首诗的生成起因。注重诗生发的最初的情感震颤，写作者的身体的参与。没有最初这个身体的出场，诗的呈现可能就是一个疑问。

44 当代诗的语感是让人着迷的东西，它是写作者生命气息的外显。每首诗又有着不同的语感且不可重复，这和诗人生命当下情态相关联。艾伦·金斯堡和他的精神父亲——惠特曼的作品让人感受到扑面而来的生命气息，阅读能触摸到一个不可见但可感的气场，这大部分来自诗的语感的作用，即内在乐句的呈现。本雅明说过艺术品呈现出来的灵韵，在你理解中来自语言的内在节奏散溢出来罩在诗中的一层薄薄光晕，创作主体与词语节奏相互生发出来的气息。我们读诗或分辨诗的真伪往往是听诗，视听它内在的光晕和声音。

45 艾伦·金斯堡死前二天都在写诗。像他一样，一直写到死。

46 每隔一段时间打开《草叶集》，好像突然面对海洋，波涛般的音乐流动就如同大海演奏狂放的乐章；面对大海般的惠特曼，能感觉到他在呼吸，作为一个人的肉体和灵魂在呼喊，他从不伪装；能感觉到他那慷慨大度的心灵品性，即他所倡导的“亲和性”。他为我们开创出一种健壮而无所畏惧的诗歌。

47 惠特曼的诗歌就是他个人的传记。在文学作品中不仅注入了他的坚毅和傲慢，也注入了他的肉体和形体，不加修饰，不计模式，不顾廉耻和法规，只顾自己的存在和经验。用他的话说，他是一个不讲礼貌、不懂规矩，是个从人民中出来的粗孩子。不是复制品，是在美国长大的一句土语。

48 一个写作者要寻找自己的传统，把写作纳入传统之中，与前辈们建立私密的传承关系。博尔赫斯将自己的诗创作限定在惠特曼和瓦雷里之间；博尔赫斯在对不同路数的两个诗人承继中找到切合自己的写作方式。如他所说，“事实上每一个作家创造了他自己的先驱者”。你似乎找到与己呼吸和血液相连的诗人：惠特曼、弗洛斯特、金斯伯格、拉金、毕肖普和西尼。

49 对金斯堡这群作家、诗人的阅读唤醒了自己生活的激情，解除了精神上的束缚与桎梏。曾在草稿本上学习金斯堡写铿锵有力的长句子，像他那样运用剪切的场景和句子，像俳句那样组合并列，注意口语和语感的引入；重要的是他帮助你走出传统的矫饰，在生活与写作中实施反叛，寻找语词生命的可能性。

50 西默斯·西尼的出生地木斯浜几乎是他创作的源泉。乡村生活的经历一直密封在我们的记忆中，成了共同创作的源泉。希尼对故乡或童年生活的记忆在诗中呈现更多自我，而非简明朴素的素描，他的诗里头有结构，有多重的意味存在，当然还有对语言的惊奇。

51 希尼说没有比写得快更让他喜欢的了。是这样的，写得快的作品往往写得不坏。那是因为他得到神助。

52 他的诗里引入细节，注重对物象的观察，具体的描述中有时来点超现实与玄思，诗中有不同的元素在诗句穿插、游移、运动与呼吸。用他的话说：在词语内部要启开一个小小的门，希尼在细致与微妙方面走向了极致。《期中假期》悼念弟弟的诗，用叙事结构来传达情感。《薄荷》让我想到早年的拙作《阳台上的植物》。《夜间开车》《水獭》《安娜莪瑞什》等诗中的具象和语音之美，隐藏于诗行的空隙与底层。他倾尽才情与语言活力完成精品短诗。纪念母亲的《出空》一诗构成方式符合我这些年对诗的想法与实践：对一首诗写作原动力的看重。诗写作不是一门手艺，并不是学到技巧就能炮制出来的，它来自某种深层的冲动，深层的灵感。

53 写作《母亲之歌》。你面对的是直观的事物和词语，注重呈现，放弃急切的表达；你指向词、细节和空白，而非言说。克制着自己的感情，注意的是场景、词和词、空间与空间的拼叠；关注的是建构它在呈现中的结构；放弃先入为主的观念，看重诗的瞬间生成；词语中涌现的场景是非现实所经历的场景，相似但非复制，它们在词语中发生了，就像一个梦。

54 读完某首诗，有的读者会说，这不是一首诗，它就是一则散文，但从它不分节的外形到内部类似散文的叙事和隐喻的设置而言它确实是诗。废名说过：只要有诗的内容，诗文该怎样做就怎样做，不怕旁人说我们不是诗了。朱自清谈到诗与文的分界时说，散文中有时有诗，诗中有时也有散文。散文化的诗才有爱学爱读的人。诗人臧棣进一步发挥了这一话题：流行的文学观念没有领悟有关诗歌“散文化”的巨大秘密，流行的看法是“散文化”是新诗的大忌。臧棣申明，“散文化”是新诗的大计，是新诗在其语言实践中必须经历的审美洗礼。

55 素在信中提及《棉花的香气》。说这首诗中有着纯棉的时尚；身体中荒蛮的力量；书卷里透出的草莽气。我想了想，大概是这样的。

56 维特根斯坦以为伟大的艺术里都有一头驯服了的野兽；把人的原始冲动为其艺术的低音部分，它是使音乐旋律获得深度和力量的东西。我愿我诗歌里面有空旷之地的原始和野蛮，能生长出野菊、刺槐之类的植物。

57 穿过一个个隧洞，高铁不得不慢下来。你回返山中，绿色山峰从车窗外贴面耸立。忽然想到维特根斯坦札记中的片段：词语也是行动。

58 用了几十个小时读完维特根斯坦六十年写下的笔记（他的生命与哲学沉思）——这是不对等的阅读甚至是极不礼貌的。

59 贴近泥土的泉源。你的身体就是源头所在。你不停地回到这里。你在以身心探寻。山脚荒莽间，你发现了自身的佛性。

60 语言是自持的神秘之物。它是传统的承载物或沉淀物，类似于原型，接纳或负载个人的气息，我们可以用它来塑像。对语言的效力或研习须朝向对它的双向回归。这要有双重的诚实：生命体验的诚实和对语言的忠诚。后者要求你面对词本身，更多地去占有词，词与词的构成与关联。对节奏的把握，句式的变化与灵动，各种技艺的占有，多样丰富的文体，或接受想象力的考验，洞悉它的敞开与遮蔽以及语言的不及物性与词的自我生成等特性，这些对语言的洞悉决定了你的写作非照相式的也非表现主义式的。

61 是否晚了些，到了近年才理解波德莱尔的价值与意义。他的一生在学习遣词造句中度过，他描述他之所见。他的诗特有的城市气质，巴黎第一次成为他抒情诗的题材。他用审美的现代性来对抗传统和他身处资本时代的文明。用艾略特的话说，他是我们现代诗人的楧范。写作《蔚蓝苍穹》时，你和他的灵魂似有交通，触摸到这个来自异国的幽灵。你从中年虚弱怀乡和所谓爱情诗章的抒写中醒来，转向对所在现代都市的观看与书写。

62 写作《汉口火车站》时，鲍迪·勃伦的歌声在书房里喊叫。你则在电脑荧屏通过一个个词在叫喊。他饱经沧桑的演唱可以说融入了诗的气韵，他的歌声惟妙地契合了此诗的完成，为你的写作加入朴素的内心激情和音调。——“你住在哪里——在汉口火车站＼汽笛长鸣，我已从自己的身体启程＼骨头咣当作响，心气蓬勃离开这里——”

63 提防写作中出现的温情——它会妨碍你抵达刻骨的语言的真相。

64 用了几十年来写作你的燕子诗；似乎用一生也无法完成你的野菊诗。昨夜，梦里又出现了故乡田野沟渠边茅草丛间野生的菊花，这是你与生俱来的命中的意象，你试图改写或完成它。

65 一个人的才华指数关联他和自己泉源沟通的程度。这要求创作者蜕掉自身非本质的表面附加物；那个回应外部世界、文化压力和指令下发展起来的屈服于内在本质的自我，他的灵魂（自性），或赫拉克利特所说的“宇宙精神”。一个创作者与之沟通，回归自己的始源。完成这个自我的转化，创作会获得无限活力及创造力，在自我询问中创造新奇品，他的创意会从源泉逼现出来。

66 故乡，这是你用汉字抚摸过的地方。在此，你受到了最初的教育，获得了乡土的启示；你是它的暂居者，而田野稳定地存在。

67 昨夜想到一个句子：和陶渊明相遇的十个地址。写了几十年的诗，最后发现它是你人生修为的承载形式；修行到什么程度，诗的境界会随之相配衬。陶潜的伟大在他一生的身体力行。

68 弘一法师关于出家的文字没有任何议论或评说，这些都在他安静的内敛的叙述中给过滤掉了。但你分明感觉他出家时归属佛陀的欢喜。

69 维特根斯坦谈及如何处理生活中出现的疑难问题。他说，你的生活与生活的模式不相适应。因此，你必须改变你的生活——“要改变你的语言，你必须改变你的生活”，沃尔科特在诗中这样坦言。生活方式的改变似乎语言的更新。至少，选择一种生活方式，意味抵达写作的某种可能性。

70 语言是人类存在的外显，与其个体或人类的生命情态相连。如同法国诗人蓬热所说的，艺术品就像蜗牛的甲壳，“既是生命的一部分，又是艺术品纪念碑”。蜗牛用它的唾液成就其甲壳；诗人用其身处的语言折射他在世的方式，成就其时间与空间中延续的艺术品。

71 小津电影中的克制艺术——静观的视角。那种被动的态度。艺术家的低摄影：限制他的视角，为的是看到更多；限定他的世界，图求的是超出这个限定。小津电影的形式其实是诗的形式，打破了习惯和常规，回归到影像的原始鲜活。他的描述是为了艺术所做的“必要的抑制”。日常人事的美善，人生的无常、易变，那细微的哀伤，和暗流涌动的人性幽暗、复杂况味都在这种抑制中出场。

72 诗叙事捕捉的是多重情节，其中包含的两个或多个同等重要的共生情节，次生的戏剧独白的倾听与处理，或对多种声音的情境所做的自我叙述。拓展来说，诗中的“三倍叙述”对情境开启了可能性，关涉到现实的或非现实的、实现的与未实现的、细微的或可能遗失事态的多维叙事组合。

73 当代诗似乎不可摘句。写作者返回对全诗的经营：句子之间相互呼应，终篇往往接近混茫。它的构成近于现象学家施弥茨所言，当代诗是一个混沌的存在。非但不可摘句，甚至面对它的读者往往失语，不可也不能解读。诗的丰富性和它本有的晦涩让我们保有耐心，去面对一个混沌而神秘的存在。

74 绘画作品与模特无关。它只与色彩的构成与律动相关；爱情诗只与词语相关，和生活中的人事无关，如同你的爱与所爱的对象无关。

75 对一首诗作的修改或重写，就是对审美意识和语言结构的反动或颠覆。

76 重写《河流简史》过去诗中抒情与表白的句子消退了。你尝试着在“技法上清淤”——注意力转移到对河流的描述与呈现。细究起来，可能涉及哲学观念的更新。你在意身体的意象性而不是意识的意向性，展示本已与河流人性的沟通。语言的视角随之发生扭转：诗句排除先见和情绪的渲染、价值的判断，试图进入描述的事相本身，突破自我观看的方式，找到新的视点。具体地说，就是动用了直陈式描述，去除诗歌表达的多愁善感，加入现代的开放、接纳、观察、理解与包容。

77 一首诗的完成得融入写作者多少年的累积的记忆和无意识；你亲历的场景，身体冒出来的词语；与多少刻骨的阅读和情感经验相关。一首让人安慰的诗不可能是即兴到来的轻易获取之物。

78 诗非意念，是直观。主体对事物的直观，而非意念的主观表达——又一次听到这一诫令。

79 摄像录音的镜头话筒对准他，坦然坐在探照灯光下，在万圣园书店。这个陌生的可能的名人接受采访，侃侃而谈，从容而有风度。你在一排排自屋顶蔓延地面的书店看见这插入的活动，没有倾听的意愿。在心里你不停地对自己说，你能从围墙内的院子出走么？你能停住走向领奖台的脚步么？你心中有过对你建构的知识体系的质疑么？以你的身心信它以你的灵魂亲近它？未曾经过身体或心灵检验、消化的智识不可轻易从你的嘴里说出。你是一个诗人而非一堆干瘪的书本知识占有者。你要反驳你的发言；你要低下头说话或无语；你要身处荫翳中而不是在机器的光照里。

80 扭转你诗歌写作的惯性。放弃对一个意念着迷而生的表达。因了一个个好的句子进入一首诗的运行，或通过一个个句子来生成一首诗。

81 写作在逼向更高存在的追究，而非对外在表皮偶然易逝的幻象的在意和停留，它们重要而不可忽视，但不是你到达的最后峰峦，你的语词在抵达的途中拨开眼前的枝蔓见到的星辰和日月般类似的存在。

82 语言在海德格尔看来是神秘的本体，呼唤并授予我们语言的天性，召唤我们指向事物的本性，它不是被操控的工具。诗是不受我们意志支配的，诗人不能强迫自己写诗。学习倾听语言，这样根本的东西就会对我们言说，向我们敞开现身。

83 维特根斯坦说过他是把哲学研究当成诗歌来写的，试图用片段写作揭示世界的本质。哲学研究和诗创作一样，它不是一种静态的在学院中教授的学问，而是致力于自我塑造的生活艺术。

84 人的生存本身即哲学和艺术的起源。对人的生存的理解上升到审美的理解，成其为生存的启示录，然后寻求重返现实，或重塑你的现实。人只有凭借自身获得自身的超越，最终落实在生活世界中。幸福、欢乐和天堂就在人间——这些年你写作人间之诗，个体生命的诗思。

85 诗意的言说透显真纯话语，敞开存在的某种真理，也就是海德格尔所说的“真理自行设入作品”。言说生命的真实，一切伟大的文学都是对真理可能的言说；从原始生存领悟而来的知，作用于你的思考和写作方式。

86 写作是抵抗虚无感的方式。诗人写诗的缘由很多，抵抗虚无则是其一。依靠语言，是我们赖以存活的方式。表明存在的某种可能，我们挣扎着在虚空人世求活，不得不信奉语言并以此为依恃；为个人的存在保留些细微的东西，服膺于语言这一持久的存在物而得以存留。

87 公交车上想起老家的一个文学写作者廖广茂。在那样的环境他写小说，让你看珍稀动物，打量他与别人的不同之处。是谁要你成为写作者的？家族几辈人都是农民，他们不知世上有作家。一个农民的儿子想塑造成一个作家要付出多大代价；单位也不愿意你成为这个角色，听不见你内心的诉求。是你自己成就了一个写作者的命运。命定的机缘让你在这条道往前走，写作是你活着的精神力量，甚至要你为之付出代价。

88 出生的卑微和中年在北方的漂泊使你降低作为一个诗人的要求，而向生存作了投降，为之牺牲写作者的尊严；对家庭责任的看重而忽视生活的方向和使命感，以世俗生活要求选择自己的生活形式，而对时代和国家的灰心、失望、松弛精神无望于自己的人生；对虚幻故乡和不人性单位的过分依赖显出对生活的逃避心理，弱化作为诗人的独立。建立健全的个人，追求个人生命的价值，像布罗茨基，强调个人甚至私人性，把表达私人性的艺术放在高于伦理道德和政治的位置，让美学成为伦理之母成为必需。

89 赫尔塔·米勒说她不是自己选择写那些被剥夺者的命运，而是这个主题来找到了她。在罗马尼亚被社会排斥在外，移民到了德国，她还是罗马尼亚人。在罗马尼亚她是德族人，总不是自己人，她是外人。写作的诚实让我看好这位作家。在北京感受到与她相似的经验。在国家的首都，你是一个外人、一个闯入者，从聘用单位的制度到同事的眼光与态度，从户口、身份证到养老金，你没有归属感，不管在北方还是南方，你不再归属于一个外在的组织。退隐到个人生活与写作中来。写作在这个世界上没有它的位置；把它当成能成就自我的事业。这是你安身立命的所在。

90 你在孤绝的环境里做着似乎不正当的事。那些年，你在校园里，神出鬼没，像一个“地下党”，搞着自己的“革命”。有点像卡夫卡的“地窖人”或孤独的死人，在那非诗的环境为自己制造出纯净的氧气。

91 书让你走向远方，引领你走遍所有城市。对一个城市的好感来自一座城市的书店，对一座城市的记忆就是在那座城市买到过一本好书。一日，从工人文化宫秋季书市肩扛手提着几袋书出门，通过攒动的人头望过去，晚霞浮荡在天安门广场上空；广场是那么的空远。你好像可以一直走到云彩里去。

92 病床上。作家孙犁枯萎下去的身体和他充满生机的作品。后者给前者提供了安慰。当我和朋友把花篮放在他病房的床头，我代替先生获得了安慰。

93 一首诗在自己的身体里成形，我想着要呈现它，其实一首诗在你的身体里“活”过很久了，它要“出生”，要你将它“接生”出来。创作者深层的经验是女性的，他也有着“受孕”与“生产”的经验；从另一个层面来说，一首诗它被作者“接生”出来后，它是有生命的，与一个个读者相遇，或寻找它的读者。这一点也不故作玄奥，事实就是这样的；文本在挑选读者，它有它的生命呼吸和气场。词语就是生命体。

94 如布罗茨基在谈论茨维塔耶娃散文写作时所说——无意识地将诗歌语言的活力带进散文。把诗的对语感的讲究、观察事物的独殊视觉还有造句的方法移入散文。有一个诗友从我的散文集《漂泊的旅行箱》中找到某个章节，分行后变成了一首诗。我的散文中有蛮多诗的片断，就像汉代赋体，它是诗与散文的混合物。

95 我的散文写作向我的诗歌学了很多好的东西，但诗歌则从散文中获得至今让人诟病的影响。华兹华斯以为诗当用最好的散文语言来写，这开启了自由诗。从散文中我吸纳对细节的运用，散文的结构方法入诗，诗和散文没有断然的沟壑，它们都是用同一种语言进行创作。当然诗有其内在构成，诗人学者郑敏分外关注诗的内在结构属性。诗有了这内在构成形态自然与散文产生分别，不要怕散文模糊诗的属性；反之，让诗歌写作者从既定的格律形式的套子里超脱出来，从而尝试新诗的开放多样的形式。

96 你是一个喜欢写作自身境遇的人。关心你的文字的人即会关心你的整个存在，因为它们塑造你的写作。

97 你是那么在意个人的空间。自小就渴望一个自己的房间。你一生的努力就是拥有属于你自己的房子。独立于外在事物的自我呼吸吐纳的空间，与外在保持距离和空间。守着它，谁也别想夺走它。

98 在生命的路上，应当使旅途的后半部分比前半部分更好。伊壁鸠鲁说过，在我们到达终点时，应当保持宁静。

99 你与生活世界的关系是相互感应的。物与心之间具有某种潜在的意指关系。在王阳明看来，天下无心外之物：我们未看花时，花与你的心同归于寂；你来看它时，花的颜色一并明白显形。

100 阳光照进折叠桌子和地面上，避暑山房的床铺和窗棂代替你在这里守候了一年，经历了这里的四季。你不在这里，这房子经历它的山中时间。这一生，你就是为了成全自己的孤独。

101 智者维持自身而出现。在柏拉图看来，守着他的自在和自明，爱着自由去实现自身。他具有其自身的净化、训诫或管理术。

102 每一首抒情诗，主体与客体，个人与社会的关系往往是通过主体回复到自我的精神的中介。这个中介就是语言。抒情诗退回自我，发掘自我，远离社会表层。通过诗人，外部的存在演变成创作的冲动，语言成了此过程的媒介。在语言的深处，抒情诗与社会联系在一起。

103 诗人面对的只是达到语言目的之手段。他的目的是诗。是的，没有直接的路从文学通向生活，也没有直接的路从生活通向文学。对一个写作者来说，诗，它是独立的，它本身就是生活。史蒂文斯这样表述过，“随着年龄的增长，从自身经历中采撷诗歌与纯粹的诗歌写作是两码事”。他还有一句话表述得更彻底：生活是文学的反映。

104 诗歌写作强调抒情主体的诚与真，而这个抒情自我随着社会变化、文化熏陶、制度规训、自身努力等改变而不断变化。抒情主体面临着自身的分裂、混乱，从自为自在到分裂意识的发生，从诚实的灵魂到分裂的意识。自我的拓展是艰难痛苦反复的过程；而且诗主体自谓的真实与真诚，如何构成诗境的真实与真诚，成为诗境的一部分，这也是个话题。如何审视自己的情感和文字，让自己的情感（真实性）进入词语之中，化为词语而存在？只有进入语言，通过诗艺真实性规则审查的诗句所体现的作者的真诚，才会成为诗意的真实和真诚。

105 华兹华斯在《抒情歌谣集》中这样论述：诗是强烈情感的自然流露。诗起源于诗人在平静中回忆起来的情感。他强调诗人创作主体因素，就是说抒情诗形成于诗人的情感，且是强烈的情感，又是在日后平静的回忆中呈现出来的。艾略特则以为宁静中回忆出来的感情是一个不精确的公式，在他看来诗不是感情的也不是回忆和宁静，诗是经验的集中，由营建的诗的结构发生出来，或由诗人心灵的一条白金丝化合而成。

106 诗何以产生，确实关涉到诗人与语言的合作。在卡西尔看来，艺术不是对现成的实在的单纯复写，而是对实在的发现。艺术不仅仅涉及情感，且将艺术当成一个客体。一个伟大的抒情诗人有力量使我们朦胧的情感具有确定的形态。就是说，艺术是第二自然。具体点来讲，情感本身成为一种构成的力量；艺术品是一个实在的形式结构，一个符号系统。一首诗的内容不可能与它的形式——韵文、音调、韵律分离开来。创造者的情感隐现在一个构造物之中。

107 在写什么和怎么写之间，有人倾向于前者，有人关注后者。其实这没有必要去分别界说。诗所有呈现的“写什么”其实是在语言中呈现的。如何写其实是用什么样的语言形式呈现“写什么”。恰恰后者打开了前者，找到如何写的方式，语言中“写的什么”会奇异出现。形式就是其内容，它们就是一体。在美国诗人奥尔森看来，形式从来就是内容的外延。诗是一门非常专业的写作，强调诗写作的专业，就是说语言或形式有它特殊于小说、散文语言的形态。诗写作的生成方式、语言形态有其自身的无法归类的东西，要求诗人更新我们的语言，为汉语提供新的惊异感。

108 新诗对诗的语调的强调是新诗自九十年代以来诗人们的自觉追

求，它类似于旧体诗的押韵一样重要，新诗写作者更在意听从诗人的呼吸——瞬间的自然节奏——来安排自己的诗行。诗人们往往通过诗的语调来判断诗作的真伪。在曼德尔施塔姆看来，一首诗开始于声响，开始于他自己所说的“发声的形式模块”，借声音来工作。他骄傲地说他是用声音在写诗，周围的人全是在涂鸦。诗的声音或语调对于他就是灵魂的呼吸与形状。希腊诗人卡瓦菲斯是进入中年才找到自己的声音的，我们读他，被无处不在又无影无踪的月光般不可模仿的独特语调所迷恋。

109 北京甜水园图书市场的路边。我坐在一捆采购的书上等出租。激动的身体余波未平，各种活跃的想法还在身体里呈现，身体的激动与感兴和图书有关，各种思想和建设性的直觉和生命幻觉传达到肉体，成为象征。肉体在讲话，渴求着生的意志，寻找自我主体的生活路线。在进入图书城的那一瞬间就感觉肉体的活跃，随之精神的狂飙与身体的动荡交织于一起。人整个地生动起来，自己活着，活得想再活一次。在观书的空隙，一些句子冒出来想抓住灵感的精髓，让动人的直觉固定下来而不被遗忘其线索，以便日后得以发挥加以深化。思想成了肉体存在的证明，肉体成了思想的产地。尼采说，哲学首先是肉体的告白，我的写作因肉体产生了激情，并由之产生语词。

110 找到一个好的形式即找到了内容。如米沃什晚年的著作《米沃什词典》，很多的东西在新的表达方式中呈现出来。它的形式即它的内容。

111 田野是我的教堂。是的，单凭着天赋的气质，就可以把一个人带到他要抵达的地方。

112 写一本关于阅读快感的书吧。它关涉到书的采购的地点与身体的快乐，还有阅读它们感受理解的随笔和评论，或随之引发的即兴回忆及个人经历片断，一本本书是如何参与到生命中来的回忆与再次重温。书中的人物思想如何协助我加强对事物的理解，生命的厚度是如何增加起来的，读过的书与经历的事之间是怎样的融合与促进。这样的关于阅读的书是否会变成间接的自传也说不准。至少，它不是艰深的文论，它是一部带有生命气息的书，一部有身体味道和灵韵的特异作品。

113 或者说，诗歌艺术是团结人们的一种纽带，就像你到了教堂，那里的建筑与音乐与摘录于墙面的《圣经》片言只语会让你置身于神性世界，诗让我们理解它的人在一起，说出我们心的倾向和同情的爱，让人从自我和功利的囚禁中脱离出来，置身它的光照，世界如此存在真是非凡，艺术的善是神圣的，不可轻慢的，这可以说是我们生活的伦理学。

114 雪莱所说，他的心灵有一种天生的不可毁灭的品质。诗人确实是捍卫人类天性的磐石，是带着友情和爱情的支持者和保护者。须知，道德中最大秘密是爱；诗人的作品增强了人类的德性。诗人迷恋的是那种唯美，那个人生命中消失了的美感和记忆。女性在诗中的大量涌现，是作为抒情者对美的影像的追忆来呈现的，她们身上不仅寄托让诗人动容的超时空的记忆，包含了对美好生活的激情与愿望，当然不排除引发男人上升的神奇超自然的力量（如歌德所云）。其中更多的有对时光残酷的体验，日本传统美学中的重要概念——物哀——东方美学的情韵。

115 作为建筑师的路易·康，除非充满喜悦地去做，不然他创造不出一栋建筑。喜悦在他看来是创造的本质性力量。创造的喜悦与从直觉而来的惊奇关联在一起，驱使他在图纸上绘制迷宫似的线条，将纸上建筑兑现于多维空间。惊奇与喜悦也往往在一首诗诞生之前出现，当然也在写作之中时常隐现。写诗如果没有来自惊奇的喜悦对你的抚慰，你会怀疑自己能否持续地进行下去。

116 诗人爱默斯·希尼在评说伊丽莎白·毕肖普的诗与世界建立起可靠与谦逊的关系，倾向于舌头的管辖，既反对自我膨胀，也不能自我膨胀，其实这也是爱默斯·西尼自己的诗歌风度。他没有把太多的社会责任、时代见证、民族良心等堆放到自己肩上。倾向欢乐的诗学，尊重诗本身的独立性和自足的生命；把写作的边界守护得体，在他所处的特殊时代环境，诗歌的写作时常处于危险之中，可能要蒙上成了为政治态度图解的阴影，但他清醒地理解诗的功效，以灵巧和创新逃避来自外在的压力。

117 康德提及过，我们对外部事物的认识，只能把握它的“现象”，未能触及它的“物自身”。我们的知识只是关于现象界的知识，而不是关于事物本身的知识。对不可靠的感官的依赖要有某种省思，要试图去接近事物本身的认知。

118 阅读会磨损你生命的直觉能力？你的阅读是对个人生活的照亮，自我对话的方式，或者说，它是另一种形式的创作。你的阅读与生命的行走几乎是同步的。也可以这样表述，阅读是你创作的一部分。

119 往往在对哲学的阅读中寻求诗歌实验的某种支持，从存在主义哲学的阅读转向现象学，视点转向对生活世界的直观，从而注重诗的事态与语境的构成，试图营建个人感性诗学——这在你的《旧居停留的两分钟》《车过东湖路忆武汉女知青》等诗中留下痕迹。

120 忽然发现某一阶段的诗作大都呈现在旅途中。它们聚集了火车、大巴、出门、飞行等运动的场景与事象，在身体的运动中词句在生发，情感在运动中呈现。生活就是运动，我们在船上、在火车上、在河流上，每个瞬间被第一次也是最后看见，生活和艺术一样飞逝。时间的流逝越来越多地成为诗歌的主题。

121 2013年写作的《孤岛》《江汉平原的雨》等诗，似乎显示出“随时间而来的智慧”：语调平静而富于内涵，有着某种超脱的虚静感，不再像以往急于表达处境，宣泄情绪，更多是一种静观，是经由心灵重新编排过的图案和视像——这一切皆从个人时间中到来。

122 喜欢慵懒。它是对外部世界的柔软的反抗，当人们计较于功名，你给出这样一种态度。质疑一些人事的意义，你的慵懒与之保持疏离或不屑甚至对抗性的张力。但这还不够，还得建立自己的强大的磁场，营建信奉的独立的世界与外部进行对峙，不然我们喜欢的慵懒会被外部引力所虚化、吞噬，最后落到一无所是。

123 诗人的孤独与诗人的骄傲是存在的。维特根斯坦说他哲学工作本身是其骄傲的最大来源。不过他努力驱除工作上的任何骄傲，为了上帝的荣耀来写作，而非出于虚荣。一个诗人面对语言是俯首虔诚的，当他写到一些年头后，得放下自我，才能听得真切。是这样的，如前所说的，得回到语言的世界里来，或者说，让我们走在通向语言的途中。

124 多年前，和妻子走在北京东三环的十字路口，想着自己从湖北脱离出来。在自己看来，那是个人生命里的奇迹。如果不写诗，不受诗的感召和熏陶，可能没有出走的能力。做一个诗人意味着什么呢？有人这样描述过，诗人类似于神与人之间的巫师，他有倾听存在的能力；英国诗人爱默斯·西尼说过，诗人身体里有一根天线，接收到内部与外在世界的信息。

125 在某种程度上讲，诗人是异教徒，至少是自我的反对者。

126 杜尚给妹妹的结婚礼物是这样一件作品：他拿一本几何学教科书用绳子系在住处阳台的栏杆上，听凭风吹日晒，隔了一段日子，那本书就慢慢朽坏了——他对权威的不恭敬，反对着任何规矩和教条。他也不信科学，因为科学也是人设置的标准。他从不在艺术领域确立领袖的地位，他就是不相信什么地位，觉得那是可笑的。他常常自己和自己做对，为的是不让自己安逸在现成的趣味之中，他宁可不做也不重复自己。他不断地变换自己的思想和创作方法，不断地试验，不愿意窝在一种风格里讨生活，用他的话说：“从本质上说我对改变有一种狂热。”

127 适度的声名是必要的。一旦它妨碍了你的孤独，你的身体要有一个报警器。要知道孤独是成就我们，朝向诗歌真理的必需。你总是能听见内心的一个声音，让你从外部的喧嚣中回返，反对自己，停止自己的散漫虚荣。

128 在诗友们相聚的圆桌酒席上，即兴朗读获奖诗作《鱼子酱及其他》。以你所要呈现的腔调和节奏去读它；这首诗是出乎意料到来的，也没有什么改动。细想起来，承纳了写作者多年的经历和阅读，如同多年前吞食的鱼子酱化入体内，饱含多年来你对词语的理解和组织能力；当然折射出你一个写作者对国家、对个人命运和审美的思悟，交织在这语词空间。写作在某个时刻出乎意料地访问你，要你品味其诗性的鱼子酱并通过你的身体说出它；这语言的神奇通过在那个唯一的时刻得以传达和表现，你朗读时再一次依恃了语言。

129 你和你面前的同类有隔膜，因为你们使用着不同的词语。

130 在一则创作谈中，你写下这样的句子：北京是什么/它如同一块砥石，至今被你——揣在身体里。

131 艺术和生活是同步的。生活本身就是一种艺术，对艺术鉴赏的过程，也是自身艺术之美的创造与展现的见证。而生活之美是在不断变动的游戏中达成的。设法使生活提升，这伴随自身不断的自我改造，革除原有的身份。人的一生在关怀自身的生活实践中度过。所谓生存美学，即源自古希腊哲学家们所倡导实行的生活技艺，尽可能地使自身成为行动的主人，恰当地调控自身，变化自己的“主体性”，不断地将主体从身体中连根拔除，使自己不再是原来的自身，在自我虚无化和自我解体的过程中实现自身的永远的变动与更新，这样诗人成了不断流动状态的人。不断地将自己置身于日益拓展的旅途之中，敞开与去蔽，与其生存世界构成审美关系，脱离原有的囿于表体的狭隘视域，体验自身亲临的诗性场域，写出丰富差异的游历之诗。

132 一首诗可以在一枝树梢上像一只鸟点一下然后瞬间飞升，不断地停落飞向另外的世界。也就是说，一首诗的生成是多种生活经验和语言技艺的综合，不是单一层面的呈现，它包容多种空间和意象，还有多种技艺支持，容纳与协调各种复杂的甚至对立的经验。诗艺术的价值在于帮助我们协调各种心理冲动。在英国学者理查兹看来，我们对生活的观察和对生活的辨识力增加了，诗歌语言则会具有多层意味，显示出它有机的含混。他所说的包容之诗充满了隐喻与反讽，甚至晦涩复杂，从浪漫主义的直抒胸臆的诗风中超离出来。包容之诗就是让一首诗成为有机的混合物。

133 学生请我在一个茶庄喝茶。毕业十五年后她第一次见到我。面对面坐着，茶杯在我们面前。她说在网上购买过我的散文集《漂泊的旅行箱》。她想通过文字了解她过去的老师在异地的生活；这样发觉面前的她也没有因为时隔多年而陌生，自然提及她在学校时的往事——她跟她的老师在教室外的走廊里说话，阵雨掠进走廊；学生们和我在积水的走廊，课间时分我们聊到雨。她爱在突来的阵雨里迎着家乡平原的田野疯跑；稻禾的清香一阵阵沁入呼吸；雨淋湿她的身子，衣服和发丝贴在她的身上。交谈中到来的回忆中的雨，联结了中断的时间和场景。一首我写了多年未曾完成的诗突然找到了开头。一首诗有了不错的切入点。

134 在故乡冬夜读着旧书，在转身的一瞬间，身体里冒出一句：从那年开始，他爱上了死亡。身体轻微地颤动，就开始写那首桃花的诗，一首诗在你的身体里孕育几十年。你把这一句安置在诗的最后。有了这一句，所有片段场景一下子找到它们的位置。一个句子标明诗的结构的诞生；这是诗创作的关键时刻。只有词和意味都不能保证一首诗的诞生，结构感才真正让写作者动笔。而一首诗未能完成，因为没有找到类似的句子，牵动全诗的关键的诗眼。一首诗因了一个句子，整首诗的结构也渐渐显示。一个句子也是切入一首诗的关键，它结构或完成了一首诗，如果这个句子未曾到来，这首诗就不会出现。你更多的是沉思和等待，如同里尔克写作他的《杜伊诺哀歌》，神灵降落的句子使他的名诗神迹般发生。

135 久石让的《入殓师》中大提琴主题曲在书房里徘徊低诉，这成了写作《一个梦》的背景音乐。你几乎将其中的哀思都融进了诗所营造的氛围中，泪水流出来了。情感有些失控，个人生活中的悲凉感与所呈现的人事形成黏滞，使一首诗在悲怆情感中超拔不出；你在诗句里融入了太多的往事经历和情感，在这种情感的状态中写作带有某种哭诉的愿望，而忽视诗本身的要求，它的构成与空间的营建；诗不是感情，它是词语。情感仅是诗创作的启动的开关，由此进入异常状态，开始纸面上词语的组织与运行，或者说，你面对的是一个个词句，让它们附带着情感的浸染。感情的失控会让一首诗的写作失败，没有真正完成，你把它放在电脑硬盘里存储在那里。是这样的，写诗的较好的状态是一种微妙的紧张和直觉，不应是直接的情绪。

136 现代诗无论如何逃避不了抒情。这是一首诗的底色，一首诗的完成要靠它的启动和运行。只是我们如何对待抒情的问题。《殡棺中的父亲》这首诗没有滥俗的抒情，叙述者丧父悲伤好像在抒写的静观中化解了，诗中的语气掺和轻度的调侃、有节制的赞美，多种复合的情感设置在诗空间。情感不是主观的直陈，它是能被感知的有着整体性空间的力量和对象，是一种能被人感触到的客观的东西。诗人情感散漫出来的气氛罩在诗歌整体的变奏之中，那不是一个两个句子所能承载的，它在整首诗篇的混沌中得以呈现。

137 拙作《栀子花别赋》和《平原歌》可谓姊妹篇。这两首几乎完成了对故乡的记忆情感的抒写。这是我离开后回返后才能写出的诗。没有离开也就没有真正的归来。你归来时真正认识家乡和自我；故土的河流、田野和田野里的栀子花和人事组织与交织出你的诗篇。写作就是一种机缘，它是漫长的光阴中生长。它是命定。它是多维存在的交集。它是在写作者生命中培育开出的花。

138 美让人奋不顾身。

139 《车过东湖路忆武汉女知青》一诗有对这一刻现场的描述（景物与隐喻的结合）：“晨雾中的磨山；女人的发髻”；“后视镜中的珞珈山如静女临波”，“顺着湖水的浪痕/波及到武大医学院的草坪”。又有场景的流动置换：“修长的大腿/你的声音演示的化学方程式/析解不清那少年眼中的迷幻”，以及多重情景的沉思和感叹：“美如山水自然天成”；“有一种美在异域”；“十六岁的相遇，像早年的月色/启蒙了你”。它不断地回返到这一刻，如湖水波动往复形成天然节奏。一首诗就是对现场情景自然生发、诗性哲思的天然组织。而在此组织拼接中听从神旨，共处于身体、心境、词语、音乐、营造的场域，它的不可解、它的浑然到来借由各种偶然促成了这首如音乐剧般的诗章的涌现。

140 画布上的形象和画者面前的描写的模特不是同一的。至多它们之间构成一个单一的影像关系。前者是由画者的色块情感和记忆想象抒写的一个全新的作品，他面前的模特最多提供了一个想象的触媒，他虚化了那个模特，由此生出更多的形象元素交汇于画布上；那画布中的形象是不及物的，一个独立的不受那个易变的模特影响的形象，当那模特消失，那个画中的他所创造出的形象依旧在那里不变易。

151 穿过树枝光秃秃的校园。学生们穿上厚厚的冬衣。口腔吐出冷雾。熟悉的寒冷的冬天到来了。忽然想起早年冬天那件猩红色的棉衫，在记忆中小镇街头的露天超市购得，你们看见地面草丝发白的寒霜；那只箱子，银灰色的旅行箱突然跳将出来，消失多年，在你的记忆中复现跳荡，要你将它呈现在词语中，带动一个个场景涌现，串联不同空间和时间碎片。它的里面盛满物象、事象，在它移动的空间穿梭。一只箱子忽然找到你，要你将它呈现出来。你写出它，细思何以复现，这得依凭多种机缘；一首诗有着它的生长的气候、环境，凭着各种人事的偶然；词语也在之间纠错生发，营建出语言交织的文本。

152 曼德尔施塔姆的妻子在回忆录中说过，诗人做什么事情都可以原谅，唯独不可做诱惑者，不可利用他的才能使读者相信某种非人性意识形态。米沃什在他的讲座里曾转述这个句子。一个写作者和身处的时代有着若即若离的微妙关系。不合作是一条底线，不可成为非人性意识形态的同谋。写作者以独立超越来回应时代，以写作克服身处时代的恶俗。一个写作有点类似于波希米亚的人。一个自我反抗的写作者，他是波德莱尔和马拉美的同道。

153 传播诗歌是很好的，但警惕落入另一种庸俗，警惕写作带来的附加物，诸如名声和利益，而丧失服侍诗的能力，须知诗歌本身即是我的目的而不是其他；你为之艰苦劳作并付出隐形的代价。

144 艺术需要人去为之付出代价，甚至为之牺牲。当波德莱尔将自己精心打造的诗集《恶之花》送给圣伯夫，后者看完后对波德莱尔说，您一定受了很多苦，我可怜的孩子——像波德莱尔一样为了写出像样的作品去受很多人无法理解的苦，这是必需。你还得学习必要的放下，去挖掘自己的潜能，找到真实的更高的自我，挣脱（不真实的）经验自我的限制，与自己拼争，去成就。用维特根斯坦的话说，去爱，去爱自己的灵魂，你自身中的神性，住在你心中的上帝。去爱你应该成为的一切，免于一切必然性的束缚和尘世的败污；不可忽视精神生活的全面发展，这是对自己的必尽的责任，是我们最后的事业。

145 飞机在云之上飞行，上面是一望无边的蓝天。人间的道路和房子和人们隔在云层之下。在超绝人世的空中，你想的却是在世的被人欺辱，权力对你的关照或伤害；看来你脱不了凡尘之心。你得回到地面，与它们在一起，对质或和解。

146 苦难，写作永恒的主题。济慈的“消极感受能力”与浪漫主义的反讽相连，两者都体现出多元的特征。反讽贯穿于他的作品，并在各类不同的题材中出现。它是古典时期和中世纪神话的聚合。的确，济慈的抒情诗是他悲观概念的表达。世界万物的强烈美感只能通过抒情来表现；而这个世界无法接近的本质，只能通过悲剧来表现。

147 一个艺术家就是一个神迹的显露。不断地开拓自己，修炼自己，发现自己，成为一个奇迹，一个活生生存在。像惠特曼、王尔德、高更。

148 散文写作即存在之书。你在梦中说：我的散文里有无数个自我。

149 你置身于他人的方言中，你像个聋哑人。最深的孤单是语言的孤单。那个美国马萨诸塞州的小伙子当他用中文交谈的时候，一下子拉近你和他的距离。

150 写作是一种保存。对过去飘忽而逝的生活的记录与挽留。一些经历过的消隐了的人事情感的痕迹没有了，你用文字的方式部分地保留它们。写作可能对他人没有意义，首先对一个写作者来说有它的意义。你喜欢从外部的空间将自己称置到词语的多维空间，你想着在那里进出，你看见存在变得稳定和多样，那里有着保有的不让其丢弃的储存。

151 词语的生命和写作者是浑然一体的。它是关于存在的自我表述，关涉到不被理解的存在之秘的呈现。或者说，诗发明自我，对抗生存表面的平庸，在生活中破除偏见和思想的惯性和陋习，发展自我，追寻奇异和神秘（相对日常生活），探索存在的未知领域，内心的尚属秘密的未知的部分。

152 一个艺术工作者要超出时代对他的拘束，对美的追寻内化成他的生命本身。要让自己处在无名状态，处在时代的边缘。不断地退到边缘无名的位置。避开自我的浮华，和时代对词语的隐形伤害。

修习艺术即突破人的局限，打破世俗设置的藩篱，化解无处不在的权力利益之争，回到阳光照临的原野。

153 为兴趣和语言本身的乐趣而写作吧。功利化的写作会伤害艺术的纯正。它让写作的园地杂草丛生。发表作品有时是一种侮辱。同质的集权渗透在所有的领域。话语独断和文化的专制与时代的政治共生存在；逃离外在的审查，建立你心灵的审核机制，转入内心严苛的判断中来。

154 布罗茨基所说的，在世俗生活中，诗人承担着某种衡量、检查、质疑的作用。一个词语爱好者，他怀揣着一支对峙的笔。他的内心存在一种潜在的抗拒，对无处不在的权力保持警醒，那通过与权力达成妥协所换来的利益对写作者来讲是无价值、无意义的。

155 给《女儿的诗》不断地在改写。新诗集《笛音和语音》中改写后收入。写亲人的诗或许也是自白诗的写法，写作它们也是陈述自己的情感、语词经历和生命态度。你的很多诗是写给一个个具体的人或事的。你愿意陷在这个词语的困境里。

156 批评家的写作也是一种创作，尤其是相对现有学院体制的论文写作而言。依施莱格尔之见，艺术作品的意义是未完成的，批评家则要尽可能地完成这项任务。而真正的批评家则要具有一个写作者的发现、命名和创作的能力。

157 日本文学评论家飨庭孝男《想象力的民俗学》把评论当成一种创作，而非摘句解读；在他论说的对象中加入自己的游踪的描述和对所评述对象故地的考察观看和感受，理解他所研究文本和解读的作家相关知识；在自己评说的对象的文章里加入感性和理解的双重阅读。飨庭孝男在对作家水上勉的研究中亲自来到研究对象的故乡，一路写他的看到和联想到作家作品中的场景和自己生发的感性的理解和抽象分析。可以说，作为研究者的飨庭孝男找到了对他评说对象的新的朴素的视觉和可行的方法，他的文艺批评也是一种创作。

158 学院向来是产生新诗或保存诗歌最好的地方。美国诗人阿什贝利提及过身居学院的诗人和批评家的存在，事实也是如此，学院为新诗的研究与诗的传播营造出一个良好的环境，这几乎可以说成为一个新诗传统。

159 你在朝两个向度挺进：从生活与词语两个维度抵达诗写作的纵深。须知，经历不等同于诗；情感也不是词语。这二者要经过多少转化的劳作啊，况且一首诗还得依持多种机缘。

160 民间音乐，禅宗，诗，这些都接近生命真相，是从心中碰跳出来的，生命回到从前，回到原始状态。读诗、旅行、性爱、回故乡，这是你不断要回去的地方——这生命的原点。去你的，理性。写作生命的感性，从社会性进入生命内部的探索与开掘，向自我之外一个更大的集体原型触摸。

161 当你怀抱新诗集于床头，分外满足。你从北方回到汉口，这些年的折腾还能回到书桌前。你料理着外部的生活，回返真正所要的词语生活中来，总算完成了这些作品。可以说这是你归来的重要理由，是它隐形地让你归来。

162 夜里想到在北京受过的屈辱。在平原小城为了展开写作做了你不愿意的事。这些年来忍辱负重，躬身而行是必要的。卑微的生命得以找到依附点，一切为此而展开。写作是一生的持守和依靠。写出像样子的作品来，从外在的虚荣回到词语的真实。

163 单位这个现实耗损着一个人一生的光阴与精神。从另一个角度来说，诗写作得要有这个外部空间。我们逃离到哪里去呢？我们必须待在这个人世，写作与之抗衡的诗歌。

164 为什么不傲慢一些，再傲慢一些？为什么不决绝一些，再决绝一些？为什么我们要隐忍度日？可能这是苦难对他的教育，他宽恕了自己也宽恕了他人。他可能采用了怜悯来面世。“我现在不审判，甚至将来也不审判。”是的，比起我们人的罪恶来，我们感受更多是人类的不幸——我们之中谁是无罪的，那第一个就得谴责他。

165 某天，在汉口的房子，你对妻子吼叫着：我到北京去干什么？是去搞钱的么？我回到武汉来为的是什么？你们如果妨碍我的写作，我死也会不闭眼的。那从意识深处爆发出来的话语让妻子默不出声——她知道了你生命的吁求。

166 钱也不能安慰自己，如果不用它来维护写作的从容。

167 词语就是自己的家。居住在这里：简洁、纯净、富于旋律。

168 《上邮局》写作于1999年，在离开潜江小城到北京然后又回到那个三居室的书房写就，写时泪流满面，以后读它常用手摸拭泪水。你把自己的出走、父亲的自杀与他的无路可走的绝望交织着呈现。强烈的情感被抑制，转入多个空间，它有宣叙的因素，但那情感更内在，处理的方式如上所述变成空间化的一种客体，不再流于表面。情绪的震颤在诗中一个个细小空间弥漫。

169 诗歌里的叙事与散文、小说的叙事毕竟不同，有人将诗歌里的叙事称为“伪叙事”，或者强调“诗歌的叙事性”（对应或从属于“抒情性”），这些都是见仁见智的事情。散文、小说的叙事大多是可以转述或者改写的，但诗歌里的叙事不能，它具有唯一性，或者说“非此不可”的特征。诗歌里的叙事贡献出的东西，有比散文、小说的叙事更多的不能被提炼的内容。《上邮局》一诗的每个场景每个细节都是“自身有什么发生的”，直接指向人物命运的呈现，指向对生活、生命的发现。诗歌的真实性，传记性材料的运用，富于张力的情感，质朴到容不得半点伪饰的语言，克制到近乎零度的抒情（冷抒情），这些都使其成为一首不可多得的诗。

170 确实，九十年代诗学以描写日常生活为第一义，推倒一切“大词”终于建立的平凡、祛魅的世界。既无对“远方”的向往和信仰，也就没有必要在“大词”与“小词”之间开展玄谈。这要写作者必有相应的哲学知识的阅读，强化对日常感官诗学的确信；诗人在当下务实的生活中趋向一种祛魅的、感官的写作，从里到外更换语言的质地，用没有“诗眼”的句子“生成”结构，用建筑的整体性、体量感超越升华的瞬间。我们发现，对这种诗很难局部引用，因为它的语言如此地环环相扣，匀速起伏，不仅跨行，而且跨段。对诗的具体性、物性的语言特质揣摩与在意，具体性和物性不仅意味着日常的关注、平凡的美，而且能营造一种在场感、及物感，与法国新小说派的主张、当代装置艺术的现成品美学有着某种一致的追求。

171 有人评说我的写作发现了属于自己的“日常”，并发展出与之相应的谈话式语调。我以写信的方式来写作诗歌，就像旧时代黄昏伏案写信的人。一种谈话的诗歌。一个个确定的对象在词语的背面，是你倾诉的对象，现实中具体的人将其推拉到词语的缝隙，你向他们喊话或低语；从面谈式的亲密中流露出来的坦诚和强烈的诗意，由此连缀而成对内心隐秘与尘世真相的双重揭示。

172 除了在日子里 \ 我们还能生活在哪里呢？英国诗人拉金的诗句让你再次回味：他把诗歌的兴奋点转向他的日常生活，把他的注意力集中到当下场景，他身边的车流和人流。窗台上的鸟和四季变化的颜色的转换。诗中呈现出后现代的即时性和世俗性特征，把日常生活转入诗歌的实践之中，通过敞开与去蔽来抵达生命与事物的本真。

173 钟嵘在《诗品》中有这样的论述：“清晨登陇首”，羌无故实；“明月照积雪”，讵出经史。观古今胜语，多非补假，皆有直寻。古人的这个直寻，在笔者理解中，就是直陈性的描述性的语言，描述直陈了“明月照积雪”这个事实；描述性直寻的语词出现在当代诗中，会显出无法预料的丰富的意味。

174 诗的一些句子往往是从日常生活情景跳出来的。日常生活情景让你以写作的形式铭记它。某日送女儿和她的儿子到汉口江滩溜逛。和他们散步时这些句子涌现出来：“你第一次使用你的名字 \ 第一次经历春天\春风吻你的脸蛋垂柳第一次发新叶。”一首诗就顺着这句子跳荡着写下去了。个人的日常几乎是诗作生长的土壤。纽约派诗歌的最大的吸引力来自诗人们所处的城市，诗人们把它们日常行走的街道、报摊、人和事转入诗行，甚至在写作时接听电话的句子即兴转入诗行间。是这样的，你将日常中的因回忆串联的场景自然嵌入诗中。

175 诗歌语言永远是一种外国语。通过把事物变得陌生的方法，从日常语境移置进艺术，把“轰动效应”归还给生活本身，试图重新发明这个世界，进而感受它，令其变得生动活泼，让生活变得有价值。日常生活只有在模仿艺术的时候才是可以获得拯救的，对生活采取反向模仿，艺术不为现实生活和真实政治服务才是有意义的，一个写作者试图进行审美的陌生化实践，对日常进行艺术转化，这也是对生活的反抗，也是个人求得解放的实验。

176 “落霞与孤鹜齐飞，秋水共长天一色。”在南昌滕王阁景区念着古人的名句，感叹古汉语的画面感多么动人，直感的呈现，不带主观情感的直接呈现，瞬间的直观与拼贴呈现。呈现语言的直观与看见。“明月松间照，清泉石上流。”“返景入松林，复照青苔上。”二者都是对客观物象的捕捉与呈现，语言表现出它对画面的再现能力。

177 唯一的德性或美善能打动你。你是那样在乎一个人的德性，她的朴素的美质，她的美质传达到你的内心，唤起你深沉的爱意与感动。

178 女儿抱着她的儿子轻盈地走出火车站，在出站口。她的身旁是她的母亲，这是人世平常而美好的风景。

179 诗集中的赠诗算来真不少。《一封航空信》写给异国友人；《山地纪行》是赠一位法师的。可以说你写作人世间的诗，既不是写给天堂的也不是写给地狱的；写给人世间不同的男女，有的是写给过去的自我，或自言自语的独白，如《孤岛》。诗中的自我与另一个自我的反驳抗辩或质问。读者可从字里行间识别自己，参与其诗性的交流。其诗性的涌动，因不同的对象，说话的方式呈现不同的句式和节奏音韵，每首诗中有着不可替代的唯一的语调。

180 在岳麓书院看到一副横联："学达性天。"我们的习诗最后要达到的就是这境地；臻于个人的"性"和"天"。

181 地方性的话题的提出让我再次想到英国的运动派诗歌，其在意的是写本地的个人的经验，不至于让个人的诗间接成为他人文本的互文或附属品。不从故纸堆里翻找陈年旧货。当代题材，真实的具体的时间、地点、人和事物呈现在诗中，拉金处理题材的大胆与诚实成了运动派诗歌最吸引人的地方。这也成了我们当代诗写作的某种传统。在个人写作的视线里，如果说有地方性也是创作者身体的地方性，他语言里所呈现的独特于他人的语言现实。

182 早期写作往往把语言当成一个载体或工具来使用，把个人的经验与感情看得过重，以为写诗就是对经验的复现与摹写，用符号学的说法就是太看重语言的所指性而忽视了它的能指性。随着写作对语言理解的加深，发现它的敞开与遮蔽的二重性，你规范而非生成性地使用语言，表达的效果越贫乏，甚至感觉语言不可说性的增加，背离你而去，这就是我们发现的不是你在写诗而是诗在写你的事实；渐渐地转向对语言本身关注，意识到语言的无意识，明白诗性的呈现恰好是回到能指本身；诗的意义是从词语的相互关系中生发出来的，诗的写作是词语的世界而非经验的世界，把语言当成工具到将它当成一个自足的结构，我们的写作最后面对的是词语本身，这是一个诗人应有的对语言的自觉。

183 当代诗的写作加入了符号学的维度。诗人们自觉在语言游戏中关注语言本体，看重词作为符号的能指特性。他们理解中的词语是作为词语被感知的，不是作为所指对象，当成感情发泄的渠道；它们的排列形式及其透显的意味有着自身的分量与价值。深谙词语的符号特性，遵从诗的游戏中的各种调与技艺，甚至于达到迷恋的程度：不太在意词的所指，留意词在能指上的滑动、分岔与意外的偏移。

184 是的，语言不能解释或翻译经验，但也不一定是经验的源泉，夸大语言的能指，忽视它的所指让人疑虑。而汉字的音和义不像拼音文字的能指（语音）和所指（语义）是分离隔绝的。汉字的音和义是在相互涵摄、相辅相成。汉字的能说，体现在它的形旁和声旁的生生不息的运动中。运用汉字的人，在言说和书写时，即服从汉字对偶的互为镜像的映照。

185 修辞立其诚。诗歌表达真实的事物与感情，这是最基本的要遵从的。一个诗人到了一个阶段对语言的自觉意识在增加，不断地开拓诗的表现空间与疆域。诗最后落实到诗语言本身的表达与探索，因为诗是从语言而生发的。我们的注意力要转入对诗之语言的关注上来，而不仅仅限于以诗作为情感的表达，仅限于“以形写形，以色貌色”。不能仅仅把诗当成文以载道的文具，须知新诗是自我生成、自我调节并最终自我观照的整体，它就是一个结构。诗的语词是作为词语被感知的，而不是作为所指对象代表或感情的发抒。词和词的排列、词的意义、词的外部和内部形式具有自身的分量和价值。这就是符号学提倡的诗本体意识。

186 贝克特在谈论写作时曾说，我们所使用的语言就像我的孩子一样，它们是自由的。在他看来，语言一旦被使用，就成为独立的实体或元素。这个具有自我生产、自我指涉的“能指”新系统，与语者和观赏者之间进行着相互交流和相互生发，原有的作者或说话主体无法控制其流程，它成了一种客观存在的符号象征，在新的文化生命体系中，它的内在的自律性随时可能进行再生产与自我更新。

187 清人潘德舆《养一斋诗话》中有云：“吾学诗数十年，近始悟诗境全贵质实二字，盖诗本是文采上事，若不以质为贵，则文济以文，文胜则靡矣。”古人担心文采胜过，即文辞华丽而内容贫乏，影响了内容与形式的统一。这种对诗质的讲求是值得肯定的。诗以质为贵，但古人将诗的内容与形式的二元对立也可置疑和省思。

188 卡西尔的关于艺术的讨论时这样表述，艺术不仅仅涉及情感，且将艺术当成一个客体。用他的话来解释，一个伟大的抒情诗人有力量使我们朦胧的情感具有确定的形态。就是说，艺术是第二自然。具体点来讲，情感本身成为一种构成的力量；艺术品是一个实在的形式结构，一个符号系统。一首诗的内容不可能与它的形式——韵文、音调、韵律——分离开来。创造者的情感隐现在一个构造物之中。

189 抒情诗中的主体是否等同于创作者本人呢？创作者所拥有的情感与诗中的情感是否一回事？创作者和语言中的主体形象究竟有何隐显关联？是否抒情诗仅仅有作者这个主体？另外，从解释学理论来论，阅读者在阅读过程中参与了无意识的写作——抒情诗中的主体演变成多重的主体。抒情诗写作还包含了从创作主体进入非主体的过程，在语言的、逻辑的互涉的另一个空间里，原先单一的主体瓦解了，也就是说实在的叙述人被瓦解，被误置，转化成非个人化的形态——这样阿什伯瑞发明的“诗中人”诞生了，它承担了叙述主体的统一的诗意使命。

190 现代抒情诗的概念始于波德莱尔。在商业和技术化时代中，抒情诗如何成为可能？抒情诗创作似乎不再是诗歌创作和个体经验之间的统一。爱伦·坡做得急切，他把抒情诗和个体心灵剥离开；抒情主体渴求一种热烈的激奋，但这激奋与个人的激情无关，在诗中追求诗的非个人化，出现在抒情诗中的现实是“被摧毁的现实”——通过紧缩、省略、移置和重新组合的超现实，是用词语创造的一个形式。

191 “去人性化”，不是意味让人变得不人性，而是试图加入变异的力量——现代抒情诗人洞察到抒情诗中的主体也是自我的独裁者；创造者摧毁自己的自然品质，将自我驱逐出抒情世界是为了实现创作者的自由。这“去人性化”的奇异悖论，给抒情诗带来前所未有的可能景观。创作主体的自我讽刺通过扫除自然情感状态，颠覆物和人之间的等级次序，把人放在既定次序的较低的一级，以此来观看、描述、呈现；超越个人的“陌生化”得以显形。这样，现代抒情诗歌的主体演变为匿名者，它仅仅是语言的组织者和承载者。

192 成为诗中的一个匿名者。诗中的无尽的开始与结束；意象的转换让你成为一个反复无常的诗人。我们死去成为地表和土地的一部分，成为一个幽灵。诗人没有自己的身份，而是运用了人类、动物、大气施加给他的身份，发出一群人的声音，一个诗人过着人类的生活，在他的诗中建立起一种复调。

193 写作的不可预知或预测让一个写作者成了听从者。身体是个发动机，诗借助着它来启程。那些怀有野心的刻意的作品最后也往往受制诗的发动机。一首好诗往往在你不可知的情况下突然到来（但它牵动了你的经验和所有的语言储存），甚至你不知道降临于你面前的是诗，这种偶发的陌异之物让人惊叹与着迷，可以说，诗是不可言说的神秘之物，我们的谈论只是试图找寻通向它的可能的路径。

194 诗有抵抗时间的诗性元素。一个作品就是唯一的无法替代的，它有完形的结构和存活的生命。我倾向早年从格式塔心理美学获得的观点，一件作品的整体形态，它在对读者发出要求使人受到感染。一个完形结构的作品对外在原型要进行简化；作品要有“似动特征”，就是说各种元素在运动着，有着方向性的张力或运动，能造成读者身心结构的类似反应。

195 与诗友闲聊，在他家阳台上闲坐，他戴着眼镜，有时将它搁在前额。他像一个隐士生活在汉口，为了写出一首诗，长时间憋闷着，为了能获得写出它们那一丝强烈的快感，这成了他或我在世活下去的依靠。维特根斯坦在《文化的价值》中有这样的句子：天才的身上并不比其他任何人有更多的光，只是他有一个将光聚集到燃点的特殊透镜。

196 在卡尔维诺看来，作品呈现的风格有两种：一是致力于把语言变成像云朵一样，像纤细的尘埃和磁场中的磁力线一样，盘旋于物外的某种毫无重量的因素；另外一种倾向，是致力于给予语言以沉重感、密度和事物、身体和感受的具体性。

197 后现代的写作即在面对存在巨大的悖论中把世界当成其游戏的场所，为了冲出其困境，人必须游戏。文学文本即是语言的游戏，世界存在于文本游戏之中。诗的语言的游戏在特定的时空范围进行，有明显的秩序，遵循自愿接受的规则，远离生活必需的范围或物质的功能，游戏的心情或情不自禁或热情奔放，游戏的气氛或神圣或欢庆。心灵的游戏、在创造的语言的世界展开。

198 诗文本的海滩随机性混杂意象的各种漂浮物，那是多种语汇齐聚的空间一个共时异质语境的海滩。

199 文本的复调拒绝单一的视觉，不管这个视角多么复杂、全面，它需要多种视觉以汇成难以解决的冲突，有如巴赫金提到的复调文本，陀思妥耶夫斯基小说里的多重平等的对话式的文本，它们统一或结合在某个事件中，而互不融合，表明其未完成性和对话的开放性。文本的不完整性，其中未能描述的省略与中断，给读者带来了阅读的诱惑和困难。而诗中的主体分裂或多变，也让多疑的文本呈现戏剧化的特性。我想到拉康著名的“他者”之论，欲望的主体是依靠“他者”（或镜像）以及“他者”同时介入象征世界，通过“他者”对潜意识进行语言解构。主体通过一个个变动的能指来进行自我生产，在主体的言说中引入“他者”，使主体无法控制新的变化，在这个意义上来说，人被语言控制而“他者”成了主体的替身，使主体消失。潜意识在同“他者”的互动中成了“他者”之间相互转化的游戏，这样主体化的过程纳入了现实性、象征性和想象的多重结构；诗歌中主体不断自我瓦解的理论依据；使文本呈现出后现代的多样性、敞开性和不确定性。叙述场景快速变异。非单一视线，诗中呈现出多样平行推进的事象。多个空间的组合与拼贴，诗的语速的运动感，指向最终的不定性。

200 语言的现实超越外部现实，比再现的现实还要真实。它不是再现的客体，它废除了外部现实的有效性，语言的现实赋予自身以意义，赋予我们生活世界以意义。以鲍德里亚的观点来说，只有一个超现实，由自反符号组成的世界，就是他所表述的“第二秩序”即拟像——形象、再现或再生产，现实被吸入编码和仿真的语言的超现实之中。语言符号在它们中间自行交换而不与真实世界发生关系，它是自身的纯粹拟象；那既往的指涉轨道破碎了，我作为指涉的外部现实被放在括弧里，留给我们的除了文本没有别的什么了。

201 如何尝试不断地将日常生活转化成语言？如何自我反对自我嘲讽，自我解套，练习挣脱习见？如何把诗艺当成目的而非传情表意的手段，对诗本体保持足够的尊重？如何从对观察的敏感过渡到对语言的敏感？如何在诗中融汇语词的组合拼贴叠印，互文与变形的组织安排？如何拿捏诗叙事的恰当和事境的蒙太奇剪切而非象征和隐喻？如何从生活的朴素进入到诗本身的朴拙？如何从语言策略的讲求到达对写作命运的体认？如何对个人生活事件的反思、加入戏剧性的提纯使之有着普遍意味和格言般的概括力？如何在个人修为、时代语境和哲学结构的共同作用之中，再创或更新诗语言的命名能力？

202 诗互文让读者看出作品的细节人物混合编织在不同的文本里，在不同的诗作中多次出场。这可能与创作主体潜意识语言结构有关，使得他的作品与作品之间相互交织，形成互文的效应。诗人艾略特把传统看成一个整体，任何个别的文本是这个传统链条中的一部分。每个作品隐含一个对话者。博尔赫斯的写作是他向惠特曼的个人和瓦雷里的象征的综合。

203 有告诫诗这个说法么？确实近期的诗作出现了自我告诫的语调和话语。有人将《活页笔记本》当成我近期写作的代表作。这可能来自这一生的自我告诫和提醒，自然转入写作里来。这可能与读典籍也有关，从古代典籍诸如《阿伯特》获得智慧的训诫，因为你努力想成为一个智者。你有内在精神提升的愿望。写作随之出现智性的沉思。“在一些日子学习外地方言或外语＼并以他乡的方言来取笑你会说的土语。”这样的沉思性的训诫性写作是及物的，来自作者的生活和精神现实。训诫诗的写作既有及物表达也有对及物观察与感受认知，可以说这是写作能力的多重体现。

204 写作者往往在中年抵达对原型世界的触抚与感应；面对一个巨大的集体无意识，其意识与无意识的结合改变写作者看待生命的眼光，他与世界的关系。诗人的无意识要求他的词语的转向，要求写作转向相对于自我更大的场域，逼现个人自性的出场。这与其说是向外拓展，不如说是向原始意象投入持久关注，呈现出如荣格所说的和原型沟通的愿望。原型激励着我们，唤起比我们的声音更强的声音。一个用原始意象说话的人，是在同时和一千个人的声音说话——他把个人的命运变成为人类的命运，在我们身上唤醒仁慈的力量。或者说让那些自性最深处活跃的东西变成现实，从而使他的词语世界处于碎片状态，而后组合着递进向前，构成还复往返的节奏与形式；形成了体量庞大原始意象神秘透显的自性之诗。这种围绕自性展开的写作，成就着诗的整体性和自治性，这内在的动力学，让词语世界自性运转，直面不可认识之物，诗人所做的是任其出现，倾听自我与自性与无意识之间的对话，从无意识中到来的意象，那些梦、幻想、回忆孕育着的象征，还有从身体里被激荡出来的情感，交织着不同时空的物象和词语串通媾连生成，对话的诗学也在整合之诗中得以显形。

205 你把散步当成一个工作。你出门，反对他人安排你去做任何事情。出门散步，独自一人。这是一个工作，是你在书房所做的事情的延续。

206 诗歌与写作者的关系不仅仅是纸面的摆弄字词，它对一个写作者是召唤。一个写作者在心里刮起风暴，生活方式发生改变，他来到路上，与过往的生活发生断离。写诗是一个人内心的革命，人成为身体力行的人，成为生活的实验者。写作内部必然发生革命性的变化。沃尔科特在诗中这样坦言。生活方式的改变似乎影响到语言的更新。至少，选择一种生活方式，意味着抵达写作的某种可能性。

207 现在你如愿逃到山里。在这里放下最后的书桌。背离与前往，在夜的山岭之间，多少身世与感慨交汇在字里行间；这词语间的颠沛与流离。以山为归，你的写作与生活将在这里重新开启，完成与终止。山居可能会给你的写作形构出某种后锉力。

208 当放下书卷，拎着两桶泉水出现在山坡，你对自己说，避开身体出现的疾病和丑陋，清理灵魂的纠纷和病魔；成为一个智者吧，向自己提供自以为是的知识吧。

209 中国农人的房屋即是他们的世界，他们从屋宇得到空间观念。“日出而作，日入而息”，形成时间观念，在这样的空间与时间里安顿他们。他们的生活是从容的，是有节奏的，春夏秋冬配合着东南西北。时间的节奏（一年十二月二十四节气）率领着空间方位（东南西北等）以此构成了宇宙意识。如古人宗炳所云：“身所盘桓，目所绸缪，以形写形，以色貌色。”“目既往还，心亦吐纳。性往似赠，兴来如答。”

210 罗大冈曾送戴望舒一本书边没有裁开的法文版马拉美诗集，作为纪念。望舒很高兴，用干净的纸包好放在衣箱里。这是他苦涩的回国途中的温暖。他找到了波德莱尔、马拉美这一脉的诗人，在翻译时，他想看看波德莱尔的质地和精巧纯粹的形式，在转变成中文的时候保存到怎样的程度。波德莱尔是把古典主义的精致整饬和现代主义的敏感熔为一炉的具有独创风格的诗人，戴望舒通过中文将其面目逼真显示出来。

211 戴望舒从写作《雨巷》到《我的记忆》《断指》的自我更新甚至颠覆，昭示出诗人对新诗的深入观察。他以为诗的韵律不在字的抑扬顿挫上，而在诗的情绪的抑扬顿挫上。诗应该去了音乐的成分。押韵和整齐的字句会妨碍诗情，或者使诗成为畸形的。他的朋友施蛰存说：“《望舒草》的编辑，表现望舒对新诗创作的最后选择和定型。”戴望舒的创作实践和诗学上的自我更新，尤其对新诗“音乐的成分”的反叛，使中国新诗从“白话入诗”的白话诗时代进到了“散文入诗”的现代诗时代。

212 从《葬我》到《一个省城》，诗人朱湘完成了断崖似的中断与隔离。百年前他对“省城”的叙述不仅对当时的朱湘构成挑战，对当代诗歌也形成罕见的刺激。在当时抒情诗一统的天下，朱湘能够如此大胆书写，对早期抒情诗格局实施凌厉的突破。他破除自己擅长的节奏和句法，忠实书写生活本身，这已成新诗自足的传统。对于新诗的形式问题，朱湘认为，“新诗的未来便只有一条路，要任何的情感意境都能找到它的妥帖的表达形式”。他甚至说：“节奏、境地、辞藻，这是散文的元素，当中，节奏最重要。”对节奏的看重与实验，让他自我解放，写出了类似于1990年以来后中国诗人开始的实践的文本。

213 英国学者伊格尔顿在他的讲座中提及诗中的节奏和格律不是一回事。格律在他看来是重音和轻音有规则的模式运动，类似于汉语新诗中的平仄押韵的讲求；而节奏在他看来，是诗句不规划的摇摆和流淌，它的起伏与波动似乎遵从写作者说话的声音的收放，是声音的曲线，是最为原始的诗歌中的元素；节奏关涉到写作者身体和心理因素。中国新诗将节奏拓展到九十年代的诗人对语感的看重与讲究，正是对节奏的讲究和加入新诗，使之走向开阔的道途，使新诗不受缚于格律的死扣和末途。

214 诗人张枣在德国留学写作的《卡夫卡致菲丽丝》一诗让我从他的译介中找到了某种解释，对德国诗人保罗·策兰的译介成为他创作的某种自白。他说，保罗·策兰的抒情方式是对话式的。就是说他用每首诗来追寻一个对应面，“另一个”，一个神秘莫测的你：时而是自身，时而是神，更多的时候是一切的综合体，这源于犹太教神秘主义的对话方式。写作《卡夫卡致菲丽丝》，表明他对抒情方式寻找更新的可能。诗不完全是经验的产物，得有超验的介入。张枣信奉中国古典传统的知音乐趣，以为知音还活着，他要与之对话。在诗中吁请死者归来，与亡灵对话、倾吐衷肠，这种虚构的有着招魂性质的元诗写作发明了一种言说，同时，更新了当代诗自我生成的范式。

215 “中国现代诗之父”其实是鲁迅而不是胡适。后者以他的见识勇气开创了白话新诗，而前者则以其散文诗《野草》奠定了现代诗的开始。我认同诗人张枣的意见。是这样的，我所理解的新诗就是现代诗，鲁迅缔造和发明了一个现代主体。这个主体是被损害过的修复了的主体，重新获得自由的表达。可以说，现代诗人以他们的实验文本在百年间发明了现代汉语，建立自己的汉语帝国，同时，建立起了现代诗的传统。

216 瓦雷里以为诗歌就是词语和语言的游戏。游戏本身就是秩序。将之与日常生活区别开去，将之置于欲望和需求之外，不想中断心爱的词语的游戏，也不以此游戏活动和任何外部事物作交易，保持游戏精神的独立、纯粹性和美好享乐。在诗中，他乔装于隐匿的身份或面具，保守一个秘密，试图让诗歌产生迷人的美感。

217 他活着就是为了在自身中实现某种令人惊叹的种种变革，他的那种精确性那种坚韧那种英雄的自信维护诗歌卓越的尊严——这是瓦雷里对马拉美的切身理解，他不断回到马拉美的身边，他们之间的情感超出了血统的传承，那是诗歌精神在他们之间超出血统的传承，是诗歌精神和理想的真正的嫡传。

218 在马拉美看来，一首诗就是一支交响曲，以词句之间与音调色泽的凝聚力来表现这富于旋律的冥想。这就是说，他的诗歌超出那种文学的简单直感，而试图呈现那隐秘的绝对世界。是的，不要说我们已经理解了马拉美，所以我们重温他的作品，亲近这位艺术的天才。你把星期二沙龙成员里的德彪西取材于马拉美的诗《牧神的午后》的同名乐曲听了又听；把他的画家朋友马奈为他画的肖像反复打量；你也产生类似于罗丹的感叹：这需要多少时间才能造就像马拉美这样的头脑啊。

219 庭院散步，你对自己说，像那个守在鸡窝里孵小鸡的母鸡那样专注于阅读和写作，几乎成为某种本能。如庞德所言，对所写的东西要精神高度专注。写作没有别的外在的目的，“孵出小鸡”来就是目的。必须守着那个必要的时间：21 天，以它的体温让种蛋里的小生命一个个醒来。

220 这突然出现的晚霞让画者沮丧。不可重复的转瞬即逝的晚霞，你与之偶遇，它倒不在意你的观看与赞美。唯一的晚霞，它处在纯粹幻变的丰富的彩色调盘。

221 黑塞在堤契诺山间耕读写作三十五年。他把每一天的时间分配给书房和园事。以为后者适合沉思默想，是他读写的延续，有助于心智的融合贯通，引发一个人孤独地去做。

222 词语是汇聚点。人的感受直觉体验都汇聚于此，是心灵进行自我调整发展过程中的场所和方式。语言不仅记录事物，它还促使事物发生。它扩展现实，或者说扩展语言即是扩展现实，它创造了新的现实。

223 萤火虫出现在大厅和书房，你让它们转移至诗的字里行间，神秘的天赋之物在词语之间隐显出微妙。

224 真正的写作在远离流俗、在外部的困厄中持守语言良知时方可呈现，真正的作品不是与时代妥协的产物；反之，它命令写作者克服时代的负面影响，持守文明之子的道义，朝向死后而写作，那是写作者短促语词生涯逼现出的一道词语的光亮。是这样的，文字瞬间的感受，意外的彻悟，生活自述或心灵的记录。片段式的随笔，又有别于随笔。没有固定章法，片段之间似乎缺乏连贯，却真实呈现其思想的原始情态，那不像文学的文学、没有形式的形式，或者说是全新的文本。

225 从山房后窗忽然见到坡地野菊花。忆起三十年前在平原时写过的野菊花的诗。这里你用尽一生去写作的意象，不断地进入你对它的凝视与沉思；真正的写作就是要求你把一生的一个意象给刻画出来。

226 写作的晚期似乎到来。你的山居就是为了创作这个时刻的到来。写作的晚期或颓废与原始山野风物混合；重新改写早年的作品，自我颠覆或自我修正，甚至你成为自己早期美学的反对者，冲撞自己的局限。写作现场的转换来自语言自身变革的要求；你逃亡似地投奔野地山岭，远离或对抗，自我放逐的形式转移至纸面的排行营建，词语生涯走向极端或绝境，作品往往弥漫出难解与隐晦。晚期的遗嘱性的作品渴望被写出。

227 诗文本里出现的意象、事象和构图可以呈现类似于摄影中多次曝光。它不是单一的意象或事象呈现，诗中意象、事象的交织重叠出多维的梦幻，把不同时空的体验的事象有机地重合叠加在一个文本。它似又不似某物，逼真又有梦幻感，因为它是瞬间多物的变焦合成；文本的构成实验新的特技，改变我们的视角和观看，作用于语言的生成，让作品具有丰富的层次感。

228 三十年来，汉语被翻译体覆盖，退化到了什么地步，我们的语言和文化到了要抢救的危机：从自己做起，在日常里我们修习母语，念书法，念经并出声；用悟道或熏习来提升精神境界；以现代诗的方式，重温古老的诗教，让诗可教、可以立德，而真正内在伟大才能来自道德，因此而生发心灵苦乐。这样，我们养护的德性得以从语词的分行之间透泄出来。

229 山居诗写作大都滑向东方的禅。从学院走出，双脚带他们走向禅宗道场。斯耐德写了一些让他自己也吃惊的诗，一种无拘束的洒脱的禅风从字句里透显。学者赵毅衡说，中国诗心改变了美国现代诗，至少从斯奈德的诗可以获得例证。山居诗的临即感在美国诗人中似乎很常见，雷克斯洛斯以为威廉斯最接近中国诗。中国式的意象在美国诗人的作品里也得到呈现。意象派诗歌的观点也似乎从汉语古诗获得启发。居住山里，什么时候也会写出类似于斯奈德的《斧柄集》。

230 用了近大半生，你完成了两件作品：一本诗集；一幢山房。它们都将用来居住。

231 闲坐在山房门前大石头上。忽然想到，在人类的世界，如哲人说的，应当把人当成目的而非手段；而在诗的世界，写作者应将文本当成目的，它本身就是自己的法则和目的。完成你的作品，这是最高的也是最后的目的。

（1995—2019，潜江—北京—武汉 大崎山）

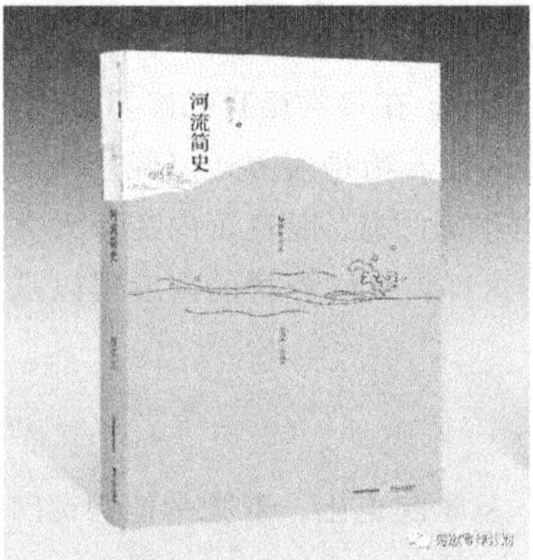

（柳宗宣诗集，北岳文艺出版社，2016年第1版）

（柳宗宣拍摄的自筑山房的屋顶，2018年）

对话

语词的界线

采访人：木　朵

受访人：柳宗宣

①木朵：《分界线》（2005）以一种后见之明的方式回顾了六年前（1999年2月9日8点）的一次由南至北之行。这首诗以两种天气的变化（“雨水”“阳光”）为喻，概述了早年一次抉择所富含的象征意味，简言之，去北方被称为寻找光明之旅。但这首诗并不是即景诗，也不是抵达目的地后当晚写就的纪游诗，而是时隔多年之后的一次回眸，就好像那个发明了两个自我形象的关键日子仍是决定性的。从此，诗屡屡带来关于“北方”的通信。可以说，一旦要归纳那些年写作的特征，就绕不开这条界线：整个人牢牢地钳制于那个太过深刻的作为旅客或奋争者的自我形象之中。到什么时候这种关于界限的记忆在诗中不再显得重要？

柳宗宣：我们的交谈一下子找到了切入点。此诗不是什么即景诗或纪游文字，它是事隔多年后从潜意识里冒出来的，是“后感知”到的。这个分界线似乎不能用所谓的象征和隐喻来描述，应该说是“直观”到这个分界线，有丰富意味的场景。事隔多年，重新回到那个刺激你的“分界线”，对那个场景和那个时刻进行双重的直观，显示出了有意味的形式。对那个场景原本所给予的加以描述：阴晴，潮湿与干燥，南方与北方。这瞬间相遇的“分界线”有多重的意味与神妙。你一时说不清，在遭遇的瞬间被它们打动。人往往面对不可把握的陌生的处境、突至的事件打破惯性，也搁置了记忆；当下那一刻向着一个空白敞开，这空白或虚空可以生发新的意义、新的可能性；对它的直观并不是一次性的，是反复到来被体会与领悟的。我的写作受现象学观念的影响是有的：注重诗生发的最初的**情感震动**，这样身体自然出场。

在具体写法上，放弃了所谓象征主义诗歌给语言带来的负重，所谓的象征主义诗歌在表现自我时太过用力，破坏了人与事物邂逅互动的客观。我写作时讲究主客观的双重呈现，力求写出能够被“看见”的诗歌。

从诗文本的阅读能体验到有质感的意象、场景与事件，同时能触摸到身体的感动与情感的波动和感应。如诗作《复调》中体验着的直观着的主体活动在诗行间隐显，这里也有**元叙述**的成分，使诗得以生成、推动与变化，构成多种声调齐声共鸣的效果。

身体性在诗歌写作过程中或作品显现上见出其原动力，也就是说诗的写作不仅仅是智性的纯思辨的产物。这样强调的新感性的写作也是考察诗作是否具有真实性的试探器；那不关己身的不涉及人对自身命运的领悟与体验，写作没有身体参与所呈现出惊奇感的诗作，在我看来几乎是不可信的也是失败之作。也可以这样表述，没有“我”身体的游走也不可能有这首《分界线》。从诗的生成到作品的出现不能缺失一个**运动着的身体**。

说到这个“分界线”，就个人的写作来说，它也显出它的一种特殊的意义。以前在南方的写作是没有北方的。我是到了北方生活才发现南方。一度曾喜欢美国诗人毕肖普，着迷于她诗作中的南方与北方，她的出生与经历确实给出了一个她的南方与北方，她曾多次在加拿大、美国和拉丁美洲南来北往。她的漫游迁徙使她的诗歌呈现出“**特殊的地理**”和多重的空间与维度。

自从我的生活与写作有了那个天然的“分界线”，诗歌经验的维度与幅度发生了变异或拓展，我想再编诗集就将这首短短的《分界线》放在开篇。是的，可爱的“分界线”显明地出现在了作品中，像《母亲之歌》场景与细节都是南北的。到了现在我才理解为什么要把参加母亲葬礼者的名字罗列于诗中，这固然受美国纽约派诗学的影响，当我在写着亲人、朋友、学生的名字时加入了隐在的感情（那些年在北方想念南方啊）。我是在四十岁找到北方的，诗歌出现那苍茫的景观，或者说我到了北方才真正认识生活多年的南方，我的故乡，在北方张望中呈现的南方的人与事。《今晚》《棉花的香气》等诗参与营造一个小气候，把这种意念与感情推向一个高潮。我有一个偏执的做法，总是过分在意一首诗的切入角度。

《棉花的香气》一诗的生成的角度让我把似乎消失的事象给呈现出来了。一首诗如果找到了一个相对有意味的角度，这首诗就差不多可以成形了；如果没有找到，它可能就出不来，也就别谈诗的空间、结构、张力与意味什么的了。

从北方回到了南方的写作，应该说是近年的写作，诗中的南北分界线才淡了些，或者说它内在于诗作的生成与组织。它们南北浑然含融于一体（如《北方旧居的石榴树》《友人家中寄宿的两夜》《给女儿》等诗作中能见隐约的分界线但它含融于诗行间），看不见这个分界线，即便你一度迷恋这个分界线。

②木朵：《母亲之歌》给我最深的印象不只是“人的名字罗列于诗中”，还有“我看见……”这个主谓词组的结构起到的支配性作用。这应是一种最合理的悼念方式。按你的说法，这也是一首“能够被‘看见’的诗歌”：这是对“看见”的看见。或在汽车后视镜中看，或“在国道上饥渴观看”，或“从落地玻璃窗望过去”，或在错乱集市的小餐馆“旁观”，或从一把藤椅中看到父爱……那么在多次观看中会受到怎样的启蒙呢？如何做到观看上的前后有别？大量外界因素加入，诗因此看上去更富有现实主义色彩吗？而附带的噪音，怎么祛除？

柳宗宣：“看”确是个人写作中的一个关键词。在我理解中的现象学其实是教我们如何观看的学问。你如何从不同角度瞄向或直观到你身体周围的**生活世界**，获得现实客体和意向性主体生成的映像，获得存在的某种真相，这是一个得持续做下去的功课。我认可**情感是身体感知的具有空间性的客观性的实体**。诗的情感也是可以被“看见”的，诗的情感传达依存于视像与视像之间波动。在写《母亲之歌》这首诗时，克制了多余的抒情，因为它本来就在移动画面的拼贴与组合的空间和语调里；浪漫主义的微尘不得不在诗行中被拭去。我曾写过关于“母亲之死”的几首诗，觉得这首找到恰当的表达方式，完成了从传统写法的离身撤退。

从上个世纪九十年代初开始诗歌写作的，诗歌的实验试图吸纳当代艺术的多种语言。自知起点很低，停留在对诗的老派的认知和写法中，其实诗歌写作应不断更新它的生成与表达，它似乎影响了相邻艺术门类的表现，当然也从绘画与电影、音乐等门类中获得灵感。印象最深的是留意刘小东等人的绘画，其创作拉近艺术与生活的距离；对虚张的大观念的回避，愿意回到现实生活中，重新审视自己确切的不夸张的位置；喜欢描述**日常生活**，从非常具体的人和事件中投射出情绪性、观念性的因素。当时，中国电影也开始出现第六代了。他们的摄影机不会撒谎，技艺考验着艺术家们的诚实。观念和语言上的革新出现了：纪录片与剧情片段开始交汇。电影的叙事割裂剧情的连续性，甚至肢解音效和构图。绘画与电影的新的元素与诗歌实验开始互动。新的艺术形式要求着艺术家们为人们的观看提供诧异，为艺术发现提供新的可能。私人写作将所在的地名、人名、生活场景写了进来，对个人生活进行近距离的细微打量。

九十年代以来的诗歌写作发生着完全不同于八十年代的实验。我的诗歌几乎成了“街头现实主义”。如你所说，大量客观映像在诗中呈现，是有那么一点如洛加蒂所提倡的“无边的现实主义”。现实主义可以在自己所允许的范围内“无边”地扩大。当下现实提供了诗的细节、场景和原生的事象，可是兰波的问题也随之而来了——如何摆脱现实生活与诗歌文本间的矛盾？诗不仅是描绘世界，它还要构造一个世界。史蒂文斯在诗中试图用想象力观照并改变现实，用诗的想象力赋予经验以秩序和形态；弗洛斯特的诗里呈现的多重现实，最后指向玄妙与抽象；秘鲁诗人巴列霍谈到新诗歌时强调现代生活提供的物质，必须被精神所吸收，再转化为一种新的感性。这个转化之功确实必要。洛加蒂在提出“无边的现实主义”理念后，他也补充了“抽象现实主义”的概念。是的，艺术最终要创造出全新的词语的现实，这是被摧毁了的现实，感性但非现实。要经过如此转换是很难的。如何祛除诗中外部现实的噪音？我想，包含弱化诗的线性描述，词语不可过分黏滞于现实的泥淖，要从现实场景的束缚中解脱出来，剔除现象描述中非诗意的部分，呈现对自身生活抽象的领悟，让词语运转腾挪，进入词的互动生成，精心于诗结构的营造，等等方面的努力会使诗语言的现实从文本层面真正展现出来。

③木朵：现实会教我们还可以怎么理解“现实主义”，比如在《牙科诊所》（2008）这首触及疼痛的肉体之现实的诗中，“鸦雀”扮演着推动情节发展的精灵，像这种非现实因素——也可理解为抒情符号——给一首涉及当下处境的诗带来不少便利，它让诗看上去更富有生机和逻辑，也增加了人与他者周旋的戏剧性。如今，对一只鸟、一棵树或一枚残月的描写，容易被认为是老套的、不解迫在眉睫的现实之风情的做法（另一方面，当代诗人要把这些事物吟咏到位也很难）；然而，不经意间，鸟儿还是溜进了诗中，即便是一个配角，也让人受益匪浅，比如《大别山中》（2012）就靠“奇怪的鸟声”来收尾。现在，你可能会怎样来写一首纯粹的咏物诗？

柳宗宣：《牙科诊所》中的那只“鸦雀”确不同于传统咏物诗所兴叹的客体，它是现代诗歌场景里一个与主体对应的细节。它也不同于波德莱尔诗中的“信天翁”，一个比附或象征，即诗人形象的隐喻。这只“鸦雀”只是这首诗中一个小小声部，参与了此诗的合奏与生成。确如你所云，它的再现给全诗带来某种戏剧性，它的出现似乎比衬着我们的痛苦世界，隐隐作用我们在诊所世界的痛苦感知，它既是写实（新写实）又有散逸开去的意味，难以挑明，影影绰绰。

如果没有它的到场，诗也没有写作它的冲动和乐趣。它是一个自然世界，同时，也是想象的世界。虽然这个世界退避出我们日益膨胀的欲望，渐渐从我们的生活世界和语言世界里消失。这个世界还有什么“物”可咏的呢？

从这个角度来说，它在语言世界里出没现身，必然是飘忽、断续、偶然的，你无法赋予它相交融的客体并去咏叹它。我的写作存在主义意趣颇重，注重呈现个体生命的在世感。目光总是盯着自我，状写个人境遇时偶尔打量外部。所以这只“鸦雀”的出现加深了在世的痛感。在人的世界里实在是转悠太久，突破不出去；什么时候能向外部世界投向它短暂一瞬——能以物观物，不是以我观物。

“鸦雀”又似乎是对专注于自我的一种唤醒，一种自我的镜像，隐隐昭示古老恒常的生活形态，把我们抛弃了或我们失落了它，是我们对可能生活的一种张望形式。这样说来，“鸦雀”参与了对诗意的反思与审察，这“鸦雀”以它的轻盈反衬出诗思的凝重，而且它触发了对痛苦的多种现实的打量。对“鸦雀”的看，或诗歌里的看，看也是感知，看就是在思想。对它可见性的描述以及对可见性中的不可见性的想象，使此诗涌现出模糊的多种层次，甚至让人生出福柯的“目光考古学”的联想——“鸦雀”暗含着对不可见性的思考。

《大别山中》一诗中的那只无名鸟的叫声，它只是繁复意象与事象中的细小元素，不过它也是让人写作此诗的必要的媒介，或者说它把其他的物象与意象聚拢在它的叫声里，与写作者和读者发生共鸣，或者写作者强加它的声音。其实，它的叫声里能有什么绝望与寂寞？是我们产生的情感加诸于上，你在内心听到了那个呼应并借助它给予传达。所以说我的写作是老派的，还有过去浪漫主义诗学的痕迹，它隐藏着常常在诗的组织与意象的采用等方面露出它的尾巴。

如何如你所云写出真正意义上的咏物诗呢？史蒂文斯的《观看黑鸟的十三种方式》会给我启发。此诗中的黑鸟也不是我们传统咏物诗中具体的黑鸟，或以“我”观物的对象，史蒂文斯这首诗以变幻多姿的语言形式昭示想象与现实的关系，黑鸟不是与我们对应的一个自然物，它可以说是一只想象出来的黑鸟，表达想象的可能性，那是纯粹语言创造出的与世界和存在的关系，更新了我们诗的经验。

交谈至此，自然要提到里尔克的《豹》，它是所谓咏物诗的范例，这咏物诗不是借物述怀，也不是我们常言的象征诗，用他给萨洛美信中的话来说——创造物来，那是源自手艺的物——这也与他听从罗丹的提示有关，从后者获得了观看的技艺，他创作的物诗将世界的可感性提高到最大限度的自觉，在观看中使自身的敏感趋向至理智和实体化。那只豹是自我对象的同一和感情的客观化；或者说他让诗化成了物或豹，构成心灵思想的纯粹图像。

④木朵：关于看的视角问题，一提史蒂文斯，我就想到 R.S.托马斯《十三只黑鸫观看一个人》这首身手敏捷的诗。《棉花的香气》（2005）可谓你的代表作，谈论你的写作史，绕不开这个缓坡；它以“你—我”配对模型开展叙述，但是，“你”这个角色处于被动位置：作为一个当事人单方面臆想的洼地，作为一根即将断裂的情感纽带，没机会从她的立场来审视“我”，被“我”所营造的乡愁钳制，正如《烟草》（2012）在回忆“父亲”形象时，也不从“父亲”眼里看世界，依然受乡愁召唤。“你”对“故乡”的思考似乎停止了——关于当今农村真相的描述因人废言似的，否认那里再一次生发“棉花的香气”的可能。绝望的乡愁，除了寄托浓烈的怀旧形式，农村还有怎样的面目？还能怎么写？

柳宗宣：承结上问所谈到的里尔克的《豹》，诗人是用它豹的眼光来看外面的栅栏与世界，视觉从“我”转移聚焦于“物—豹”本身来写，就是说设身于豹的感觉的“焦点”，咏物诗通过严苛的观看将诗化成物，豹即成了塞尚画中的苹果一样的客体。这也类同于提到的 R.S.托马斯的黑鸟看人，写作者转换人的欲望与视角，用动植物的眼光和欲望去视听。

《棉花的香气》一诗有角度生成此诗的讲究，两个女人之间的迁移转换。“我在别的女人身上体验你”，自然过渡到早年乡村生活的描述，其实写的是个人的成长史（情爱史），与童年、少年的村庄相关，但意向不仅仅是停留于此。棉花的香气只有在过去幻美的乡村方能闻到了，对爱的渴望以及对美的感知还有它们的流逝在诗里得到呈现。这首诗其实是对过往少年青春时光的祭悼，或者显现了一个中年男人的空虚失凭企图从既往获得慰安的愿望。这个消失了的与乡村相关的人事场景转移到身体里，那年在北京，不由自由地在一个契机的作用下把它们找寻回来。

我从来就没有写过所谓的乡土诗，也不会像一些人那样去写新乡土诗。乡村对于我来说，就像她的一个客人。我是乡村的旁观者，一个想回去而至今未成行的离家的行者。我最多的是在异乡、在城市把它偶尔眺望一下。我是一个写着自身境遇的作者，我的境与遇同乡村隔膜着，年岁既长，总想着回到童年、少年生活的地方。我也在外部做这个努力，从北方回到南方的省城，走在回出生地的途中，现在还停在城里观望它。前年我在故乡写过一首《村庄的暂居者》，近年来写作的《孤岛》《江汉平原的雨》等诗有了深化，这些在我看来也不是所谓的乡村诗，它们里面有更多的关于存在的况味。如果如我所愿我真正生活在了那里，我会有更多的关于家乡的诗作问世。我渴望着像R.S.托马斯将他隐居了几十年的山村人事转入词语中来。他的诗歌作品背靠着一个威尔士北部的山村，所以他的诗坚固不朽。

话说回来，我早年的在乡村生活的经历给我的写作抹上了泥土的底色。这命定的东西隐隐作用我的为人处世，审美眼光或情感寄托方式。这些年我的乡愁几近绝望或死掉了。在这个改天换地的时代，乡土几乎沦丧殆尽。病态的乡愁将指归于何处？

你提到的《烟草》，是从城里一瞬间的对消失了的故乡的回望，如诗的结句所写的，随着几秒的烟草气味的消失故乡也随之消失而隐退了。

我曾在《蔚蓝苍穹》中写过——把目光从乡村和人造的自然转向了街头——像波德莱尔写作他的“恶之花”，像他置身其中的“巴黎风光”。你可以看出他在其中的徘徊不定的省思。

如你提醒，关于乡村的诗是要写的，我曾发愿用散文形式写故乡江汉平原的二十四节气，它的方言与残存的习俗，要写它那里流布的河流，身不由己的诗创作无意识地向那块土地靠拢。我曾写过《停驻汉江泽口码头》《河流简史》，写作有一种要回到生命源头的努力。尤其是到了我这个年岁，又在北方闯荡过多年，对自己父辈生活过那块土地那里的过去和当下乡村生活的真相有必要靠词语去发现并保存。去年，我写作的《平原歌》《母亲的陶罐》，这些远远不够。我喜欢爱尔兰诗人西尼，他诗中呈现过“木斯滨”：他童年住过的村子，有一个自然主义者的死亡。有乡村警官拜访，也有盖屋顶的人，还有《非法分子》中的交配的公牛。不过，他写乡村用他的诗话说，是为了认识自己，使黑暗发出回音。

⑤木朵：《步行过琼州海峡码头》（2012）可谓是你技法与情感形式的一次综述，从被描写之人身上审视自我的生涯，古今时空交错，一往一返模式下的人生磨炼，四海为家、原点难觅……点点滴滴，仿佛伫立那海峡只有你才最懂苏轼的心弦。这也说明只有“练习逃亡的艺术”（《汉口火车站》，2012）的诗人之间才心心相印。逃亡与归来——已然成为你写作上最重大的题材。“你驶向你的孤岛”就像是对自我身世的预言和已有经历的概括，这个短句不由得让我想起叶芝的两首诗：《湖心岛茵尼斯弗利岛》和《驶向拜占庭》，仿佛你的目的地就是二者的结合。我想，到现在，读者最想知道的是：在南方和北方双重体会过孤岛滋味之后，下一步，你将如何寻觅感情漫溢的新大陆?

柳宗宣：前几日我们谈到乡村诗，我想我要写就会写像陶潜那样的《归园田居》；我常想陶潜为什么在中国诗人中那么重要，作品也不多，薄薄的一本集子，却成就了诗人不朽的声名。几千年过去，你不断地回到他的诗章中获得安慰和启示。陶潜的伟大就是他一生的**身体力行**。他的超然物外，薄近自然，他的不求仙饮酒，不求形体长存而持守本真。当代诗人我喜欢张曙光，他的一首《夏日读陶潜》，通篇五节无一行提及陶潜，但对陶潜的热爱与对话包括诗的形制，都有回返陶潜精神与之对接的愿望。

苏轼也是陶潜的热爱者，把陶潜当成了他的前世。这些年我也私下爱着这两位古人。《步行过琼州海峡码头》几乎是脱口而出，当我张望琼州海峡，苏轼的身影就浮现出来，穿越**交错的时空**，他迎面走来。你的解读是准确的。如果没有这些年的动荡生活与几十年不懈修为，我不会唤醒心中的这个人物。你可以看出我是在理解着这个老人，以我的动荡人生展开着与他的沟通。诗中有一句："他越来越知晓离弃身处时代的束缚和困境。"那是自我与古人的对话。在诗的结尾，那海上停歇的是超脱虚静的行者。对行者的修辞是我理解中的古人的形象，也是我渴望达到的人生之境。无超脱即无虚静，也就不可能成为一个行者，也不能驶向我们的"孤岛"。写了几十年的诗，最后发现它是人生修为的一种**承载形式**，人修行到什么程度，诗的境界也会随之相配衬。诗中有一句，"来去的淡然漠然映入天容海色的澄明"。这是我对古人理解或自己所要达到的天容海色的化境。没有这些年的**逃离与归来**，在这个时代的被挟持与持续的周旋对抗而来的省思经历，诗作不会从生命里到来。这些年我的逃亡是为了个人写作（离开潜江小城去游历旅居北方打开自己的视界，更新诗的意象）；我的归来也是为了创作诗歌（荆楚这里有着相较于北京更多的时间与生命里必要的闲暇和静思的空间）。我一直为苏轼庆幸，在他身处的时代，**个人的流亡**反倒成全了他不断更新的作品。

很高兴你提到《汉口火车站》，你看出了我的人生将重新开始的逃亡与归来。确实如你所说的，我们都在驶向自己的"孤岛"。在我们交谈前，完成了一组诗《一意孤行》，前往何处呢？山中，禅寺，大海，那可能就是我要驶往的“孤岛”。我的近作《通往海的路径》中有一个词：“背离”。背对着人世，向海的深处游去。我的修习哲学的张典博士读完此诗，他说：“对抗 urbanization 是诗歌的现代主题，另外，诗人也成为了 urban 中的怪兽，英国画家弗兰西斯·培根就成为这样的怪兽，现代性中诗人的意义也许就在于此。”

你提到叶芝，比附着来交谈，契合我之心意。我的未曾谋面的弟兄，你的细心与博识让我们的心更近了。我的背离，我的孤身前往的大海、山中禅寺，同叶芝动身去往的茵尼斯弗利岛和驶向的拜占庭存在着某种精神上的类似。我们要为自己的生命获救与重生而前往。一个超脱虚静的行者对这人世还有何求，除了能找到新的意象。他有着不顾一切寻找它的紧迫感，是的，“我的眼前浮现的是意象，生产出新的意象”（叶芝诗句）。把它熔铸到新的诗篇中去。

⑥木朵：在早期作品中有一首短诗《记梦》，谈及了你和“流浪的燕子”的联系，而这种联系切实得到巩固是在《燕子，燕子》（2014）中，不但长度增加了，而且，燕子的拟人化、自我化更为激烈而明确，“你是我的我是你的”。无论是流浪、迁徙，还是飞翔、筑巢，燕子的行动都被人选择性地摘录出来，对应于观察者的生活实践。实际上，诗中主题始终是对自我处境的观察、反思，但更为隐晦的主题是，人对时间流逝的感喟，也就是《燕子，燕子》最后一章所谈及的“燕子不认识变老的你”，时至今日，“变老”作为一个紧迫的写作主题，已经演变出成熟风格的脉络了。不过，对于更关心诗艺的读者来说，他们兴许更感兴趣的是：在谋篇布局时，《燕子，燕子》是如何渐渐显露出其结构的？是取生活的十三个片段一一对应，以反映光阴荏苒之透心凉，还是照顾到包括复沓这一古老技法在内的种种写法的需要，不断制造诗意的震颤，以表明“燕子”这一客体拉动诗之新弦的其他可能性？

柳宗宣：《燕子，燕子》一诗是在我 2013 年的写作中偶然到来的。当时我正在写作《江汉平原的雨》《孤岛》《母亲与陶罐》这些诗，陷入了回忆的专注。同事的微信问候，让我重新处理这首诗。第 1 节中的句子是忽然冒出来的：**燕子在飞。\燕子为何筑巢在你家屋檐\堂屋梁上，而不是别人家的**——这让我手脚忙乱。我把写燕子的旧作翻找出来，重写它的时间到来了。这首诗我写了十几年，从湖北写到北京，又写回武汉，觉得没有处理好，这次总算满意了。

在处理此诗时，打乱了时空，将个人生活中关于燕子的不同时空发生的场景交错杂糅，放弃常规的线性和情景的**结构模式**，扬弃过去写作黏滞于外物和所指的毛病，从精神内里、词语本身的要求来进行不同场景的剪贴和串联，装配与构成，使之成为**有机的诗**；诗中既有以物观物的描述（第 3、4 节），也有平行的复调叙述（第 5、8 节），也有情景交融的呈现（第 9 节），也有自白诗处理个人生活事件的旧技（第 6 节），却倾向于毕肖普的不过分地动用它们，保持有风度的节制与冷静。当然有诗的沉思和独白（第 7、13 节），更有想象中出现的情景（第 11 节），一并将这些交叠组合，向前推进，抵向非单一的多维的发散性的**诗性空间**。可以说，此诗的写作应和了梅洛·庞蒂的存在论诗学的交织理论：身体主体与客体的交织，我们的身体与他人身体的交织——燕子诗就是各种存在的**交织物**。在最后一次修正前，将其十五节，调理到现在的十三节。这是诗的内在的结构要求在起作用，作为一个写作者服从了它，写作它时有些迷恋诗节奏的变异，不仅仅注意意义的传达，更关心诗句的意与味，意味相互透显出如本雅明所言及的罩在作品之上的灵韵。

处理完此诗，欣然去找身边的朋友喝酒。是的，在诗章中抹上了跳荡变异的乐调，这可能与以前听迪里拜尔的同名曲子有关，与个人不同阶段变异的情感有关，更听从了写作时内心即时的音调与节奏。一首诗的成形，有多少存在作用于它的问世，或者说时间在写作着一首诗。

早年在江汉平原的房子里就有**两只燕巢**。在北方的筒子楼租居我也碰到燕子。它的叫声穿透了我的身体，或者说，我和我的燕子就是一体，参与了这几十年来个人生活的离走与归来。确实，我与燕子有着非同他人的私人情分。我对燕子有着无产阶级感情。你提及早年的《记梦》旧作，让我想到一个意象是在个人生命中生长出来的。也可以这样比附：时间中到来的智慧让叶芝写出了《马戏团时动物的逃离》，它也作用于我对诗的理解。我的同事言及 2013 年写作的《孤岛》等诗，说它们表现出“随时间而来的智慧”，语调平静而富于内涵，有着某种超脱的虚静感，它不再像年轻人急于表达自己的处境，宣泄情绪，而更多是一种静观，是经由心灵重新编排过的图案和视像——这从个人时间中到来。写了十几年的《燕子，燕子》，真正安慰了一个写作者。

⑦木朵：像《河流简史》（2013）这种主题诗，在个人写作史上只能作为唯一的一首记述河流的诗，凭借它，几乎将关乎河流的种种印象与情感都一饮而尽了，得到了一次彻底而完整的“技法上的清淤”。光是那么多河流的名称就超出了一个人的记性：这首诗几乎不可能即兴而成，读者仿佛看到诗人正趴在地图（或《水经注》）上寻找大江小河的走向与上下游关系。一方面，其中一些河流切合了你的实际旅程与身临其境的感知，必须将它们一一体味为“荆州的一根腊肠”，品咂出人与河流的共命运；另一方面，这么多大大小小的河流，混合在一起，如何安排座次（排名）才不致泛滥，又为何让异国的几条河担当这首诗——它不也像一条分支众多的河流吗——的尾声？

柳宗宣：《河流简史》这首诗可让我用了很大的心力。可以说近几年都在写它。几月前我到老挝的琅布拉邦看见湄公河，也将其续写入诗中。而最初写它几经周折。它是一首《去看府河》的拓展性的改写，初觉《去看府河》可以，后来发现此诗的语言太过于抒情与表白。府河在武汉城郊，时常和诗友到那里转悠。也常独自驱车经过它，在车上冒出这样的句子：“你是我身边的河流\你把我的身体带远。”重写《河流简史》，这样的句子在诗中消退了，这样的改变被你看见了，确实是在“技法上清淤”。重写时放弃浪漫的情感的主观表达，注意力转移到对河流的描述与呈现。细究起来，这可涉及哲学观念的更新。在意身体的意象性而不是意识的意向性，身体力行中展现身体与河流人性的沟通。语言的视角随之发生扭转：让诗句排除先见和情绪上的渲染、价值上的判断，试图进入描述的事相本身，突破自我的观看方式，为其找到新的视点。就是说动用直陈式的描述，去除诗歌表达的多愁善感，加入了现代的开放、接纳、观察和理解与包容。

形象地说，就是尽可能地让词语的河流自身流转。这些来自个人直观或间接体认的河流，无论如何不会脱离写作者精神的痕迹。在写北方的拒马河和家乡的东荆河，完全倾注了自己与河流交融的在世游走的身世感，左右着这些河流的转徙。如你所说，确有品咂的意味。我想写出的是不同于翁加雷蒂的河流，也不是阿什贝利诗中呈现的河流。在这首诗中，自然不能做到纯然客观的呈现。当你看见这样的句子你会停一下：“**跟人一样，东荆河有情绪起伏\季节性地，突然改变了河床\流转着开创陌生的道途。**”从河流的转徙，情感的暗流在起作用，还有河流与河流间本身内在的串联。我要做的是控制诗句，不要让情感漫溢甚至泛滥。至于说到如何收束此诗，何以用异国的河流来结束，我想，一个人的河流它不可能停止于某处，它必须流转，朝向更广大的世界，并与之交融。

是的，**河是流出来的，诗是走出来的**。没有这些年的行走，此诗如何也不会呈现这样的局面。可以说，这些年的行走改写了我的人生，扭转了个人河流的走向。而河流就是河流，一条河流是无国无家的。之前，在写作《去看府河》一诗时，结束时呈现出情感的灰暗和逼仄，我想这样可不行啊，得朝向更大空间的漫游与流徙，可以说。河流形势的变化与自己精神寻找路途有着某种关联。是这样的，你得听从来自河流的野性与苍茫的暗示：在不安的水面，随波逐流。

⑧木朵：像《行走的树》这样的诗，注定也要面临"近几年我都在写它"的进度，时空交替中不同的树种造成了人之处境的适宜/诗意呈现，不妨说，像"树"这种介于古典与现代、浪漫与现实、抽象与实在之间的天使，见证着诗人的心灵史铺开，又为人代言那繁茂的思绪如何形成一个体系。一首诗反复修改，尤其是对未尽之言的添加，已变成语言与树木的友谊之发现。树木所及之处，恰是语言之根勃发所在。一棵树不是它自身，而是历史意识弥漫的空间，又是文学惯例在开枝散叶，它的真貌由不得语言逗留它的左右阵阵呢喃，而是必由其他的树不断呼应才真切形成意义的森林。太多的树被纳入其中，树与树的差异正考察着人的命运起落，"细辨刺桐和红棉的区别"正是在体认人的爱的阶段性，或努力发现一个最得体的归宿。

柳宗宣：《行走的树》一诗反倒没有写《河流简史》来得那么曲折，一气呵成，不像写河流诗时多有增补，可能是太熟悉这些树木。另外，写之前有充足打腹稿的时间。写到中间部分，一些熟悉的树木纷纷奔向笔端。人有说不出的激动，仿佛与老友重逢。是啊，对事物的印象与感知，我的勇气、充实的人性、伟大的同情心，都来自这些亲爱的树木；它们缓慢地成长，持续成为性格中的真实部分。我爱上了它们，被它们的神秘、沉默的力量和无与伦比的美所捕获。我让它们一一落座到诗句行间。写到了第 4 节，那种气韵逼向高潮。是啊，那些诗句似乎从本性的源泉中自发地流涌出来的，最后，余波荡漾到诗的尾声。

这里想强调的是，此诗描述的树木，它们不是触媒，不是喻体。它就是生命，个人的生命和它们的相遇。在不同的时空和生命不同阶段，在个人现场，也在阅读中，在当下瞬间，也是突发的回忆里。它们确实是"天使"，呈现的是写作者与它们之间的友谊。这就像之前我们谈及的燕子诗、河流诗，在诗中写作它们时，不是当成一个呈现的外物，一个工具或手段，而是呈现和它们的相遇建立起来的感应，一种与树木建立起来的对话，创建出非预先存在的关系。这类似于惠特曼所说的：人体与树木间双向发生的联系，共生出亲善的关系，甚至是与树木情谊的书写。人必须创建与他者的关系，在诗中形成了一个整体。当你看见桉树、菩提树、菠萝蜜树，那种激动，那由语言焕发出来的感知，你惊叹于它们的存在，确实树不是它们自身，是历史意识弥漫的空间，它们就是生命、语言、文化、宗教。当写下这样的句子——**“你就想成为无用的栎树\而不愿做一株有用的\被砍伐的中道夭折的漆树”**——这文化历史中的栎树沾染了种族的血液和智慧。当你的笔下涌现这些句子，你听到了庄子的回声，穿越了久远的时空，在你的诗行产生回音。而当写下这些句子——**“不居山林者，不可论树木\在所有的树中，唯有栗树\敲打了你——拾栗子的执着。”**这里有个人现场经历，也能见出东方禅宗身体性的潜入。一个写作者得服膺于语言更大的存在，一个人与一棵树，一棵树与一片森林，一个人与更广大的存在。

有朋友读及此诗，评价此诗写得高古，有着“畸人乘真，手把芙蓉，泛彼浩劫”的超凡与脱俗。完成这首诗，除了解放的快感，还有被掏空的体验，有挖掘出某种东西的满足感，还有针砭流俗的畅快（一株无名山毛榉，你不可用乌桕\来要求山毛榉，也不可因香樟的花蕊去非议青桐的阔叶）。一个从小村庄走出来的类似于柞树的小青年，这些年的独自行走，历经那么远的地方，邂逅了那么多的树林，情不自禁喜爱着、理解着它们，在它们散逸的空气中呼吸，在诗行间感应与生成，形成有意味的个人的森林，并藏身于词语的森林。一个卑微生命与树木在一起，他的时空、经历、情感、爱好保存在对这树木的书写之中。这些树木、这些诗行成了收藏流逝生命的空间，隐隐找到了某种归属感（人渴望成为语言文化传统的一部分）。突然想到朋友践行的树葬。他规划死后就将自己的骨灰埋在自己种植的一棵桦树下（成为一棵树的养料）。多么好，你的生命成了一棵树的养料。消逝了却还在参与一棵树的生长。

（2012.9—2015.3，收入柳宗宣诗集《河流简史》）

平原的呼吸

S：一段时间以来，我阅读了你各个时期的大部分诗歌作品，感到你的写作开始一种艺术的自觉，写作从某种理念的表达、情感的抒发转换到关于自己特殊遭际的叙事，作品成了一个独立的、自足的艺术实体；《在枫园二舍留下的一张便条》一诗中，你提到施密茨的“新现象学”，你的写作是不是从现象哲学中获得了某种支持和印证？

L：近年来我的写作自然地呈现出很大的变化。从近期诗歌中，你能感受到我情绪的震颤、不断加入的叙述、情态展开的混沌或不可解。敏感到了九十年代诗歌写作的倾向：**现时性**。写作自觉地注重对个人体验中的当下性和现实性的关注，甚至私人情感经历的纳入，也就是新现象学中提到的人对自己在遭际中身处状态的沉思，从客体性与主体性之间思虑自身。

S：你说到这儿，我想到新生代的一群画家，他们拉近了艺术与生活、艺术与观念的距离；对虚张的大观念的回避，他们愿意回到现实生活中，重新审视自己确切的、不夸张的位置。喜欢描述日常生活，从非常具体的人和事件中投射出一定情绪性和观念性的精神因素，感到艺术门类之间的自然的相通。

L：是的，比如我也注意到了刘小东等人的绘画作品，在人们对虚张的大观念普遍疲乏时，艺术总是不断地为人们的生命提供诧异，为生命发现提供新的可能。几乎不约而同，艺术家们喜欢这些词：

这里、现在、此在。你看我的诗中将所在的地名、人名、生活场景写了进来，对自己的生活进行着近距离的打量与书写。

S：你是特别看重你所处的状态。

L：确实，我在意自己所处的地方。我想把又一本诗集取名为《平原的呼吸》，表明我在平原呼吸和写作。诗歌中不可能出现伦敦的摩天大楼、巴黎的埃菲尔铁塔，而是五楼阳台右角的两个燕巢，短街上穿梭的“土麻木”，被洞开的围墙，布满灰尘的办公室，还有偶尔从大街上空飞过的撒下摸奖彩票的飞机，我是站在这样一个地方感受自我和世界的存在，我是在“这里”开始我的写作，来呈示独一无二的生命。我是一个一生写着自己境遇的作者。

S：我想到你所喜欢的诗人金斯堡，他的生活时常就是他的作品，而他的作品几乎就是他的生活描述。

L：我倾向他们这样干。这样，我感到写作的诚实。

S：这是不是说写作似乎帮助你解决着生活问题？

L：它几乎成个体生命的一种实验，一种追寻生命真实和真相的过程。我想在这样状态下写出的作品它绝对的生动，像肌肉一样富于弹性。有它可靠的身体性；写作与生命相互影响，相互解决着问题。它与我的灵肉的呼吸、我的处境、我的焦虑紧密相关的。

S：在你的诗歌中发现一些基本的“词根”。如“围墙”，“平原或坛子”，到后来的“漫游”，“体内的空间”，它们似乎陈述出一种变化，好像写作就是对你生命的某种拯救方式。

L：生活把你困在这里，没有可供观瞻的地平线。而写作中有一种未知的，不确定的，新鲜可期待的，它成了生存的理由和唯一的依靠。我把写作看成一种实在的劳动，心甘情愿的劳动，并在这真实的工作中感知到生的真实和喜悦感。

S：这就要求着写作者具有一双敏锐的眼睛，不断地寻求更深的真实，找到可供栖居的领地。这种真实又是怎样得以传达的呢？

L：这种对真实的传达我想源于两个方面：一是对个体生命体验的忠实；另一方面是对诗歌技艺的忠实。说到这里，想到英国诗人拉金所说的诗的几个阶段：首先当一个人对某个感情意念着了迷，并被纠缠得非得做点什么不可的时候。他要做的第二个工作即建构一个文字装置，它可以在愿意读它的任何人身上复制这个情感意念。写诗是一个不断看见的过程。要用身体中的“第三只眼”看见它。

S：你在一篇诗论中曾提到“诗人的指纹”。不可重复的深入的语调，像自己的指纹一样不可模仿。

L：对指纹的在意就是说一个写作者要找到他在意的、感兴趣的、独有的视觉，从而直觉出生命中的真实。这种真实也不是最初荒芜的看见，它是内象与外象的碰撞、感知、交流，外象内化成情感世界的意象风物，从而达于抽象世界的真相的表述。这个诗人指纹的呈现要一个写作者放弃对阅读的不自觉的抄袭，专注于对个人初始经验的开掘再现，尊重个人的情感的油然状态和超验的关注，这个指纹的呈现先要放弃外在的、他人的而只专注个人的、内里的观察。

S：而这种被处理过的真相和你的指纹仍然能被感触或看见，你认为其中的艺术转换是怎样进行的？

L：我想，你生活中所看到、遭际到的人和事，个人特殊的经历，你为之感动过，它们切入到你的情感中来了，这些东西开始在你生命中发展，要求你在内心打量它们，不断左右你内心的视像。它们再次跳出来，要你去呈现它们。这是一个艰难的孕思过程。我想这个时候诗人就要开始他的第三步工作：把他内心孕思已久的兑现到诗歌文本中，也就是说把那些你透视到的抽象翻译成视觉意象，把它还原到具体的事态，使之成为一个抽象的具象，就是如现象学所言的意向性客体：它为心灵状态提供了某种精致的视觉解答。

S：我看到的一些诗歌习作缺乏如你所说的那种转换，缺少这个阶段的孕思，那成为对生活简单的描摹。

L：不知你注意到没有，有些诗作脱离了创作者最初情感生成的“原初震颤”。写作在一些人的惯性表达中往往是一种思想和幻觉表达，缺乏我们刚才提到的第三个阶段的还原，这样情感和哲思没有附着点，变得不可触摸。这就不是我所说的写作是一种看见。它成了一种呓语，它是不可靠的，不生效的。

S：我想就是你经常提到的反对把心灵看作纯思辨的产物，而主张把情感看作被身体感知的具有整体的空间性的对象，是一种能被感知的客观化的实体。

L：是这样的。这就是我读现象学所获得的感同身受的审美知觉。我的写作就是在这一哲学思潮下所尝试的实验，写作是一种“看见”的描述。你注意到没有，有的写作成了阅读的一种复写。我觉得这是“抄袭的写作”。

S：这样的伪写作时常见到。现在我把话题岔开，我想写作到一个阶段后，阅读不应该再成为被动的接受，它成了什么，一个谈话者吗？

L：我想这时段的阅读应成为一种寻找。它是对写作者的生命的发现和照亮，在阅读中寻找与自我相近的呼吸。阅读成为一个冲动，成为创作主体的意向性期待，也可以说，阅读是为了找到一个谈话者。

S：这样看来，你是倾向于用整个生命去实践你心中的艺术。

L：我所信奉的艺术不是书斋式的，而是要用我整个灵肉去体验去感知的实践。凡是没体验的东西，对我都没有用处。尼采说过，他的书是“用血写的”。我常想到一句话：“道成肉身。”道，如果不内化于你的肉身之中，那个“道”是外在于你的，甚至可以说是不成立的。像惠特曼、金斯堡，他们的写作与身体是浑然一体，相互印证的，我们可以听到肉体在言语中伸展的呼吸。博尔赫斯说过，惠特曼的诗歌是肉体的呼喊。

S：就你个人写作来说，你是怎样以个人呼喊的方式来得到被丰富地听到，被全面地感觉的效果呢？

L：我想在诗中设置对话的人事。在对话开始诗歌中伸展着的情境，以及与之同生的灵动的叙述，那运动着的情境又不指向具体的所在，它呈现的往往是意味隐藏的混沌之境。写作者拒绝解释。一旦读者进入写作者设置的情境之中，就会感到情感所弥漫的空间性的力量。你就会不自觉地参与它的生发与创造。叙述的作用在其中当然是显而易见的。

S：如果一首诗被归纳为一种结论的话，那它就成了一种温顺的诗，可以被推测的，没有必要的，而你所说的混沌使诗歌具有了活力，有扎手的感觉，成了一种多角度的、金光闪闪的探测仪，我们在离这首诗很远的地方就感觉到了这首诗，你渴望回到它所创造的情境中，一遍遍地去感受它。它拒绝被抽空然后被放弃。

L：你说得很深入、很到位，传示了我的看法，那确实是个多棱的、金光闪闪的探测仪。

S：你能不能举出些现成的诗歌文本对这类诗歌做些具体的解释？

L：美国诗人辛普森的《巧克力》。诗中写了几个人访问契诃夫，想与他探讨他的天才问题，大师坐立不安，谈话出现冷场。当大师问来访者可否喜欢巧克力时，谈话变得普遍、热烈起来。大家失去了抑制，互相打断对方，诗中叙述的这样的情境包含了谜一样的让人深思的东西。

《古诗十九首》中有这样的诗，“庭中有奇树，绿叶发华滋。攀条折其荣，将以遗所思。馨香盈怀袖，路远莫致之。此物何足贵，但感别经时。”我们可以感知情感的抒写是可触摸的，几乎能看见。它是通过情境的生发和叙事来完成的。再比如，唐诗《寻隐者不遇》，它叙述的是一个事态，一个场景，但它整个语境包容着丰富的东西。

S：你刚才提到的《庭中有奇树》，情感的表述几经曲折，不断向前推进，忽而说此物可贵，忽而说此物何足贵，情感与物交融在一起，相互运作，自然地生发着，有一种内在的真实。这不是物与物的简单对应，也不是简单的情景交融。

L：也不同于移情。我不大喜欢像“感时花溅泪，恨别鸟惊心”这样的诗句，它使用了语言的暴力，我倾向上面提到那些以物观物，比较客观的诗歌。

说到这儿，我要提到法国新小说的讲求非人格化的，不带感情色调的语言，客观地、冷静地、精确地描绘事物世界。罗伯特·格里耶就说过，客观事物就在那里，在我们周围，向我们那些灵性的、司空见惯的形容词进行挑战。同时，也想到里尔克，从罗丹那儿受到启发后创作的有价值的“物诗”。这个时期的里尔克避开诗人强烈的自我，尝试脱离放弃浪漫的抒写。

S：我很高兴地看到你的写作中有将这种诗歌传统进行拓展和延伸的趋向，在寻找个人写作的渊源和可能，诗中自言自语的调子，一种倾向性的东西。

L：在近作《小镇黄昏》中，我试图将现实、想象、记忆、幻觉、不同时空的东西交叠在当下的黄昏，对幻觉进行魔幻处理，对当下存在进行自我叩问，诗中不同自我的戏剧性的盘问。他们的恐怖与逃离。努力把个体的特殊生存境遇给呈示出来。

S：一定存在着一种我们所不知道的情境的新的认知方式和组合。像你这首诗中所呈现的一样。它已不是一种灵感发现，而应该成为被广泛认识和接受的生命体验方式。

我非常喜欢你的《她穿过黑夜的楼顶回家》，诗中缓缓游动交叉的画面感，像个转动的魔方，转着转着，咔嚓一声定位，呈现出色彩缤纷的六个面。它又接着转下去，呈现的是不同的颜色组合。夜空。楼顶。行走的女人。散开的麻将桌，三单元，书房顶板上脚步声。失眠的男人。一切存在包孕在沉思的寂静中，无意识的东西却得到丰富的表现。它诱导着读者去思，又拒绝进行明白的解释。

L：是这样的，这首诗它是浑然一体的，你不可摘句进行分析的，但所有词句都参与着整首诗的运作，语句相互作用而生发出意味。不断转换着的叙述推动着情感的发展，又指向神秘的不可言说。它存在在那里，显示着自己。

S：在这里我要提一个疑问，将原生态的细节、场景、事件转换成词，形成一个封闭的、自足的语言系统；将个人经验提升到可供交流的公共层面，你如何做这些具体工作的呢?

L：将原生态的场景、事件转换成词，这是诗人最艰巨的劳动。我想，诗人必须研究语言，你要知道是在用词在写诗，而不是用思想，也不是用生活经验。你要服从语言的要求。你要力求用你揣摩过的词精确传示内心。对诗生成的各种技艺的忠实，你要在此做大量的劳动，专注“诗的微观技艺”，涉及词的组合、联结中涌溢出的体温、情感色泽或灵晕。

我想诗的隐喻的黏聚力，词的歧义和空间，词的拼贴与组合，它推进的速度，都是每一个写作者必须关心的。而将个人经验抽象提升到普通层面，自然想到了弗洛伊德谈到梦时所说的："他知道如何润饰他的昼梦，使之失去个人色彩，为他人共同欣赏。"这要求一个诗人具有将感性的、理性的、直觉的、思辨的、灵视的统摄能力。

（1997 年 3 月，湖北天门，刊于 1998 年《东北亚》）

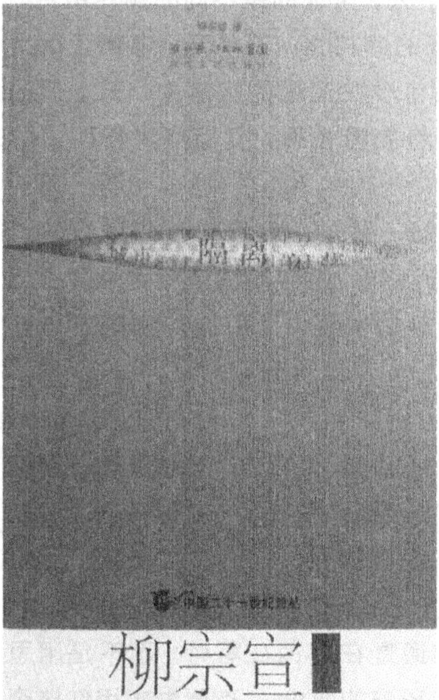

（柳宗宣诗集，长江文艺出版社，2005 年版）

找寻消失着的路途

2004年6月19日晨，北京通州，独自在地铁入通线的梨园站等待着。

10年前的一个上午，卡车行驶在江汉平原的田野，他的家乡。我们迎风站在卡车上，他突然对湖边割草的人叫喊着，他对着我们说，"在草丛里，发现了我的妹妹"。

10年里，一些人和诗歌消失了，被年轮、琐屑生活的轨道包裹进未名角落。早年的朋友中，至今好像只有他时而让我在分行的铅字间看到名字。

现在，他从通州的家里走来接我。他带我坐公共汽车到市内供职的杂志社，让我计算他花在上班路上的时间。

2004年6月19日—26日。谈话在柳宗宣书房和客厅断续进行。由夏宏根据录音归类整理编辑。

母 亲

··(夏宏)比较你早期和晚近的诗歌，感到你有一种重要的转向：开始你是为了诗歌而去寻找生活，或者说为了诗而生活；后来是生活本身让你感到了诗意，而且越是到后来发现你是在用诗在记录个人的重大事件。

这种转向是怎样发生的?

■(柳宗宣)早期的写作总是在捕捉着诗歌，现在好像是在你要遗忘它的时候，它突然抓住了你，真正把整个身体、灵肉都感动了，这成为个人生活中的事件。写作瞬间的到来是个人无法把握的。

· · 所以你晚近的诗歌在写生活的常态，从情感出发，然后显现出某种命运感的东西。

■在写作中好像听到了岁月的回声，这种回声震撼你，在这种状态里完成一首首诗是精神的一次次解放，体会到空虚生存的充实和巨大安慰。

· · 从你的诗歌里常能感受到对脆弱性的表达，对柔软的甚至是软弱无力的东西的敏感。是否因为经历了生活的磨砺，感觉到精神资源的匮乏，然后把内心最柔弱的那一块拿出来，让它成为一种力量或精神的支撑？

■没想那么多。我有一种怪癖，老是想让自己的诗歌朴实一点，和自己的灵肉经历相吻合。

· · 诗人自己首先会感动，但感动所抵达的地方不一样，有人被景色感动而去赞美自然，有人被生活感动而去对生活感恩，还有人被自我感动，强烈地要塑造自我。我体味到你的感动触及你自己最柔软的地方，你的感动抵达哪里？

■我的内心非常柔软。或者说写作让我抵达自己存在最能触动我的地方。在写《母亲之歌》时，很多感情潜伏于"我看见……我看见……"的叙述之中，我克制着不去说，不去表达，遵从诗艺的要求，发现一说出来就伤害了许多东西。那情绪的暗流隐藏在看去平静的叙说之中，这样更有力量，它彰显的东西更多。而我从北京回潜江老家处理母亲的丧事，在整个过程中我克制着没有流泪。在肃穆、紧张、繁杂之中完成了一生中的重要事情。在生死的交界点，人特别脆弱。对存在的各种体悟在一个个瞬间楔入你的内心，它们在心里存活很长时间，没去触动它。

· · 非常温暖的一块突然消失了，人在脆弱的时候不能直面？

■事件中有很多琐碎事情要处理，特别牵动人，但我很冷静。几个月后，在北京的一个地下室里，同诗友向隽谈到各自内心的生活，说到凌晨五点钟，我说到我母亲之死，我说我看不见我母亲了，那时泪水就流在脸上了。写作时，多年前的经验和记忆出现了，整个身体在颤动，但我克制着，泪水也流出过，写到最后，“天忽然又晴了当我们回到城里/我感觉一身轻松我把母亲送回故乡/我看见我站在十里长安街上观望/大街上的车辆和行人/我看见路旁的建筑，我视而不见/我又看见火光中母亲的衣物升腾的青烟/我看见我的泪水终于流出来了。”这个时候现实里的悲痛已经完全消解了。母亲成为本源，你再也回不去了。只有无可奈何地告别。

··可诗歌让消失的东西突然又回来了。

■在回忆中重返，返回到我们的语言之中。“非典”期间我在家里闷着，翻读着艾伦·金斯堡的书，忽然某种东西牵动我，要我把它写出来。

一首诗当你完成后，你发觉其中呈现的意象、场景和情感是你经过多年的积累，你以为它们被遗忘了，但它们隐伏在你的身体里，在呼吸在生长，最后寻找着时机，它们要显形。

··在现实生活中，你给我的感觉是一个非常坚强的人。

■但是在情感方面很脆弱。

··这种脆弱性开始肯定指向情感，但现在我想问你是否感到过精神资源的匮乏？如果是，这种脆弱的、柔软的东西为何反而能支撑起你的精神？

■我们的母亲死了，一切本源的东西在流逝，只感觉到自己在这个世界上流浪着，寻找着，被自己内心柔软的东西感动着……

孤　单

· · 你常谈到流浪，而在你的诗歌中经常呈现出"家感"（我不想用"家园"这个词，它已经被滥用到失去了本初的意义），比如你几次写燕子在你的居所筑巢。

■像写《棉花的香气》，我是想回到我的老家，回到我回不去了的过去的生活里，这也是对整个乡村文明的哀悼。现在我感觉自己开始老了，回不去了，所以对自己过去的生活要祭悼。童年对一个人的影响是根深蒂固的。

· · 你的诗歌在时空感上总是处于回望的状态，回望中的两种距离：时间上的距离，很多年的内心存积在某一时刻被触动，然后你就回望从前，想回到从前某个带给你震动、安慰、温暖或痛苦时刻的情愫里。空间上的距离，你说你在哀悼乡村文明的流逝，你是在哪里哀悼的？你是在北京来回望潜江？

■这距离确实很远。假如我不离开家乡，不和我的出生地构成一种距离的话，我无法回望。除了心理上的时空感，还需要地理上的距离。可我觉得这两种距离还不能完全概括……

· · 时间的流逝在起作用，地理位置的改变在起作用，还有什么在起作用？

■还有什么？我的精神找不到路途了，现在只有回到过去。为什么说自己老了呢？现在前行的路都找不到了，就想回到从前寄放自己的内心的地方，但是又回不去。

· · 你是否讨厌漂泊？

■我太希望安定。我很反感现在的工作、目前的生存方式。特别向往安静，甚至想找一个院子安静地独自生活，回到自己所愿意的写作中来。我经常在梦中回到过去的场景。目前我过的不是我想要的生活。愈来愈觉得自己回不去了，又想去复原它，那种个人的孤独的隐秘的同早年相似的生活，复制它就是想重建它。在北京不可能复制在故乡的生活，那是精神上的一种虚拟。

··那是诗歌带来的安慰，你在寻找安慰？

■我的写作是来自身体的感动，现在这种感动太少了。

··有自恋式的诗，夸张自我的脆弱性，情感纤细到一触就要断的地步；有逃避的诗，诗人似乎对脆弱、柔软的东西感到羞耻；还有的诗歌，根本就不能让人感到柔软的情愫。

■我对存在充满了柔情。我一直将自己定义为存在主义诗人。真正能感动人的艺术家很少，我理解在导演基耶斯洛夫斯基死后，刘小枫说他“感到了在世的孤单”。

··带给我们温暖存在的本源一个个在丧失，这对我们个人来说是重要的精神事件。

父　亲

■我在诗中这样写道：“当我们回到城里/我感觉一身轻松我把母亲送回故乡。”我好像特别理性，知道必须告别。有一种感觉特别奇怪，安葬母亲回到北京后感到身体轻松，死亡对我们的负累太重。我有相互冲突的想法，一方面想挽留母亲，另一方面又想把她送走，服从命运，想自己轻松一点，摆脱一些负累。我一直想回到母亲的身边，又想摆脱她。

··而你在写父亲的这一首里却有强烈的欠负感。

■歉疚感。父亲的死让我感受到对死的无可奈何，感到自己特别卑弱，不能帮他什么。而且父亲在生活中也无可奈何，找不到任何依靠，我这个远走他乡的儿子不能帮他什么的时候，他无望了，选择了死。晚年他靠我哥生活，嫂子和他的关系很紧张。母亲晚年跟着我这个小儿子，还是享了福。

·· 你父亲是不是病了很长时间？

■肺气肿，他很痛苦，无以安慰。

·· 有一位年长的人告诉我，现在农村不少老人不是自然死亡的。

■对父亲我感到特别内疚，特别内疚……我感觉自己活得……为什么那个时候我要写父亲？那是我正在重新选择生活的时候。我的状态楔入父亲当年的无路可走的境遇，自身的境遇与父亲当年的境况重叠了，如果没有和父亲同感的东西，没有那种对存在的痛心，我是不会完成这首诗的。

·· “自我”在你诗歌中的出场十分鲜明，除了这一首，有一首《当我放下电话的时候》最后一句给我深刻印象。你写道：“我想，我离你越来越远”，为什么不简洁地表述为“我离你越来越远”？

■这样写好像是在对自己进行着打量。

·· 自己在这个时候必须出场。你写父亲的那首里，在写自己作出选择的时候这个“自我”出场：“发信的路上，我决定离开这里：/单位快倒闭了；院子里死气沉沉，/还有几个人在那里。/你是不堪忍受才用一根麻绳/把你与我们隔离。”

■写的时候我是将父亲的死和我的存在境遇混杂在一起来呈现。

父亲的死是无可奈何的，没有办法，他对自己的困境只有用死这种方式解决，而我是通过离走。我是在父亲的死中获得出走的力量，以前对父亲之死有些害怕，在诗中我这样写过："几年前你是我的对立面\现在，你在我的身体里。"

·· "父亲"这个形象在你多首诗中出现过。

■写这首的时候很多场景和记忆是多年前的，而且在另外的诗歌里作为意象出现过，后来又转移到这里。比如在梦中梦到他，他和我女儿莲子在一块。表面上他活着的时候和我没有沟通，实际上父亲对我的影响远远超过母亲，在骨子里。我好像在重复着他的某些生活。"想见你/你去贵阳做牛马交易。一双近视眼/是怎样在走南闯北……"有一次在石家庄火车站，他突然站立在我面前。我总是在生的奔走中与父亲相遇。甚至在他死后，我代替他去看望过姑妈，"你死前总是惦着你大姐，/我远方的小脚姑妈，你死后，/我去看望过她，同你一起。"这一句太柔软了，写到这里我流泪了，我现在不大喜欢这几句，虽然它真实地表达了当时……

·· 为什么现在不喜欢了？

■觉得应该更深入地开掘我内心的忏悔、人性中那种阴暗的东西，我用柔情掩盖了人存在中的黑暗的部分。这首诗前四十三行处理得我很满意，但之后没有深入下去，用对父亲的颂词掩盖了更真实的东西，我准备改写的，但改写需要勇气。我是一个虚荣无知的人。在教书的时候，有一天他到学校来看我，走到了教学楼前，我很害怕：父亲是麻子（他早年得过天花）！我没留他吃饭……我想把自己的虚弱、阴暗写出来。

·· 写父亲这一首比写母亲这首，我觉得更好。

■写父亲这首好像更内在。它们表现形式很不一样。

·· 在你的个人性上，写父亲的这首更重大，更尖锐，深入到长

期困惑你和让你感到无能为力的层面中。“父亲”这个形象一出现，你好像就在表达一种负罪感。

■确实有负罪感，我还不敢面对，不敢忏悔，即使忏悔，也不敢在诗中呈现出来。那年写他的时候没有这种力量，一个诗人面对自我需要时间。

··是否担心一旦忏悔了就美化了?

■不是担心美化，是写诗写“滑”了，很多东西还没完成。

··“父亲”是你诗歌的一个源头，特别是你后期的较成熟诗歌中，他是你回到自身的一个源头，你通过写自己和父亲的关系来面对自我。

■我感到人性中虚弱、假的、阴暗的一面。这让我感到一个诗人面对自我的难度和修炼所要达到的层面。

··特别是在人意识到这一面后，会痛苦，而且这一面在人的一生中还会延续下去，无法摆脱。

■那时我逃避父亲，怕他死。现在我越活越朴实了，能面对父亲之死和隐藏的自我了。

··用柔情掩盖了黑暗的部分，能这样说也是一种勇气。

■这种柔情是真实的，但它遮蔽了我最需要面对的、更残酷的东西。我被柔情感动了，让表面的真实遮蔽了更内在的。这个事件对我个人来说很重大，不能就这样让它过去。有一次我对哥哥说：“我们两个为父亲都做了什么？”他那个时候也害怕父亲的死。父亲死后，我去看我的姑妈，人真的需要感到自己有罪。难道那时我真的经济上很穷吗？人总是逃避生活中的“重”。

··可你的诗歌的动人之处恰恰在你感到无能为力的地方，就像

经过一场搏斗之后又认命了。

■父亲是用死来解脱，我从中获得了生的力量，我要离开。我们都是在生存中寻找着出路，外在的和内在的出路，漂泊多年后我还在寻找。现在我不放弃写作，好像这是家园一样，在自己的语言中获得一点安宁。

诗 路

··谈一下你的诗歌经历吧。

■1989 年，我 27 岁开始写诗，已经很晚了。这之前也接触过诗歌，大多是语文课本上的……

··那个时候为什么想到要写诗?

■对自己的一生要有一个安排，想找一件事去做。当自己有了工作有了家室这时候开始关注自己的内心生活了。

··除了写诗，有很多事可做，比如继续弹吉他，玩乐器。

■那时在潜江有几个诗友，在诗歌报上发些东西，他们办民刊，很热闹的。他们寻访我来到我所在的校园里，我受到了些感染。开始写诗后我喜欢上了假期旅行，一个人漫游。这样经过了五六年的学习期，一旦开始写诗我就很投入，放弃了所有学历的进修，但是通过诗歌来接触我喜欢的诗人，同他们书信来往。同于坚有过书信往来，他给我写了几封对我来说很重要的信。于坚曾谈到过：逃避读者，回到语言。我用了几年时间才理解。对于坚一直心存感激，三四封谈诗歌的来信，一下把我从小城阅读的孤陋状态里提升出来，从传统的那种直白的抒情进入九十年代的冷抒情。孙文波也帮助我打开了阅读的视野，在语词的运用上开始革命性的改造。我学的是中文，后来发现这对新诗写作有众多负面影响。

通过几年的阅读、反思、朋友间的交流，诗歌观念在改造，从极其传统的写作慢慢进入相对现代的写作中。另外，我对美国诗史是特别清晰的，那阶段几乎所有的美国诗歌的中文译本我都翻到了，喜欢美国诗歌的开放性、现场感，诗歌对当下生活处理的能力。

·· 在阅读中有什么诗人对你产生了影响?

■比如米沃什，他诗中的不可妥协的敏锐的洞察力，他在集权统治下的自我放逐，他对语言复杂性的了解使我产生阅读兴趣。

英国的后运动派诗人汤姆·冈，看了他的诗后投合胃口：诗歌还能这样写？后来我写了一首《与诗人在小镇度过的夜晚》。在以前的观念里这不叫诗歌。写作的表达方式完全变了。

·· 这一首是你在对诗意的体验、表达上转型的标志吗?

■这首诗应该说是在表达上更即时开放，创作中重要的标志是完成长诗——《一个摄影师冬日的漫游》，这是 1995 年我从西部几省旅游回来后写的，多年的诗艺积累后达到的一次飞跃。就像翻越了一座高山，将自己的过去摆脱了。

·· 可那首诗中，某些残留的痕迹还看得出来。

■它是我从“学徒期”的模仿转向独自劳动的一次重要过渡，慢慢建立起自己的东西，写出了《小镇的黄昏》《给小丝的叙事曲》等，没有模仿了，找到了最适合自己的表述方式，感到特别踏实。

·· “学徒期”之后有什么人和诗对你产生了影响?

■死去的宇龙对我的帮助比较大，和他的交往让我思考诗的技艺，对诗歌的形式特别关注。张曙光的写作对我直接产生了影响，我的《小镇的黄昏》和他的一些诗产生了呼应。1996、1997 年后，明显加强了诗歌中的叙事。诗友们也在默默做着这个工作。张桃洲说我发展了九十年代诗歌的宣叙调因素，我承认这一点。

我青睐的于坚、张曙光、孙文波，他们的创作对我的写作影响慢慢弱化。叙事应该是给诗歌增加了难度，宇龙在这方面做得比较好，我和他在形式问题上做了很多具体的交流，给我的写作在文本上带来了自觉。美国诗人唐纳德·霍尔的长诗《踢着树叶》让我想到诗歌的构成，诗歌容纳其他文体形式的可能性。喜欢的美国诗人我可以说出一大串，像弗洛斯特、惠特曼、艾伦·金斯堡、罗伯特·克里利等。

北　京

··你是什么时候来北京的?

■第一次是1999年3月，到北京来看一看。觉得好像在潜江的生活已经过完了，想换一种生活。

··来北京是为了诗歌吗?

■想在诗歌中发展下去，突破一下，在小城呼吸很困难了，用兰波的话说，人们在他们自己的故乡被流放。潜江当时没有沟通对话的人，买不到好书，太闭塞的环境对写作是一种伤害。我离开家乡到北京，就像弗洛斯特离开美国到英国去一样，为诗歌寻找好的环境。

··1999年你返回潜江，待了半年。

■那次离开北京是迫于生存压力。来北京没有给诗歌写作带来期盼中的效果，只是感觉到谋生对写作的伤害。

··克里玛在《布拉格精神》里谈过这种伤害。许多捷克作家在政治运动中失去了工作后，为了谋生很多活都干过，西方一些评论家认为这对写作是有帮助的，就像我们常说的增加了生活体验。克里玛说，如果一个作家20年的精力都花在为生存而奋斗，那是对精神的折磨，甚至是摧残。那些评论家可能是美化了那种他们没有体验

过的生存经历。

■捷克作家和中国作家的境遇特别相似。在这样一个国度里，作为一个诗人对自己的命运很清晰，对附加在诗歌之外的东西是抗拒的。

··仅仅只是为了写作而到北京来?

■在湖北的生活没有什么经济上的压力，还安定，但是从精神生活从写作上考虑，想换一种生活了，当时强烈的愿望就是想出走，40岁以前再不出来，生活就完了，看不到任何希望，生活没有奔头。长期在潜江生活，感到精神的孤单，整个人文环境恶劣，如果在省城，我不会出走。但现在对在哪里生活都无所谓了。小时候就渴望出门，见识外面的世界。在小城看到浙江人到学校里推销教学用品，我就激动，他们带来异地的空气，还有我们不理解的方言。来到北京后，没想到这么多朋友漂在这里，就在北京停下来了，没有物质上的准备，没有考虑生存的严峻；长安居不易，京城米贵，那时我忽略了，生存是第一要义。如陶潜说的："人生归大道，衣食固其端。"

1999年3月来北京前，我没有辞职。住了一段时间后，压力大了，感觉不对劲，房租、吃喝、交通费用交出去，衣袋就所剩无几了，后来在地坛附近找了份工作，但是也很无聊，编一些乱七八糟的书稿，人成了机器，就容易踏空。

··你比较恐惧这种踏空状态?

■在地坛那个公司上班，没有遭遇到生存的威胁，但是我渴望过自己的写作生活，就离开了地坛，租房子写作。原来我想象外面世界的时候精神性成分很浓，其实外部世界是很日常性的，不带有任何理想光环，首先要活下来，然后才可能从事想做的事情。原来我对异地生活总是抱有幻觉。其实我们在哪里都是过日子，能活下来了写作就行了。在北京租的房子里，读兰波全集，他的生活感动了我，他到巴黎去，后来为什么住不下去离开了呢？最后身不由己离开，到越来越远的地方，干了很多苦活，包括做采石工，去淘金，几乎放弃了诗歌写作，让我感到漂泊的痛苦。他到巴黎后没有人帮他，他感到整个城市对他的拒绝。他面对的首先是活下去的问题，最后他只有离开。

· · 那些漂在北京的诗友、朋友们呢？

■都是孤立无援的，他们也在艰难地谋生。你会感到整个生活对你的排斥，没有多少温暖的东西。布罗茨基到美国去，奥登帮助了他，提供了衣食之助。

· · 享受了一个诗人的“待遇”。

■回去后待了半年，但是难以甘心，斗争了很长时间，决定第二次去北京。2000 年过了春节我又来了，首先解决生存问题，找份工作，稳定下来。我做过图书发行员，为的是想以后过自己的写作生活……在北京看到很多人在为生存挣扎，不少人抱着美好的愿望来北京，一些画家在北京的生存一团糟，这样的生存是对他们的艺术是一种伤害，没有出路，回去也没有希望，就死守在北京。我从城里搬到郊县，在画家村住过，住农民的院子，把生活降在最底线，守下来再寻求发展。最后钱也快用光了。有个星期我写报告文学，赚了四千块钱，决心死都不回去了。撰稿已经进入状态了，但那是非文学写作，成了枪手。那时还在找工作单位，受了不少欺骗，北京骗术太多了。后来还是文学救了我。

来北京后一直在为解决生存奋斗，写作受到了伤害，但是某种程度上又成全了我，人的身份变得复杂了。我不再是一个单面向的人，多重身份出现了：诗歌编辑，期刊发行主管，某公司顾问，经济保守主义者，爵士乐迷和京郊居民。在漂泊最艰难的时候 10 块钱的盒饭我分两餐吃，特别苛刻自己。有一次饿着肚子去地安门领稿费，路过一家涮羊肉的饭馆，通过落地窗户看进去的时候我想，什么时候有钱了把老婆孩子带来吃一顿。当时手上不是完全没钱，是特别紧张，放着不敢用。

··你在潜江的时候我去过你家，生活不错。在北京你是因为尊严而不愿向朋友要帮助？

■都很苦，孤绝的状态，都在寻找出路，我对漂在北京的人蛮有感情。现在很多人混得不好，我因为有了一个平台，才能表现自己的能力。我在文学圈子待这么长时间，对所谓文学上的名声看得清楚，对文学还能保持一份纯洁的感情，做编辑也很敬业，对外在的荣誉越来越淡泊了，包括发表作品。

我觉得自己在北京的整个生活都不真实，很无聊，我一直想着去过个人生活。

··这里面应该有很真实的东西。

■现在还有生存压力，但是比原来好多了，有时我问自己：你为什么还不满足呢？那么困难的日子都过来了，现在我在慢慢调整，要解决精神问题。外在生活的繁杂与混乱，必须用内在的秩序来平衡它。有时连书都难以看进去，偶尔看看也很飘，不细致深入，事务太多了，我烦自己这种状态。

··阅读像镇痛剂。有时在非常烦躁的时候，拿起书来看进去就感到安静，活在这个世界上没什么大不了的事。

■有种撕裂感啊，被外在的事务牵扯着，又想钻进精神世界里。在三联书店，每次去都能感受到精神和身体被撕裂的痛苦。人有看不完的书和急于要做的事，但为了挣钱为了尽各种责任，你不得不流离失所在城市的街头。

··原来经济上的压迫总会留下阴影，即使你境遇好了，阴影还在起作用。

■现在我把钱看得很重，可能是漂泊生活培养出来的，我理解兰波在他流浪的时候将 8 斤重的法郎绑在腰间以致让他得了痢疾，那时金钱成了他流浪生活唯一的帮助。现在我有时看看自己的存折才获得某种安慰，有了一点储蓄你就不怕下岗不怕别人歧视，你就会无所畏惧。——这是漂泊生活带来的病态，凡在他乡生活多年的人都会养成一些怪癖。

但也把钱看得很淡很虚幻，有时报复性地对待它。另外遇到需要帮助的人也舍得。过了艰难的漂泊生活，你会培养出悲悯之心。

· · 感觉到了你的悲悯感和同情心。在大街上走路的时候，很少有人像你昨天那样指着路边躺着的人对我说：你看看这是过着怎样的生活。有些人像蚂蚁一样在城市里活着，没有任何尊严，随时都可能被踢上一脚……有时我会问自己的悲悯感是否真实，有些人对别人的悲悯和同情是伪善的。

■居高临下的。

· · 还有就是借此来感动自己，美化自己，从而获得纯洁感。

■北京生活对我的写作有伤害，又丰富了我，打开了我的世界，这也给我的写作带来了难度。我看清了文学场上的虚名浮利。现在慢慢恢复着对生活的诗意感受，精神力量也在恢复，外在的很多幻觉丧失掉了，内在的东西就更坚定。

· · 写作的浪漫性被剥离了?

■不，原来附加在写作上的功名幻觉、价值感和规则消失了，然后建立起自己对写作的新的信念和价值体认，这种热情来得更彻骨。在北京的漂泊，使我对时代、国家、文学制度观察得似乎更清楚，更加坚定地回复到艺术本身上来。剔除了个人文学理想中的杂质，回到个人内心对艺术的尽情，我所有的生活都是为了能够写下去。原来写作可能是为了一些花哨的东西，现在是为了能安慰自己和个人的一份文学理想。

有时在生存的奔走中忘记了文学，突然又听到它的呼唤，想接受文学的抚慰。我依旧看轻外在的物质生活，对精神的要求看得比什么都重。

·· 这几年来，在武汉的几次见面中，我总在掂量你在谈话中显露出来的精神状态，包括你只是谈到生活的时候。我感觉到你的饥渴感、躁动感，那种精神状态是写作者必须经历的。

■你看这次我是不是比较安静？

潜　江

·· 谈谈你的家乡潜江吧。

■我生在那里，就是被抛在那里了。

·· 曹禺是潜江人。

■唯一被潜江引为自豪的……实际上他不会觉得自己是潜江人，祖籍是那里，但他不在潜江出生，对那个地方可能没有感情。

假如我不写诗，潜江也不会牵动我那么深厚的感情。潜江的很多风物，像燕子、栀子花、雨水、莲蓬、道路、村落、那里的风俗，都进入了我的诗歌。

·· 写得最集中的一首是《母亲之歌》。

■我没意识到。

·· 除了景物，你写的那些人是潜江的，他们的感情是潜江的。当你在其他的诗中写潜江的景物的时候，有没有感到相对要缥缈一些？而这一首中有复活感。

■我没有刻意去写，它们自然地就在场景里头了。不过在写作的时候我有意将出席母亲葬礼的人：我的亲戚的名字、过去的学生和同事朋友的名字都列在了诗中。当我写下那些名字，还有那些地名，我充满了感情。

··正是因为你关注的是为母亲送葬这个事件，而不是潜江，反而让你对潜江的情愫、体验都自然出场了。

你的诗歌里有两个潜江：一个是你完全融合其中的潜江，比如早期你平静地在那里生活的潜江；第二个是你在异地回忆中的和你从异地回来后打量的潜江。

■从异地返回后的潜江，这个在诗歌中表现得不多。你看《下雨》和《栀子花香》这两首，是我在潜江对早年生活的记忆，在诗中直接呈现。诗中的意象自然来自我日常所见，它与我置身于其中的环境和记忆是契合的，在诗中我不会将埃菲尔铁塔写进来，我写到的是湖中的莲蓬，乌驳船头的伯父，从小随我们长大的栀子花，就像弗洛斯特的诗中只有他农场的土豆、河水和开岔的小路以及他劳动的场景，比如夜间提水。

··在抒情比较单纯的时候，对于那些景象、意象来说，如果是在另外一个地方由另外一个诗人来写，也是诗意充沛的。

■在那里从出生、求学到工作，我生活了39年。在那里我呈现了早年的记忆，特别重要的是我还写了我在那片土地上的游走，在故乡流浪的状态。

··在故乡流浪?

■对。你看《小镇的黄昏》，感到故乡在流逝，自己在流离。离开潜江也是诗歌的需要，诗歌的外部和内在空间都太窄小，想通过漂泊来增加它的意象，拓展诗歌的空间。那时，对我来说，故乡已经在诗里写尽了。热爱着故乡，但是又感到一种隔离，自己也不太清楚是什么原因。我在散文里写到童年到火车站去抚摸铁轨，一直想离开故乡。只有在离开后归来，一个人才能打量故乡。我上学、工作都在那片土地上，外部世界对我的诱惑很大，总想出远门。

在荆州师专读书的时候，有一次回家，再重新看故乡，感觉神奇得很，路变小了，整个村庄收缩成一幅风景画了。后来我经常旅游。在青海戈壁滩上给潜江的家人打电话，在异地打量或想念故乡的时候觉得特别遥远，听到家人的声音变得很远很远，微弱，甚至陌生。我一直想同故乡构成某种距离感。

· · 想从故乡出走再回望？

■这种愿望很强烈，人总是置身其中，是永远无法打量的。有时我设想过在潜江住在旅馆里，从旅馆里打量自己生活的地方。

卡夫卡随笔中说，没有目标，离开，出门就是目的。

在散文中我曾写过夜归，有一天晚上我从异地回来听见同事们的鼻息声。在静夜里，一个人扛着旅行包，望着下弦月，回到宿舍楼的院子……

· · 你原来是在寻求一种流浪的感觉，但那只是暂时的感受，不是真正的漂泊，没有现实的谋生内容在里面，所以比较超越。

■1999 年离开潜江，曾以多种方式回去，在异地的梦中，在感觉自己特别疲惫的时候——故乡就在身体里。今天中午我回想起童年的记忆，想到故乡。但是回去后又无可奈何，连再住下去都很困难。

· · 为什么会这样？

■再回去感觉同故乡的环境隔离很远了，成了一个陌生人。一首诗中我写过这样的句子，“我们的故乡不是在过去/就是在天堂/要不就是在天涯某处/或者故乡隐在你的身体里”。

·· **来北京后你好像很少写故乡。**

■故乡是我的一个遥远的存在，一个背景，我更关注个人游走的生命。

·· **每个人都有自己的故乡，但现在你的故乡更多是精神性的存在。是否来北京之后，你的精神性的需求转移了？故乡是否被尘灰遮住了，某一天或许你要擦拭这层尘灰，唤醒记忆？**

■写《棉花的香气》，就是一瞬间回到故乡。我处于游走状态，回不去了，这一我很清醒。有时想回潜江去建一栋小房子，回到那里居住……看我老了能否回去，现在肯定时候没到。

·· **沈从文的墓地旁立了一块碑，上面刻着他的话：一个士兵不是战死沙场就是回到故乡。**

■有时很想念潜江，想回到我的出生地，发自内心。

·· **是感情上的还是精神上的要求？**

■可能是感情上的东西，有时我想在潜江盖房子，兄弟姊妹住在一起。

·· **对出生、成长之地的强烈留念？**

■有个词是要跟随我一生的：**返还**。人的一生就是在回返，返回自身，回到我们自己。离开故乡我才体会到，人的身体、精神是被故乡塑造的，潜江流塘口，那个地方真正塑造了我。

·· **最初的东西是被她塑造的。**

■现在依然在影响着我，持续地影响。我觉得我老了，不愿意在异地漂泊，越来越想寻找我本源的生活，可能我所远离的恰好是我所要寻找的。但那些在故乡也流失掉了，我只能在诗中复活它们，在《棉花的香气》里我试着复活了一些。

·· 有了距离你对故乡的感受更丰富一些。

■我对她更宽容了。你发现被她塑造了，你的饮食习惯、脾性、欲望和要求，包括你的方言，所有的都是被她塑造了。有一次和李师东在西安凤翔东湖内见到水埠头，我们留了影，因为我们都是在水乡长大的。

·· 其实目前的生活里，你也没和故乡断开，你看你身边的人都是潜江的。

■某一天我可能还是要回到潜江，不是回到县城，要回到我的出生地那个村子，我一直想当个农场主。这还是想象，不知能否兑现。

·· 和故乡的关系像一场一生的恋爱。可能用恋爱来比喻还狭隘了，这种情愫应该更宽广。

■像弗洛斯特说的：情人式的争吵。我离开潜江的时候除了为诗歌，还有虚荣心理，功成名就、光宗耀祖的愿望。

·· 是39岁离开故乡的想法？

■不，一直都有，当地的风情文化给人一种暗示。经历了异地的漂泊后我越来越朴实了，回到潜江怀着朴素的心态。故乡，是你带着她在异地迁移漂泊。我想在诗歌中复活对故乡早年的记忆，甚至在现实生活中也想复活过去。

·· 在这个意义上，《母亲之歌》复活了故乡。

■不，在这点上我更愿意说《棉花的香气》。通过珍秀这个女人负载着我对早年故乡的记忆，对她的记忆就是对故乡的记忆。十几年前我曾为她写过一首诗，这是第二首，我写的那些早就消失了，我在用诗歌挽留着故乡。回到故乡特别怅惘，“你也回不去了/乡村文明的破败/连同它树木的毁弃/我倒成了它的遗子”。

在都市文明里，我是一个游走者。基本没有什么都市生活习惯，还保持着几十年前的记忆和生活习惯。一直有一个顽固的观点：没有乡村生活的体验，没有自然神性的体验，一个诗人就缺少了珍贵的东西。乡村文明的濡染对一个诗人是很重要的。

∙∙特别是在我们的文明传统中，很多精神性内容来自土地。

■我身上有农民的很多气质。我喜欢弗洛斯特、希尼，因为他们身上有我特别亲和的东西。但是我身上又有某种高贵气质，我写不出所谓的乡土诗。

∙∙你体验到了土地上的神性。

■听家人说母亲怀我的时候，我伯父做梦，梦到水中一只甲鱼游走了。就暗示我不可能在故乡生活到死，我是要游走的。

∙∙除了土地对你的塑造外，你好像在受暗示影响在生活，寻找暗示对你的诱惑。

■早年的时候，姐姐嫁到异地去了；父亲也一直在外地卖牛……父亲能读古书，伯父能写一手好字，堂兄是花鼓戏团的导演，姐姐演过阿庆嫂。在村上看的电影，老家的月亮、露水、湖泊、父亲耕耘农田时哼的民谣、村子里盖房子夜里灯火中的夯歌，这些被我吸纳了，我的童年就这样被塑造了。在《小镇黄昏》里写过，我经常到小镇浩子口去买书。把黄鼠狼皮卖掉后，买连环画回来看，小时候装了一纸箱的连环画。小时候特别喜欢穿直筒裤，好奇装异服，爱学武汉知青的风度，爱听他们唱外国民歌，爱吹笛子，而且喜欢在月雾下水埠头吹笛。

我父亲身上有侠客义气。他死后，有一个曾被他搭救过的范先生来打听他的下落，找到了我，我在散文里写过“父亲死后，还有一个人在寻访他”。我们家有许多没有血缘关系的亲戚。我姐夫是孤儿，父亲把我姐许给了他，姐夫是个孝顺的人，父亲吊死后，是姐夫给他擦洗身体的。我们家的开放性，影响着我对世界、对人的态度。所以我成家后家里朋友很多，也可以说这是我们家的遗风。我吸纳了楚地故乡的地气，那些浪漫的美对我产生着影响。

·· 他们是本然地生活着，而你有超越性。

■这个判断是准确的，我是被唤醒的人。

·· 你离开故乡漂泊异地，想回去可又回不去，这里面都是超越性的因素在起作用。如果没有这种超越性，也许你会感到还是故乡的地气和人情更亲近，就可以回去了。

■我一直怀疑自己能否种地。上高中的时候很刻苦，就是想考出去，最后我终于考上了。

现在的同事有时说我像农民……

·· 你身上有根深蒂固的生活习惯，但另一方面你又觉得自己很高贵，可以看清许多人身上毫无诗意的一面。

■我一直庆幸自己从小生活在乡村，是农民的儿子，吸纳了乡村文明的精华。我觉得自己是有根的人，虽然这个根本身在消逝，已经被这个可怕的时代连根拔走了。

·· 这种根，对写作者来说是强大的精神力量。只要外界撞击你一下，只要你被唤醒，你就马上可以回到自己的身体，而外界的东西只是触媒。我很在意是什么对写作者发生着影响，你说你讨厌从阅读中、从诗中得来的诗，这是重要的警戒。

■我讨厌复制的写作，追寻从身体中生长出来的。这就是我在意的诗歌的身体。

·· 正是因为你经历了、体验了，身上有来自自然的质朴东西。

■我在那里生活了 39 年。

·· 在都市里的生活渐渐安定下来，是否能感受到这种生活里的诗意？

■很矛盾，我也有倾向于都市文明的一面，对特别高雅的、人创造的东西也很青睐。

·· 因为你觉得那是诗意的、浪漫的东西？ 在超越性上，这和你在乡村土地上体验到的浪漫性是一致的。

■我对诗歌的形式也很关注，对新生的艺术样式很敏感。

·· 如果某一天你发现都市生活很虚假，和自己隔膜，也许你又会想到回去。

■在城市里有套公寓，还渴望乡村的房子，就像画家村里的房子。 我渴望回到和童年生活相近的环境里去。 正是因为身上乡村情愫比较多，我比较古典，但又有很强的现代性倾向，内心里渴望接纳新生的东西，但内在的精神上我是被故乡塑造了，那种力量太强大了。 所以我的东西古典但不显陈腐，新但看不出怪异。 我是一个平和的形式主义者。

·· 我以为要做一个艺术家，在某些方面必须愚钝、固执。 什么都能理解，马上就能融入，也许对艺术创造反倒不利。 坚守着回故乡的渴望，这很重要。

■我身上有农民的朴拙。 这平衡了我的生活和写作。

·· 只有不丧质朴，才能真正敞开。

女　子

·· 你好像很看重《棉花的香气》。

■在《棉花的香气》里，找到了一个切入点：和我爱的女子聊天，我们谈到早年的爱，她是早年我喜欢的村子里的一个女性，启蒙了我的爱，对故乡的记忆美的往事集中于她。我是通过一个女人回到另一个女人，实际上一生都是在回到内心里的爱，回到最初的爱的愿望。我在家里是老二，一直受到大哥的照顾。因为是老二，在农村没有人给我介绍女朋友，我一直渴望异性的爱而得不到。我是从一个女人的身体回到另一个女人，回到月下的故乡流塘口，棉花的香气就在我的写作中自然散发出来。

··你是当时就感受到那种美还是后来体味到的?

■都能感受到。而且这种美不断地丧失着，一丧失我就不断去找寻，“你是源头，我在别的女人身上体验你”。

··想挽留消逝着的东西。

■对女人的爱中，精神性的内容太多，色情的成分很淡。我在所爱的女人身上加注了精神的愿望。

··对异性的渴望和对精神追寻的混合。为什么诗人为女人写了那么多诗歌，在生活里愿和女人亲近，更容易博得女人的青睐?确实是在寻找、发现和呈现美好的东西。

■我特别喜欢女人身上朴素的一面，所爱的女人都有和我相近的乡村经历。我现在所希望的，和我早年在故乡看到的女人形象是相似的。受到文明的熏陶后，加上了精神沟通的渴望。对话的愿望总是保持在与女人的交往之中。通过与爱的女人的深入沟通来达成与所有隐秘存在交流的可能，她们成了一个切入点。

··有精神领域的要求，日常生活就得保持距离。比如说萨特和波伏娃的关系，波伏娃当然是精神性要求很强的女人，如果他们厮守在一起，精神性的东西可能会被日常生活消磨掉。

■以前写的《为小丝而作的送别曲》《当我们把电话放下》，写到了情感的游动。我想在情感生活里建立一个对话者，后来我不得不放弃了。

··在女人的质朴性上，你需要精神的相通，如果单单是一个纯朴的农村女性……

■那我会感到隔膜，必须有超越的诗性东西在里面，对天生的东西的超越。我对女人的追求好像呈现着一种幻象。

··你在寻求完全的契合吗？确实有一种幻觉，比如你说渴望写作就是你的生活。

■我渴望自己的空间。

··写作带来的生活容易给人踏空感，不真实。

■《棉花的香气》中的女人，她回不来了。这早年的乡村美好女性的形象在时间中消失了。诗中这个少女的出场，是在我经历了情感流浪之后，得到了某种归宿。我呵护着这些经历，忽视了就不真实。

··有人曾对我说过：本能是人最强大的动力。如果人失去了本能，那整个文明将不存在。

■我写过一首《抚摸》，抚摸一个女人的身体，非常抒情地，"这是我另外的肚腹/消化着我每日的粮食/还有我对你贴近的想念"；到下面，"这是我身体的另一个空闲/我残缺的一部分"，这时我好像成了女人的一部分了。"这是我另外的一双手/另外的一双眼睛/看见掩藏在事物背后的那一个/代替我观看/死后灵魂的命运。"

··你在找寻某一类给你稳固情感的女人形象？

■就像记忆里的乡村一样稳定。

质　　朴

· · 为什么那么看重质朴?

■作为一个诗人，质朴性能让自己更有勇气抵达真实的存在。我把做人和写诗都慢慢地归于质朴，人还是要老实一点，要勇敢一点! 敢于在生活中去爱，去承担，不逃避命定的东西。

· · 你的诗意的质朴性还在于，越到后来越是少用抒情性强烈的词和句子。你触及漂泊、痛苦、孤独的时候，很少把它们放大和夸张，反而是像说话一样把它们说出来，用反诗的形式进入到诗意中。《棉花的香气》里有一段回忆和描述，简直是叙事文学了，或者说是散文的语言，非常直白，但是从整体上看，有一股强大的情感冲击力。我把这样的诗歌语言看作倾诉，你面对着遥远的事物说话。

■我给诗中所写的女人打过电话，这个做法……（笑），很好笑吧? 她是我真实情感中的切入点，我把对整个乡村的记忆归于她身上。

· · 你自己意识到没有，你在用这种靠近日常生活的叙述语言?

■我不喜欢雕琢，《棉花的香气》像是从身体里流出来的。我曾试着修饰一些句子，后来我放弃了，它们像流水一样不可改变，自然呈现，有着它们的自然流程。

· · 在写作过程中，对伪饰的情感、形式是否非常抗拒? 包括很多伟大的诗人，他们的诗歌中也有很多伪饰性的东西。

■我不再对语言做过多的加工，而让它们回归自由自在的状态。它们在诗中互相呼应，带着我特有的语调，身体和灵魂的气息。

··为什么不用那种夸张放大的语言来表达——为什么不是“我看见天空中的父亲”，而是“父亲，你忽然站在了我面前”？

■因为我没有那样的体验，也就无法那样写。另外，觉得那是语言的暴力。

··那样的语言很美，为什么说是暴力呢？

■我不喜欢那种美，它和我的身体没有关系。我喜欢用**身体性的语言**，它应该是从我的身体感受中生长出来的。身体有它的体验、幻觉和记忆，这是语言的根基。

··你在抗拒那种没有任何根据的抒情？

■不少抒情特别虚妄，和他的身体一点真实关系都没有，假的。为什么我不轻易抒情呢？我写为母亲送行，感情剧烈的，但我很克制，让情感回到它自己的空间，情感它是一个让人感知的客观化的东西，用现象学的观点来说，回到现场，回到事实本身。在准客观的陈述中才能传达我的感情。情感不是夸张地喊出来的，有时它甚至是在安静的陈述中彰显；它在诗句的空白处敛藏。

··在日常生活里，人也会有剧烈的情感表达，有表演和夸张……

■是有超常的表达。但要提防情感的做假或表演。崔健他提倡真唱运动，那是他看到了众多人的内心的颓废。众多的人在假唱在表演。

··你是通过向生活要真实，来达到向诗歌要真实，你想把你的诗歌和你的生活吻合起来？

■我是一个老实人，技艺是很笨拙的，我的写作忠实于自己的体验。我知道诗和生活是有距离的。我看重细节、感受和体验的缓慢生长，写作的时候尽量去复原它。你看黄灿然的《祖母的墓志铭》

写得多好，回到存在的原生状态而不去破坏它，诗人要做的只是去呈现它，那里面包容了很多东西。一个诗人不应该强硬地用语言的暴力去破坏存在，要尽可能回到以物观物的状态为好。

··你是怎样理解语言暴力的?

■诗人不能太主观了。在我看来诗人是**观看与描述**的人。诗人要做的工作是去观看或发现，让存在自身去彰显。

（刊于《柳宗宣诗选》，长江文艺出版社 2005 年版）

（2004,6,北京，柳宗宣和夏宏在北京新居书房）

写诗是不断返乡的旅行

1. 据我所知，你上世纪八十年代后期开始诗歌创作，直到 2007 年才出版首部个人诗集《柳宗宣诗选》（长江文艺出版社）。你如何看待自己二十余年的诗歌创作历程？

首先我讲个往事。一九九九年初我移居北京，两年后到《青年文学》杂志做编辑，在位于东四十二条的出版社的二楼一间办公室里处理稿件。杂志社系文艺出版中心，我们要与图书编辑一起开选题会。碰到多年前在《青年文学》杂志工作的人，他的头都秃顶了。

九十年代初，我在潜江一所学校当教师，假期坐两天一夜火车到北京，怀揣诗稿给他，他正把头埋在书稿间，收下我的诗稿就没有再说什么。有些怕他认出我。其实在他日常生活中发生的这件小事早就像面呈地带着我体温的稿件不知被抛到什么地方去了。

有一年我回潜江旧居清理过去的书稿，心中颇有感叹，自己在写作上走了多少弯路，没有人指点我的阅读与写作，是自己一步步摸索至今天的。

二十七岁开始的写作实在太晚了，自己总觉得像在搭末班车，时间紧迫。它整个地改变了我的生活轨迹和生活方式。至今我对在县城的写作者心生同情。那些年没有网络，我在那个闭塞的环境里没有可以交谈的文友，没有新近的图书可供阅读，没有杂志社、出版社等文化机构联络，一个人在孤绝的环境里做着似乎不正当的事。你在校园里，神出鬼没，像一个地下党，搞着自己的“革命”。有点像卡夫卡想做的“地窖人”或孤独的死人，在那非诗的环境里为自己制造出纯净的氧气。

几乎是逃离潜江，到了北京又困惑于时代剧烈的转型，到了纯文学刊物里干着很多与文学无关的事，和文学刊物学习着在这个时代存活的技艺。在《青年文学》杂志工作近十年，让我获得一种对写作人生的沧桑感。文学理想越来越内化成个人的持守与稳定的精神结构，它与正在快速转型的外部世界构成相悖而有趣的张力。

北京十年，改变了我打量世界与自己的眼光，对写作怀有了朴素的愿景。去除掉附在写作上面的非分之想，让个人的写作越来越内在，回到它的本源。一代代诗人和诗歌研究者在更替。你真正在诗歌的内部做了事情有你的贡献，即便你死了也会被人发掘出来。我们要有对诗歌的责任心和使命感，要能放弃尘世的浮华与功利，真正地承受孤独与寂寞，方能进入诗学内部的建设与研究。

现在我到了武汉工作、生活，是为了梦中的一张安静的书桌所做的外部努力。如萨义德所说，对于一个没有了故乡的人来说，写作成了他的居住之地。

2.当初拿到《柳宗宣诗选》，读到里面的第一首诗《上邮局》，就受到了某种触动。我感觉这首诗应该能够代表你诗歌的基本方式和风格：对事件的片断式叙述，写实中潜隐的思绪，经过抑制的语感，回避“美化”与“升华”。这样的写作继承并超越了八十年代的所谓“宣叙调”写作，比后者更注重经验的提炼。你是一开始有意识地选择，还是慢慢趋向于这种方式的?

在这里我要提到一本书，赫尔曼·施密茨的《新现象学》。我在《在武大枫园二舍留下的一张便条》一诗中提到这本书。对现象学的阅读，影响了我观看世界的方法，那些年，试着以现象学的眼光看事物。现象学讲求“让人从显现的东西本身那里，如它从其本身所显现的那样来看它”，看重对自己在遭际中身处状态的沉思，这表现为主客体内在地融合于自身。当下、在场、悬搁、直观，是被看重的词素。理悟到体验、情感是具有空间性的力量，自然情感就不能被看作纯思辨的产物，而被理解为身体能感知的客观化的东西。

这样我们从事的实验诗，就被理解为孕育情感、混沌的包含多种事态的情境，当然离不开创作者身体的情绪震颤。有了现象学理论的支持，试着改造诗的生成：诗的情境因素更被看重，在诗中设置情感传达的空间，直白的抒情被剥除，叙事被自然强化运用，身体和客体在诗中即时出场。实验之作就是我曾提到的《小镇的黄昏》，到了一九九九年写作《上邮局》表现得稳定纯熟了。在这首诗里面将父亲之死与我的出走关联于一起，并在诗中交叉呈现，强烈的情感被抑制，转入到多个空间中去，它有宣叙的因素，但那情感更内在，处理的方式如上所述变成空间化的一种客体，不再流于表面。情绪的震颤在诗中一个个细小空间里弥漫着。

3.在我看来，你的诗歌创作与你的人生经历密不可分。你走南闯北去过不少地方，在故乡向往着出走，在他乡则想念着故土（常听人讲，你是个乡土情结很重的人），有点像你推崇的诗人兰波所说的“生活在别处”。辗转多年后你又从北方返回南方。是否可以这么说，在你这儿，南方的故乡代表着此时此地，北方的异地指向的则是远方。你的近作《地图册页》似乎在处理这种内心的纠缠？

记得初到北京，租住在地安门一个筒子楼里，偶然读到《兰波全集》，整个地被他在世的遭遇感染了，读得情景交融。我的目光长时间地停在他离开故乡夏尔维勒火车站的图片，他是从此奔赴巴黎的。他对故乡的疏离感我也理解：“人们在自己的故乡被流放！”他的流浪气质几乎就是我们共有的：“如果我有办法旅行，人们就不会看见我在同一处超过两个月，世界很大，充满了神奇的地方，人就是有一千次生命也来不及一一寻访。”他想着在巴黎待下来，他热爱这里的艺术氛围，但不得不离开它，那不是他的巴黎。他是一个外省诗人。只得自我放逐，他不知自己要漂到哪里，走什么路，身在何处，为什么，会怎样，全都一无所知。他到了采石场、沙漠、边界小镇艰难谋生，以至病逝于异乡。在异地，不断地给家人写信。生存的磨难让他对生命和艺术的理解发生质的变化。他的给家人的一封封信在我看来就是诗。

兰波在信中对家人说：“两年多来，我没有碰过一张报纸。我唯一感兴趣的是家里的事情，我总想着坐在你们简朴的劳动场景歇息。”我们对故乡的朴素感情是相似的。这可能是漂泊带来的对故乡过分的依赖。我的多次返乡颇有让故乡安慰异乡，死者安慰生者的意味。人活着的无所依傍，不知从何处能得到安慰。其实故乡变成异乡，这样你再次转入词语，在此寻找家园感——生活和写作自然在北方与南方这两个向度之间展开，北方十年的经历形成我观照南方的视觉，这样自然完成了《还乡》和《棉花的香气》。

我在北方的时候，南方也是**此时此地**，南方是我观看世界的起点。我是三十九岁离开湖北的，我的离开仿佛是为了归来。北京十年生活，搞得我没有远方了。我的远方没有了。可能是年岁渐长的缘故，这也是漂泊生活带来的对远方的远离。只有江汉平原，江汉平原也没有了。我想着自己回湖北来，是迟早的事。这些年在武汉，过几年却待在出生地。无奈发现故乡的变异与荒废。想着过居无定所的生活，再一次出发，漂泊中把写作当成自己的居住地。

《地图册页》一诗整理的是我近十年写下的片断，呈现的是身体的游走。那生命曾经留意过或被感动过的自己的时间与个人的地址。这首长诗中有南北的一个界线。当然，诗的视觉是南北双向地观看，呈现是个体生命破碎中呢喃与喘息。在身处的这个年代，我的视线，就像诗中那只苍鹭，它没有国家，它的翅膀就是它的护照。

4.你诗作中被关注和讨论较多的，恐怕是《柳宗宣诗选》的最末

一首《棉花的香气》，与《上邮局》这首诗一头一尾，可看出你编排的匠心。“棉花”这一不常见于新诗中的物象，对我这个同样来自江汉平原的人来说却并不陌生。有评论者称你的诗有“根性”，或许这“棉花”就是你诗歌的“根性”？因为我认为“棉花”这一物象勾连着某种地域文化的特性（与泛泛的“底层”之论不沾边）。从我有限的阅读来看，我发现江汉平原的地域特性尚未被生长在这片土地上的诗人充分重视与书写。你是否有意致力于此？

《棉花的香气》一诗，易彬解读得很好了（参见《诗探索》2009年第1期）。棉花的香气只是诗中的一个意象，从写作中跳出来的，是写作过程中的产物。觉得特异，就把它当成了诗题。在发表的时候，《天涯》杂志用诗结束时点到的故乡名称：流塘口做了诗题，也觉得可以。后来编选入诗集的时候还是纠正为《棉花的香气》。

是否闻到棉花香气现在想来也有点恍惚。我的视点不是集中于江汉平原老家的物事，着力于对漂泊情状的书写，一个游走的个人生命的回望，诗中有一个词组：个人的情爱史，它不知不觉中和过去的故乡关联了。这首诗的一个切入点，十分重要，这首诗的到来全因了这个视角，让我在诗中回到了过去，回到流塘口，让我几乎看见了《棉花的香气》，并一气呵成。希尼说没有比写得快更让他喜欢的了，是这样的，写得快的作品往往写得不坏。那是得了神助。

5.你提到自己曾“师法”一些中国当代诗人，如张曙光、孙文波、于坚，还有爱尔兰诗人希尼你也十分看重。前几年国内诗歌界一度流行“希尼热”。我个人觉得希尼是一位深刻而复杂的诗人，他被不同程度地简化了（比如说他强调“日常性”）。你可否解释一下希尼对你创作上的启迪？

对八十年代诗歌印象深刻的是于坚，也与之有过交往。他的诗创作从八十年代持守到当今，创作活力保持至今。

我对九十年代的诗歌有深厚感情，因了我是从这个年代迈步的。在我看来，张曙光、肖开愚、孙文波等开启了新的路径。记得十几年前在《诗林》杂志读了名叫蜀光的诗（蜀光可能就是张曙光），诗作排列形式与生成的方式，曾启发过我，觉得符合我对诗歌的实验，后来我就写了《小镇的黄昏》，里面的叙事明显加重了。与孙文波现在一直联系着，他对我的写作有过帮助。在北京时我们也常走动。

说到希尼，倒没受什么特别大的影响，当我能读到他的译诗时，自己的写作审美倾向比较稳定了。第一次读到他的诗感到天然的亲近。这可能与我们有共同的乡村生活经历有关。我同意你的看法，他的诗看上去平易，其实很深刻复杂的。他诗中“日常性”是表面的，是切入诗的一个个视点，有意味的是诗性空间由此而打开、拓展。他的诗里引入细节，注重对物象的观察，具体的描述中有时来点超现实的玄思，诗中有不同的元素在诗句中穿插、游移、运动与呼吸。希尼在细致与微妙方面走向了极致。

希尼在评说伊丽莎白·毕肖普的写作时，说她的诗与世界建立起一种可靠与谦逊的关系，倾向于舌头的管辖，既反对自我膨胀，也不能自我膨胀，其实这也是希尼自己的诗歌风度。他没有把太多的社会责任、时代见证、民族良心等等堆放到自己肩上，他倾向欢乐的诗学，尊重诗本身的独立性和自足的生命。把写作边界守护得得体，在他所处的特殊时代环境，诗歌的写作时常处于危险之中，可能要蒙上层为政治态度图解的阴影，但他清醒地理解着诗的功效，以灵巧和创新逃避这个外在压力。

我还想说的是希尼的诗学文章写得很好，他是一个诗人同时也是一个诗学专家。这多重身份让他的作品也呈现出某种智性，满足了我对他的持续跟踪似的打量与开掘。通过他的文章，理清了他的诗学谱系，一个诗人的隐秘的传承关系。他所论说的诗人如毕肖普、拉金、奥登都是我热爱的诗人，通过希尼可以说开启了我深入的阅读。通过希尼，我对他诗歌译者雷武铃产生了好感与兴趣，我们时常电话谈论他对希尼的译诗；希尼让我们的感情得以拥抱；希尼好像是我的一个源泉，似乎从中可以获得取之不尽的滋养，或从中照见你的另一个自我形象，这样对一个诗人的持续喜爱在写作生涯中是少见的。

希尼几乎成为诗学传统的一部分。有一年，读希尼学生爱尔兰诗人穆顿的诗，他从希尼那里接受很多诗性元素，但他的写作加入了不同于他的老师语言实验，相比希尼诗歌的细腻平实的叙事风格及对意象的挖掘，穆顿的诗更关注诗歌文本和语言，甚至因语言的魔力而放弃自我；不像他的老师希尼的诗歌有些沉重，他的语气轻松甚至诙谐；穆顿在他的诗文本中挖掘更智性更抽象的诗意空间，有着他在诗歌美学上的更复杂的追求。

6.在一次与夏宏的谈话中，你说“一直将自己定义为存在主义诗人”，那么你是在何种意义上用“存在主义”这个词的?

早年我读过一本美国学者 W.考夫曼编辑的《存在主义》，他将克尔凯哥尔、尼采、里尔克、萨特、海德格尔、卡夫卡、加缪等诗人、哲学家们的作品与哲学观念编辑在一起，论述他理解的存在主义。这是一本对我影响很深的书，它让我展开了广博的阅读，甚至将其部分精神落实到我的生活与写作中来。这些人的哲学研究与写作，关切与反省的是个人切身的体验，他们不是从旁观者的立场去从事哲学活动或写作，而是从行动者的立场对存在的进行思考研究。他们的哲学与写作是其精神历程的一部分。用雅斯贝尔斯的话说，我的哲学是通过我的生活本身而成长的。

他们的意向将哲学从经院哲学引导回个体，促进自由主体的选择。萨特是向那些认为“上帝已死”的人宣说他的哲学的；加缪是向那荒谬的人，把荒谬当作美酒畅饮，把冷漠当做面包美餐的人说话的；海德格尔则把人描述为“抛入这个世界”，向在真正存在与非存在的各种情状中进行选择的人们说话的。

早年读到萨特这样的句子，曾多么激动人心，“人就是他自己所要求的那样的人。他不是什么别的，只不过是他自己造就的”。他强调**处境**是自由的产物，自由赋予处境以意义，而不是处境决定人的自由选择。那些年，他与波夫娃的契约、开放式婚姻让我们感觉新奇。他们把自己的作品与其一生融合在一起，在写作的同时也在塑造自己。作品的题材就是“他们自己”。他们毫不保留地把生活变成了作品。我也把自己存在的焦虑、对死亡的观照还有自己选择的事态也写进了作品里。

像克尔凯哥尔一样，保持多年记日记的习惯，日记与他的作品之间的密切关系，构成了其作品不可分割的**伴生物**。他说他只读死囚犯写的书，或读以某种方式拿生命冒险的人写的书。他倾向于作品展现他具体的个人存在情态，他试图身体力行地实践他的思想与写作；海德格尔对诗人特拉克尔诗的解读，我理解了诗中语言与存在的关系；而尼采的生活与写作让我至今着迷，他的片段式的冲击人心的哲思断章展示着他的自由意志和生命哲学，通过对福科的阅读我再次接触到他，而通过二者的阅读，我开始转向古希腊哲学研读，如何**治理**自己、关心自己，寻找我们当下实践的现实性与可能性。

在对波兰导演基耶斯洛夫斯基电影的观看中，我几乎听到了存在主义的回声，在我们每天的生活当中都面临着选择，并对其负责。他通过电影中的人物、故事展示的是个体生命的偶在与存在的复杂关系或艰难的自由伦理，他通过电影故事进行的是个人真实生命的**叙事**。

贾科梅第雕塑里那个枯瘦、单薄的人形，它孤身与自己的命运奋战着，表现的尽是存在沧桑与萧条的氛围；柯尔维尔一段时间画的画迷住了我，他的**纯写实**的绘画里有让我触摸到无时不在的神奇味道。他在自己的绘画里呈现出根植于他心灵中的题材，他提出的也是一些基本的问题：我是谁？我们像什么？我们干什么？他的那幅

《游泳者》在海中几乎分辨不出，一个孤单的主体形象，画面弥散的是寂寞隔绝的非现实因素等——这些都先入为主地盘踞在我的身体中，左右了我对生活和写作的选择，就是在以后对结构主义和符号学阅读中，发现早年的阅读影响了我对二者的接受；我总是把自己的生活与写作跟前面所提到的诗人、哲学家们相比照。是他们的存在提升了我生命与写作的品位。

7.在《柳宗宣诗选》中有几首长诗（《一位摄影师的冬日漫游》《在广西》《时光中的时光》《二人行》）无疑为你所珍视。你如何理解诗歌中的长与短?

《一位摄影师的冬日漫游》是一九九五年冬完成的一首重要作品，可以说是个人写作的转型之作。从二十世纪八十年代延续过来的诗歌抒情方式转向对个人经验的叙事。这首诗总算把自己打开了，经过了近六年的练笔完成这一跨越，超越了自己多年前的写作格局。记得从西部旅行归来后，想着把一些经历和事件的内外进行融合处理，我找到了“摄影师”这一叙事主体。我用七八页文稿纸拼在一起前后观看着写，第一次驾驭这么长的诗，小心地比照着、前后呼应着，它们相互生长推进与照应。一则则片段是整首长诗的一个元素，它里面的故事、事件、不同的场景描述和内在的独白，共同构成了一首完整的作品。在写这首诗时我想到诗的构成问题，就像美国诗人唐纳德·霍尔的《踢着树叶》一样组合着一个个片段与场景的拼贴生长成一首长诗的节奏与主题，有它的内在与外在的线索，运用了散文的结构方式，它本质是诗的，比我们一般的诗作更具时空、意蕴的包容力，使诗朝向对复杂多重主题的处理。《时光中的时光》的组合让我想到里尔克的《杜依诺哀歌》，他依着一个主题经过多年来运思，一首首相继写成，在时间流逝中成长为一首长诗。

8.你除写诗外，还写散文。我很留意一个诗人的语言能力在其

散文创作中的体现。提一个老套的问题：对于作为诗人的你而言，散文创作意味着什么？你怎样协调二者的关系？

这些年在诗歌写作的同时，进行着散文写作。我以为的散文，它的概念不是像西方文论把诗之外的文字统称为散文。心目中的散文是独立纯正的艺术文体，它排除了随笔，也不是什么文化散文，或所谓的大散文。

心目之中的散文是陶潜的《桃花源记》，柳宗元的《永州八记》，苏轼的《前赤壁赋》《后赤壁赋》，明朝的小品文。当代的新散文或后散文兴起，在收缩散文的外延，守护这一古老文体的内涵。在这一点上，觉得台湾一些散文作家保护了中国古代散文的传统。十几年前读过一本《台湾艺术散文选》，作者和编者有着对中国古代散文的尊重与看护。

早年就想着写一手好的散文，后来它与诗创作平行、同步展开，并相互影响着。不自觉地——如布罗茨基在谈论茨维塔耶娃的散文写作时所说——无意识地将诗歌语言的活力带进了散文。把诗对语感的讲究、观察事物的独特视觉还有造句的方法移入散文。有一个诗友从我的散文集《漂泊的旅行箱》中某个章节，分行后变成了一首诗。这是蛮有意思的事。我的散文中有蛮多诗的片段，就像汉代赋体，是诗与散文的混合物。

散文写作向我的诗歌学了很多好的东西，但诗歌从散文中获得的则是至今让人诟病的负面的影响。从散文中吸纳了对细节的运用，还有散文的结构方法。

（访问者，张桃洲。2014年，刊于《象形》）

答《广西文学》提问

1. 在您的诗歌写作历程中，遇到过哪些诗歌语言上的问题、障碍，或者有意的探索？

早期的写作往往把语言当成一个载体或工具来使用，把个人的经验与感情看得过重，以为写诗就是对经验的复现与摹写，用符号学的说法就是太看重语言的所指而忽视了它的能指性。随着对写作和语言理解的加深，发现写作依凭的语言具有敞开与遮蔽的二重性，你越规范而非生成性地运用语言，表达的效果越贫乏，甚至感觉语言不可说性在增加，它背离你而去，语言的多义或歧义让你的表述变得为难，就是用一个词语所说的，词不达意。有时，你会发现不是你在写诗而是诗在写你的事实；它神秘地左右了你的创作，这样渐渐地转向对语言本身关注，意识到语言的无意识属性及其他的存在。随着以后读到符号学与结构主义诗学方面的书，明白诗性的呈现恰好是回到能指本身；诗的意义是从词语的相互关系中生发出来的，诗的写作是词语的世界而非经验的世界，语言不可当成工具，而写作者要面对的是一个自足的结构，以写诗复现外部世界与经验是困难或不可能的，我们的写作最后面对的是词语本身。这是一个诗人应有的对语言的自觉。

但我不能完全苟同美国语言派诗人们的探索。是的，语言不能解释或翻译经验，但它也不一定是经验的源泉，过分夸大语言的能指功能，忽视它的所指功能，它的表意性也让我疑虑。而汉字的音和义不像拼音文字的能指（语音）和所指（语义）是分离隔绝的，汉字的音和义是相互涵摄并按相应的规则相辅相成的。汉字的能说，体现在它的形旁和声旁的生生不息的运动中，我们这些运用汉字的人，在言说和书写时，得服从汉字对偶的互为镜像和映照方式。美国汉学家晚年赴日本向日本汉学家学习中国古典诗，他对作为诗歌媒介的汉字中的汉字构词多有观察。他这样说过：“汉字的独特的诗性在于它把历时性和事物的密度和硬度相结合，它既像音乐又像绘画，这就是汉字的形与声的属性。”他对汉语的陌生化误读让我更加关心汉语的特点，它的象形和从声及对事物的表意或会意，声韵的位置以及诗性的直陈和模糊处理，对母语的持续关注与敏感，日益体会到马拉美所说的，世界万物的存在是为了落脚在一本书里，也就是诗人用语言建造的世界里。更新新诗的表现力，在汉语诗歌的源流中加入个人的劳作，扩充汉语新诗的表现领域和包容力，这种实验也是我持续写作的内在动力或兴趣点。

2.文学是语言的艺术，诗歌更是这艺术中的艺术。就您的写作和阅读体验，您认为诗歌与小说、戏剧、散文等相比，在语言上有什么本质的区别和特点?

诗语言的意外呈现和对不可言说的指涉，是诗歌语言的本质属性。另外，汉诗最能呈现汉语的语音形象（节奏感、乐句或张力、音韵节拍、内在语调）、辞格形象（比喻、会意、歧义、跳脱），这区别开散文和小说的语言。在苏珊·朗格看来，语言是一种推论性象征体系，而音乐是一种呈现的象征，诗作为艺术，更近似音乐而非散文，她以为一首诗就是一首乐曲，从词句内部建立起来的情感结构。在我看来，当代新诗提纯了小说中现场感和叙事技艺，吸纳了散文里的结构意识和戏剧的独白与虚拟，诗在强化它本质属性时也包含或占有其他艺术门类的技艺。这不是耗散它的特殊性而是加强诗本身的包容力。有人说，汪曾祺用小说的形式写诗，这是从另一个角度指出他凸显汉语的诗性（比如讲究长短句间奏、多种修辞格的灵活运用）。

3.注重语言问题，不仅是诗人，也是包括小说、散文等一切文类写作者的分内之事。但具体在诗歌中，又有所不同：谈起诗歌语言，很容易让人想到注重语感，进而想到“语感写作”。典型的例子是美国诗人威廉斯的《便条》，以及中国大陆九十年代口语写作中对语感的注重。您如何看待诗歌中的语感写作以及如何看待“注重诗歌语言”和“语感”之间的关系？

确实，诗中的语感是让人着迷的东西。它是写作者生命气息的外显；而每首诗又有着不同的语感且不可重复，而这又与诗人当下生命的状态相关联。艾伦·金斯堡和他的精神父亲——惠特曼的作品让人感受到扑面而来的生命气息。阅读能触摸到一个不可见但可感的气场，这大部分来自诗的语感，即内在乐句；本雅明说过艺术品呈现出来的“灵韵”。在我看来灵韵多半来自语言的内在节奏。那是创作主体与词语相互生发出来的气韵。布罗茨基在谈论曼杰施塔姆时说，指挥曼杰施塔姆写诗的是语言，是语言的声音，诗的声音让时间本身得以呈现，时间在诗中是有位置的，它是诗行之间的一个个停顿。在布罗茨基的诗中你能听到一个孤立的声音；读卡瓦菲斯，即便经过多次转译，你依然可以听到属于他的独特语调，就是奥登提及的卡瓦菲斯区别于其他诗人的他发明的唯一的声音。多年的诗歌阅读让我养成了听诗的习惯；读诗或分辨诗的真伪（类似于歌手的真唱与假唱）往往是听诗，即倾听它内在的声音。我以为“诗歌语言”包括了“语感”这一诗歌写作基本的语音形象，诗歌语言包括语法、辞格的运用以及诗体形式等方面的实验。

4.“诗歌就是对语言表述情感的极限的探测。”在语言和诗由以产生的情感之间总会有紧张和对立，因此，在写诗过程中就难免会遭遇语言表述情感的不足和挫败。请您回忆一次自己写作过程中遇到

的语言与情感之间的角力，以及如何在二者的角力中完成一首诗的写作的经历。

一个阶段我曾想过，写诗是逃不脱感情的，这是诗的血液。至少它是诗创作的发动器，一首诗的底色。从感情到语言本身的考量，情感一直在起着作用。一个有了创作经验的诗人懂得控制情感，在写作时，要明白情感是一个可以触摸的空间，它是可以走进去的时空，一个诗人要用词语来构建这个多重时空。记得我在写《母亲之歌》的，泪水都流出来了，但在表达上却超常冷峻，提醒自己控制感情，把注意力放在词句的陈述和组织上试着将那种刻骨的情感放置在诗性空间里。写作这首诗，我体会到了艾略特所说的，诗歌不是放纵感情，而是逃避感情。一个写作者一旦放纵那种炽烈的感情反而会伤害诗歌本身，进一层来说也达不到你所要的阅读效果。可以说，你越远离感情的直接呈现它反而越隐藏诗中作用着诗的组织与建构。

5.西方近代诗歌史历程中，有从浪漫主义到反浪漫主义的轨迹。中国大陆新诗从朦胧诗到当下的三十多年历程中，也可以看出从最初的抒情语言到后来的叙事语言和去情感化写作的轨迹。您如何看待这种写作倾向的变化？在看似与西方相似的转变中，我们的写作有什么需要与之加以区别和反思之处？

汉诗近三十年的探索在我想来，走的是英语诗歌的路数，也就是说庞德、艾略特、威廉斯、拉金他们对诗的反叛与建立影响了汉语诗人的创作。像意象派诗人对浪漫派诗歌自我表现的抑制，浪漫派诗歌强调诗创造中的神性神话，这是我们诗歌的传统。希勒格尔强调“唯我”，在《诗的对话》中他说过，“近代没有神话了，如今是我们努力创造神话的时候”。在诗中创造神话成了浪漫派诗歌的某种目的。这样的诗歌实践几百年过去了，诗歌实验总是得到后继者的反拨和更新，通过这种反向的方式来加强既有传统。以后的意象派诗则注重意与象的交融，强调诗的独立自主的存在，诗意象的自我直陈。汉诗近几十年的演变让诗回到诗本身，让语言回到它不断调整更新的实验中来，寻求新的不同于前辈诗人的语言实践。如同拉金参与的英国运动派诗人们对托马斯晦涩的反拨，有意识地使用散文以及审慎的谈话式的语言，把诗越写越开阔与具体，上个世纪九十年代一拨诗人，与之前的诗人的作品形成某种审美倾向的中断与分离，放开诗歌句法的限制，创作出他们充满人性气味的诗文本，可以说他们的实验，有意识地以小说的技法入诗，加强其诗性叙述，诗歌新的用语不断地冲向他们的诗歌新文本，从而开创出汉诗新的表现路数，以后的一班诗人们在其开创的道路上承继、补充和丰富。

6.国内的部分诗歌写作者强调诗歌写作的技艺和难度，但是技艺和难度的标准在哪里，能找到具体的参数对照吗？写作的难度落实在语言上就是修辞和表述的难度，您如何理解这所谓的难度？

技艺和难度以及某种标准只存在于诗文本之中。像张曙光的《196年》、吕德安的《曼凯托》、萧开愚的《向杜甫致敬》、黄灿然的《祖母的墓志铭》、黄斌的《冰棺中的父亲》。所谓难度，就是文本呈现的自我创新，文本的出现区别于以前既有的作品。它容纳不同的技艺，在承继中更新与拓展；或者说，一个诗人将前行诗人的细微的未经充分显露的技艺得以加强的显现；以前诗歌文本缺失的审美特征和表现技艺得以新生，这些都是诗歌创作的难点和写作的出发点。

7.现代汉诗写作不仅在内地，而且也在港、澳、台与海外。相比内地，台湾诗歌在语言表述的音乐性和意象的运用上相当成熟，当然，这不是说他们的写作不现代，相反，他们的写作实际上也更现代。很难否认，这在台湾已经形成了一个相对成熟的传统。总结我

们几十年的写作，现代汉诗在大陆有传统吗？ 是什么？ 两相比较，带给我们的思考是什么？

应当说，现代汉诗的传统正在建立起来。 大陆因幅员广阔写诗人口相对众多，近三十年来，现代汉诗写作呈现一代一代诗人自然更替的现状。 二十世纪九十年代以后的诗人们自觉地从卞之琳、戴望舒、穆旦等人的诗歌中获得技艺资源，对这些诗人的文本的重读已形成日常诗学；他们的东西方的诗学视野丰富了中国新诗，后来的诗人们在他们奠基性的诗歌工场中，建筑汉语诗歌这所纪念堂。

汉语新诗的实践从来就是一体的，不分内地和台湾，我们面对白话汉语这一现场，我们都在这一场域展开新诗实验。 可能台湾的现代诗的实践持续稳定地往前推进，内地受限于时代变异，新诗的实践产生中断，好在近三十年来，诗歌实验在中断后继续，诗歌创作回到它的本体，诗人们的写作更独立，在他们的时代克服时代对写作产生的负面影响，新诗既有规则在丰富发展之中；在台北写作的如痖弦、周梦蝶等都给汉语诗歌写作者提供了某种参照。

8. 废名曾说，新诗与旧诗的区别在于，旧诗是诗的形式散文的内容，而新诗是散文的形式诗的内容。 这个判断现在看来虽然有些简单笼统，但也的确道出了新旧诗之间的一些区别。 从诗歌语言的角度看，您认为新诗与旧诗本质上的不同是什么？ 哈佛大学的田晓菲认为不在于形式与内容之分别，而在于表达方式和美学原则的根本不同。 如果是这样，您觉得这样的表达方式与美学原则会是什么？

确实如田晓菲以为诗的区别不在于形式和内容之别；审美原则使得诗的形式发生改变。 新诗的变异来自写作者诗学观念的更新与改变，从译介里我们发现诗人们的文本的变异、更新都来自新的译介、诗文本和新的美学诗界；可以说一茬茬诗人不同的诗的形式与内容都来自他们的不同的接受；如美国纽约派诗人的写作和译介，影响了二十世纪九十年代以来的中国诗人们的创作，这体现在张曙光和萧开愚等人的创作的文本中；而结构主义和符号学的美学影响和扭转了诗人们对语言的认知，这样支撑了当代诗人们的创作实验。

新诗和旧诗的不同恰恰在于语言本身的差异。我们面对的是白话口语和五四以来建立的新诗体，而古人作诗遣用的是古代汉语和旧体诗的格局。新诗的传统由几代诗人们劳作了百余年得以建立与拓展，诗文本和美学思潮近百年来得到了更新；新诗与旧诗的差异不断地凸现，诗的散文因素也在扩展之中，它有效地拓展了新诗的表现力。在朱自清看来，在新诗的草创初期对旧形式的破坏来自白话诗趋向于散文化；诗和散文的分界并不显明，新诗的发展和前途得从散文里去找寻。现在看来，朱先生的观察是含有某种远见的。

9.旧诗对新诗而言，既是巨大的障碍，也是巨大的资源。旧诗的格律我们已经抛弃了，但格律要素——比如用韵、节奏，等等——总还不同程度地出现在新诗中。所谓内在的节奏总还由外在的语言形式来体现，或者说，形式在某种意义上就是内容，我们的新诗写作，怎样才能更有意识地、更有效地挖掘现代汉语的潜力，将格律要素结合进来？

卞之琳在他早中期的创作中，自觉地从汉语文学中获得新诗的资源；废名在北大课堂上曾热情地解析了卞之琳的新诗用词如何从古诗化入新诗中；他甚至以为卞之琳和《论语》的句子是一派，很别扭但又自然，合乎文法。早期汉语新诗的写作者做了大量的新诗的形制和内部建设，旧诗的格律被有效地用于新诗，同时从译界的外国新诗中尝试新诗形式。它们不是一个维度的，是多重维度进行着汉语新诗的试验。是的，白话新诗从旧诗的格律中求解放，努力向西洋的自由诗模仿学习；语言学家王力在他的《现代诗律学》中尝试吸收外国诗格律的优点，结合我们汉语的特点，建立我们的新诗律。

诗人萧开愚在德国写就的一些关于诗的思考文字和他后期的作

品，对汉语新诗如何从汉语传统里找资源，如何重建新诗的形式来说是有意义的事。他以为当代诗常见零乱和松垮，他试着重建形式，写朱湘式的“方块诗”，求形式工整。从古诗取经，从宋词里找顿挫；白话诗本来就是结合西洋诗影响的结果，正统确立后，得回头整理汉语宝库，还得拥有几十套词牌式的套路。这对当代诗的写作是有意义的事情。

赵毅衡先生曾谈到中国如何改变了美国现代诗。美国现代诗里出现中国古诗的元素及对中国文化的吸纳，比如，美国诗人雷克斯罗斯发现中国古诗中对话的语调；查尔斯·赖特诗歌的中国隐士文化影响其写作的深度意象；庞德等人的**汉字诗学**的实践。这给我们以白话文写诗的中国诗人带来某种必要的自觉，如何规范自由诗形式上的过度散漫，吸纳本土文化中的传统诗学，对我们来说都有很多工作继续去开拓建设。

（2008 年，北京，刊于《广西文学》）

（画家高海军线描的柳宗宣肖像）

鱼子酱及其他

受访者：柳宗宣

访　问：雪松

时　间：2017.9

雪松（以下 X）：中国当代诗坛经历了三十余年的变化发展，许多诗人借助各种各样新颖的写作观念、新鲜的写作方式高调地得到确认。这期间，有许多富有创作实力但低调的写作者沉潜下来，没有旗帜鲜明地宣称或追随什么，而是默默地探索着自己的写作道路，他们的诗名似乎没有那么响亮，但写作的成果却不容小觑，在我看来，你就是其中一员。请问，你的定力从何而来？

柳宗宣（以下 L）：我和你差不多都在一个场域里写作。新诗写作进入九十年代发生了某种逆转，恰好在这个年头本人开始正儿八经地写作。那年二十七岁，在一个中等职业学校执教，有了讲师职称、三室两厅的房子、老婆和女儿，在这个阶段进入写作，不是凑热闹，赶风头，出于某种功利目的，它当然有着对人生某种规划和设计，另外出于对语言的热爱，想从中找寻寄托，当年是把写作当作真正的志业和热爱去做的。在我的生活里没有什么其他吸引我注意力的东西（你还有对书法的爱好，除了写诗），写作成了我唯一的爱好，那可是把整个身心都用到这个爱好上。

随着与写作相伴的阅读也在不断地变迁，自己对写作的理解和态度在不断的进程中得以提升，人在不停地确立着否定对写作的理解，内心的爱越来越明确，认可的方向感在增强，渐渐地，写作中出现的定力也越来越稳固；写作它就是一个**自我建设的工程**，它是一个人内在的工作，随着对写作的理解提升，这样对外部现实就会有分野似的态度，什么旗帜都看不见了或者视而不见，也不愿跟风头寻求什么外在确认，人会越来相信某种进入你判断的事理，作品本身在**自我确认**着，更看淡什么虚名，反省早期对虚名的在意，如你所说，好像更有定力和判断力，只对自己提要求，要完成重要的作品，作品就是地平线，在勾引你去完成，说白了，作品就是一个写作者的新生命，它就是一个写作者的在世的盼望。

有朋友议论我的写作，说我不是跟屁虫似的先锋而是**个人的先锋**。觉得有意思，你在做人在看，这是比较客观的观察。是的，自从开始写作，找到一个爱好做下去，潜下心来从事写作，写作和个人生命在相互促进。细想起来，它作用了我的人生，生命变成这个样子，写作整个把我的生活或生命塑造成这个样子。

哧哧，我属牛，牛这个笨重的哺乳类是上天赋予的，你之前所说的定力是否来自我们听从或获得的上天的力量，哦，我是一头笨重的牛，一生就在田野里，缓慢笨拙的**草食动物**。本雅明说是它一颗土星，充满迂回曲折、耽搁停留的行星，桑塔格用“**土星气质**”来形象本雅明这类人的精神风貌，这种土星气质的人漠然犹豫、迟钝，这样气质的人与自我的关系总是处在建设中，他有着某种**殉道者**的执着，追求某种“失败的纯洁和美丽”。

X：你刚才谈到阅读的变迁，我感觉阅读对于一个诗写者个人写作的矫正力量很大，有时阅读像一盏灯能打开你写作的新道路，请你谈谈你阅读的变迁，以及它和你写作之间的关系。

L：和阅读的关系如同与个人生命的展开一样，它们几乎是同步的。阅读作用了我对写作的态度和视界，或者说它参与了我的生命体验和作品的生成。阅读在我的理解中是一种自我发现、词语的被看见或**照亮**，是对生命的某种改造和**助进**，它是创作的另一种方式。

从某阶段的作品你可以反观到阅读的暗中支持，阅读与写作，如同找寻生命的道途一样，它们是一个路径，只是阅读这条路径更隐蔽，因为它作用了你的精神肉身后内化成无意识一部分，最后自然作用你的词语，那里有一种血肉模糊的无法隔离。

有时候我想我们家族世代农民，到了我何以要爱上写作，可能与最早的阅读有关，早年影响最深的是《约翰·克利斯朵夫》，它整个地塑造了我的气质，或者我生命中有这种原生的东西，它将之照见并加强了它；我曾写过一首长诗谈及阅读经历，后来没有示人，但有意思的是挖掘阅读如何参与个人生命和词语的建设，是个有意思的话题。前些天我写了一则随笔《一生最大的愿望建设自己的书房》，是这样的，书房在不断地加入新的图书，同时，一些过去的藏书显露出来成为床头书。阅读或写作，它是伴随个人一生的事。

二十七岁开始写诗，是自我教育自我选择的方式，写作和阅读交织在一起，自己摸索拓展向前，阅读如同一种教诲和训诫，至今爱读教诲录那类书，早年读《傅雷家书》，现在常读《沉思录》，这些日子读到马洛伊·山多尔的《野草集》，佛教类的经书也是常备读物，它们都给我的生命以提醒，而且我渴望这种提醒。

X：你诗歌的节奏乃至修辞氛围都比较缓慢，有些钝，不灵巧，好像缺乏某种锐气，是个人气质造成的？还是一种风格化追求？

L：在北京工作的一个同事在看了我的散文集后，她说，你的词句和你的性格反差很大，词句平缓语调安静，生活中的你则急躁行动快捷。她指出的是事实，我的写作方式和我的天生的气质似乎是反着的，这可能是阅读审美带来的结果，也可能如你所说，是某种写作风格化的愿景。

有时候重温诗人张曙光为我的诗集写的序，他对我的写作做了细微的分析，从对日常性的观照到词语的运用，我认为他说到点子上去了，在这些年的写作过程中，总是受制于阅读审美带来的喜好和规范，或一种内在自我要求，渴望着某种运用语言的方式，而这种对语言的态度和观点在不断地丰富生成与拓展之中。

X：上世纪九十年代，是朦胧诗之后当代汉语诗歌发展最为关键的十年，许多新的写作方式纷纷涌现，许多新的文本深刻确立，那十年对于你的诗歌创作意味着什么？在那十年中，你的生活和写作是一种什么样的状态？那十年对你后来写作的影响体现在哪些方面？

L：我对九十年代新诗现场有些了解也蛮有感情，在一些评论文章里我曾专文论述过九十年代新诗的文本的变迁。在所供职的新诗研究所干事，不可能泛泛谈新诗，我把注意力放在对九十年代以来新诗的关注上。对八十年代的成名的诗人私下里没有多少感情。之前我说了，九十年代的诗人们的写作突然发生了逆转，从外部现实到我们写作者的语言现实，完全区别于八十年代诗人们的写作（在此就不做具体的分辨）。

就个人写作来说，在这十年里完成了某种转型。一九九五年，当写作《一个摄影师的冬日漫游》这首长诗，觉得自己爬过了某个山头，进入某种敞开的视界，在对过去超越的同时确立了某个阶段的写法。现在反观何以形成那种语言的转向，来自当时涌入写作圈的译本和同行们的写作间的呼应。我以为程光炜编辑的那个九十年代新诗读本把张曙光的诗放在前面有道理，他确实是开启了新诗。对张曙光我一直心存感念，今年我编辑的《新诗学》，做了一个关于他的研究专辑。九十年代过去二十来年了，有些资源要清理保存。那些年我在县城写作视野完全是超出了地理上的囿限，《一个摄影师的冬日漫游》这首诗是西部长途旅行归来后完成的。

如人们所说的代表作《上邮局》就是在一九九九年完成的，回想起来，在那十年里，在一个围墙内的校园里像搞地下工作一样从事着诗歌阅读写作，也留下了自己觉得满意的作品；现在想来，我离开小城到北京寻发展，与写作存在某种隐在的关系，好像写作和生活都遇到了某种困境，要寻求变化。如果我还停在那里写诗，可能会保持那个良好的状态，可以持续地往那个路径走下去。

X：你说对八十年代成名的诗人没有多少感情，这是个诗学问题，还是个历史认知问题，抑或是一个情感个案？

L：八十年代的诗歌场域，我不在其中。手头有一本《中国现代主义诗歌大观（1986—1989）》，那个年代的诗歌运动如火如荼，可我没有介入，我在旁观。我觉得你的写作比我早，你有一首写《旗帜》的诗，那种热情我能理解，你和八十年代有着某种关联，而当我在九十年代初进入个人真正意义上的写作，时代和诗歌现场发生巨大的逆转，诗界变成了个人的寂静笃实的爱好与小小内在的革命，同时，也在对过去诗界非诗的东西进行清理，自然地尝试着新的写法。

程光炜先生专文论及张曙光的诗时，讲到后者参与到了九十年代诗歌的整体转变，这一转变体现在后者的创作中不是通常那种爆发性的反叛性的表面形态，而是根植在后者对历史的观察和个人经验上的。我认为这是很公允的观察。

朋友张桃洲有一则谈论九十年代的诗歌长文，是一则有分量的诗学研究文献，九十年代以来的诗学写作，它和八十年代自然构成了某种隔断，如同时代的分野，即便是八十年代写作的诗人也在完成与自我的分离，你提及的确实是一个诗学问题。

X：欧美诗歌及理论的大量译介，直接促成了九十年代中国诗歌的先锋景观，你所受到的影响有哪些？

L：我首先想到《结构主义和符号学》《最新西方文论选》；诗学译本对我最重要的，赵毅衡译介的《美国现代诗选》（上下册）是那些年常读的。《结构主义和符号学》不知读过多少遍，时常翻阅。说到美国诗歌，还有另一个译本是郑敏女士编的，那些年我可是比照着阅读着它们，有一年在北大讲座上碰见郑敏，提及她译的这本书，问题是我们如何从译诗中获得创作技艺，还问过她的写作和译诗的关系。从她的《英美诗歌戏剧研究》中学到了很多诗的技艺，她的著述可读性强，言之有物，因为她首先是一个诗人然后才是一个诗学专家。

一个时代的诗歌转型和译介诗人们的阅读相关着，或者说它参与了诗人们的创作，这是不争的事实。张曙光的写作提供了新的东西，与他的对美国诗歌的译介有某种关系，他那些年是在译诗中获得第一手的创作技艺，我在读到他的关于美国诗歌的讲稿时，感觉他从纽约派诗歌里借鉴了新的写法；另外，不知你注意到了没有，敦煌文艺出版社出的一套“当代潮流：后现代主义经典丛书”，那些年如获至宝，就是现在也时常翻找出来重温。

我对英美诗歌的译介阅读产生了某种兴奋，比如运动派和黑山派诗歌的观点和作品对我的写作有着直接的影响，比如说意象派的诗歌，说具体点，威廉斯对美国诗歌走向的扭转也可作用着中国诗作在九十年代的语言的实验，纽约派垮掉派诗人们的写作和行为对我们产生实验的刺激，一拨拨诗人不同的写作倾向可以说更多地来自译介的镜鉴影响，可以说，在那些年里，我们把美国现代诗歌的历程重历了一遍，从各种流派中获得借鉴或移植到汉语新诗的实验中。

X：你客居京城十年，“客居”是中国古代诗人特别的一种情怀，一种诗歌的打开方式，你的京城客居生活对你思想、情感和写作有哪些影响？

L：1999 年到了北京后，生存上的压力导致以往稳定的写作环境中断，给写作本身带来了某种伤害，甚至说，在北京最初那些年写作处在几乎停滞的状态，恢复到九十年代相对封闭稳定的写作状态已很困难。不过，在京十年那也是一个反思和累积的十年，所以回武汉，力求想寻找相对宽松的压力较轻的写作环境。现在想来这外部的考量过分了，其实并不是那么重要，但确实经过这些年迁移折腾，到了2011年后似乎和九十年代那个状态对接上了，有写作重新开始的感觉，当然感觉比九十年代那种状态更好，让我满意的是写出了那个环境里写不出来的作品，可以说，这些年的经历在某种程度上塑造了现在的作品。

北京的十年，那可是十年长学。人的一生能有多少个十年呢？我的生活在近四十岁前发生了全方位的转向，我所在的地理、身份、工作、人际关系、状态、精神世界、眼界、视听都发生不得不变的变化。说到**眼界**，至少是从**仰视**到**平视**最后过渡到**俯视**，至少跨越了一些东西，你的时代你的国家，最后完成自己的游走，离开那里。

前两年，我到北京去卖房子，那些家具有点不忍送人，书桌、衣柜、日常用品让我留恋，它们伴我经历了那些日子，写满了个人的回忆。我有些对北京割弃不下，虽然离开它到南方生活几年了，觉得在所有的城市中唯有北京最熟悉。它所有的街道我都曾丈量过的。我说不明对北京复杂的感情，我不会轻易臧否它。我有些想重返这里，在房子出手后，在它的郊区买了一套房子。开玩笑说，我为自己过去的家具找了一个空间。

在北京虽然写得少了，对诗艺术的视界却打开了，加上我在刊物编诗歌，很自然地要打开阅读量。我至今感到骄傲的是编辑了不错的诗歌作品，以我的理解来推动中国新诗写作，为此尽了一份力，我把我对诗歌艺术的理解落实到编辑工作中；另外北京相对其他省份不同的，诗歌活动多，这是在首都生活的意义，尤其是网络未兴盛的那些年，一个写作者可获得很多诗歌方面的现场经验和置身于词语空间的机会；比如说，在北大举办瑞典诗人特朗斯特吕姆的诗集发布会，在那个会场见到老诗人。那个诗会上余华也去了，记得余华在台上说，他写了洋洋洒洒几十万字的小说，抵不上特朗斯特吕姆的几行诗，他把那首诗逐字逐句解读，诗人协助他完成了对词语的理解。

另外有一次，在北京外国语大学，美国诗人弗家·弗雷泽来了，大学搞一个中美诗人朗读会，后来这事写入《后垮掉派诗选》的后记。这次活动也写进随笔《我的美国诗歌地理》，后来刊发在《世界文学》上。在北京工作、生活，视野整个地打开了，何况你就是冲着首都的这个文化优势而去的，那是在县城所渴望的空气，那里的书店、那里的诗歌艺术活动、酒吧、演出，各种场合碰到的名人、同性恋者、流浪者，并与之展开的人文交流。

我写个一首未示人的诗《北京出租司机》，说句笑话，那儿的出租车司机都牛逼着（他们有北京户口），见识也确实不同，他们毕竟在皇城根下呼吸嘛。

X：《上邮局》不仅仅是一首一般意义上好诗，更是当代汉语之美的一个结晶，被评论家称为“命运之作”。透过这首诗，可以窥见你诗中特别蕴含的伦理矫正，请你谈谈在这首诗的写作中，你的情感状态和修辞策略。

L：这首诗算是我在九十年代写得最好的一首。在九十年代那几年，经过新诗的练习能完成这首诗作也是不易的。你不知我最初的写作水平多么低劣，观点多么陈旧，在那几年能完成自我更新是下了功夫的。你要知道我是二十七岁才开始写作，不是天才性的写作者。早年读中文专业，一些既定的框架性的理念先入为主地占据了头脑，要从事新诗写作并完成自我的更新是艰难的，好在那些年总算如愿地完成了这项必须的工作。身体力行的诗歌写作让我想着离开生活的小城，近年反观那些年的状态，可能是无法忍受在那个环境里生活。我这人既能忍受，也有一种牛劲，性情峻急，不容忍平庸封闭死水一般的生活。那些年我有着逃离的冲动，在读到兰波的诗歌和书信颇有感应，我注意到兰波他逃离小城要经过的那个火车站：夏尔维勒火车站。

我的逃离是从死亡那里获得力量的。所以我写到了已故的父亲，父亲往往在我对人生进行选择时来到我的梦中，他虽然死去了但参与了我在世的选择。这首诗是从北京回潜江时写的，写得泪流满面，但语句很平静。我在书写的时候抵制了情感的干扰，把我的出走和父亲的自杀交织着叙述，前面大半部分觉得满意，中间有些地方情感失控，好在后面部分给平衡了。

学生曾提及这首诗里的手法很多。比如，超现实的写法。他提了这样几句：

那是1999年10月20日正午
逆光之中的石家庄火车站
一个人和进出的游客交错走来
父亲，你突然站在了我面前

X：道德伦理维度的缺失是当代中国诗歌中写作大面积存在的，但你的写作却非常关注这个维度，请你谈谈在这方面的思考。

L：我这个人老旧，情感道德都受乡村民俗的影响，人活得蛮严肃的，这可能与家教有关，人一点幽默感也没有。我有些正派，就像我的胞兄，虽然读了很多译介的书，骨子里还是保留了乡村家族遗传的血脉和精神。你要知道，我毕业后一直在教书育人，这自然规约了我的生活方式和道德取向，且加上阅读的美育。我这个人善感，悲天悯人，仇恨，总是仇恨不起来。李以亮在我为女儿结婚举办的小型酒会后，专门谈及我的几首诗。我也把他的文章转录如下：

柳宗宣的近作中，我特别看重《给女儿书》《给女婿的谈话录》等一组诗，因为我在其中看到，诗人着力恢复我们诗歌中的伦理维度的意图和实验，而且，这实验是相当出色的，既表现出真实动人的情感力量，也体现了现代诗必要的艺术性。不讳言地说，种种标榜“先锋”、实际缺失了伦理维度的“诗歌”写作，已经不仅使大量读者发生了对于现代诗的误解和不满；更有甚者，部分写作者把诗歌艺术的“非道德化”倾向异化成了“反道德”的自我作践，这已经是一个相当严重的问题。诗歌绝不可能给任何人带来道德豁免权，这是毫无疑义的。所以，在这样的语境里，我特别欣赏柳宗宣在“道德/伦理化”的诗学中及时的矫正力量。在此，真正考验诗人能力的问题在于，如何将道德主题有效、艺术地呈现？柳宗宣在这一组诗里，调动了人至中年的**深厚积累**（无论情感，阅历还是思想）。说到底，就是构成诗人“主体性”的综合因素。有人总是试图回避“主体性”在诗歌写作上的根本作用，或是借口诗的自足自律性，或是一直淡化甚至不承认思想性、精神性之必要（只强调所谓潜意识、生命直觉等），抽象或泛泛地谈，我当然不反对这些“理论”的合理性甚至深刻性。但我想，它们尚不足以彻底颠覆主体性，毋宁说是对真正的**主体性**理论的补充与深化，舍本而逐末是容易的，也是可笑的。《给女儿书》《给女婿的谈话录》等诗，都是站在一个父亲的角度，以娓娓动人的叙述，直抵人心；是关于情感的，也是关于道德的；**是对话，也是自语**。所以特别真诚、质朴，剔尽了修辞的虚饰，没有华词丽句，却有大美，题旨无不涉及人生的大道，却又没有丝毫的说教。

X：2012年是你写作的标志性年份，从这一年开始，你写出了一批自我更新的作品，这批作品的个人风格更加鲜明，请你谈谈从这一年开始，你的写作里都出现了哪些变化？这些变化的内外在依据都有哪些？

L：你问得很好，2012年，是我的一个标志性的年份，我一个人在海口过了春节，完成了个人生活的逆转，初到武汉来，最初几年过得不顺，因为不能面对一张平静的书桌，对自己说，再不能被外在所裹挟，内心的呼声我听到了，我要写诗了。

2012年是写作中少有的井喷状态的一年，那年几乎就在写作状态中，我的写作如同得到神灵的支持，几十首诗就出来了。可能是十多年的**南北迁移**的外部影响，北京时期的断续写作变成了专注的状态；诗的气蕴完全有别于北方时期，诗的空间也有差别。相对于九十年代在小城的写作，满意自己在五十来岁时诗写作进入高峰阶段，或者说自己有幸能在词语中完成自己的夙愿。

有时候我在汉口自己的新居的阳台上观望小区外景，很自然地想起九十年代我在潜江小城的寓所的阳台上的情景。生活似乎在重复，但人的视域更多地发生了类似于外部生活的变迁，词语的时空拓展开来了，技艺也丰饶多了。当我编辑新诗集《河流简史》时我将这一年的写作放在前面，看到第一辑中的诗作，觉得蛮安慰。我历经了折腾，命运回报了，通过诗歌作品。

至于诗中出现哪些变化，在和木朵的访谈里都涉及了，访谈附在了诗集的后面；现在细聊来，2012 年开始的写作一直持续了 14 年，我写作的《平原的雨》《孤岛》《宿疾》；诗的生成技艺全然不同于以往的作品。你可以比照下我早年的诗作《她穿过黑夜的楼顶回家》和 2014 年写就的《夏日时光》，会发现写法上很大的差异，虽然它们都关涉诗的叙事。

反观近作，有的诗作仿佛容纳多年累积的词语场景意象和主题，一首短诗变得时空交叠融入了写作者一生的收藏似的，这时候的写作有点像挖掘，在向个人生命的内里开挖；好像在重写过去，一首诗几乎容纳了多首诗，如《孤岛》一诗，好像这些年来我一直在写它，现在总算完成它的安慰安稳和欣悦感。比如《燕子》一诗，早年写不下去的草稿丢弃在那里，总觉未完成的诗作，但现在忽然被写成了。

有时翻阅这本诗集，觉得诗触及的个人生命的丰富，词语的触须向不同的存在伸展，如《一意孤行》《禅寺午餐》，又如《平原歌》，一个年近晚年的写作者完成着他写作的丰盈。生活与词语的关系独立平等又相互促进，程一身说我写作的是自传诗，也可成立，但我的写作可不是美国自白派翻版哦，它里面融入了不同的技艺，它有写作者自已的调性，我的诗可不那么自白，甚至我反对自白的直白。往深处说，我还是倾向于希尼似的写作，个人经验。唯美和智性。

X：你的诗作多贴近现实生活，用的也是日常语言，情感中立，不轻易拉起来，但读后却往往能让读者感受到个人经验和普遍经验、形而下与形而上的平衡，你对这种平衡怎样认识？在诗艺的层面有什么秘密？借此也可以谈谈一般意义上的好诗、重要的诗和个人风格之间的关系。

L：我的诗集让张曙光写点东西我是有考虑的，他的文章也写得中肯。因为我们都关注诗的日常；但诗又不能停在这个日常，如张曙光有一首诗《给女儿》谈及的是他的往事、农奴制、中世纪的历史、死亡。最后一句是："我将坐在阴影里\看着你在阳光中嬉戏。"

我也有一首同题诗，写的是多年来和女儿生活的日常，组织在词语的调子里，我的视域就不那么形而上，虽然里面隐含着一些超越性的元素，比起曙光兄的诗对普通经验的关注弱多了。如果说我例举一首在这方面做得比较好的诗就是《孤岛》，此诗的具象和抽象是月光和水的交融，它们二者之间是生成的关系。

我的诗在意从具象进入，反对在诗中说教什么的，就像水里有甜味但见不到糖一样地在诗中注入形而上的思考，但它看不见，你只能品味它，你只能从水里品味；在我想来，好的重要的诗得有写作者个人的现场经验和日常的元素，没有这个基础，一切都建立不起来。

我喜欢你的那首诗，一直想解读它，那首诗写早起开车前行到某地去，我想诗得有场景人事，一切得从此生发。

X：你是说我那首《今晚我必须到达临邑》吗？那首在我的写作中却并不典型。现场经验和日常元素在我的诗中并不是大面积地陈列，我更喜欢靠一种语调把它提示出来，我喜欢那种形而上下之间自由往还的格局。

L：我在意你这首诗，是因为这首诗让读者触摸到了诗的现场，那从具体中散逸出来的抽象的情感和词句间的呼吸。我说我要解读它，因为它为我对诗的理解提供了例证。现在想来，我在诗的叙事和叙述上面在做努力，另外一个方面就是如何呈现那可触摸的诗的空间，这可能是从拉金诗歌阅读中带来的启发，让诗更有感性，说实在的我在诗中如何拒绝抽象空洞，即便情感也是一个空间，当然，我们的诗的叙述是由多种技艺来助成的，诗的新的感性也是由理论和元素来凝结的，这里就不展开来说了。

我喜欢希尼的诗，他的智性和理论思考的深度是从他个人特别具体的词语空间里透显出来的，它们是有机的一体。没有个人，风格就谈不上，没有写作者个人的情感、倾向，那所谓的有风格就出不来。

从金斯堡我们欣赏到他诗中的有节奏的性情，他的技巧和情感的融合；从罗伯特·勃莱我们发现了诗中的层次（或多重建筑）；拉金的诗在意的是它的有人事的场景，它们写作自己的诗歌。我喜欢诚实的风格，在诗歌里辨析诗的语音和诗人的日常场域，从此观察或触摸一个诗人的弹跳力、超越性和视界。

X：你的诗日常，但不零碎，含蓄、克制，生存的严峻自出，语言与你个人的生命状态之间有一种自洽，这是一种很高的写作境界，请你谈谈写作境界与个人才能、人生处境、精神成长之间的关系。

L：因为我们当代诗人注重对个人日常生活的观照和提炼，诗就不会零碎，它是组成诗中的一个意象和元素。一首诗就是词语的组织，而情感因创作者的语调从词句、句群中透出，这样如你所说，语言和个人生命之间形成一种自洽。

我有一首诗《燕子，燕子》，写了很多年，早年处理完后总觉得不如意，后来不忍读它觉得把这首诗写废了，就丢弃在那里，有一年也就是 2014 年我正在写一些新作，状态蛮好的，忽然想到要重写这首诗，一些句子冒出来了似乎催促我再写它，这样我又把那旧稿拿出来，改写，几乎是全新的词语构架，在这首中就融入了个人南北生活的现场。这样很自然地透现出我们存在的境遇精神的气息，在诗节的生成中。

一首诗最终生成和一个人的精神成长之间确有着某种联系，它在你的身体里长成，这需要时间，要找到它的契机，它和创作者的技艺精神、理解力都有关系，不然它不出来；它是一个写作者整个存在的外显但又独立于写作者之外，经由你将它完成了。

X：你的诗作在叙事、情感的处理上非常有自己的特色，请你谈谈在这方面的写作经验和认识。叙事是一种表达的手段，是为纠正抒情的空泛而生，但弊端也随之而来，你在运用这一手段的时候，都注意了什么？

L：有次在廊坊学院的讲座上这样讲过这个话题。新诗从叙事和叙述是随着诗的后现代化进程而来的，这使诗的客观化的样态出现了，早年我说过这样一个句子，我愿写出能够看见的诗歌，也就是说在意诗的客观因素，诗的情感也是有空间的，或者说诗的情感也是可以看见、触摸到的，这是现象学的观点。九十年代的写作者们融汇了译介到国内现象学的理论，他们在写作中悬搁了创作者的主观判断，让事实自我呈现；其实诗的客观的叙述背后蕴含着巨大的情感力量，所谓叙事也往往在现实与超现实之间或显或隐地双重叙事，其实，诗的叙事是一种伪叙事，是抒情的一种方式，或者说对我们以前抒情方式的某种抑制。试图还原诗的语言的天然属性，这完成了诗歌语言的形而下的滑移过程，也实现了对当代诗歌中语言暴力的消解，这是九十年代以来诗歌所进行的重大的转向之一。

其实，诗中的叙事是新诗谋求自我解放的方式，如同朱自清说新诗的发展就得靠自身的散文化。关于诗的叙事，我是用了一些精力来想它的，所以细读过关于叙事学方面的理论，对它的理解是也在更新着加强。

在评述续小强的诗集时，曾详论过诗中叙述多重叙事，这其中包含两个或多个同等重要性的共生的情节，还有次生的对戏剧独白的倾听与处理，对多种声音或语言情境所做的自我叙述——对情境开启的可能性，现实的或非现实的、实现的与未实现的、细微的或可能遗失掉的事态的多重组合叙述。这构成了诗的内里的交织，通过多元异质的事象话语混合建构，让诗有着多维的向度、丰富的层次，使诗不再单一平面而更有张力；文中构成一个**结构关系**。叙述是一个词又是一个行为，叙述者设置空间和谜语，由读者来解读，让阅读作为回应的反向叙述，叙事不仅被生产，而且可以再生产。这都是当代诗写作实验要考虑到的内容。

X：叙事元素的加入，让你诗中的日常经验和语言现实发生了哪些改变？

L：在诗中加入叙事，这变成一种思维和存在方式，这是对宏观叙事的疏离，对异质的多元的和微观叙事的拥护；写作中出现了对众多小叙事的亲爱。从写作日益明显表露，由叙事到叙述，它让你的日常经验的事件更多地融入诗中来，你的语言与个人日常发生了某种必要的磨擦力，使你的诗作更有现场感，更有包容力，它把诗的领域自然给拓展了；这个话题在和与木朵的对话中曾论及；随着写作持续的反思，随着个人对文本意识的加强，到了 2012 后的写作，方式有些变化，诗中的叙述不拘泥现场或事象，它加入了多重语符的吸纳，或者说它是一种词语的组织，与外部事实不形成黏滞关系，诗的语言现实变得更独立，从外在事实到诗的语言现实的落实与组织，这里需要诗人的提炼能力和对语言的尊重。语言的能指功能的加强让语言形成它自身的结构运行，在诗的内部构成互动共存的关系，甚至加入歧义和解构，让诗文本指向某种语言的游戏。

X：你的《鱼子酱及其他》这首诗获了一个在全国很响亮的诗歌奖，请谈谈当时的情况。

L：这首诗获奖就像我写作它一样意外，不过，细想起来不意外，是自然、合情理的事。获奖后，木朵和魏天无著文解读过这首诗，有一个诗人用微信自发地向我表达过对这首诗的印象。他这样说："鱼子酱"好，当下与历史、现实与文本的**交织和涂抹**，让我想象到布罗茨基，大口咀嚼流亡的面包。在领奖会上，遇到评委吕德安，有人说他少言少语的，我看他蛮诙谐健谈的，当我们在圆桌酒宴上，他突然转过来说，他给"鱼子酱"投了一票的，他说他读到它时，以为是一个更年轻的人写的，**技艺**的平衡能力不错，但诗的语言的向度和丰厚不像年轻写作者所为。是这样的，当重温这首诗，发现里面蕴含和吸纳了这些年的生活经历和阅读情感记忆；"鱼子酱"给了我的生活和写作以视野和营养，让我品尝到诗的丰厚意味。

X：我很高兴他和你说这些，这首诗没有这些年的生命体验和认知，是写不出来的，我读后感觉这是一首味觉、政治与生命体验结合在一起的复杂而又单纯的好诗，你对此诗的写作怎么看？

L：这首诗里你说及政治和一个人的命运，生活与阅读的交织互证都在这首诗里出现了，它看似单纯却复杂，这又重复之前的话题，没有我对在首都的生活经历的对个人命运的思考和在对俄罗斯诗人的苦难经历的阅读，这首诗的情感就出不来，也不会去写就它，另外没有这些年对诗技艺的揣摩的实验，这首诗也生成不了，也不可能自然地呈现它，诗的**语气的转换**和意蕴的递进都要你的**控制力和平衡力**。此诗获奖后，我的大学同事们、教授们问我，诗句为什么都是双句，为什么要那么转行。我不得不做一些新诗技艺的普及工作。但我很在意的是这首诗让自己吐了吐气，是的啊，文本与现场的交织和涂抹。没有个人现场彻骨体验和同声相求阅读思考，这首诗就不成为诗，学生们读它觉得困难，因为他们对诗中涉及的人事和文本有隔膜，这首诗挑战读者的阅读视野，虽然他们爱吃鱼子酱。

X：你以诗集《河流简史》总结了你最近十年来的写作，关于未来的写作，比如在写作方式上、场域上、风格上，你有什么新的追求和憧憬？

L：对语言的反思应当是一个不辍的功课，我往往由阅读来加强对语言的思考。近些年，读着福柯、布朗肖、德里达等，他们对语言的理解让我触动，引发对写作的省思，尤其是我们如何理解语言。在他们看来，语言不附带主体性因素，也不及物，它自我呈示。福柯在《词与物》中，论及语言折向自身，仅仅讲述自身的形式；语言在自我振荡和自我发光。在他们看来，人从来就不是一个说话的主体，语言的自主存在就意味着说话主体的消失。巴特认为“作者之死”，德里达认为“文本之外，别无他物”，语言符号获得它独立的本体地位，这个语言的彻底转向让我产生省思和关注。

在布朗肖的《文学空间》里，他论及诗的语言时说，“语言作为本质的东西在说话——不应让任何人来说话——说话的不是马拉美，而是语言在自言自语”。

写了几十年的诗，摆在我们面前的是不断地面对语言本身，对语言的认知不得不关注，越来越深入，随着这种认知，我们的写作会发生变化变异。

另外，我有习得的偏执的观念：要改变你的语言，就得改变你的生活。生活形式的改变都是为了写作或语言形式发生变化。比如，现在在山里盖房子，准备过山居生活。生活外形的变化，可能影响诗歌的生成，至少为诗写作提供另一种契机。虽然语言有自己的命运，我想做的是如何尝试新的认知和体验方式来接触或进入语言。

（2018年9月，刊于《中国南方艺术》）

诗人问卷

1. 你哪一年开始写诗？ 当时为什么选择了诗？

时常回想写诗之初，1988 年。当年，在《诗歌报》发了两首短诗，其中一首《宾馆 104》，可以说是处女作。

其实，之前就开始练笔，凭着爱好断续地写些分行文字（17 岁时好像写过小说），跟着一个叫傅占魁的武汉知青（当时他没有回返省城），在平原的农场教书，在新诗与格律诗中摸索。开始正式受其影响写诗时，他完全陷入了格律词牌的填写中去了。

1988 年，我在县城一所中专学校任教。六年前获得了大学文凭，有了讲师职称、家庭、单位分配的房子和个人的书房。在生活里看不到希望，像大拇指一样没有前途，想着找一个爱好的事做下去，想来想去，确定正式开始写诗。

能把自己塑造成一个诗人是光荣的事；成为一个诗人至少可以从单位里超脱，获得某种心理补偿。他们在单位奔前程，你可以在夜间爬格子。诗的阅读和写作让人沉浸于纸面的世界，那是一个可以奔赴的远地。

以过来人的眼光来打探当初何以写诗，那时隐隐感觉到诗的某种可能性，预感到诗歌写作将改变自己的生活方式、精神状态，更新语词甚至整个在世状态。

2. 你的童年经历是怎样的，对你的写作是否产生过影响？

在平原乡村长大，毕业后又在农场中学当老师，就是说我在三十岁前都在江汉平原。早年觉得平原像一个弧形大铁锅将人反扣在里头，开阔而封闭又无路可走。

我的家乡系湖泊水乡，上有兄长姐姐，下有妹妹，可以说相对自在，没有外部强加给人的责任和义务，给了我自由选择的外部条件。五十岁的时候写了很多诗，几乎是关于平原的个人记忆，写作自然自觉地抵达童年经历，这都反映在《平原的雨》《母亲与陶罐》《栀子花别赋》《平原夜行》《水面的粮食》《夏日》等诗中，可以说，中年的写作将童年经验给挖掘出来了。

三十九岁时，我到了华北平原，时常瞬间回到长江、汉水之间故乡的平原，它协助我储存早年的意象、事象、人事和情感。对爱尔兰诗人希尼的阅读也启发我对童年诗材的挖掘，作用着诗的生发，意象的采用，语调情感的吐纳；湖乡的水光折射到诗行之间。

有人说，现代诗建立在都市里。有时候，提醒自己少写故土平原，但是，一个写作者脱离不了他的童年。你的生命和写作与那片土地有着植物与田野之间的关联；你的写作是从大地生长出来的，这是宿命。中国诗人面对的是乡土中国，得诚实地面对自己的出身、血统和经历。

希尼在离开了自己的家乡和国家后，依旧处理其早年的经历，书写着他的出生地：安娜莪瑞什。话说回来，他抒写着个人生命的游走。他是一个现代诗人，以学者的视野回观他的童年。童年在他看来就是诗歌“泉眼”中的一口。即便处理早年生活经验的诗透显出他的现代精神和当代技艺。比如，纪念他母亲的《出空》，其构成方式符合我这些年对诗的理解与实践：他对一首诗的写作原动力的看重。在他看来，诗创作不仅是一门手艺，并不是学到技巧就能炮制出来的，它来自某种深层的冲动和灵感。这是诗人的原初力量，而这与童年经历当然相关。

3.你对诗的看法和当初相比有了哪些改变?

我们对诗的认知是变异的；诗写作不断拓展它的须触。这和我身体的游走相关联。1999 年，写诗十余年后，离开了生活多年的平原，到了华北平原，在北京生活工作十年；十年之后回返武汉，这外部的迁移现在想来都是为了写作所做的计划，写作隐隐作用了你的人生。帕乌斯托夫斯基说他为了写作，在各地流浪，更换不同职业，我想这是真实的。生活与语词构成的互动，至少，你处理的材料变得丰富，诗学视野变得开阔。这外部迁变让你对自我的偏执保持警惕。比如，以往倾向写作者的自我表现，现在不断地看透写作者的自我，远离那个刻意急欲表现的自我，理解罗兰·巴特的零度写作，更加在意语言运行的原则或词语生成的过程。

4.在写作中，你想追求怎样的风格?

在写作中，我想放弃个人写作中形成的所谓的风格，反对写作惯性，尝试新的写法，这也是时常中断写作的原因。在非风格化的写作中完成一个写作者尽可能多的语言实验。

5.你最喜爱的诗人?

最喜爱的诗人：陶潜、王维、苏轼、惠特曼、爱伦·金斯堡、希尼、毕肖普、扎加耶夫斯基、布莱希特、波德莱尔、马拉美；在列下这些人名时，当然，舍弃了一些可爱的人物，如杜甫、奥登、布罗茨基等。

6.你是如何理解现代性的?

现代性如何进入自己的写作，现代诗学如何在写作中呈现它的语言姿态，这是从写作开始就纠缠多年的问题。友人汪民安写过一本《现代性》的小册子。他说，没有哪个词比“现代性”这个词的解释更加纷繁多样了。

我想，现代性表现它新的时间意识。具体到我们的写作中，就是注重写作的现场，试图与过去拉开距离，面向未来。

自我的发现与重建，个人的确立成为其最高价值。现代性的个人得面对外部全球现代性的冲击，并吸纳和强化这个冲击；现代生活锻造出现代意义上的个人，他在和外部变异的互动中获得复杂的经验，并在作品中呈现独一无二的气质与禀赋。

现代性的写作者追求一个必然发生的事情，这是一个命运，不是一个选择。 他是与公民做斗争的个体，从严密编织的共同依附的监控和强制性的组织解放出来，个人成为解放者。 现代性的写作出现了语言的另一种图景，不同于以往文化或语言的历史铭写，它是对现代社会猛烈撞击出人文经验的书写。

在波德莱尔看来，现代性就是过渡、短暂、偶然，这是艺术的一半；另一半是永恒和不变。 他寻找现时生活短暂的瞬间的美，现代性反映在他的写作中是一种气质。 他巡视自身内部在现代性压迫下形成的恐惧、身陷绝境，面对热烈渴求却逃逸入虚空的理想状态的崩溃，书写着现代性的悖论和他着魔般承受的命运。 他凭借对自我的专注凭着自身禀赋而成就为现代诗人，如艾略特所说，波德莱尔是现代诗人的楷模。 是这样的，随着对波德莱尔理解的深入，现代性在我们的灵肉之间获得振荡般的认知。

7.在你看来，诗歌最重要的品质是什么？

以文本为目的。

8.怎样看待新诗写作与中国古典诗歌的关系？

总觉得自己有补课的必要，对汉语的源流亟待温习。 从外域找寻诗技艺的同时，忽视对汉语诗歌传统的揣摩。 上个世纪的诗人如朱湘等既有西学的翻介和借鉴，又有扎实的古典诗歌的修养与操习。我们这代人的国学底子薄弱（这可能是时代使然）；某年，读到国外的汉学家们对中国古典诗歌的关注，让我生出另一副眼光，打量母语诗歌，在古典诗歌中找寻资源和营养。 多年前读刘东先生主编的“海外中国研究丛书”，放眼海外重新认识中国，这海外的中学，不仅仅读海外的西学；借他者的眼光来获得自知自明，跳出自家的文化圈子反观自身。 至少要有这个视野，要像宇文所安那样打量唐诗，像高友工那样在论唐诗中加入结构主义批评维度；要有异域诗人庞德和斯奈德从中国古诗中的发现，后者对禅宗和中国古典诗歌了解的深厚曾让我愧惭。当读到芭蕉松尾的《澳洲细道：芭蕉之奥羽北陆行脚》，想着练习俳句，在新诗里浸染古诗的韵致。

9.如何理解诗中的日常性?

呈现此时此地的个人的日常，这成了当代诗创作的常识（当然这个日常有着玄妙的一面）。这也成为九十年代以来中国新诗显著特征，或者说是中国新诗的一次转型具体显现。诗人张曙光在诗中处理日常语言有着他多年来细致的理解和思考，转入其创作实践中；他的作品也为我的写作提供了必要的参照。

九十年代诗学以描写日常为第一义，推倒既往流行的“大词”或宏大叙事，在诗中建立了与写作者相关的日常的意象事象。这诗学的扭转得有必要的相应的哲学、美学的阅读、支持和诗学上的确信与建立；在当下个人的日常中趋向一种**祛魅的、感官写作**，从里到外更换了新诗语言的质地。

“除了在日子里\我们还能生活在哪里呢？”英国诗人拉金的诗句让我回味。细想诗中的句子往往是从个人日常的情景里闪跳出来的。我时常将日常生发的场景串联嵌入诗节中。有人评说我的写作发现了属于自己的“日常”，并发展出与之相应的**谈话式语调**。是这样的，日常几乎是诗作生长的土壤。纽约派诗歌的最大的吸引力来自诗人在诗中书写其所处的城市，诗人们把他们日常行走的街、报摊、人和事转入诗行，甚至在写作时接听电话的句子即兴转入诗行。

对古人陶潜的阅读为什么有亲和感呢，因为他书写的就是体己的日常，你的日常生活与其诗中的日常相关，甚至你在你的日常中复现了它，因为那是语言亘古的日常。

从另一个维度来看，我们从事的个人写作提及诗中日常呼应了哲学思潮中回归日常生活的潮流，仿佛进入胡塞尔提出的回返“生活世界”的命题；维特根斯坦发现的“日常生活”语言的本真曾给我以启发：他把字词从形而上学的用法带回到日常用法，读他的《哲学研究》可以感受其语言研究的转型；从法兰克福派对日常生活中异化生活方式的敏感，思想到意识形态对人的统治和“宰制”、国家机器与日常生活的同谋图景；而从德塞托展开的日常生活的实践获得启迪：超越宰制被宰制二元对抗模式，在日常生活实施他的偏离与冒犯。写作面向另一疆域和主题书写。

10.经常有人批评现代诗难懂，你是怎样看待这个问题的？

早年在北京当编辑时主持过采风活动。当然要面对这样的提问。印象很深的是舒婷讲过她的经历，当人们指责朦胧诗。她说，你读不懂，你的儿子会读懂的；儿子读不懂，孙子辈会读懂的。

现在看来，朦胧诗也不朦胧。常有人说他读不懂诗。现代诗的写作就是让那些受过高等教育的人也读不懂，因为他缺失新诗的修养，或者说，他根本就不关心诗，读不懂新诗并不是什么光荣的事情。读新诗并且能欣赏新诗，这是现代人的起码修养。至少，让你能保持对母语的敏感。

在安德鲁·本尼特看来，阅读的最大威胁是知道怎样阅读，或者说，“知道”怎样阅读，的确就是**不知道**如何读。

阅读是一个事件。它不是一种经验。你得去关心诗，去尝试读它，面对它给你的改变。而这改变往往让读者变得不可能甚至愤怒。

新诗写作者也不要在意什么人都看得懂，也不要指望一些人能看懂。我们的写作从根本上说是不考虑读者的。

语言它自身**抵制阅读**。从另一层面上来说，文本让一些人能看懂是悲哀的事。这样的例子可以从中国现当代文学史中找到。

阅读有时是一种体验。一个读研究生的学生说她读到我的《棉花的香气》时，莫名地哭了。我想，这是她未受遮蔽的**感受能力**的显现。一首诗就像面对一个人，你和它是有交流的（感动和冷淡也是交流的形式）。

现代诗歌阅读要求阅读者不只是理解作品的原意，以迦达默尔的看法，读者得根据阅读者自身的经验创造性地**使用**一个文本。这可是阅读的另一重境界。

11.你对新诗发展现状的总体评价是什么？

我手头正在编写一本当代诗文本阅读的教材。深入阅读和观察，发觉上个世纪前半叶，新诗写作者们如鲁迅、废名、朱湘、李金发、卞之琳、戴望舒、穆旦等为中国新诗的开创付出了卓越的努力。

这与上个世纪的九十年代以来的诗人的写作构成了延续，在新诗中断了几十年后，从他们之间文本的伸展可以辨认出某种关联，使新诗写作回到**语言本体**上来。

一代代人对新诗的译介与写作实验，新诗呈现了纯正独立新颖的形态，使缠绕中国新诗的非诗因素自行瓦解、快速没落成腐败之物。

我想着编一套九十年代以来的中国新诗读本，表达对一批当代诗人的尊敬。他们以其创作实绩为我们的汉语提供了新型的样本。

12.如何看待或评价当下的诗歌批评？

诗歌批评的写作也是一种**创作**。依施莱格尔之见，艺术作品的意义是未完成的，批评家则要尽可能地完成这项任务，就是说真正的批评家要具有一个写作者的发现、命名和创作的能力。

一个诗歌批评者也是一个创造者。也可以这样表述，一个诗歌批评者要和他评说的文本找到对话的空间；起初有面对诗文本的感动与写作欲望，必须加入评论者自身的**发现**。一个诗歌批评者不是外在于诗文本，他有介入的意趣，他和诗文本的相遇有着相互的发现与感染。他要面对文本进行创作，先要有情绪的运作，以文本体验对象，然后有所孕思，找到其写作的方式，不是套用既有的批评的模式；放弃学术刊物的多种规定。行文方式面临着更新，他要用唯一的形式来承纳他的发现；他的诗批评的形式也是其内容的一部分。这样的批评文本不是从一个模型套出来的，它是创作本身。如王尔德所言，批评本身即艺术。

诗歌批评不可等同于那俯瞰总览式的类似报章对社会形势的评述，现在有的学者居然还使用这种方式对中国新诗进行空泛的扫描评说。**诗歌批评是一种专业**，你必须对作品有解读的能力和情感。诗歌批评和诗歌创作是作者与作者、文本与文本之间的呼应、互文和发现。

波德莱尔在他的《恶之花》的扉页写上献送给他的老师和朋友泰奥菲尔·戈蒂耶，他的心意得到了后者的回应。在他死后，泰奥菲尔·戈蒂耶以长达几万字的篇幅介绍了波德莱尔的生平和诗歌，以他的批评传示了对诗人的同情与赏识；这种印象式传记式加作品分析的批评方式是汉语新诗批评中所缺失的。它本身就是散文作品，为我们新诗创作和新诗批评提供了鉴赏力和知解力。

13.你在诗歌写作上要达到的下一个目标是什么?

近期目标是将**山居诗**陆续写出来。有意识地写得很慢，是为了给写作提供调整的可以修正的回旋空间。自入山居，一颗心总算安歇。阅读和写作仿佛刚刚开始似的，总有一种推倒重来的愿望，如同回到写诗之初的 1988 年；写诗就是尝试，从每一首可能的诗开始。

前些日子从“诗歌写作计划”中读到诗人张曙光与学者冯溢的对话《语言诗：震颤回音的星座》，很有感应，又集中一段时间阅读伯恩斯坦的《语言派诗学》，他的《回音诗学》中的诗学对话在我读来是亲切的，甚至能从个人诗歌的写作中听到回响。

是这样的，诗语言不仅仅是被用来进行交流的，它自身就是交流；它并不是对意义的揭示，以语言为媒介的自身就是一个**形式结构**，通过它，世界得以展现或发现。我们尝试在诗中建构，将自发即兴和人为建构叠加于作品里，成为本雅明所言的手工编织物；或如学者朗西埃从马拉美作品里看见的蜿蜒曲折、枝蔓横生的“阿拉伯花纹”。

刊于张曙光主持的“诗歌写作计划”

（2019.9.19，大崎看云山房）

（柳宗宣新诗集，上海文艺出版社 2019 年版）

文存

我的美国诗学地理

2000年的一个夏日。从西宁开往北京的**火车**上，邂逅一位来自美国马萨诸塞州的姑娘。她是青海民族学院留学生，到北京去旅行。我想起美国女诗人**毕肖普**，出生于马萨诸塞州的伍斯特，她的《在候诊室》诗中曾多次出现过马萨诸塞州，还有她的姑妈。面前来自异国的姑娘对诗歌没有多少热爱。临窗观望着高原流逝的风景，在心中细数喜欢的美国诗人：身居明尼苏达州的**罗伯特·勃莱**；田纳西州的**史蒂文斯**；从1968年起就隐居于加利福尼亚西部山区的**雷克思洛斯**；一直出没在新泽西州的东北部的斐特森小城的威廉斯；晚年独居在波士顿一个农场的**弗洛斯特**；还有在诗中不断呈现纽约街道名称和人物的纽约派诗人**奥哈拉**；《凸面镜中的自画像》的作者**阿什伯瑞**；在《踢着树叶》诗中出现的**唐纳德·霍尔**家乡新汉甫郡的落叶；在旧金山裸体朗读《嚎叫》的**艾伦·金斯堡**；最后我的目光朝向**惠特曼**在新泽西州坎登镇密克尔大街的住家——在移动的火车**窗口**在中国西部丘陵，我在心里绘制出一张个人关于美国诗歌的地图。

27岁开始在小城写诗的我，从美国译诗中看到了现实中国或东方文化，分外亲切，以后转向对中国古代诗歌的再重新阅读，包括对佛道禅宗文化的理悟；可以说对美国译诗的阅读开始诗歌现代性的建设，进行个人写作内外的**改造**，使其精神空间得以拓展与提升。在持续写作近二十多年后重温以前读过的《美国现代诗选》，在诗集的空白处抄录勃莱的其他译诗。能背出《菊》中的句子：

从淡色的道路上归来
晾着的衣服多么安静
当我走进书房，门边
白色的菊花在月光下

勃莱的诗中隐含东方的美学和共同热爱的陶潜，一下拉近了我们的感情距离；像**赖特**的诗《在明尼苏达州松岛威廉·杜菲的农庄中身在帆布床上》，从诗的长标题，诗中的意象：牛铃声、马粪堆、鹰都是我所熟悉的，甚至诗中的结构，最后一句“我一直在浪费生命”急转的顿悟，能看出中国古典诗歌的影响；**斯奈德**直接声言他的诗《松树顶》是对苏轼的《春夜》结构的模拟；赖特诗题《读了杜甫后，我到户外的小果园中》直接挑明自己与异国诗人的关系；这些美国佬把中国诗的意象和结构化成自己的诗歌表现，史蒂文斯著名的短诗《坛的轶事》中那个象征审美想象力的坛子可能就是中国的瓷花瓶，而不是让济慈狂喜的希腊古瓮；“杏花，从东方吹到西方，我一直努力不让它凋落”这成了**庞德**的誓言，他致力于中国诗歌移置与转入，翻译中国古诗《神州集》，改写中国诗进入自己的创作，同时，为其倡导的**意象派**理论找到了异域支持。

早期的写作中曾在自己的诗中引入了勃莱诗中的句子：“我忍受着黑夜，活下来了\在黑暗的水中漂洗过，像一片草叶。”浑然不觉的引入或借用。最后在编辑诗集时把它们剔除了。这表明那个时期我对美国诗歌阅读的心领神会，确立了自己对诗歌语言的理解与态度，具体地说，美国现代诗歌的理论与实践，强调诗歌语言的“能呈现”，基本倾向是反浪漫主义，反象征，像庞德—威廉斯—奥尔森一脉相承的传统，皆是用对物象的**临即性**代替浪漫主义的繁复和象征的替代暗示。庞德就说，不要把意象当成装饰，意象本身就是语言。形象语言可以直接表现事物，庞德还例举汉字直接的表现能力；诗歌语言所表现的意象是**物象**本身，是具体经验的融合，而不是神秘理念的载体。

威廉斯是将意象派的具体性原则做得最彻底的人。他一生行医和写诗，致力于把美国诗从欧洲诗的传统中摆脱出来，寻找并确立美国诗歌的精神，**扭转**了美国诗歌的走向。他说：要事物，不要思想，意念只寓于事物之中。他再三强调象征主义要不得，他对艾略特《荒原》一诗的批评，出于维护他心目中美国诗歌的新形象。他三十年代发起的客体主义诗派拓展了意象诗派的疆域。他强调，想象力不仅能看见，它也能听见，不仅能听见，还能说出。他的名诗《红色手推车》是他理论的具体呈现。他帮助诗人创造了二十世纪美国诗歌的多样性，他曾为《嚎叫》作序，启发了金斯堡的遣词造句的方法；从奥尔森**"投射诗"**理论中能分辨出威廉斯的声音。在奥尔森看来，诗是由诗人传送给读者的**能量**，诗本身就是一个高强度的**能量结构**，是能量的释放。诗人某种情感思维下呼吸的徐缓和急促、深长和短捷决定诗的长短与节奏；在他看来诗的**形式从来就是内容的外延**。

美国现代诗人们主张摆脱英文诗的传统的抑扬格音，摆脱欧洲的中心文化观，发掘美国自己的风土人情，语言和神话。他们的诗歌理论背景不同于艾略特经典的西方哲学和宗教观，而是后现代物理学的时空观念，相对论、拓扑学、荣格的**潜意识**心理学和东方的佛教禅宗，美国诗人在诗歌理论与视野的开拓与探索，打开了我东西方文化艺术阅读视界，直接作用于我的语言实验。

多年前，曾迷恋雷克思洛斯《普鲁斯特的茶点》：

有人给了我幼女
一盒旧扑克
今天，当我疲倦地
坐在书桌前的时候
她递给我一张。一张红色的
这是小城麋鹿俱乐部的纸牌
我随手玩一个硬币魔术
我看见我父亲
在做同样的事情

我可以听见他走出印第安纳州
麋鹿俱乐部，迈着
蹒跚的醉步归来，黑暗中
碰到了桌椅。我可以看见
他死于肝硬化、胃溃疡
肺病，或者如他临终前所说的
死于弯曲的纸牌、笔直的威士忌
缓慢的马和快速的女人

此诗的切入或构成的角度，标题和诗歌内容构成的互动的空间，还有结束部分语词节奏的陡然加速让我叫好。是的，写诗就是表达具体的体验，意象的拼贴与**并置**唤醒我们的诗性经验，当我们进入诗人设置的诗境，它的丰富意韵就直接呈现出来，诗歌的重心在意象本身而不是在所指上；即便有所指，也是事物本身的意蕴，而非加强于意象上的“另有所指”。

对美国诗歌了解之后的对中国古典诗歌的重新阅读，注意其中可资运用到新汉诗中的方法与技艺，或者说像异国诗人在创作中化入它的精华，成为自己创作经验的一部分，比如留意到古典诗歌中的**送别诗**，那男性之间友谊模式，充满激情的男人之间的关系。像杜甫诗《赠卫八处士》所表现的浓重叙事性；诗中呈现出不可替代的独特语调。巴赫金曾说过，语调不是由发言的客观内容来决定的，也不是由叙述者经验来定，而是由叙述者与他倾诉对象之关系来定的。在个人的创作中，不自觉出现了一批赠送给诗友的诗，诗作中有一个具体交谈的对象，或一个人在**私语**，而其内在牵动情感的语调，把自己的写作与他人的写作隐含地做区分。

布罗茨基在解读弗罗斯特时，曾说弗罗斯特的诗大都是对话，都是交谈，有时的独白，是一个人与自己争吵，诗里面与之对话的人仅仅是一个替身。弗罗斯特诗中的对话因素使其作品的结构呈现出多重建构和复杂音域。早年读弗罗斯特的诗，是浅层次的，喜欢他的诗中的牧场，他的果园、菜地和土拨鼠以及提水和刈菜的事儿，我的童年和少年在农场或乡村里，那阅读是一种亲密的**交往**。我们有着对乡村事物的精通，我们的视野都有树木和绿色。从弗罗斯特中我学到了取之不尽的智慧与技艺。起初在他的诗中触摸到那欲言又止的东西（如《雪夜林边停留》），理解到诗的结构恍惚的多重性，诗的结构在运动中展开，给读者带来顿悟，明白结构的诞生是诗创作的关键时刻，只有词和意还不能保证一首诗诞生，当你对一首诗的**整体结构**有了把握你才动笔。随着对弗罗斯特阅读的细化，借助不同的译本，尤其是一些诗人对他文本的解读，这时获得的阅读经验不再是欣愉，从他的诗中读到遗憾、死亡和诗人恐怖的自画像。有评论家说弗罗斯特是一个令人恐怖的诗人，因为他诗歌世界揭示出了客观世界和人类心灵的真相。他的诗《家葬》里有着让你抵达生命和男女情感真相的**描述**。

一年，读到诗人帕斯《寻访诗人：罗伯特·弗罗斯特》，以后时常读，和帕斯一起去寻访老诗人。弗罗斯特居住在农场山上的小屋，那里有桦树，矮树丛。山顶有一间木制的小棚屋。窗子没有挂窗帘。老人坐在一张安乐椅上。一条毛茸茸的狗在他身旁停息。他蓝色的眼睛带着一丝讥讽。哲学家的脑袋和农夫的双手。他说他离开世界到这里居住，并不是与之脱离关系，而是更好地观察它。他说，个人生活从来没有像现在这样被轻视过，在乡村要耐得住寂寞。他喜欢重读一些书。他还说，生活就像诗歌，开始是对未知的邀请，当第一行写成，接下来又是未知，等待我们的下一行是什么是不确定的，或许是失败；每个人出生就表明他自己独有的东西，诗人首要任务是否认前辈，那些以前就有的修辞学；意象是找寻不到的，它们是被发现的；不存在诗人的风格，一旦你获得了风格，文学就取代了诗歌。他还对我们说：不要信那些不懂得玩笑的家伙：严肃的诗人，一本正经的教授，只知道嚎叫和夸夸其谈的理论家，这些都是危险的人物。他提醒我们，**乡村那里有国家的根**，万物从这里生长。那儿是沉浸于未知的愿望和独处一人的愿望开始的地方，如果要保存自己的东西我们应该返回那里。十年前，我学着他，为了诗歌写作，离开了潜江小城，到了北京，像他一样辞去教职，到英国住过一些年，现在无意中和他一样，离开北方，回到南方，将生活在自己生命出发的地方，我的后湖农场。

1999年春天，我怀抱一台电脑和几本图书和手稿，住在北大附近六郎庄的平房，晚上时常到北大去，那里常有诗人讲座，进出北大很自由，没有保安问询，透过槐树，望见北大的夜空有星光闪烁，空气里似洋溢着自由。听讲座的人也很多，**阶梯教室**走廊也挤满了人，有个晚上参讲诗人是郑敏，我禁不住现场对她提问，说到她翻译的那本《美国当代诗选》，美国诗歌的开放性和感性，甚至不礼貌地问她，我们的创作如何获得我们自己的实验性与新感性；当时我没有细究到译诗与个人创作之间存在的时间差，二者之间是不能画等号的；还有，中国诗人如何超脱时代对我们思想和文化方面的限囿。我遗憾的是我们当代诗人从美国诗歌获得的东西太少，而那些异域的诗人们却从我们古代诗人的创作得到如获至宝的东西。确实，我们要像美国诗歌一样有一个胃，能够消化橡皮、煤、铀、月亮和诗。

反观自己的写作，我不自觉地接受纽约派诗人将本地街景、下层人物和爵士乐的节奏融入诗歌中，像霍尔在诗中融入了散文的结构，加大诗的叙事功能，在诗里包容了更多的场景与视点，来拓展诗的表现力；欣赏毕肖普在诗歌写作中融入精准的观察和细节描写，从平凡琐事进行超现实的探索，还有她非凡的创造力，不断地为她的每首诗找到新的形式。

2003年春天，非典病毒在京城传播，被允许窝居家中，重读金斯堡的诗集，当读到《参加金刚大师宗喀遗体火化有感》，慌乱中将他的诗集遗弃在地，快速来到电脑前，完成了那首《母亲之歌》，金斯堡这首诗情景的铺陈，一气呵成的排比句式，那种特有的节奏和诗歌中呼吸伸张的句子，让我发现了自己要写的那首诗，找到那首诗的**视角**和方法。母亲死后，我曾写过几首悼念她的诗，一直没有找到好的形式，金斯堡帮助了我，诗中呈现的是我历经的场景与细节，感情和体悟，你不会看出金斯堡的什么影响的，但是，确实因为他。

金斯堡说他读布莱克时，眼睛望着诗页，耳朵听着幽灵般的声音，他望着窗外的天空，望见了宇宙的深奥，他还说他看见了神(存在)，体内有一种宇宙意识、悸动、敬畏和惊奇。从此，他把诗当成了一种**特殊经验**的传递。

对金斯堡的感情保持了很多年。1996 年，买到刚出版的《垮掉的一代》，看到了金斯堡和沃洛夫裸着上半身拥抱在一起的照片，还有他们“垮掉派”曾生活过的一个小岛。对金斯堡这群作家诗人的阅读唤醒了自己生活的激情，解除了我在精神上束缚与桎梏。我曾在草稿本上学习金斯堡写铿锵有力的长句子，像他那样运用剪切的场景和句子，并像俳句那样组合并列，还有口语纯音和语感的注意引入，重要的是他帮助我走出传统的矫饰，在自己生活与写作中实施反叛，为生活和写作寻找新的可能性与新感性。不能忘记当我读到金斯堡《祈祷》，那首为他母亲内奥米而作的长诗——残酷而真诚的挽诗，它美学中的佯谬：对母亲回忆中令人震惊的残忍和真相逼现，最后呈现出美学的庄严和对生命的歌颂。多年后，它还在作用于你的视听，保持着它的震撼效果。

2004 年 6 月 18 日晚上，美国后垮掉派诗人弗雷泽携妻来到北京，在北京理工大学阶梯教室举办中美诗歌朗读会，从弗雷泽朗读的表情和他身着的碎花衣服，一瞬间瞅见了大胡子的金斯堡，虽然弗雷泽没像他前辈诗人留有胡子，但我见出他们之间内在气质的相似。如弗雷泽所说，20 世纪 60 年代，相当数量的后垮掉派诗人应运而生，他们受“**背包革命**”的影响，尤其是从垮掉派作品中获得自由精神，从而改变了自己的生活与创作。他们从“垮掉”中获得了**至福**，不是消沉而是生命的张扬感，探索新的生活方式，强化个人经验的表达；他们是纯洁的人，是沉思的人，是反物质主义者，因此他们是彻头彻尾的“公司人”的对立面。用霍姆斯的话说，我可以画出一个逼真的**家谱**来，过去常常觉得凯鲁亚克是我的父亲，那艾伦·金斯堡就是我的叔叔，他们在精神上、心理上、创作上养育我，他们允许我存在。

金斯堡在《加利福尼亚超级市场》里，呼唤着惠特曼，这位孤独、苍老、勇敢的老师或父亲："惠特曼，今夜您的胡子要指向何方。"金斯堡和我们是如此地喜欢着老惠特曼。在我看来，他几乎就是惠特曼在新时代的替身，或惠特曼就是他的父亲，你读金斯堡的诗，能触摸到惠特曼慷慨大度的心灵品性，他从惠特曼那里承继了很多，金斯堡曾直言，惠特曼的"**亲和性**"概念，对他起了造型的作用；他像惠特曼一样相信人人平等，把强盗、染了性病的妓女、奴隶、劳工和商人都列入诗中；他们都发觉依附在我们骨骼的脂肪是甘美的；认同于诗歌创作必要的自发性和真实的敏感。他们在诗中爱用伸展自如的长句子，他们的身体参与了诗歌节奏的运行，他们"父与子"都相信人有可能把讯息传达给另一个时代的人。

"在我心中生命的爱抚四处移动"，惠特曼在《自我之歌》写道"宇宙万物百川归海朝我永无止息地奔涌而来"，惠特曼与金斯堡的精神上**血缘关系**可以从前者对诗人的期望中测度出来。惠特曼也几乎预料到金斯堡在未来的出现——你应如是去做，爱那土地、太阳和动物，唾弃财富，施惠与求你者，庇护愚妄之人，将你的所得与劳动献给别人。不可妄议上帝，对人须有耐心与恩惠。你一生的每年每季都须留意于露天里的树叶，从学校或任何书上学来的东西都得重新检查，剔出一切辱没你灵魂的东西；你的身体本身就会是一首妙诗，丰厚而流畅。

从金斯堡对诗人科尔索的资助与友谊，体会到他对惠特曼诗歌精神的承继，已化为其个人的日常生活方式；我还发现许多美国诗人像金斯堡一样，诗歌精神都指向大胡子惠特曼。即便从阿什伯瑞的诗中，也能分辨出惠特曼声音。惠特曼他就是一个**源头**，他走在所有诗人的前头，探索生命未开的蛮荒；一切都是从这个源头延绵而来的。他可以说是美国现代诗人的父亲。

另外，注意到惠特曼身边站着一个人：超验思想家——**爱默生**，他为惠特曼的创作和后来的美国诗人提供思想上支援；惠特曼出版《草叶集》，爱默生曾致信诗人，《草叶集》是令人惊叹的礼品，是对美国最不平凡的机智而明睿的贡献。在他们看来，美国人都是伟大的，他们共同信仰健康的个人主义，这成了美国自由传统的一部分；他们的友谊和共同的思想视野奠定了一个传统，构成了美国**本土诗学**。一切都是从这个源头流传下来，流入后来者思想和创作的背景。美国诗人如庞德，和惠特曼这个诗歌父亲签过《合同》：“现在我走向你，孩子已长大 \ 你伐下的新木，现在是雕刻的时候。”

（《世界文学》2010 年第 3 期）

（2004 年 6 月，北京理工大学，中美诗人合影）

当代诗的转型

一、 当代诗浓缩的迁徙地图

1990 年以来的中国新诗发生了巨大逆转，从诗歌的外部生态到诗歌作品内在生成。这是时间流逝后会反窥发现的事实。新诗的概念或称谓也发生了变化，批评家习惯将这一时期的诗歌称为当代诗，以前我们以朦胧诗和第三代诗人来称呼。而当代诗到底呈现出那些迥异于之前既存的诗歌形态呢，笔者愿以剑男不同时期的三首诗进行解说，从一个人的写作来辨析新诗的流转图景，从个体到集体，从微观到宏观，试图厘清当代诗的生成和文本的新形式的走势图。

自开始诗歌创作，一直关注着剑男的诗创作，作为他生活中的朋友，又加强了对其诗的理解与阅读的感受。一直想写一首诗来纪念我们之间的友谊，曾在草稿上写过一些分行的文字，却未能构成一首诗的气韵与力度。2008 年当读到他的新作《在临湘监狱》，对诗艺的感想与思考一浪浪涌现，想对他创作的演变或拓展进行阐述与析解，现在写来，权当我对那首未完成的赠诗的替代，同时借此表示对他默默尝试诗实验的同行间的肯定和欣赏。

> 穿过南江河到临湘，我带着新婚的妻子
> 去看望我的一个朋友，河水快干涸了
> 像秋天缩紧了身子。“迟早有一天
> 我要他付出代价，迟早。”我路过
> 十里铺时想起他去年的那句话

那时我的朋友在八角亭中学教物理
他娇小美丽的妻在一家保险公司做文员
绯闻在她和她的领导像霉菌一样
让他喘不过气来，终于在春天的时候
手无缚鸡之力的他把一把尖刀
捅进了那个大腹便便的男人的心脏
偏左的位置，到秋天的时候，他就
被送到临湘监狱了。
我和妻子走过一大片收割的稻田后
终于到达监狱门口，在接待室，我
发现他变得黝黑和健壮了，“我
刚挖完水沟回来。”他挺了挺身子
我从背包里拿出带给他的香烟、火腿肠说
“在这里还习惯吧？”只见他眼睛
突然红了，说：“你以为哪里不是监狱？”
语言还是和从前一样充满锋芒，我
赶忙给他介绍我的妻子雅儿，他
笑了笑，说：“这也是监狱，甜蜜的监狱。
接着我们又谈了一些其他的事情，
包括男人的血性、冲动和屈辱。”
但从头到尾，我们都没有谈到天堂

从诗的浑沌外形到内部事境与隐喻的构成，抒情表意的不动声色的克制，让你以为这不是剑男的所作，它甚至挑战读者对诗的成见，这是一首诗么，似乎一则分行散文。而在我看来，这是诗人剑男多年默默写作中出现的具有转型意味的作品。

须知早年剑男把诗歌比喻成罂粟花，那是痛苦和快感的交织，他沉醉于联想、致幻、象征和唯美的抒情，至今我记得他的《运草车》和《草莓的光芒》，二十年前在《诗歌报》读到《运草车》，那年也是有莫名的感动的：

柔和、忧郁的黄昏，一辆运草车
辙印从灵魂开始，心口上的一道伤痕
我看见薄暮的运草车

金子的运草车，它驰离的地方
我的故乡围绕着粮食哭泣

金子的运草车

我乘着它看见了秋风中的姐妹和正在消失的故乡
以及悲戚的亲人
草梢上的一滴血泪，忧郁的运草车
一条路把亲人们送到了远方
我看见故乡面朝内心低声哭泣

这金子的运草车，我看见
风把它刮向了天空中的仓廪

比照这两首诗，似乎是两个人所作。一个是青春时期的诗人，他对一幅画生发出来的诗情或对运草车的忧郁抒写，它的纯美和忧伤；诗中的“灵魂”和“伤痕”以及“金子的运草车”在我现在读来仅存一丝抽象的幻美与伤怀，它不再牵动我兴奋的审美，而在接近中年时写作《在临湘监狱》，那完全是另一种崭新语言的风貌，诗歌回归到个人日常境遇的观看与表现，他叙写得不动声色，老成辛辣的语言风格在时间中完成了它的转换。

而当我们近年读到他的最新作品《秋风九章》，诗人写作出的一系列关于家乡幕阜山的诗作，笔者发现剑男的写作朝向另一个场域，同时昭显了他创作的又一次自我更新与超越，甚至让我忽然发现或审察到当代诗的某种朝向，诗人们各自在挣脱自己又在完成新的自我，从而达成某种共通的对新诗的理解与呼应。就是说，诗人们在内外两个向度开挖个体生命殊异的诗性，写作其整合各种技艺不同视觉的完形之诗，当代诗在这个阶段呈现出相似又相异情势，诗人们不同路径的探索综合着各自的实验来抵达新诗的一个个高峰。其开阔的景观得以出现，一个个峰头隐约于汉语的天空下。

河水凉，山变得幽深
远行的人在夜半被雨滴惊醒

从荻田坳到七里冲，日光变得虚弱
从午间睡梦中醒来的人要灰头土脸

我只要一身粗布，只要
幕阜山翠竹织成的一床凉席

我厌倦这途中的奔波，远翻不过黄龙岭
近翻不过今夜的荻田坳，一轮明月在故乡

独自逃身乌云。像大旱过后树梢落下的
早夭的果实，干瘪、虚空——

内心郁积的虚火委身大地

秋风起，跟着秋风到处流浪
月亮起，跟着月亮背井离乡

我厌倦这令人忌惮的腐朽的躯壳
为一粒粮食迷失于沉重的世俗

像一个腹泻的人，为止住胸中的恶疾

在荒野刮天空铁青色的锅灰

如果有人指出，是这个时代的凉
吹寒一个人的胃，我要声明我不是

我不是和时代一起绞痛的人
我的痛是我自己的，顽强、乏力

与生活苟且着，我甚至能扯出
那根要命的绳索，看见上面解不开的结

以上为《秋风九章》第一章的片断。这首诗不同于诗人之前两首诗，此诗好像复现早年诗人写作运草车的语调和抒情腔调，但它不是从前的空泛的虚拟所指，它的诗性有了一个可依存的厚实的背景，诗的抒情是及物的，与外部和内在的实存相连，其情和理是可以触摸的，带着诗人显明的身体性；它又有着《临湘监狱》叙事方式，但它又融汇着其他的多种表达方式，它不是对一个事实场景的叙述展现；也可以这样来陈述：此诗既有早年运草车的出现的幻像抒写，但面对的是一个巨大的背景可以触抚的存在：诗人故乡的幕阜山，诗人面对的是自我或自性生成的一个背景，诗人的视线返回到了这里，在这里注入他对此地的打量观察回忆与抒写，这是他个人的幕阜山，他开始的对个人生命的根性找寻，是可靠的唯一的而非运草车是泛泛的在世上他处可以见到的运草车，笔者说《秋风九章》是诗人的整合之诗，从外在形制到诗艺的综合因素皆可以得出这样的看法，诗人写作的技艺在此得以融汇，诗的体量也变得庞大(一首诗由九个章节组成)，诗的写作回溯面向着另一个原型世界，其诗体现出独有的不可复制的形态。

笔者对剑男的这三首的列出，我们可以辨别出新诗的形式的迁徙图，一些诗人的作品都在完成各自的向着个人生命内外开挖的实践。从这三首不同年代同一个诗人所作语言风格迥异的作品，我们可以体会到汉语新诗的巨大变迁与革新，也可以说新诗完成着它在时间中的自我流变、自我更新、自我寻求出路的轨迹，而诗人剑男近三十余年创作恰好身处在当代新的变迁之中，他的创作本身构成了让诗歌研究者值得关注或研究的个案。

二、 九十年代以来当代诗迁徙的外部因缘

从这样一些常见词，你我可以触摸八十年代文化地貌：激情、贫乏、反叛、浪漫、理想主义、知识、疯狂、历史、文化、天真、启蒙、真理、使命感、集体、人文、火辣辣、友情、知青、争论、精英。

而九十年代至今，则流行的是另一类的常见词：现实、利益、市场、金钱、信息、新空间、时尚、个人、权利、体制、整容、焦虑、喧嚣、大众、愤青、身体、边缘、失落、接轨、国际、多元、可能性、街舞、鸟巢、人肉搜索。

时代风向的转变从这些不同年代的常见词悄然演变我们可以看见，在这样急速的时代转型自然影响诗人的写作，并促成其发生变化，世上没有不变的事物，即便诗学是一个相对稳定的结构与空间，它的变中也有不变的因素，但任何艺术形式脱离不了时代语境对它渗透性影响，外部环境变化影响并作用着人的内部心里，词语与情感。

除此之外，各种涌进国内的人文思潮（包括哲学、美学）以及各种艺术形式的出现也改造着写作者的思维与语言空间，随着胡塞尔现象学在中国图书界的流行传播，也让人们把眼光从理想的科学世界回归到前科学的生活世界，那直观的、可经验的人之存在的领域，回归并研究生活世界，用胡塞尔话说："把原初的直观提到首位。"另一个哲学家维特根斯坦的《哲学研究》译介到大陆，发现他放弃科学语言或人工语言的追求，回到色彩纷呈的日常语言，以日常语言分析代替人工语言的逻辑分析，在他看来，语言的真正意义呈现于丰富多彩的生活形式中。尼采早年就高呼，生命最重要的动力来源于日常生活这个基地，必须让整个身体从理性和总体性的系

统解脱出来，把日常生活和身体第一感受作为思想的出发点。

有了这种回生活世界的文化哲学对中国知识分子思维空间的直接渗透性影响，一些诗人们从现象学获得了观看世界和自我的新方法，对世界包括自我实行悬搁，回到事实本身，从而直观，寻求事物的本质；在生活与写作中他们遵循，他们说出的东西，一定是在某一时刻、某一条件下发生或呈现的东西，并对基本亲见事物进行忠实的描述。这几乎成了诗人们创作的哲学背景；而剑男的的写作实践似乎吻合了这一转向，他的新作《在临湘监狱》在我看来可以说是这一哲学背景下的产物。

话题追溯到二十世纪八十年代汉语诗歌，它的嗓门奇大，诗人们几乎人人以为自己真理在握，以为对世事事境有必然的不可辩驳的阐释权，诗歌高音量带来了诗歌的独白，或者说面对空无的自言自语，诗人们抛弃事境走向天堂和绝望的语言的乌托邦，它们或直接面对大众发言（如江河），或面对孤寂寒冷的高空向人间众生说活（如海子），诗人们把词汇作高一级的圣化和抽象处理（如天堂、女神、黑暗），诗人的独白抛弃了事境的中的细节，诗人们高音量的独白呈现出宏大叙事的品貌，这再现在北岛的人性世界，海子天堂元素的世界，李亚伟的绝对自由世界，杨炼的文化源头世界，甚至从独白过渡到革命语义的决绝口吻。

而随着八十年代理想主义全面破产，时代常见词的更换或时代的急速转型，诗人们不得不开始自己的反思。那理想主义的独白可能高估了自己的力量，却看轻了事境的引力作用，他们顿悟到自己营造的情景在更大程度上有着夸张和虚拟的面孔，在这种情境下，事境使诗歌俯身低飞，使用一种出自比例的近距离修辞，也把音量降低下来，回到现象事境的理解与观看；试图深层次地诠释时代生活与个人存在处境。诗人们将从前的独白一跃而为当下的对话，继而形成了九十年代以后诗歌整体的新的走向。

所谓对话，除了指诗歌意义语境在努力寻求和事境中的同一性，也力图对事境进行观看与理解，通过事境的叙写，并依恃对话，不再轻易在诗中设置天堂一类的极大的虚构空间，且在诗的事境中互相交换内容，诗的情景与事境水乳相融，在空间中做超低空飞行。同时诗境和读者在对话中相互交换生活与理解；这样八十年代诗歌的抒情一跃为九十年代诗歌空间中程度浓厚的叙事，叙事是对事境的一种分析性的行为，也给诗歌赋予了肉感或新的感性。

诗人剑男早期诗歌更多的是幻像呈现和音调适度的独白。如他早期诗中《草莓的光芒》中所说："我把你叫做黑暗顶峰的光明＼这样深刻柔顺的光华，热爱来自悠远的缅怀＼草莓，飞越童年的光阴＼请做我深夜灵魂中孤寂的伴侣。"

他早期代表作《运草车》营造出的一种幻美，语言中出现的忧郁，但你几乎也感觉不出诗情的沉重或语言的抑郁，而更多的是轻盈与少年的伤感。我理解和关注剑男诗歌中有纯真的草地与故乡，他讲求诗与生命的交融，在宁静中回想与守望中自然出现的浑然一体的悲欢，当然还有穿越时空的爱或死亡。但我更有兴趣了解诗人是如何过渡到《在临湘监狱》全新的语言形式，在我对他的创作较全面的考察，发现那是他经过多年的自我辩驳与修正更新的结果。他作为一个虔诚的写作者走过了漫长上下的求索之途。

我一直想象着剑男考到省城的大学读书，穿着一双他母亲纳的布鞋在武汉这座城市行走的情景。童年山地生活形成的木讷性格和他在桂花飘香的校园所受到的外国象征诗歌美学的熏陶，使他精神空间发生了怎样的蜕变与延展，他的为人处世（保持故乡的朴素与自然）直接影响着他对诗歌的判断与态度，这些年，他默默地在自己的人生与诗歌里进行着独自思考与探索，用他的话说：诗歌就是一个人的精神形态史，一个诗人的写作必须与他人的写作区别开来，不能被某种传统或时尚的规则所束缚，当他的写作到达一定高度并呈现出某种规则时，他又必须要能自觉地进行突围，不被自身所束缚。

随着他阅读与写作的展开，尤其是对美国诗人的作品译介，在他看来，美国诗歌对于中国当代诗歌的语言方式、结构方式和文本建设的探索上提供了一个新的思考方向。加上国内诗歌同仁的创造对叙事性、及物性的强调，诗人的想象开始向日常自下而上场景的倾斜，对个体当下经验的开掘，剑男的诗呼应这种转向，但这在他的写作中是慢慢出现的。他一向反对“伪的诗歌”，他的为人与性格使他的诗歌不可那么快地变换衣裳，他的诗歌风格之变化是从内部进行的并在时间中自然呈现出来，那是时代和他生活经历共同促成的结果，那是他生命的缓慢更新的结晶。诗人因了内心的思辨与更新，他诗中的“我”开始有了质感，他的语言开始涉及物性，如《胆结石》中的：

这一些小颗粒，它们从哪里来
如何聚到我的体内？我的
眼里容不下沙子，但我不得不

接纳这些细碎的小石头，一个
脆弱的人从此有了坚硬的部分

他的诗中开始淡化早年诗的象征，那是身体之外的游离之物，而他诗歌身体渐渐出现的“胆结石”更让我能触摸到，语言回到了身体本身，或身体这个场发生着神秘关联。这又与他反对的随意性的、大面积的浅白、平面化的写作拉开距离。我注意到剑男前些阶段的诗中的人称发生变化，除了“我”，还出现了“他或她”，剑男诗的视点从自我转向外部，如《近视》呈现的人称的转变或新的观看视点，身体在他的诗歌中显明出场，在他接近中年的时候，用他自己的视角观看“生命中的残局”，随着这样渐渐地，内外的不断转变与整合，《在临湘监狱》这首重要的作品的出现是自然且必然的事。

下面我来细致地解读这首诗《在临湘监狱》——这首诗的标题十分具体，标明一个南方，湘鄂交界的监狱，“在”这个词表明诗人所在的具体位置及其在场，和诗的方向感；诗中两个人物：我和新婚妻子（注意，是新婚）去探监。秋天（是一个具有双重叙事功能的词)。诗通过我的回想所探望的主人的话插入回忆:“迟早有一天,我要他付出代价,迟早。”

回忆至此,时间又关合到秋天;叙事的空间的转换与联结自然紧凑。叙述在此又形成一个圆圈,我注意到诗中的叙述具体到:尖刀捅进大腹便便的男人的心脏偏左的位置。视觉在此进行了必要的停顿。废名在北大讲台上讲新诗,这样说过:我喜欢具体的思想,不喜欢神秘,凡不是写实的思想我都不喜欢,唯其写实乃有神秘者,因你看见的东西我不一定看见,我看见的东西你不一定看见,写出来的每每不在意中也,故神秘。剑男的的具体描写除了神秘且不动声色的老辣。

诗人的叙述伸缩自在,从诗中出现的收割的稻田转移到接监狱中的主人的话语,你不能不吃一惊,具体的场景让读者在渴望中目睹。主人突然来了这样一句:你以为哪里不是监狱。这是诗中主人的陈述,在我看来也是诗人自己的对生活的理解和表达,这句话是这首诗中突然出现的隐喻,它在写实中突然来这样一句提升与弹跳,使平实的叙事转向了开阔诗境,诗人在日常生活中寻求表达,他必须显示他的生活,他超越了纯粹思辨,但不弃置隐喻,诗歌不仅要表达我生命里具体的时刻,它也要为深刻的事物形态或态度作出反应。

剑男的这个隐喻成了这首诗的奇异切面,是一首诗成为一首诗的核心因素。一个诗人渴望通过隐喻把世界看成一个整体。这个隐喻的出现,也让我想到诗总是存在具体的语境之中;在维姆萨特看来:在理解想象的隐喻时,要求我们考虑的不是喻体如何说明喻旨,而是当两者放在一起并相互对照说明能产生的意义,强调的恰好是它的相似之处也可能在相反之处,在于某种对比或矛盾。或者说因了这个隐喻在事境中的对比构成,促成了诗的对话的根据与依凭。诗歌的语言因之充满了锋芒。进一步,诗人将此隐喻的进行复沓或深化处理,在“监狱”加上“甜蜜”来修饰,且通过探监人物的行动言语来相互生发，把隐喻的内涵再次扩大，诗性空间也随之幽默地扩展开去。

接着我们又谈了一些其他的事情
包括男人的血性、冲动和屈辱
但从头到尾，我们都没有谈到天堂

隐喻的展示之后，诗人在俨然的叙述中提到男人的血性、冲动和屈辱，“但从头到尾，我们都没有谈到天堂”，“但”这个转折词昭示了克制到了极致的叙述，隐含着强烈的表达，语言的张力在此达到极限，而这又是通过不动声色的叙事来表现，让我们明白，诗的描述与叙事最终的目的是抒情，抒情是诗最大的传统，也是诗的根本，诗的形式变化只是诗的形式、语言、抒情方式发生改变。

在诗的最后，诗人施用了对比，把“血性冲动”等和“天堂”进行对比（谈到和放弃）。诗人的感情和对人的理解及洞察隐入不事张扬的冷叙事之中，诗中的“我与他的对话”和作者与读者在这首诗构成的对话，共同完成了对生活真相再现与交流。

我注意在剑男的诗中多次出现过“天堂”这个词：千灾百难，浴血重生，当我＼从睡梦中醒来，我的灵魂＼定会是跟着一束光亮到了天堂（《就当我一个人独自去了远方，妈妈》）。天堂这个众神聚集的地方，那里的光亮，在但丁的《神曲》中，那三位一体的上帝在贝雅特丽齐带领但丁飞升天堂时把眼光转向永恒的源泉，那由天使们簇拥的圣父。

诗人剑男在这首诗中最后说，“但从头到尾，我们都没有提到天堂”，诗人在此结束了此诗，在我看来，剑男完成了自己精神世界的省思、转变与肯定。这是一个年近中年的诗人在诗中放弃或悬搁谈论天堂，这个形而上的大词。

阅读完这首诗，有的读者会说，这不是一首诗，它就是一则散文？但从它不分节的外形到内部的散文的叙事与隐喻共同创作的空间，它确实是诗。废名说过，只要有诗的内容然后诗文该怎样做就怎样做，不怕旁人说我们不是诗了。朱自清谈到诗与文的分界时说，散文中有时有诗，诗中有时也有散文，他还说，宋以来怕可以说是散文的时代，散文的体式逼着一般作家接受；诗不得不散文化，散文化的诗才有爱学爱读的人。

朱先生这在1940年代的关于诗的语言散文化被当代诗人臧棣进一步提起，他说："流行的文学观念一直没有领悟有关诗歌'散文化'的巨大秘密，流行的看法是散文化是新诗的大忌，而我要申明的是，散文化是新诗的大计，是新诗在其语言实践中必须经历的审美洗礼。"从新诗写作的角度讲，没有对诗歌的散文美的领悟，也就没有对诗歌语言的突破。剑男用他的创作实践和重要文本旁证了上述几个人的观点。

三、 当代诗的地方性和技艺的整合

当代诗进入到新的世纪，随着诗人们的写作进入中年，诗界提出了"地方性"这个话题。诗人们甚至比较于英国诗歌的运动派——运动派诗人们想着如何使他的诗像小说一样耐读，呈现与保存当代人的日常经验，在他们看来"当代"意味着"真实"，每首诗都必须是它自己单独新造的宇宙，所以他们不信仰"传统"。这个传统即所谓现代主义的理论，运动派诗人们不想让诗成为一个公共神话的储集物，现代派的引文用典，像艾略特的《荒原》和庞德的《诗章》，他们在意的是写本地的个人的经验，不至于让个人的诗间接成为他人文本的互文或附属品。不在从故纸堆里翻找陈年旧货。当代题材，真实的具体的时间、地点、人和事物呈现在诗中，尤其是英国诗人拉金处理题材的大胆与诚实是运动派诗歌最吸引人的地方。这也成了我们当代诗写作的某种"传统"。这也引发了中国诗人们的某种实验的自觉。诗人们进入自己资源的开掘，不仅仅关注个人经历和外在人世相互交涉与融通，而是面向自己的故地家乡的打量，他的身体和思想视线转向自己生存过的地方，词语也逆转方向从另一个层面向此处回归。一个人何以成就，家乡亲人山水人事内化在诗人的词语空间。

与其说是向外拓展，不如说是向原始意象投向持久的关注，呈现出如荣格所说的和原型沟通的愿望。“原型的影响激激励着我们，它唤起一种比我们自己的声音更强的声音，一个用原始意象说话的人，是在同时用一千个人的声音说话——他把我们个人的命运变成为人类的命运，在我们身上唤醒仁慈的力量。这就是伟大艺术的奥秘，从无意识中激活原型意象并对之加工、造型、制作，使之成为一件完整的作品。”

剑男的写作在完成了早期的对幻象抒写（如他的《运草车》）到个人生活现场的人事呈现和思悟（《临湘监狱》）再转向街市生活的写作，如《华师南门》，渐渐地，他把词语的视线投向过往的既在的家乡幕阜山的过去与现存的人事，这里笔者知晓他有一个过渡期，这就是他的长诗《鸟巢》（对早年在山地家乡与一只鸟巢相关的故乡的人事追忆性的述说）；从此诗的写作开始，他的视线开始调转，在持续写作中到达中年的他，不得不面对另一个巨大场域的召唤与呼告。

> 我所受困的，我只要这脚下的寸土
> 我所受伤的，我只要这寸土上的寸心
>
> 我只背上故乡，在我来时的路上
> 问落叶，高处悲苦还是低处凄凉
>
> 当秋风沿着幕阜山脉纵深

这不仅关联历史，这是它自己的命和运，狂风也吹不开了他身上的灰尘。诗人在词语的运行中不得不和过去、现在相遇，沉思，对自己命运的指认与清理，这里有秋风的回荡的个人和群体历经岁月的回声，在中年的身体的空间里透现出来。在剑男的写作里，他不得不被原始意象沉淀的环境趋向相遇，一种原型的力量冲出，出现在他的词语世界里，撼动诗人的心灵，他试图把个人写作的命运纳入人类的命运，内心呈现那些使人类脱危解难，度过漫漫长夜的慈善力量。

或者说，剑男的写作面临着那些从无意识中到来的意象，那些梦、幻想、回忆孕育着的象征，从身体里被激荡出来的情感，穿透交织着不同时空的物象和词语串通媾联生成，他的写作与这些意象和象征进行对质与对话，《秋风九章》就此不得不写成。

我恨今夜乌云遮住了明月，但没有恩怨
我寄身今夜的幕阜山，但没有思想

我承认我对故乡有过不甘的时候
我的寒冒有着岁月酸楚的味道

但这个秋天对我不是千钧一发
不是三万斤的重量系于一根青丝

是无所系，是突然回到故乡的空
物是人非的落寞，和空有一根绳索

和它上面解不开的结。就像
秋天廓开大地峻深的怀腹

我说剑男近期诗作为整合之诗，是他的写作在中年时抵达到了对原型世界的触抚与感应，他的写作面对集体无意识，其意识与无意识的结合所形成的看待生命的眼光，改变我们与世界的关系，诗人在无意识中要求他词语的转向，要求他写作的转向另一个相对于自我更大的场域，逼现个人自性的出场，或者说让自性深处活跃的东西变成现实，从而使他的词语世界处于碎片状态，组合着递进向前，构成还复往返的节奏与形式；《秋风九章》融合了他之前诗作的各种技艺，形成了体量庞大散现原始意象光影神秘的自性之诗。这种围绕写作者自性展开的写作，成就着诗的整体性和自治性，这内在的动力学，让我们的词语世界，直面不可认识之物，诗人所做的是倾听自我与自性意识与无意识之间的对话，这对话的诗学在全新的整合之诗中得以显形。

（2008，北京皇木村，2017，补写于江汉大学。第一稿曾刊于《名作欣赏》2015 年 6 期）

（2016 年柳宗宣（左三）在深圳领奖现场）

（2006 年柳宗宣在北京东六环皇木村的书房）

博尔赫斯的影响

1

“我想起他时就像想起一个好朋友，我们从未谋面，但熟悉他的声音，经常怀念他。”这是博尔赫斯在拉丁区一家旅馆笔记中的句子，他快乐而感激地谈论作家王尔德的诗文和戏剧以及王尔德的作品给他留下幸福的神秘感。

我把他这段话抄录在这里，想回赠给博尔赫斯。

2

一九九五年，写诗六年后的一次重要旅行。二十七岁开始写诗的我，太晚了，而且是在封闭的小县城里想做一个诗人，渴望打开自己的生活和阅读空间，想着以诗交友，诗歌将我带领到路上，奔赴梦中的远方。那年孤身一人来到陕甘宁边界的**平凉**，几日后我怀揣诗友给我开的便条，穿过茫茫如版画的高原到达被白云簇拥的兰州城，我在黄昏接近**兰州**，我真的看见一团团耸立在天际的异样的白云，是啊，你一到兰州，你对天空的感觉就不一样了，而兰州城就在白云下面，安静的边城，停伫在黄昏的云影中，那年它是那么安静、朴素又自在，几年后这个印象就变了，我无论如何找不到初见它的好感，是不是那年我第一次出远门，那年我怀揣诗稿交结诗友一人在路上，像陪伴我的那朵白云。

那个晚上，在酒泉驻兰州办事处的单间里找到诗人**高尚**，他隐在一摞摞耸立书堆中，接待时不热情也不冷淡，他读着我的诗稿，我也看着他的，寂静的阅读在见面之后展开。半小时后，感觉他热情起来，我们热烈谈论起诗歌，然后去吃火锅，在那辆黄色的面的上，我搂着他的腰，两个从未谋面的写诗的相聚在了一起。

在他另外一间屋子，我读到**《倾向》**杂志中的本雅明的《单向街》，抄录其中的一些篇章，第一次听到高尚讲述他心目中的博尔赫斯（他是中国博尔赫斯研究者之一）。回到湖北后，读到高尚关于博尔赫斯的论文——《一个人留下的他的影响》，发表在《外国文学评论》上。以后我又在《博尔赫斯文集》中再次读到它，它作为序文被收录到全集的诗歌随笔卷中。博尔赫斯就是这样通过诗友来到阅读中。现在想来，那是个重要的年头：那次旅行，结识诗人高尚和博尔赫斯，让我潜心专业的阅读，开始自觉地写作。那年岁末，完成了长诗《一个摄影师的冬日漫游》。

3

至今能清晰地回想伴随我多年的书：黄皮本的《巴比伦彩票》（云南人民出版社出的），博尔赫斯的诗文选集，由王永年先生翻译的。

最早读到博尔赫斯的诗是在那本《当代欧美诗选》中，王家新和沈睿选编的；还有那个袖珍型的小本子，在里头我读到王乐央译的博尔赫斯的诗《雨》和《间谍》，后者被我曾引用到一则随笔中。

以后读到《作家们的作家》，再以后我就读到高尚和友人编辑的《博尔赫斯文集》，海南出版社出的，三卷本。

现在我在北京的书房里怀念那些藏书，它们在我手中摩挲了多年，在我枕边伴我入眠，在书架上由我欣赏，在书桌上供我翻阅，那里头留下我的一道道阅读笔记。

《作家们的作家》我送给了当时热爱的女人，《巴比伦彩票》赠给了我的诗友理科，在我拥有了《博尔赫斯文集》之后，送给朋友后我就有些后悔。那些伴我多年的书负载了多少我对博尔赫斯的感情，我想着再次翻阅它们。对王永年先生充满感激。他翻译了博尔赫斯那么好的诗歌。当浙江文艺出版社出版《博尔赫斯全集》，抱着那套全集回到我的房子，我好像拥抱黄金珠宝归来。

4

早年我有一本书——《一生的读书计划》，那是一些常见的阅读书目。而对博尔赫斯阅读，他为我好像开了一张隐秘的私人书单，或者说通过阅读他我开始建立自己的**阅读系统**，每一个作家和诗人都有自己的这一套纯属于他自己的隐秘地热爱的作家和作品，它们神妙地网络着，暗中对一个人构成着影响，也可以这样说，一个写作者要寻找自己的传统，把自己的写作纳入传统之中，与新辈们建立起私密的传承，这如同博尔赫斯将诗创作限定在惠特曼和瓦雷里之间，博尔赫斯在对不同路数的两个诗人承继中找到切合自己的写作方式。

对博尔赫斯阅读帮助我找到了自己语言的传统，写作是在哪套谱系中展开，并加入新的因素，如博尔赫斯说的，“事实上每一个作家创造了他自己的先驱者”。在博尔赫斯的开启下，找到与我呼吸和血液相连的诗人：惠特曼、弗洛斯特、金斯伯格、拉金、毕肖普和希尼。博尔赫斯就是我的传统中的一环。

他将极端主义诗歌引进自己的祖国：“为我们的地域，为我们的语言移植了一种新文学样式。”他给自己的国家和后继者提供了新的生动的充满生命力的作品，让我们对古老的文学带来了新的观看方式。

他保持和提升了文学的品质：以时间、梦幻、迷宫、死亡等为题材，为诗歌永恒的本质找到纯粹的形式，使文学回归它不朽的尊严。他在布宜诺斯艾利斯热爱古老的东方文字。在日本用他的手抚摸汉碑上的文字。他首先是一个伟大诗人然后才是小说家，以一个诗人的高贵模糊了文本的界限，就像他在叙述中交叉了时间和空间，融合了梦幻和现实一样，他打破了诗歌和小说散文的界限，几种文体相互渗透，让你分不清哪是诗、哪是散文和小说，但从他创造的文本中看到诗歌的光芒。或者说他的散文成了他诗歌何以成型的注解，而小说则成了诗歌内容的另一种语言形式，达成了诗人对宇宙自然和时间、自我的理解。

5

林一安先生主编的《博尔赫斯全集》，将《博尔赫斯和我》《德莉娅·艾莱娜圣·马尔科》这些不分行的文章放进了诗歌卷中，而将我以为的散文如《另一个人》《塔德奥·伊西多罗·克鲁斯小传》收录在小说卷中。他的散文就是不分行的诗，你读《另一个人》，它就是诗的小说，我以为博尔赫斯所有不同形式的作品都是诗，因为他是一个诗人，他在用不同文体创作着他的诗歌。

那些年，我读过多少遍《另一个人》《博尔赫斯和我》，那《另一个人》到底是谁，在《博尔赫斯和我》中，诗人写道："我活着，竟然还活着，只是为了让博尔赫斯能够致力于他的文学，而那文学又反证了我活着的意义。我无须隐讳地承认他确实写出了一些有价值的东西，但那些东西却救不了我，因为好东西不属于任何个人，甚至也不属于他，而是属于语言和传统。我不知道我们俩当中是谁写下这篇文字。"

在《另一个人》中，上午十点钟光景，他（博尔赫斯）坐在查尔斯河边的一条长椅上，那长椅另一头坐着另一个人，他宁愿独自待着，不想马上离开，另一个人则自得其乐地吹起了口哨，他们开始交谈起来，另一个人也叫博尔赫斯。两个博尔赫斯邂逅了！

他用自己发现的方式讲述他经历时间、空间和死亡的故事，那些年他真的迷惑过我一阵子。那年月，从诗歌《失眠》我读到诗人多重情感的演奏；从《另一只老虎》我看见层次分明的老虎的金黄和叮当作响的音色；从《记一八九九年的阴影》我获得了看见事物的新的视觉。

从他的散文《纳撒尼尔·霍桑》，我认识了韦菲尔德先生，他离开妻子和他的城市，他在家附近找个地方住下，隐姓埋名生活了几十年，每天从经过自己的家门口——这唤起了我对城市和家庭辛酸的感情，**反观**自己身体里也有个韦菲尔德。

在小说《南方》，读到达尔曼的命运和我们每个人共同的境遇。在《塔德奥·伊西多罗·克鲁斯小传》中，我随着克鲁斯和他的部下一起追捕那个逃犯，与他们在暗中搏斗，也同克鲁斯一样忽然明白过来：命运没有好坏之分，但是人应该遵照内心的呼唤行事。明白自己的本性应是独来独往的狼，而不是合群的狗，我们明白追捕的对方是我们自己，我们一起把军帽扔到地上，大喊，不能以众敌寡，杀掉一个勇敢的人。

在一场混战中一瞬间在一个人的身上看清自己，看见自己的宿命：自己将成为文字和本质。在生活中让另一个柳宗宣从事他的阅读和写作，成为一个《正直的人》：感谢世间出了个斯蒂文森的人，宁愿别人有理的人，抚摸睡着了的动物的人，是啊，就是这些正直的人，他们互不认识，却在支撑着世界。

6

一个人静夜阅读自己过去的作品，体会博尔赫斯留下的影响，在精神和技艺的诸多方面，像空气和阳光一度或长时期笼罩着我。我写过落在我家阳台上的雨，从童年一直落在江汉平原的雨，还有梦中的一场大雨，雨中的伯父和父亲，在雨中走失后又重现。在诗的最后一节这样写的：

雨珠迷蒙了窗户，在雨中读书

我看见曾落在长安街上
的雨，现在落在我的阳台上
雨总是发生在过去的事情
我又接到伯父在很远的地方
从雨中投过来的莲蓬
那个让一场暴雨带来的少女
又来到我们的交谈之中
在雨涟涟的黄昏，带来那个声音
我父亲的声音，他回家来了
他没有死

一个诗友看到这首诗，他提到博尔赫斯，我说在写的时候把他忘了，但博尔赫斯是忘不了的，他的精神血液一样流动在诗中。高兴他将我的《雨》联系到博尔赫斯，在那穿越时空的雨中我和他再次相见。在散文（或者说是诗）《隐形的人》中我这样写道：

"一般我们很少见到他。他隐在五楼那间与阳台比邻的书房，有时我看见他走动在高高围墙阴影中的背影：他刚从邮局发信或从门房那个女人手中领取邮件回来——

我看见他的名字印在一些刊物的目录和一些着色不同的信封上，他手中总是拿着信件、书刊，他的同事们聚在一起不知在议论些什么，而他与他们保持距离，站立在杉树的阴影中，静静地呼吸——

他总是一个人在楼顶散步，张望着那座疯长起来的城市。一天，我从大街上回到自己的屋子，记得那是个黄昏，在我推门进去的瞬间，他跟着我进来了，他抓住我的手，问我是不是在前一个小时从楼道下去，手里拿着一本《月亮与六便士》，还有两封航空信件，来到一条叫章华大道时是不是吼叫过两声，很多路人听到了好像没有听到，你看着你的声音如空中的一丝晚霞消散。

我问他："你是谁，为什么跟踪我？在要看清他究竟是谁的时候，天完全黑下来了。我们隐在了黑暗的房子中间。”

博尔赫斯在诗歌《阿布拉莫维兹》中这样写道：“今天晚上，在离圣皮埃尔山峰不远的地方，一首壮美的希腊乐曲刚刚提示我们死比生更加让人难以置信，因为，在肉体尸解之后，灵魂依然存在。这就是说，玛丽玉·儿玉、伊莎贝尔·莫奈和我在一起并非像我们想象中以为的那样是三个人。我们是四个，因为，莫里斯啊，你也在我们中间。我们用红酒祝你健康。无须听到你的声音，无须触摸你的手指，也无须回忆你的事迹。你确实在场。今天晚上，我可以像个男人似的大哭一场了，因为我知道世上没有任何一件东西会消亡，没有任何一件东西不留下自己的影子。”默诵着这些句子，想见到他——未曾谋面的仍然活着的博尔赫斯。

（2002 年，于京东三元村）

（2005，柳宗宣在北京东六环边上的宅院）

类似丝雀的编织诗学

我遇见它，拆数这六千七百八十二条草丝
这是六千七百八十二条草丝，被拣选的
细柔草丝，有的长一些，有的短一些
有一个个大小的弧度。我无法让它们回复原样
一个杰作，牢固吊在菜籽梗，丝雀口袋一样的窠臼
这六千七百八十二条草丝，各自从哪里衔来
怎样拿口水组织，现在已看不清，它们以前的样式
小丝雀能够把它们养育，织就奇妙的作品
六千七百八十二条草丝，每一根，轻飘

——《六千七百八十二条草丝》

“我遇见它”，然后拆数一只丝雀巢的草丝。这是一个事件，多年前的一直在作者记忆中出现的事件，后来又将诗人唤醒。这个记忆里不断出场作用于昌鹏的内心世界，他早年乡村生活邂逅的田野菜籽梗间丝雀编织的窠臼，里面的意味是无穷的。作者也看见了，他所见的窠臼唤起了他的感情——是兴奋而激烈的，多年后再去写作这事件或场景，又在里面加入了想象与思悟。诗人不停地看见那雀巢。“看见”是一种稀有的能力。你心中有你才能看见；心中无你则视而不见，所以维特根斯坦说：“我们能看见眼前的事物是多么困难。”我们看见的是一个命运。巴尔蒂斯说：“必须看，看了再看。人总是在其所见之下。还得是善看会看之人。”他把“看”当成了一种艺术，他看到了拆解的程度：“六千七百八十二条草丝”，他看见丝雀的挑选和口水的组织和巢编织技艺。他在多年的观看中，看见

了异类的共同，生活与词语的关系，艺术对生活的观照和呈现。他看见了自己的命运。

他在纸面上建筑自己的作品，像那只可爱的小丝巢那样。他看事物看得那样艺术，那样细微、专注。几十年来在纸上落实他所看见的，但他不直说，他描述。整首诗似乎平静得好像无所事事，甚至事不关己。我们知道这是诗人做了抑制的**冷处理**的结果，不让飘浮的感情影响他的编织工作。也可以这样表述，他放弃了以往诗歌的抒情方式，也就是他动用了他欣赏的习得的方式进入诗歌。他描述但不惯用那喷薄欲出的浪漫的抒情，他对激烈的情感进行必要疏离和智性的平衡，他动用白描语象来观照，把物当成物来呈现——如王国维在《人间词话》的论述，即以物观物。他观看与描述但不抒情，也就是放弃所谓的“以我观我”。或者说，写作者抑制了“我”的出场，让所见的事物直接出场，他遗弃比喻、拟人和象征的手法来表现，通过相对客观的词语来呈示，如同丝雀用草丝筑巢，昌鹏的这首诗没有使用一个形容词。在他看来，精确的描述性语言可能比拟人与比喻意味更丰富，他甚至想让读者看见那只雀巢，和他一样。在诗的开头，“我遇见它”。我们必须遇见，在此时此地。让读者直接和他一样看见那只雀巢，置身于诗人设置的场景，一切在此生长，如词语一样运行。当代诗十分看重此时此地的呈现，他在这一刻写诗，这一刻早已过去，成为回忆中的场景，他在诗的表达中，让你有一个现场感，让你有这种词语在场的幻象。

如前所述，诗人使用的是描述性的语言，全诗没有多余的形容词和比喻，没有不顾一切的抒情，只是具体地呈现，具体到拆解的六千七百八十二条草丝，使用身体的口水还有他和它们的组织。昌鹏的语言技艺是经过多年修炼才自觉运用这种方式的，他的这种语言方式的运用是选择后的结果，这选择是阅读带来的改变，是他对诗歌审美意识更新而后产生的效果，当众多诗人们使用光滑的形容词，隐喻性的语言，极力于修辞的曲折和复杂变体时，他则使用直陈性的语言来写诗，这里面有他的美学考量。他在意新诗对世界的命名与直陈能力，他更在意对诗的观察能力的强调，让语言直指事物的能力得以显现，用他的话来说："写作诗歌——把发现的世界，在**图像和语音**中托出来。"他诗中图像的呈现，视觉性的语言，让图和像自身呈现出它本有的奥妙，放弃强加给世界的感情与自以为是的感知，昌鹏在写作时把那些他觉得多余的人的东西放弃了，或者说，先入为主的作者退隐了。一个写作者在意的是让客体不受遮挡的自我出场，让我们看见他所发现的世界的图像。其实这个图像浸染了写作者的情感与思味。一只雀巢在诗人的心里成活了多少年，它消逝又出场，它意味无穷但莫名其妙，它带有着诗人身体里的口水和气息，它的叫声是从写作者的身体里溢出来的，那编织的巢带有他们的体温。诗人所要做的是不断地看见与编织，让这个事件或图像渐渐显现。在昌鹏理解中的诗歌写作是发现世界，而非表现世界或歌唱世界，也非复制世界，是在直陈性的语言中在身体的语音中烘托出来的。

诗歌文本是意义丰富的文学文本。文本就是符号单元的有意义的集合。昌鹏的阅读与写作经验让他对此有理解。他的写作的自我摸索，对语言更新的自觉意识和他对符号学和语言哲学的阅读相关，对符号学的研读影响了他对语言的态度，直接作用了他在诗中具体运用词句。诗文本就是一个符号系统，诗的呈现离开了这个系统或结构就没有意味。他在意一首诗的构成，一个象似的词语符号在语言系统中的意味，他注重文本的肌理和叙事文本的诗意内涵和叙事情景的转换，强调语词的能指的可视性和转义，或图像的自我生成，每个语象在词句之间的深意或可玩味处，那因词句相互作用而衍生出的意境——昌鹏有着他的玲珑胸次。

古人钟嵘云："'清晨登陇首'，羌无故实；'明月照积雪'，讵出经史。观古今胜语，多非补假，皆由直寻。"古人的这个"直寻"，就是**直陈**的描述的语言，描述直陈了"明月照积雪"这个事实。描述性直寻的语词出现在诗中，生发出写作者无法预料的丰盈意味。昌鹏这些年暗自读了一些诗文本和诗学理论方面的读物。"在农场通宵阅读或写作的岁月\一个个令我不安的夜晚……”他读书时期开始热爱的诗歌写作，在他农场的家里一个人在楼上通宵阅读与写作，磨练出一套新诗写作的手艺，这些年他稳定地保持了他特有的语言风度。他知道如何像美国意象派诗人持守新诗的原则，强调“直接处理”事物，强调“视觉上的具体——阻止诗滑到抽象过程中去”，强调并在意诗的“**临即感**”。他可能对威廉斯的“客体主义”也不陌生，“要事物不要思想”。还有麦克利的名句，“诗不应隐有所指，诗应当直接就是”。具体之物往往能折射出写作者无法表达的意味；在他所谓的诗的意味是在图形和语音中烘托出来的，我想也可以这样表述，诗是在语境中烘托出来，那是写诗过程中可能出现的如同神迹的奇妙。用符号学的观念来表述，那是在上下文语词的相互作用的压力中出现的。这新生的诗的意与象与人们常说的隐喻不同，那可不是写作者先入为主的意念，而是语境特殊透现的结果，或者说是诗人私设的一个“象征”而非公共的既有的“象征物”，那是语符的能指在词群的半明半暗中隐现出来的，诗人在诗中不言。如同陶潜所说的，“此中有真意，欲辨已忘言”。

我们再回到这首诗。中间出现这样一句：“小丝雀能够把它们养育，织就奇妙的作品。”“**养育**”这个词的出现是前面描述性词句“从哪里衔来，怎样拿口水组织”所衍生或逼现出来的。没有这两个句子，“养育”这个词就显出突兀，有了这几个直陈的词句，这个意味深厚的词就自然得体。昌鹏对词语安置或拿捏十分细心，在此表现出他对语言的尊重和修养。他可能是在语境的运作中顺势摘取了这个词：养育。这是他写作前没有想到的，可以说是他在诗行专注的编织中灵光一现；他听到了这个词，受命似的写下了这个带有他体温的词，并且这个词又生出了另外两个：织就、作品。“编织”是十分准确的用词，和前面的“草丝”与“口水”相呼应，同时开启了“作品”的出现。我们此刻恍然理解，诗人他如何在前面细致描述草丝的长短细柔和弧形，我们理解到了诗中的“我”何以参与在诗境数草丝的细节——而且数出了它的六千七百八十二条。

本雅明有过这样的表述，写作一篇好的散文有三个台阶：一个是音乐的，在这个台阶上它被构思；一个是建筑的，在这个台阶上它被建造起来；最后一个是编织的，在这个台阶它被织成。这个说法也可同样适用于诗创作，昌鹏的诗写作似到达了“编织阶段”，他的这首诗有着“编织”的效果，一个类似巢的圆形。诗人写作这首诗时，在构造阶段就十分清楚，再现原样的巢不可能。那不可复制，他清晰地知道这点，他不会摹写外部的诗。诗是发现，写诗是再造一个作品，而非复现原样。他清楚我们无法恢复消逝场景。诗人与作品的关系就是这样的：**有旋律地编织**，作品是“编织”出来的。他善于挑拣，挑拣草丝来编织。用他诗中的句子来说，他“更多的时候是看文字/怎样织成了漂亮的锦缎”。他是一个发现文字秘密的人。从中他获得发现的快乐。这样的编织的快乐我们可从《马畅来信》《纪实与虚构》等作品中和作者一样获得。

我想昌鹏对现象学的**感性诗学**是有体会的。他说他的诗在图像和语音中烘托出来，这个语音就和写作者的身体有关，这个语音类似于语调和词韵，是写作者在写作某个瞬间给透显出来。当代诗的语感是让人着迷的东西，它是写作者生命气息的外显。而每首诗又有着不同的语感且不可重复，这和诗人生命当下情态相关联。金斯堡和他的精神父亲——惠特曼的作品让人感受到扑面而来的生命气息，你的阅读能触摸到一个不可见但可感的气场，这大部分来自诗的语感的作用，即**内在乐句的呈现**。本雅明说过艺术品呈现出来的灵韵，在你的理解中它多半来自语言的内在节奏散溢出来罩在诗作中的一层薄薄的光晕，那创作主体与词语节奏相互生发出来的气息。昌鹏诗中的语音我听到它的真纯：六千七百八十二条草丝。这个句子在诗中出现了四次，在不同的地方出现，这种歌咏式的复沓荡漾出来的语音有着无尽的余韵。

昌鹏跟从我写诗，和我一起交流诗艺，在不同的时间与空间。

和他建立只有写作才有可能建立的民主精神。我们无长无少的。不可用一个词来定义我们之间的关系：师生？同乡？诗友？非血亲的亲人？我们的命运因为写诗的命运统摄在一起。就像他写就的这首诗，这个作品的意味绝非单一的，有多重的不可析解的元素。这首关于巢的诗，我解读到了它的意趣不在意写那个既在的消逝在了少年乡村生活的吊在田野菜籽梗间的丝雀巢。用诗中的句子来说：无法让他恢复原样，他也在诗中没有试图这样做，他叙述这个有张力的事件，他用语词构建类似的作品。其实，叙述的不是停歇在心中少年邂逅的丝雀巢，他谈论的是作品——是如何在诗中写诗这件事——他在描述如何编织一件作品、一首诗。如果在诗中复制外部消逝的物事是不可能的也是低劣的甚至愚蠢的做法。我们读完这首诗，隐约明白了他的旨意，并发现诗人的多重叙事在诗中运用，巢是一个结构符号，这首诗是个符号系统，他的叙事有着多重的叙述形态，语言的形态有着诗性张力。叙述者的身份有明确的也有隐藏的；有概述也有细描；各种叙事在情境之间转移、过渡、混合与交织。它的语言时态也是多重的，如同诗中叙述者的声音。此诗的结构由语言叙述的各种形态所构成，它的符码有着编织的参照系统，用巴尔特的观点来旁衬，它就是“断裂和被擦抹的网络”，或者说，这首诗让读者不再成为消费者，而是受邀般地参与文本的生产。当我们读到最后，突然发现似乎是在谈论写作的事，如其中所说，“我无法让它们回复原样”。这是叙述者在文本中对叙事话语本身的评论，也就是叙事学中所谓的元叙事，即关于叙事的叙事，一种自我意识的叙事。这关于作品如何成就的叙事，其实是在叙述诗人如何写诗，如何织就一件作品，如同那只小丝雀一样。

在诗的最后，诗人以“轻飘”一词收束全诗，戛然停止。“轻飘”这一词极具意味，让笔者觉得他是在阐述他倾向的诗学风格。他的这本诗集所有诗作都很短，显出轻的特征，诗确实是轻，轻到可以像草丝飘起来。或者说，他崇尚**“轻逸”**的美学，是他所持守。轻逸，他很少处理生存沉重的主题，他的诗多是短制，这于他是有考量的，他要显现他写作的整体风格，我也倾向于他的轻逸诗风的建立与维护。

昌鹏何以建立这种轻逸的诗风呢？他可能把写诗当成释除生存压力的方式，在诗中他有于此透气放空自己的愿望。他的写作很少透出焦虑，偶尔有一两句生存感的体悟性的句子但马上收束，在某首诗中这样描述锤子：

锤子缓缓的声响，每一声都沉实有力
我停下来。它，移至我腰间
只等一会，我要把它从身上取下来

生活的锤子一旦移置到诗中，也变得如草丝一样轻，在他的描述中变轻，成了一只诗意的锤子。他写诗，是移置了一个空间，在他的作为符号的语词间，他移动它们保持语词的自身的节奏与轻快，它是他发现的另一个世界，与生存的世界无关，他不会将其弄混淆，他保持了诗世界中的神妙与美以及他在意的轻逸。这缓解了他在尘世的紧张感、疲累与不安。他干脆除去了语言的重量，让语言有着类似月光的飘荡。因为文学作为一种生存功能，生存之重会做出寻找轻的反映。是的，昌鹏的写作放下词语和身体的重负，飞向另一个世界，在那里改变着现实面貌，在那里获得安慰和审美的满足。这是他何以几十年来在写诗的原因，维护保持他创造的文本世界的诗性，他在诗中快速运行词语，不黏滞，语词在运动，精确地呈现在句子或诗结构中，保持了它们的语速节奏和想象。他理解瓦雷里说过的，诗“应当如鸟儿那样轻，而不是像羽毛”。他的诗，是有生命的，像那只丝雀——那微妙的生命，在诗行飞翔。诗思往往在都市和乡村两个世界自在地飞，后者成了他情不自禁飞回的地方，那个被田野包围的家乡的农场的房子——他的“小丝雀”的巢建筑在那里，他的童年他的父母生活在那里，但他很快又在诗中回到地铁中来。他在诗中保持稳定从容的坐姿，从地上的传媒大学到达地下的朝阳门，咂着嘴巴里啤酒汁液的微苦经过冬天的北京。迷人的地方是诗的词句轻逸地在多维空间运行的飞速和轻盈。对于他诗歌的轻逸美学的指认，还有一个原因来自他作品中呈现的想象。是不是只有这轻逸美学可以遵循并维护呢？他的诗状物摹写在细微处显能耐。身上的女性气息占了上风，引用荣格的观点来旁证，他作为男人心理中的女性一面的**阿尼玛**成分不可忽视，这影响了他诗作的审美取向——诗作阴柔的元素让我亲近青睐，作为写作者可以挑战自己的天赋，天赋是我们体内的一根刺，似乎可以消解或克服它。在写作中是否可以尝试加入新的风格？是否可在轻逸中加入繁复，在缜密冲淡里融入豪放与疏野？我们知道每一种诗风都是一个美丽的环套，我们得变成蛹飞将出去，去建立另外的巢穴——甚至让我们从一只词语的精致的小丝雀，变成一只凶猛的鹰隼。还是让他成为善飞的轻盈的丝雀吧——何况他编织的作品具有轻盈的美质。可是在他诗集中，那自我更新的愿望呼之欲出，对自己摸索出来的一套写法有反对或推倒的尝试。其实，他的诗集中呈现了不同的语言路径，愿他持续地看，**质疑**自己看世界的方式，内省自己创新超越的能力、他的勇气与自由；愿他挑拣出全然不同的草丝，筑就他的新的巢（作品）。让老天多给些闲暇他，命令他更自觉地面对这些年热爱的写作志业，面对外部世界的种种诱惑和压力，保持韧性的张力和必要的词语的**对峙**。

（作于2016年，刊于《上海文化》2019年第11期）

“借潮汐而生” 的大地作品

和宫林的相见因了画家高海军。他到武汉来为了一家杂志做总体设计，念及我在北京时和他是多有交往的同事。我到他下榻的酒店，碰到宫林教授，受邀和海军一起南下；他也是海军的朋友，可能第一次到武汉。他们穿过长江隧道回到汉口，我们在酒店的白色床铺前热烈地交谈。现在想来 2013 年夏日，海军问起我的状态，我说总算调整到写作上来，其中经历了由北南迁，换城市和工作单位，经受动荡后的**回归词语生活**的安宁与欣慰。当即向他俩读起近作。现在想来将海军的朋友也当成自己的，相见如故，没有一丝隔膜，我的倾诉式的朗读几乎就是读给他听似的。

他和海军各自坐在弧形背靠的枣色木椅上，中间的圆形桌几上放着茶杯和香烟、打火机。宫林不大抽烟，在我递给他时也不拒绝，配合我们抽上一根，融入喜相逢的气氛中。读诗时有时候抬头面向他，眼睛闪亮着，嘴角抿着一丝微笑；专注地听着我的杂夹楚地方言的普通话念诗，似乎与我沉浸于诗中的情景里；高海军低着头听的时候偶尔肯首会意。现在想来给他们读诗，如果仅有海军可能就不读了，送给他一本书即可，我们之间可能因为交流过多没有倾情读诗的愿望，更多地读给第一次见面的宫林听的。

他的**身体语言**向我传递某种信息，是我喜欢的可以交流的人。他穿着两裤腿边上有着荷包的淡绿色裤子（我喜欢这样裤型，有相似的一条），上身穿着和下衣相似色调的类似于牛仔的休闲上衣，看上去让戴着金丝眼镜的他显得生气盎然。他的服饰不是大学教师使用的服装，透显个人讲求的审美，持守他的个性表达的生活艺术。

以后每次见到他总是留心他的衣着。使用的不同于市场上的大路货，是他甄别挑选的；他穿着的麻料有扣瓣的新中式短装有着与传统的关联和透出设计的新潮；他不会穿牛仔，因为他不是蓝领族，也不完全是行吟艺人。他得穿着同身份契合的服饰走向讲台，面向他的学生；和他的同事们同行不至于特别另类但又保持其审美个性；受着环境的规训、反抗、妥协，他保守着某种平衡；他的服饰或身体语言和他从事的艺术类工作有着内在关系，电影学院的教授和当代艺术家的双重角色区别开纯然的学者。他的服饰写尽了他的双重身份。当代艺术家的身份是他自愿成为的。或者这样表述，他将他的职业和爱好相互得到成全，在艺术创作研究与教学的同时进行着他的原创，这双重身份自然透过他的身体语言透显出来：超常的对自我的控制力和觉醒力在他的生活与创作中得到完好的微妙平衡。有节制的学者的谦逊与中正与个性内在的张扬野性同现在他的身体语言中。

那年我是如何招待这两位新朋与故旧呢？我刚从北京回南方工作，一时找不到状态。在武汉郊县的山林寻找隐居处，发现一些钟爱的山水。我想以无名山水款待这北方来客，我开着那辆铂金灰雪铁龙，海军和宫林在我的带领下驶向汉口北的**木兰山水**；车在山冈间起伏。车载爵士乐的小号和黑人的歌唱播散在山野，如同为我们即兴谈话配乐，或者说将酒吧的氛围移置到可望见湖水边角的岛屿。无名山水有着对人的某种治疗作用，如同从事的创作给人心灵有安抚功效。我们仨在自然的环境中变了一个人；说话更有了趣味，人的自由的精神给焕发出来。一个艺术工作者得有乡村生活的经历。和他们提及这个观点时，宫林提及童年曾被寄养到威海乡间的外祖父家，对他以后的艺术创作提供了某种隐在的补养。当车停在无人的木兰湖边，我说我想来一个**裸游**，像早年一样，这样说着，我和宫林投向清碧的湖水间，不约而同地；可是我的气力不济，入水不久就上了岸，回头见宫林的白皙的身子于清水中腾挪如游鱼，这个在海中学会游泳的人在湖水里显得自在安闲；他热爱的水域唤醒了他的身体，吸引他的投入，他的身体与湖水构成某种互动；因为身体的游弋，湖水有了生机与灵晕，在那片浮荡绿水间呈现多样的泳姿；天空的云朵映照其中，投映交汇光影。身体与湖水的共在生成出一件**行为艺术**。

游动在湖水中的宫林保持他的柔韧与活力的体感，那是强健的有着能量散逸的不是我印象中学者的身体。那是一个艺术家中年男人的身体，支撑一系列装置作品的创作，或者说，他的经过艺术改造过的身体参与到他的户外的大地的创作中。那是被文明修理过的艺术审美改造过的身体，意欲成为的敞开的身体，其内蕴的诗性是打开的，没有外物的遮蔽和他者的掌控；一个**解放的身体**忽然投入迷人的水源，这和宫林创作的大地艺术作品构成某种呼应。身体的诗性源于身体的创造性活动。所谓身体的诗性表现为万物的联结与互动，表现为经验个体的亲历亲证。

身体的诗学显明地出现在宫林的创作语言。创作者的身体必须出场、在场，在作品中建立起与自身和他者万物的各种关系。作品不仅仅感受到我们的身体的局部，还感受到身体自身展开的整体的形式，或塑造出身体整体的形式性张力；只有触及到极限，才可能感受到身体的整体性。进入某种总体性的感受，才能找到一个张力的"点"，以此塑造的力点，成为身体的张力之"线"；继而打开一个空间的"面"，身体在生命力形式上得以充分展现。身体展开为一个有着张力的形式，才可能感受到自身，感受到自身及身体的触感，这也与生命的触感相关。在亚里士多德看来，触觉是与生命共在的触感，是灵魂的感受性，有着命定与适时的感受性。任何生命或身体的现象学研究如果没有对身体触感的研究是不可能的，身体自身展开其实已经把自身向着外在性展开了，并与不同的他者相遇，与之"共在"。

身体的外展与感受来自外在性的另一些身体，这是灵魂或者精神，尤其是精神的激发，其形式是身体极限彼此触及的交错、交叉与重叠。无数身体的交织——就成为世界。艺术领域的力量在当今世界图景之中探讨“身体”。具有身体主体性能量与灵性的身体艺术，显明地出现在宫林的类似行为的作品中，凸显的身体意识融入他的艺术创作，如他的用陶泥制作的《皮囊》，以自己身体为复制出的模具人体，在受挤压后形成方块结构，我看到的他本人头像，混淆或显明在那些烧制的陶泥中间。身体和事物挤压后的变形和物件相融的形态有着不可言说的诗性传递，作品的材料的语言转换和身体参与的压力与收缩、平面与凹凸，印泥时的厚薄，挤压时的轻重，烧制时的碎裂合成一起，透出某种隐喻及其生变奇观；他展览在瑞典户外的装置作品《冰人》，一个填充了不同物品的冰人出现在公园中央，冰人的头像也让我隐见作者**本人的面容**，似乎就是他本人面容的拓片；其剪纸作品《面花——对称研究》，运用东方传统民间剪纸中最基本的剪纸技法——通过纸的折叠线或对称轴刻画的身体的面相，呼应着他《皮囊》中的面相，就是说他的身体意识与图形渗透入他所有的作品图像中，参与着与事物的共生同在。

哲人尼采所说的“一切从身体出发”，这不是抒情，是对价值的重估，重新衡定看世界的本体与视角，回到自身身体，再以此感知他人。尼采时代面临的身心分离的问题仍然存在于我们身处的时代，尼采感受到柏拉图—笛卡尔一脉的身心二元论命题、基督教传统对身体漫长的压制，在资本主义扩张、媒介发展、技术革命和生物学的推助下，身体的逐渐瓦解。从尼采到福柯以及梅洛·庞蒂、德勒兹等哲学家对身体的研究，加上媒介技术、全球运动与消费文化对身体主体的不断建构，直至二十世纪，卷入发生于欧美思想与文化激烈变革过程的身体的凸显。我们谈论身体，出于种种社会变迁和文化的变迁下的身体自觉：回到身体本体，回到肉身的脆弱性，进行跨学科身体探究，向着身体艺术回归。

时隔多年，总是记忆起宫林的影像装置作品《潮汐，潮汐》，其视屏中，一个躺在海边沙地上的赤裸的沙人被潮汐渐渐吞没的全过程，那个沙人的身体也是创作者的模具的翻制，他的身体替代物融入创作的**场址**：他选择他热爱的海边沙滩作为创作的场址。用他的话来说，大海给他带来创作的冲动和启发，他从潮汐的涨落变化获得灵感，直接冲击他的身体。作为创作主体的身体感知与意识渗透到作品呈现的全过程。这个现场就是能量场。身体参与主体的、流动的、具备能量的现场艺术：一个躺在那里的“我”感觉到自然沙地被包围在海浪的一阵阵涌来的潮汐声浪中，感受时间在他身上刻下的痕迹，最后“我”在海浪和沙地中消失不见，只剩下大海。这是一个人与身处的世界进行的感应和心理测量。如前所述，身体与外部世界的沟通与共在。创作者的身体介入了他的创作**装置影像**作品；思考身体与存在关系，通过身体与自然元素性关系的互动来展示身体的不同面相，隐显生命的形式。存在不是存在而是发生，这个存在就是身体拥有它自身的外在性，延迟与差异，向着空间敞开自由思考，身体性的打开就是向自由的敞开，从生命的敞开而获得的礼物，与存在共在共通共显。创作主体消失不见和整个作品呈现的时间意识有说不清的虚无实存与混茫感，只呈现不言说，或者让这件作品本身散逸透显出它的丰厚的意蕴。任何勉强言说都是遮蔽与遗漏，观者只可倾听默思它的不可言尽的意蕴，或者说观者只是停在那里吃惊地观看。

当我看见宫林的《潮汐，潮汐》，即刻想到澳大利亚艺术家罗恩·米克的展品《亡父》，一个赤裸的雕塑躺在展厅地板上，吸引着观众的高超的做工以及超级的写实的身体，一件温柔又无情的寂静身体；宫林的作品中的躺在沙地上的男人是一个**活体模具**，放置在了户外沙滩，让不断上涨的潮水把“我”的身体消融在海之中，放置在戏剧性的情景中，让观者的身体体验对时空的感知。身体的小衬着海的无垠；时间的流逝写在了这身体的出现与消逝，在那里呈现又在那里消隐不见，仿佛一切不曾存在。这有意味的作品的场址就是作品本身的构成，它不是外在于作品的，它是内在于作品之中的，或者说作品构成了这个场址，赋予场址以身份、以意味；宫林的作品意识激活了这个场址，产生相互归属的关系。宫林的艺术创作转移到了野地，向户外发展，更大的非艺术的场域空间发展，这个不需要画笔，只需要“身体”来营建的事件，创作着他的**大地景观作品**，这和他在纸面上绘制人体与肖像的妻子不同，他是拓展了后者的表现场域，或者说他们“艺术之家”从事着不同界面的艺术实践。宫林从事着他的当代艺术创作，这是让我迷恋的地方，在那样的有着诸多的规范限宥的围墙内的学院走出来，面向旷野进行他的艺术实践。他多年累积能量作用了他身体和精神以及审美的解放，从他的这类作品可看出行为艺术、观念艺术的影响或元素的借用。他们的创作场域都设置于野外空地，如同迈克尔·海泽（Michael Heizer）实实在在地运用西部风景来创作他的《内华达的九个洼地》；罗伯特·史密森（Robert Smithson）的《螺旋形防波堤》则建立在犹他州大盐湖东北岸边，用六千六百吨黑色玄武岩和泥土堆成，形成一个线圈和提琴头伸向僻静的滩地的纪念碑式作品。

但宫林的《潮汐，潮汐》把海边沙滩作为创作场址，但这是出现又消逝不见的场址，在此创作他的作品但作品最后消失不见，如他所用的材料40袋白黄色细沙铺在展厅，如同混入沙滩海水中；他展出这件作品加入了高清投影仪、音响、影像同步播放器，运用了新媒体技术来协助完成这件流逝的影像装置作品，让这件消逝的作品得以保存传播而不是实存在那里。他用三部摄影机在不同角度同时拍摄，让《潮汐，潮汐》一次性完成，虚拟情景和计算机组合的互动，使这件大地景观作品充分展示其审美体验与生成全息，将大地作品扩展到另一个虚拟场址，也就是说他的场址意识不同于其他大地艺术家们，他的**户外作品**与彼时彼地融为一体，既可在现场观看，也可以在异地通过媒介观看这个纪录片的图像与其确定性甚至不可见之间的关系得到多维的考察。诗思参与到了作品制作的缝隙间，作品世界由“祛魅”到“施魅”，作品中的现实成为一种意识形态的母体，象征化的能指链，构成我们与真实之间的帷幕，揭开帷幕窥视到其背后透显的真实。宫林的作品就是一个事件，一个纯粹的偶然。转瞬即逝的事件展现辉煌之后又悄然消失，无迹可寻，又返回到那个永远在场的真实中；直面潮汐留下**有意味的痕迹**，让我们再次重返。

在我的观察中，宫林是一个触摸大地的艺术家，他的一系列作品向我展示了他的这一肖像，并让我从对理查德·朗的作品中获得他们之间的某种参照与类似。理查德·朗（Richard Long）有些作品基于他在自然中散步、就地取材，重新组织，并用照片记录下来，连同地图和行走路线一同展出的作品。他们没有显明**观念艺术**。他总是行走在自然环境中寻找非机械化的材料来创作，如他的作品《1988年，在撒哈拉用布满尘土的靴子走出的线和圈》《1981年在玻利维亚用石头踢出的一条线》，他们都是向自然借势创作他们的大地作品，其作品随着时间的推移和其环境融为一体（作品会自行消逝），作品创作之会有某些痕迹，那也是作为风景中匿名的存在，留存于更广阔的物的系统之中；关乎时间和人的存在之间的关系，作品与自然处在无处不在的韵律和张力中，作品有某种自然的无与伦比的源头般的力量、节奏和周期。或者说自然本身就是奇观之源，他们做艺术考虑或感觉到创作者与外部的特殊关系，其作品就是一种感受形式。理查德·朗喜欢步行，他在行走中涌现，这体现在他的借风做雕塑，宫林喜欢在田野考察，或在有意味的人造风景中流连，如他常在野长城边上逗留拍照或沉思；他在海边的行走出于与自然沟通感知的欲望。和自然一样，艺术是一种涌现的形式。他们在作品里放弃过多技术，他们尊重自然的自我呈现，让大地是大地，让艺术语言自我言说，让作品自行设置入存在，作品朝向物，在物中自我显现、阐释或重置于文化世界；他们使用的如其所是的直接的具体的可观好懂的材料，避免形式的暗示、假象和符号主义。他制作的是偶然的，环境中一个**多变的文本**，放弃在作品、在风物中表现自己的意志。2016年宫林创作《太极图》时，在法国 Saint Marc La Lande 修道院果园内，用风雨吹刮掉下来的苹果，在果园内两棵苹果树下拼置组成红白两色相间的阴阳“太极图”，类似于东方道家的阴阳学说与当地的空间环境融合在一起，果园里的苹果和草地都在发生着奇妙的变化——苹果在逐渐干枯，而苹果下的草地却在茂盛地生长。他的时间流逝的沉思，物质在从无到有从有到无**轮回转换**；这和那个躺在潮汐中的“我”是相通的，宫林的作品的**品咂意味**连绵有趣地呈现在他的系列作品中。是这样的，我们的艺术就是在宽广的世界中的劳作，一个好的作品就是对的东西出现在对的时间和地点。在转瞬即逝的诗性**场址**找寻创作者存在光亮的闪现，收藏于身体之中，全然地体验，以相似的身体感知他人，恢复我们对自身和世界的责任感，并记录创作者所表现的承诺和我们当下的声频影像。

（刊于《新诗学》第三辑，北岳文艺出版社，2019 年 12 月）

（2015，武汉，柳宗宣在地铁朗读诗歌）

（马凌朗诵柳宗宣《少女胡美》）

地理

在平原
(1989—1999)

一个人从自己的城市出走，有什么目的？他在寻找什么？他只是想离开这儿；离开这儿往前走，就是目的。在关上家门的一刹那，他就成了一个陌生的人。他走出了所有的安全、舒适与庇护，开始去过危险的生活。一个诗人就是个漂泊者。他保持着远行的冲动，学习漂泊，在危险的漫游中过完一生。他把自己放逐到路上，用各种方式去体验生命，将心胸扩大，去冒一切的险，获得发现新事物的喜悦。

（县城街头看到游走的商贩）

两只燕子停歇在阳台的晾衣绳上。隐身书房看见它们：东张西望的两个小家伙在干些什么？原来它们看中这个地方，在此筑巢。

在附近的空地，它们找到泥土、麦秸和草丝，没有从很远的地方去找筑巢的材料；完全没这个必要，近处有的就是；它们忙碌着，飞出去几分钟又回来。

它们衔泥归来，抖动着羽翼，用口水将泥丸黏结。一日，放置一首未完成的诗，看见两个燕巢：一个正在扩大，而另一个已停止。今天，突然看见九只燕子飞来，聚首在阳台上说着它们的燕语。巢中几只小脑袋在晃动；你给远方友人写信，叙说和燕子居住的地方，空气和心情变得生动异常。

（燕子来了）

出门的一个瞬间，站在打开的门前，看见客厅、橱窗、地板、圆形的吊灯，墙上的书画。像欣赏作品一样玩味自己的居室。感觉生活空间的美好和独特，这是被你改造出来的空间，一个属于自己的空间。你离开自己的居室，而音乐还在响着。暂时离开一会儿，当我回来，听到屋子里的书籍，壁画中的人物都在倾听那音乐。那台灯，椅子，书架……屋中所有的陈设都在聆听，室内安静极了，干净得不染纤尘……

镗钳。管弦乐队。殡仪馆。蓝黛酒店。金瓶梅发廊。三味书屋。洗足店。凤凰歌舞厅。你在一个个瞬间经过它们，熟悉或陌生的生活。当下生活纷纷展示在你面前。许多你不曾介入的事物，你只能从一个个词打量；你渴望了解的生活，过去或将来的。你要不断开拓的生活领域，唤起对生活的胃口。

（罗列路旁的招牌）

如何安排个人的生活？你能做什么？如何找一个爱好，并以此作为浮生的寄托，把这一生过下去？

你不可能如傅聪有其父指点他的生活与爱好，给他写信谈论如何学习艺术的点滴。你的父母没有能力关心你的精神生活。周边没有这样的人。你只有自己独自觅食。

你把《傅雷家书》的作者一度当成精神父亲。你读过《人的潜能和价值》，倾听内心的冲动和呼唤，试图规划你的人生，挖掘生命中的潜能。如马斯洛所说，人有自我实现的需要；阅读是为了更好的生活，过上有意义的生活。通过阅读和写作，找回你对生命的爱，建立个人真正的爱好，走出一条生活道路。在教书之余，当有了家室，有了房子，如何过你在世的可信可靠的生活，找到你的志业——写作吧；二十七岁还不晚，把自己塑造成为一个诗人吧。

（写在蓝色日记本上）

在书柜里找到《一生的读书计划》。你熟悉这本书的封面。十五岁的时候在小镇新华书店买到的。书的封底有购书时的印章。书的边角卷曲了，它跟随着你，保持在不同的书架上，这由外国人克里夫顿·费迪曼开出的书单，你总是记住它，时常看看还有哪些书没有买到。你开始了在世的对书的寻找，要建立自己的读书计划，试图拥有私人的图书馆。

（在书柜前）

十九岁那年，你用笔记本抄录了泰戈尔的《吉檀迦利》。你被这本书迷住了，同学要你归还这本书，你请求还用两天。这样，你用笔将这本书从头到尾地抄了一遍。那年月，这样的读物少见。小镇书店购不到，贫乏的读书资源。你青少年时光几乎没有书本。读初中时使用的是老师用蜡纸刻写油印机制作的乡土教材，没有课外读物。那年月乡村中学围墙白石灰粉刷写的标语是："门往农村开，根往农村扎。"

有一年，你领到了散发油墨气息的语文书，很快学会用报纸包书，一年到头未曾去除包装，那课本是新的——至今，在隐藏的书柜一角，你保留《吉檀迦利》的手抄本。

（和学生提及往事）

浩子口小镇。8岁的你光着脚，踩着青石板路，从废品收购站出来，心跳着爬上二楼的新华书店。它的陈设现在都记得清晰；那个售书妇女是张瓜子脸。每隔一段时间去书店，她用温柔的目光抚摸你，从她手中接过许多本画书。你一本本将它们装订好，放在一个纸箱内，积攒起来，就像是收藏着一笔财富。

16岁的某个星期天。一个人跑到熊口小镇，看到《约翰·克利斯朵夫》，一共四本，六块八毛五分。买下它是多么激动，可以读外国人写的小说了。完全不知道书的内容，朦胧觉得那里有一个神奇的世界。那天是跑着回家的。天下起小雨，把书揣在怀中。回到家全身淋湿了，那怀中的书没有被打湿，带着少年的体温。就是约翰·克利斯朵夫，陪伴你度过孤寂的少年时光。约翰·克利斯朵夫让你发现不为人知的世界，改变了你的气质，影响了以后的人生。

（一本书）

电影带给我们的光亮和往昔。记起家乡那栋消逝了的新屋，看电影归来，堂屋的新土，走上去软软的。对露天电影的回忆，使我找到返回往昔的通道，又看见乡村的月亮，月亮下的同伴，棉田里空气中的淡淡的甜味还有那尾随身后的花狗……看电影，真是肉体的兴奋、好奇、刺激。到底能看见片中的什么？现在能记住里头的多少人名？有时人想重温老片子《小兵张嘎》《奇袭》《地道战》，与其说是重温它们，不如说是回到你看电影的情景，回到你想念的村子，贫瘠的生活。那时你能看到什么？就是那部你现在无法看进去的《龙江颂》，在那年月，你不知看了多少遍。

在城里，习惯一个人到电影院沉入其中，然后一个人从另一个世界里出来，骑车回到自己的书房。星光下当然要经过城市的路灯，一路上获得的是怎样的享受：短短的几里路，好像走了许多年，沉浸在春夜的和风中，感觉活着的美好；那个时刻，经过交错的时空，沉浸在影片的话外音中，想着剧中人物的未来命运，你把片中人物与自己的生活联系起来。对电影中人物的思悟与你的人生的思悟联系在一起，给你带来纵横交织的时空。灵魂与肉体的双重解放，给你生命带来新的呼吸，甚至好些天都能听到山田洋次的《远山的呼唤》，看见《幸福的黄手帕》在向你挥动。

（看电影）

乡村校园像一座孤岛。在大片碧绿的水稻田中央，苍翠的松树或楝树下的几幢房子。交通极为不便，土路，窄窄的几乎与外界隔离。除了每日上学的学生，那里很少有陌生的人到来。唯一让人新鲜的邮递员小王，他每到星期六上午九点将他那辆绿色的两边架有绿色大包的自行车停在那里。

我们取到信件、报纸和期刊，这成了唯一与外在联系的方式。在那片孤岛似的校园，小王成了我盼望的人，穿着与邮车同色的工作制服，他是我心中的绿色使者。我是多么迫切地等候他的到来，他不知道他的到来给我带来了女朋友的信，靠了小王在我们中间传递。他的到来给孤寂的生活带来无限生机与活力。而他浑然不觉。如果下雨，路泥泞他就来不了。心中冷风凄雨。他一到来，就给我带来了阳光和安宁的绿色。

（最早的邮政）

坐车到湖边去看望母亲。女儿一路上说个不停。当我们的车停在那小屋旁，我看见母亲与女儿手牵着手，一般高，好像听到母亲在问："你想不想奶奶？"我也这样问过女儿。在我与母亲分开很久后；我说我们去看奶奶——女儿挽着她奶奶的手向远处走去，我静静地看着她们。这时候阳光照过来，经过我的脸，落在湖面上，反射着一点点金光。

（返湾湖边）

一首诗竟成了我们相见相识的一个媒介。在《诗歌报》上看见一个叫雪鹰的《往事》。不长的诗节，后面标明作者地址为湖北潜江白果树小学。和县城的诗友杨义祥骑车奔白果树村，探访写诗的雪鹰——几经曲折，找到了雪鹰，他本名叫汪孝雄。他笑着承认雪鹰就是他——个子矮小、匀称灵活、眼睛熠熠发光的雪鹰一定要留我们吃饭，那天在他家吃过一碗荷包蛋。村口有一棵巨大的白果树，树荫下我们问村民，有没有一个叫雪鹰的，喜欢舞文弄墨的。小孩子们树下摇头，老人们扪头寻思。后来雪鹰出现了把我们认领。我们跟随他进到他的家门。他们家的鸡都飞到了白果树上。

当天，雪鹰和我们一起去找另一个在平原写诗的，这样来到了二十里外的江汉油田运输处，一下子找到从未曾谋面的鲁西西。她偶尔发表过几首诗，在油田子弟学校教英语。那天正值午休。她笑着说颇觉意外有平原写诗的来访。她的儿子在她的怀里随便撒尿。鲁西西也坦然，笑着对我们说，这是她的作品。她的丈夫从另一间平房出来，不热情也不冷淡（这些细节多年之后和鲁西西再次相见提及过，并将它写进了诗里）。

（访诗友）

在通往后湖农场的中巴车上，望着窗外平原的风景，想到要让自己沉默，我对自己说：你要在生活中三缄其口；让自己在倾听的过程中然后应答一些什么——语言。它是敞开之中的一瞬间被照亮，它更多的是被抑制，在遮蔽与敞开之中透现出来，如张志扬先生在《门》中所写的，语言就像是手电筒在暗中照亮的一部分。

年年看见油菜花在身边开放；看见它们就情不自禁地说："春天来了，春天又来了。""我们这里只有清寒的杨柳迎接春天。"在一首诗中我这样写道。现在想来应该说我们这里是油菜花和杨柳一同报道春天到来的消息。一年到大西北旅行，看见那儿的油菜花到了夏天才稀稀落落地开，那时想到我们江汉平原的油菜花早谢了，它的油菜籽变成了油，又开始它又一个循环。

小时候看见油菜花只觉得它漂亮，用鼻子凑近它深深地呼吸几口；它们亮晃晃地一直铺展到天边去，让人惊叹；人过三十，每年看见油菜花开了，总觉得它开得那么惨烈，叫人忧伤。它们热烈地开放着，一片片金黄，眩惑你的目光；开得那么寂寞无主，不知为谁而开，又为谁而落，心为之疼痛。

（从后湖农场骑车到浩口镇）

寂静的死亡。在这寂静之中，人在出生，活着然后死去，又一批新的生命，类似的生命出现，没有什么两样。你出生，写作，然后死去……

（在姐姐门前的柿子树下）

他在我的书房聊过天：发现《英国现代诗选》扉页上有他的印章。我曾到他的书房。在潜江小城，有独立私人书房的人不多，之所以没有中断交往，文学之梦作用着我们的往来。他对我的写作多有支持，除言语鼓励还有行动的支持（曾帮我找人请过一年创作假），和他在一起，感觉是和自己的人在一起。你的暗语一般的诗思他能够明白；你的狷狂的做派他能理解。这些年来，他一直在做着一个梦，从未消隐。诗歌爱好成了他的初恋。

他说他出门旅行总是带着一本诗集《勃朗特夫人十四行爱情诗》，那可是我最早读过的诗集，在故乡的冬日的火盆旁，这本书一直藏在书房，迁徙多年未曾丢失。这本诗集印制特精美，诗集中的版画，男女相对的剪影，和诗行间的动人的旋律营造了无法言说的空间，迷恋了我和他，那两颗少年的诗心。

一年又过去了。在生存的焦虑与写作的狂喜中度过去了。生存的压迫不但没有伤害反而纯化了我的写作；在往生命的更深处走；写作同我一道；在这一年里又认识了一些活着和死去的人；发现他们和我一样，都是大地上优秀的生灵；感到在这里生活并不孤单；我还认识了国内外几家期刊；在这一年里不断地学习认识世界的新方法，让自己重新成为一个学生；一如既往学习如何爱一个人，打开生命的一扇扇门；活着是一个日新月异让人着迷的事；像往年一样，没有伤害过任何一个人，依然是与人为善的一年。但愿我的一生都这样度过。

阳光下通向田野的土路闪现泥土的光泽，心隐隐激动。布满积水的路上，淡淡的雾浮动在田地边缘，与村子的绿树缠绕在一起。上学的孩子或大人们走动在田埂上……昨夜内心的骚乱不宁，体味今日早晨的清明——我战胜了自己，没有离开自己的书桌。

走在土路上，一汪汪积水如同一面面镜子，天空在其中移动。我想到卡夫卡，他在跟我说话。他的一生是斗争着的一生。我又一次来到这雨后的黎明，吮吸着纯净的空气，走在田埂上。这给我淡淡愉悦的土地，在慌乱中几乎快丧失了它。“每一个早晨都是一个愉快的邀请，使我的生命跟大自然一样简单，也可以同样纯洁无瑕。”一个写作者独自而绝望地生活着，到底还需要什么呢？不守在桌边，不守着这片土地，你还想从何处获得快乐？

“让我们像大自然一般自然地度过一天吧：让我们黎明即起，不用或用早餐，平静而又无不安之感，任人来人去，让钟去敲，孩子在哭……下个决心，过好每一天，为什么我们要投降，甚至随波逐流……”

（校园外散步）

一切都是为了文学创作而准备的，这不只是一种神仙般的消解和一种真正的生命活力，在这办公室里，却为一件讨厌的公文，不得不从有能力获得幸福的躯体上割下一块肉来。

在那间布满灰尘、喧闹的办公室，卡夫卡的灵魂在受煎熬，他比一个陌生人还要陌生。他想回到他的写作中去。他赖以生存的写作、他幸福之所在。在办公室最后的几分钟成了一块跳板，让他跃到他的写作中去，把他自己的脸埋在真正愿望的工作中……

一个写作者为了写作与生活，领受着办公室的吵闹、漂浮、无聊；办公室的一切与他唯一的职业即文学是相抵触的，卡夫卡除了文学已别无所求、别无所愿。他将被律师这个职位毁了。写作的幸福成了他在办公室莫大的不幸，他想像动物一样隐藏到他的写作中去，在那里获得休养。

不能凭写作生存，他必须在那间潦草的办公室里待着。两种职业不能互谅互让，不能产生一种共享的幸福。一个成了另一个的不幸。

（写在办公室备课本上）

他把自己作为一个作家的生命当成展示真理的一个小小的例证。“总在人们越来越变得容易的生活里制造一些困难来”，“在每一个地方制造困难当成他的任务”。强调一个作家的写作必须具有适当的生存情态。而他所处的时代的是什么现状：一个作家仅仅是个×，即使他们签上他的名字，也是一种非人格的东西；他们抽象地向成千成万的人演说，看不到个人存在的情态是否与他的教导相应和。

在日记中，克尔凯戈尔写道：在我的时代，著书立说已变得无聊，人们写出的东西根本没有真正思考过，更不必说是亲身经历，所以决心只读死囚犯写的书，或者读以某种拿生命冒险的人写的书。他的作品是从日记中生长出来的，有着强烈的原创性和自发性。读他的日记可以找到其作品成形的影子，所以说他的写作是与生命交融的产物，绝对的诚实。

（读克尔凯戈尔）

庭院与橘园比邻。在高处。阳光照在碧绿的叶子上或红透的果实之间；一两声鸟鸣落在院中的槐树上，加强着这里的寂静。小城的喧嚣已成了一片混响。庭园朝天，承纳雨雪露水。黑瓦。一只花猫停在屋脊，黑夜交配的声音让人感动。一觉醒来，你看到橘树上的影子印在窗户上——

我们获得的幸福，其实就在我们居住的那小片空间。阳光投映在院中的水池，波光荡漾在白净的墙壁上，又折射到里屋一排排书架上……几个写诗的坐在周围的藤椅上，中间放着一个圆木桌。上面摆放诗稿、期刊、书籍，一个个铮亮的高脚水杯。这是秋天，宜于交谈的时辰，他们的话题也不染尘嚣，这群闲人把庭院变得更像庭院了。

洗菜的准备晚餐的母亲在一旁听着他儿子朗诵爱情诗章，好像听懂了一点，脸上挂着一丝微笑。在诗人们离开庭院时，她悄悄收拾着吃剩的果皮、烟蒂，换上刚煮的茶水……盘中的水果，盛满绿茶的杯子；书刊和藤椅，静静地停在庭院之中，在秋日的阳光中等待他们坐下来……

（在四川阆中）

看到平时没有看到的：另一辆汽车或电车的顶篷；绿化树的树梢。先前的仰视，现在成了平视，目力不及而忽视了的被遮蔽的地方，此刻在我的注视之中，当双层汽车经过繁华市区，同立交桥擦身而过，新修的宽阔的马路围绕着整个城区。现代的长江二桥，都市的双层汽车，这些新生的词，与古旧、繁杂的武汉发生联系……

“我们的语言可以看作是一座古老的城市，一座具有小街和广场，新房和旧房以及各个时期修建的迷宫……”这座城市每天诞生着新词，而那些旧词在维持着。我们坐在双层汽车上，与那些唐、宋、民国时期的遗迹发生着关系，在新词与旧词之间呈现着一种特殊的张力。

（双层汽车上）

西下的太阳一会儿穿行在公路边的河水中，跟着汽车跑动；车转了一个弯，它便消失一会儿，然后又出现在窗玻璃上。它出现在高速公路银色的栏杆上，继而又浮动在一片碧绿的田野上空，它染红了湖水，把沿路的灰色水泥房子漆成金色。太阳像一个红灯笼斜挂在空中，田野静悄悄。夕阳的余晖洒满天空，霞光灿烂得让人惊奇。一个市民倚靠在路边的楼房前，无精打采的，看一辆汽车经过。临窗的那个人是多么激动，除了自己，很少有人关心这个黄昏。他心中涨满了宁静。他看见远在天边的事物在心中产生影响，它变化多端，让人惊叹这无所不在的美，并为之感动。

（往荆州的长途车上）

重新来到这套二室一厅，这空空荡荡的屋子，我旧居的女主人刚从这儿搬走。她留下生锈的铁门；一些杂物：废纸，化妆品的旧包装，用旧了的砧板。我看到室内被修改过的部位。在119个瞬间，我看到了女儿六个月的脸；我听见死去的父亲碰落玻璃杯的一声脆响。我回到多年前，一次次旅行归来的新鲜的打量；我来到阳台上，就像多年前一样，但看到的是那不断疯长起来的越来越豪华的镶有蓝光玻璃的办公大楼，多年以前那里曾是一片空地：长满了碧绿的青草，在风中起伏荡漾，我曾经为之写过一首诗，幻觉出几只鸭子，在青草地游泳，把它当成湖泊。

（看旧居）

长我15岁的武汉知青，是我见到的最有风度的男人，长头发，服饰与众不同，保持他的风度，脸上总是洋溢笑容。他容易激动，说话时配合他富有节律的手势。他总是怀抱着他的琴：曼陀铃。从他那里学会了新疆民歌、苏联歌曲，如《喀秋莎》《莫斯科郊外的晚上》。第一次见面，他说我看上去不像农村的孩子。从我身上看出某种脱俗，或者说他身上的浪漫气息照亮我，身上反映出他的光芒。他的修养和天赋吻合了我对美的追求，在气质上整个地塑造了我。早年爱奇装异服，模仿生产队的知青穿直筒裤；王祥光从精神上影响了我，唤醒了我沉睡的审美。

在教书的那些年，我开始写小说《信》，他用五六页纸的篇幅加以评点。他在写信前，先将文稿纸抹平，烟缸和茶杯放在旁边，桌面上要用抹布擦拭干净后，然后直立在桌面前的椅子上，字迹一丝不苟，嘴里叼着烟。写一封信要用上好几个小时。他的认真和热情培养了我的自信心，让我在写作这条路上持续用情用心。他是我的忘年交。曾把他请到我老家喝酒。一次，女朋友来到我们的校园，王祥光带着曼陀铃，在送别的路上，哼唱起《红河谷》，边弹边唱，情景交融的，在女朋友心里种下难忘的记忆。他是不拘世俗的人，他生活在审美世界里，像王尔德一样让生活去模仿艺术，以自己的方式改变着我们生活中沉闷的空气，如同他的琴声和歌舞。

（武汉知青）

从邮局期刊零售部出来，经过一个个专卖店，来到一个街巷的转弯处，在一抬头的瞬间，看到他隐在杂货店五颜六色的商品中间，正擦拭一条香烟上的灰尘；他个头很矮，店铺又小，柜台又高；一些商品堆放到屋顶，把所有空间都占有了，这样我从前的诗友显衬得只剩下他的那个架着眼镜的头部；他擦得很认真。我看了他几眼，以为他会转过视线，来发现我，就像从前老远在大街上看见后都叫着彼此，两个人跑过来聊上一阵子，好像有一种感应似的。今天，他没有注意到我的存在，没有接收到我身体发出的信息。他身体四周被商品包围。

田野中间有一座房子。在庄场村，我在那儿听到了蛙鸣。真是蛙声如潮啊，我想来想去，只有这个比喻最恰当。我躺在床上，细细地听着它们一浪浪地涌来。起初声音比较小，渐渐地变大，接着，它们的声浪包抄来了，要淹没你。正这样想着，你就淹没在它们中间了。不过时间不很长，它们又让你从浪潮中脱身而出；你惊奇地看着它们退去，但不一会儿，它们又来了，欣喜地等着它们重新到来，一浪一浪一次又一次接受它们的淘洗。你真正地感觉自己回到了大地的怀抱，成为大地之子，感受着大自然赐给你的在这个世界上最好的安眠。

一个人从村庄回到城里去。那是薄暮时分，沿着熟悉的路径来到马路边搭车。走到上坡的地方，我哼起歌来，声音渐渐大起来，步子变得格外轻松，富于弹性。那个乐句反反复复出现，起初以为是唱的别人的曲子，但细想从来没有学过也从来没有听过谁这样哼过，是从我内心出来的，现在我还记得它：

36 7 12 3 | 6 ·432· | 32176·76 | 4 2 6 - |

情不自禁地哼着，觉得十分畅快，体内有一个人在谱着曲，我在跟着唱，一点儿也不孤单。我们能自己给自己快乐。我记得那天，在哼唱的时候，不自觉地赶上了前面的一对男女；我来到他们后面，只听见他们的脚步声。跟在他们后面好几分钟，他们一声不吭，我觉得奇怪的，他们怎么在一起一句话也没有。这一生渴望着交谈。谈话能带动我的行走。那最亲密的同伴就是孤寂，是另一个自我。一个人行走时，我与他说着话，我们不断地说着什么。两个人共着一个身体，有时相互辩论。

那天，一个在谱曲，一个在哼唱，配合得挺默契。不管走到哪里，都把我自己同种子一样播撒下去。散步的地方：树林、田野、山冈、小巷，都将反映出我来。在生活过的地方都有我的储藏，每经过一次就是与自己再次相逢。

多年前看到一部日本电影。描述一个老人在他的晚年，离开自己的儿女和孙子，携着一生的部分积蓄，一个人开始了死亡前的旅行。他经过一个个旅行的城市和一个个旅店，在他遇到一个个帮助他的人——服务员或旅行中的同伴，他都要酬谢他们。他一路上分发他的钱款，旅行则是在其次的。他为什么不在自己生活过的地方正常地死去？为什么不死在他亲人的身边？

他不想让他的亲人看到他晚年生活的难堪，给他们留下可怕的记忆。他就在死亡到来之前出门，一个人葬身在大海之中，自己结束自己。在假想的死亡中，我倾向那位老人的方式。我想自己活得不正常，死也不会很正常。每当路过西门火葬场高高的烟囱，身体的烟尘不会从那一股股浓烟中消散……为什么一个人总是假想着生命的最后？死总是让人惊心，像一道难题横逼在面前，你要怎样规划，来过完这必死的一生？

家里水池中蓄养的一群鲫鱼。在我来到它们身边的时候，在水中摇头摆尾。它们不知道自己不久将会死去。一群盲目的不知道自己死期的鱼，在池内游动还以为是在湖泊或大海中。一群不知死期的鱼。如何突破自己的局限？为什么活得那么洋洋自得？为什么对终有一死的生命放任自流而不去作出选择，大胆任性地生活？为什么生活在他人的阴影之中，或按照他人模式生活，一日一日，一生一世重复着自己或他人的死？

生就是死；死又何尝不是生的另一种方式？如何选择自己的死，在卑微的一生中是个不断出现的难题。如何把握自己的死，如何去把握真正的生活？前不久，一位同事忽然死了。在诗中我写下这样的句子：

一个人从生活中消失了竟悄无声息。
一场车祸，不可预料的死，
就扔下了生活，让亲人为他收拾！

看着这不断变化着书脊颜色的书橱时，觉得自己的书房是生长着的书房，室内的空气是清新的，洋溢着鲜活生命的不断要求，那墙上的一幅特异的壁画在时间中变化、生长，从那儿散发出来的气息让我感觉到这间屋子格外洁净与亮敞……那五颜六色的书脊，红与白，蓝与黑，亮色与陈色相互搭配，构成一幅特异的壁画，在欣赏的瞬间，嗅到了新鲜而奇妙的空气，在书房里涌动。

作家罗曼·罗兰的书房是十分杂乱的，但他能在一个瞬间从杂乱的藏书中找到他所要的书，它们就像布置在我们的内心之中，参与了我们内心的呼吸与运作；有时一本旧书从内心深处浮现出来，要你重新认识它，它要同我们的生命说话，要我们体验并消化它。

有时你感到自己书房的空气变得沉闷。渴望加入一些新书，使书脊的颜色和它们的结构发生变化，就像空气变坏了要给它注入新的空气，购置的新书使书房顿时新鲜起来，生命仿佛注入了新的活力，生命在伸长它的触须，如同那不断丰富的藏书……我们不得不阅读，如同呼吸。

一日，我看见过去的文友，我说很想看看他的藏书，当停在他低矮的书架前，扫描着那些多年前的藏书，歪歪斜斜地摆放在那里，蒙上一层薄灰。他没有增添一本，好像人的生命停止了要求。

（生长的书房）

他说他是一个现实主义诗人，认为现实主义有两种：一种是把大量带有脏土的土豆出示在人们面前，以表明那是真实的土豆；另一种则满足于刷洗干净的土豆，他说他倾向于第二种。从他那许多好诗中，你听到那来自生命的富于伸缩性的语调；那是弗罗斯特自己特有的朴素自然的语调，是从他的心里流淌出来的。他在生活和写作中不事夸张，不装腔作势，他认为诗人就是一个普普通通的人，不是那所谓的披头散发的、口中念念有词、仿佛神灵附体的新知，不，他是一个普通的既有热情而又有冷静头脑的人，弗罗斯特用日常聊天的语调建立起自己的诗行，他的第三者的叙述，第一人称的独白，加上他的第二人称的口气，构成了他对话体诗的亲切而难忘的风格。

弗罗斯特说过："一首诗始于喜悦，而终于智慧。"想见诗人在自己的生活中为一个人，一件事，一种情境所感动，产生了喜悦，才开始写作，但仅仅这样写出的诗在他认为是不会成功的，用他的话说：一首合格的诗不可能不是一个或大或小的象征，也就是说它必须"终于智慧"。你分明感觉到"此中有真意"，但是"欲辨已忘言"。弗罗斯特在他生命中体悟出了"真意"然后才开始写作它们，但他不把那"真意"点破，他推崇含而不露；每一首诗都是一个意味深长的暗喻，你每次读它们，都会发掘更深的意蕴，发现出许多盘曲的小路，许多不同的感觉，你最初以为它是一个简单的直截了当的陈述，可是然后你忽然发现这是一个暗喻。

诗中的多种经验，多种结构，相互交织在一起，时隐时现，给人一种现实与梦幻交替出现的恍惚感觉，能在他诗中听到现实之外的另一个声音；感觉他诗中出现的意象都是经过诗人精心处理，如他所说的是经过他清洗了的"土豆"。

（阅读弗罗斯特）

最早的一首诗好像是为她写的。她死后不久来到我的梦里。她坐在我宿舍里的一把椅子上。头也不抬起来，像她活着时一样，羞涩地微低着头，不正视我，在梦中她找我借了几本书，然后起身要离开。送她出门，就看不见她了，只见梧桐树落着雾水，滴答滴答地打在地上的落叶上。在声响里醒来，发觉她死去了多年。

她是在湖中采莲时落入水中的，当她被运到养鱼场的卫生室，值班的人不懂人工呼吸，她没有逃脱一死。女学生死去了，这是我第一次真正遭遇死亡，看见自己喜欢的人在生活中消失。

18 岁那年我就开始当孩子王，将自己青春时光献给了我的学生们，将自己所有情感献给了我这个职业，在那个讲台上倾尽心中的所有，奉献给那面向我的一双双饥渴的眼睛。所有职业中教师是无私的职业，何况我还是一个纯洁的小青年时就在这个环境里呼吸了。

纯洁的爱换来学生的尊敬。在讲台上给我放一束月季花，在节日到来的时候，给我许多明信片。女学生蒋茂珍从湖里带来许多莲花和莲蓬。她与我妹妹在一个班上，成绩非常好，蒋茂珍见到我常常微微一笑，然后低着头过去。那年月，我喜欢生活的校园，爱它早晨的露水，爱那些花朵一样的面孔。

某日路过一个桥头，同行的朋友告诉我，那块坟地，其中最小的就是蒋茂珍的。我望过去，一抔新土，她还是个少女，所以坟头比那些大人的小多了。现在连梦见她也困难了。想来她死去二十多年了。

（死去的女学生）

他个子比我高，脸蛋白净，肤质细腻，不像我看上去粗糙，他笑的时候，露出白的牙齿。他是独生子，被家人看得很重。我可以几天几夜不回家没人过问，像乡野沟边自生自灭的野菊花；他则像家养的文竹。他穿着干净的衣裳，都是他自己的，不像我是从兄长甚至是我姐那儿继承下来的。我们的字都写得好，是班上抄抄写写的人，字的风格全不一样，他的字工整清秀，我的狂野无羁，我们的字显现在教室的黑板报上或校园的专栏上，那年月，没有学到什么东西，倒在那个动荡年代练就一手书法。我俩常被老师留宿，两个人几乎通宵抄写东西。这样厮守在一起，享受不参加体力劳动的待遇，别的同学到地里摘棉花去了，我们俩在校园里挥毫弄墨。

我把他当成了生活中最好的人，占据过我少年的心。一次我们排着队去支农，经过他们的村庄，我要他指给我看他的家。后来他带我到他家中，见到过他的母亲和父亲，他长得极像他的父亲，他的母亲看上去清爽能干，现在我还记得她母亲送我们时的淡淡笑容，好像在说她的儿子有了好朋友，那时候我把他的父母当成了远方的亲戚。我将这个朋友也介绍过我的母亲。我终于有了自己的朋友，他生活在另一个村庄，而且长得那么漂亮，比我高大。

他是最初结识的同性朋友，真正敞开接纳的一个人。早年读到约翰·克利斯朵夫和他少年朋友奥多的友情，渴望无私地去爱一个人。可以说，我是从那少年朋友开始纯净的爱的旅行的。

（早年男友）

他的颈项围着一条擦汗的杂色毛巾，夏日屋子里闷热，弟兄们坐在敞开的阳台地面上，侃诗。沉河的到来，给我们本地诗人带来了生动的空气。他是从武汉回到潜江老家探望父母的，没想到家乡有这么多写诗的，那么热情，他激动得不行，在阳台上我们一起纵论诗歌及世事。在聊天的空隙，时不时地望望夜空，夏日夜空，银河分明可辨。

（沉河来访）

那辆永久牌的自行车散架似的斜靠在路边的树下。在人行道旁的花坛边，他颓坐在那里。前去的地方不是他喜欢的，出门的地方是他要离开的。停在半路上，他发现无处可去，有着无路可走的悲伤。同行的自行车被遗弃在那里，委屈地歪斜在楝树下。

（某日）

冷水机场。一个适宜读书的地方。秋天的荒草被铁丝网罩在那里，一些军用飞机停歇在那里好像没有起飞过。夜里和宇龙带着手电筒，到营地喝酒，穿着军大衣，宇龙不停地喝，我想见着他的孤单。机场白日少人行走，军用机场班机很少。他从调度室到楼下就隐在那里读书，写诗，也打麻将。第一次去见他：一排麻将正摆在他面前。打麻将成了他单调生活的一种补偿。他没有因了写诗与他的同事们分开，他的同事们不知道他是诗人，他的诗名仅为少数的诗人推崇。他是把诗当成一生最高事业去做、去完成的人。

宇龙有一首诗《这里》，诗指向这里、当下，具体明晰可触，呈现出诗的质感。这和他早期诗作《机场》对宏大主题的关心，显示出完全不一样的美学追求，他早年的这首诗的视角是在空中观看，地面的机场是在空中的观望中呈现出它的模糊。机场就是他内心张扬诗情的一个象征。他隔几年的写作《这里》中呈现的机场，它的隐喻性质弱化，它成了诗歌面对的一个具体的场景。这个机场就像他的身体一样可触，带有他的体温。这时候宇龙是站在一个叫冷水的具体的机场观望天空和这个浩大世界，这时候的宇龙来到他真正所在的“这里”，将他所感觉到的机场的事物转化到他的语言中来。他那种转换能力和语言因为与机场直接的摩擦后而生出的张力，使他的诗歌语言充满了力量和活力，如同他指给我看过的机场上那飞机着陆的道道褐色的擦痕。

（访宇龙）

一个人背着简单的行李，早起，心跳着走在大路上，走在马路中间，迈着富有弹性的步子。这时候只有清洁工的身影，没有走动的车辆；一会儿望望天，星星还在空中，月亮还挂在西边，但它的光在减弱而东方开始发红，这正是月亮与太阳交接的时辰……

我唱起歌来，在马路中央，想起自己多年前背着行李，和朋友走在大街上，唱着印度尼西亚民歌《宝贝》——“宝贝，你爸爸正在过着流浪的生活他参加游击队打击敌人啊，我的宝贝……”与自己假想的儿子唱歌。那年我还没有结婚，一心想着的是流浪，忽然想到那个淡青色的筒子包，它跟随浪迹天涯，多年前一个早晨我背着它，停歇在大西北小城酒泉的大街上，听到下水道流涌的水声。

（出门）

你在列车上观看夜色降临。窗外的风物变得模糊，相互混淆，与晦暗的天空媾合。车厢的灯亮起来。山腰间，孤单的灯火出现。大地在这一刻起伏不平。

玻璃窗中的头像被一圈光晕包缠，车外的灰暗在流涌中加深，玻璃间黑白分明的眼睛。黑色的背景，衬出身体的上部；车厢内走动的行人、三层卧铺的投影。从与之对称的那面玻璃中你看见，另一个侧影，在两扇玻璃中，他们彼此在张望。

（南下广州的火车上）

1995年夏天，我背着简单的旅行包上路了，一个人准备到西部走走。单位发生了一场突发的凶杀案。死者和凶手都是我班上的学生。在集体中慌张地处理了那个事件，就特别想一个人待待。学生之死让我看清了身边众多隐形的死亡。一个人好像从自我毁灭的道途中超拔出来。同事们上北京集体旅行去了，我选择了独旅，要去的地方是那年月还不红火的安静的西部。

在平凉宾馆，半夜里醒来，听到卡拉OK声，那么细弱，很快就消失了。小城与外部世界保持了必要的联系，但没有丧失它的安静、悠闲。从酒店传出的划拳声，抒写小城特有的闲散，街头听到本地流传了几千年的秦腔。商店静静的，没有导购小姐站在门前拍着手掌招人视听的吆喝。人们安静过着日子。

在一条小巷遇到本地小吃，用糯米红枣和砂糖做成，老乡担着特制木桶，静悄地走在街头，间或轻轻地叫着：“油——抹——精——炒——糕——。”我和西可在街头吃上两包，五毛让你吃一个饱。平凉北端塬上的圆筒寺，和文友在那里闲逛，碰上云游的永慧，端坐于空无一人的寺庙。在荒寂的寺庙，在一块儿很自然地谈道说经，我和他漂行到此，在平凉相遇有缘。在我们分手后，回到宾馆，情犹未尽，次日又打车来到寺庙，庙里的人说永慧刚走。我们在马路追寻到他，如果迟到几分钟，便无法再见。在平凉宾馆一片葡萄架下，我们说了很多话，用了素餐。

（平凉记）

茶几上摆放着八宝茶。抿上一口，然后细听那呼天抢地的秦腔；怎么也听不出他们到底唱些什么，通过他们的神情的变化幻化出其中的意思。那词句真是从心底吼出来的，呐喊出他们生存的凄苦与悲凉。唱秦腔的人从台上退到台下，端坐在那里，感觉他们不同于他人的涵养，从容颜和眉宇间的光亮可以看出来。他们一上台，完全进入了另一个世界，不着妆，他们就是剧中的人物，用他们的身体和精气神传达高原人的生存相状。民间组建的剧团没有国家补贴，通过演唱来挣得生活费用。他们演唱一完，就下台给听众增添茶水，对人们的掌声和搭红表示感谢。搭红，就是在观众听的过程中对表演者现场资助，用十元换一条红绸布上台搭在唱者的颈项。有的演员因唱得感人，项上胸前挂了一大堆红。我和友人一边听一边向他打听歌唱的内容。

（听秦腔）

停在敦煌壁窟第二十九窟，描绘的是猴子手淫素描图。猴子左手执桃，右手握着勃起的生殖器；猴子在手淫，公开它自然天赋的本能，左食右色，在猴子的性自慰中，感觉佛道修炼者们在这个寂寞环境中本能的生活情趣，意向投射到猴的身上。那是一只人性的猴。唐代真是一个开放的时代。画面上的唐朝女子尽是酥胸丰乳，若隐若现，连女性佛像也不例外。舞伎们大都披一件薄薄的轻纱，玲珑有致，一览无遗，性感十足。宋代壁窟画面中的女子一改唐代的豪放，人体收缩内敛、缠缠小脚，将生动的身体束缚在暗色的衣物之中。

四百六十五号窟。这是藏传佛教密宗洞。抬头见主洞顶端的藻井绘有大耳如来，室中心建有四级圆形坛，上面是欢喜佛双身拥抱像：男女双双拥抱时的妩媚和甜蜜尽显于画面。性成了超乎人并控制人的一种神秘力量，性事中的人的灵魂和肉体在创造性的能源中激扬出来，与宇宙灵魂的大能合流。密宗修炼者们从性力派中吸取这些观点，把性行为看成侍奉和崇拜女神的最佳方法，认为是对女神的大敬，并把两性交合（双身修法）当成一种神圣仪式来实践，挖掘各种声色娱乐及“出神”经验，来达到对道的体悟。

（在敦煌）

一团团云块浮动的远处的蓝天之间，彼时褐色的云团遮住了太阳的光芒，在雪山下面的山体间投下影子。看上去以为山像烧焦了，与其他的矮山颜色不同。大自然的光影在这里呈现神奇魔力，你来不及看清它们的变化。青藏公路把草原一分为二，一直在伸向远处的山脚下或高处的雪山，羊群们在草原上觅食，就像白云来到了草原上。空气里洁净得没有一丝杂质。大地安静如初……

你把身体平躺在草地上，让身心浸在这雪山、草地、羊群、牦牛所抒写的画境里……想到画家高更和他的塔希提，他到达自己的塔希提时写下的句子：文明味一点点地从我的身心消退，我开始了简单的思想；所有属于人类或动物的欢愉我都享受到了。我一直处在逃离人工虚假、因循陈腐的社会规范中，现在终于进入大自然的怀抱，自由又美丽，感觉无比的祥和，成为真正“正常的人”，不再受无用的虚荣拘束……

蓝天白云下的青海湖，静静地停泊在那里。从远处望去好像没有水浪，那么沉静，远处的蓝天与它混成一体。越过碧绿的湖面望过去，对岸相邻的一片白色，像一条白边镶在湖的边缘。青海湖与天空与雪山媾连在一起，好像停泊在空中，是天空的一部分。它边上的雪山就是白云，或白云就是雪山，投映在湖中。

草原与天空相隔得很近，白云在草原边缘上滚动，将云天与草原含混，在天地相交的地方，白云就在身边，一跳动就可以进入它们中间，我来到了海拔四千多米的地方，这时候你看不见多少人，连藏民也消隐了。从平坦的草原望过去，青海湖带着你在向前延展，一直要消融到天空里去……

……荣格伫立在康斯坦斯湖畔，凝视蓝色湖水和银白覆盖的阿尔卑斯山时感受的惊异，我在见到青海湖时也感受到了。这就是宇宙的中心，内在的一个隐秘的宇宙，映现在平静的湖水之中延伸到远山直达至无限……荣格，从那以后他开始寻求到自己的第二人格，从中寻找避难。他意识到自己成了两个人，另一个远离人世，接近自然、大地、太阳与月亮、天空和万物，接近黑夜、梦和上帝为他所设的一切……

（通往青海湖）

江汉平原一个叫流塘口的小村子，在两条河渠中间。儿时经过西边的万福河，可以到达诗中提到过的小镇浩子口。走过东边的中治渠，可以看到母校，田野中央一个“凹”字形的校舍。它的南边是当地有名的返湾湖（据说是古云梦泽遗迹），与后面另一个叫“后湖”的湖所比邻（后湖现已被一片农田所取代）。我的出生地在河渠和湖泊之间。

老家建筑在一个叫高埠台的地方。涨大水也淹没不了它。五六户人家排在那里，为茂密的树林所笼罩。家旁边那条河很深，或者说那河堤很高。在五六岁的孩子眼里多么宽阔，一个少年在风雨的河岸放牧鸭子，穿着棕色蓑衣；冬天和小朋友们踩着高跷走动在结冰的河面，在那里抽打陀螺、玩着各式各样的游戏。

一株高大的桑树就在我家门前。祖母的小房子就在那桑树的下面。一到初夏那树上挂满紫红桑椹，地面也散落果实。隐在树桠间采摘它们，嘴唇染得红红的。祖母在树下大声叫嚷，要我从树上下来。记得她说：“我的祖宗啊。”她怕我落下来，她向我讨饶。这个情景在我长大后被姑妈反复提及过。

伯父的厢房正与我们家的厨房对开着。我还记得它内部摆设；我常在里头等伯父回来。他到返湾湖去了，会带回来许多莲蓬。有时候，三伯从那用木棍支撑的窗户扔出来，我就在院子中间拾到那碧绿的莲蓬。有时候，我在河堤等伯父的乌篷船回来。伯父的船回来了，几个莲蓬就从那个船舱里飞出来落到手中。

伯父死前握着我的手，说我以后会有搞头（就是说有出息）；不知他是从哪一点看出侄儿可能的出息，因为爱吹笛子，从小就爱看小人书，或者说从小就好吃懒做，一如母亲怨怪不像哥那样吃苦，能够钓到很多鳝鱼。我记住伯父的话，自己与众不同的地方；他给了他侄子某种自信，一种按愿望生活的暗示或勇气。

父亲在世时唯一的享受是爱看古书。他从田地归来卷着裤管站在窗前，手捧着书，眼睛几乎贴着书页。他遇上不认识的难字问过我。每到夏天的傍晚，父亲总是在一群人中间月影婆娑的路上跟乡亲们讲宋江和武松。在埋葬他的时候，他的同好将一本书放进他的棺材内。他说，柳保泽一生就是爱看书说书。

在出生地，一个少年悄悄喜欢上了她。她长我五岁，村子唯一的女高中生。在生产队里教幼儿班。那时我在读初中，假期跟她学习汉语拼音，不知为什么就喜欢与她在一起。她说她总高兴我到她那里去玩，在一起有说不完的话。她的房间扫得干干净净，十分整洁。待字闺中，没有人给她提亲，她也没有能看中的人。队里一个小伙子常在她身上打打捏捏的，她总是变脸骂他讨厌。她很少说话、害羞，一般守在屋子里看书，很少出门。她爱唱歌，我家与她家只隔三户人家，她唱起歌来我听得见。那些年跟村里一个人学会吹笛子，听说借着河里水汽吹笛好听，我就来到门前河边的水埠头吹奏。“洪湖水，浪打浪。洪湖岸边是呀是家乡……”她在屋子跟着吹奏的曲子唱。有时候我就到她们家里去吹，她配合着伴唱；夏天的夜晚，来到河边的路上，在树影晃动着的月影中，男男女女坐在一起纳凉、聊天，看月影在路上摇晃，南风从夜的稻田吹送过来，我们唱一首首老歌。……在出生地参加过许多田间劳动，喷杀过棉铃虫。喷雾桶背在身上觉得轻松，甚至闻到过棉花的香气。——在母校教书的时候，她曾到那儿看过我，那是早晨，我在水杉林中背苏东坡的词。她路过我们学校，我们说了一会儿话她就走了。那天我看到草叶上挂着晶亮的露水。

（出生地及其他）

这一生爱好写信。读高中的时候就开始给一个异地高考文科状元写过信，从报上见到他的谈学语文的经验就想请教他，他居然还回信了，语文老师将他的信转给你。一封来自异地陌生人的书信。写信者好像叫何戎。他写了两张纸的回信，谈他如何学语文的，这给了你很大鼓励；你在给他写信时，身体充满了幻念，握着笔的手在发抖，你在和一个身处异地的陌生的人通过语言来交谈，并收到回信，从中获得词语的安慰；语言是可以给人传递力量的，它作用于你的精神，隐在地影响你的生活。

（一封回信）

我们有卧室、餐厅和厨房，为什么不能有一个练习呼吸用的小间呢？我们可以把那小间布置得朴素些，光线不要太亮，备一只有着优美声音的小钟，几个坐垫或几把椅子或许再要一盆花，和你的家人或来客与你一起练习三五分钟的静坐与呼吸。一行禅师说他认识的一些家庭设有专门练习呼吸用的房间，早饭孩子们进去，坐下来呼吸十次，然后去上学。当你生气的时候，他建议我们不要做任何事情，也不要说话，随着呼吸慢慢地走进呼吸间，在那里调整你的呼吸，止息内心的愤怒与焦虑。你的心境会慢慢地改变……

忽然想到小说《局外人》中那个即将被处以死刑的默尔索，他独自坐在单人牢房里，顺着日光，他注意到一小方蓝天，他平生第一次看见蓝天。一个成年人怎么可能第一次看见蓝天呢？事实上很多人就是这样活着的，他们被囚禁于愤怒、沮丧和相信幸福与安宁只存在于未来的观念之中。默尔索在被处决以前只有三天时间可以活，在他充满觉醒的一刻蓝天真正地存在了，而他感受到了它，突然间觉得自己与生命、与当下的联系那么紧密。他发现生命是有意义的，他发誓要放下一切，专注地度过最后的三天。

（读一行禅师）

在急剧变化的一个信仰丧失的年代，个人持守的写作就是在寻找他的信仰，在虚无中获得信仰，在寻找中确定自己的所信。工业时代的普遍特征即将一切平面化、世俗化。它对应的文化就是电视、VCD，现代生活充满荒诞和分裂。对生活没有了温暖的爱，对生活热乎乎的感觉被后现代干掉了。诗歌精神注定要下滑。小说也开始萎缩。精神在全方位撤退。没了稳定感，做生意的累和难；搞写作的慌慌张张。走在武汉大街上感觉这座城市像在闹兵荒，好像在逃亡……写作面临前所未有的挑战与机遇，真正本真的写作是向内心走去，找寻它的出路。自我感觉自我存在，一切从这里开始。艺术通过在场来指涉对不在场的观照，从对物的亲近到逃逸，指涉抽象。人就在这状态之中而不是达到……

女人是测量一个男人的重要仪器。在对女人的态度中最能看出男人的坚毅或软弱。当一个人为自己的欲望控制时，他什么也看不清。一个成熟的男人能战胜自己的欲望。要像维特根斯坦所说的，天才要尽可能地远离女人，在纯粹的爱中生活。唯一值得一过的是精神生活。在这个时代成功也是失败；失败也是胜利。写作是一个失败的事业。你必须失败。没有别的活命方法，你必须成功，在每个领域里你都得全力以赴……

（在武大枫园与张典夜谈）

“宗宣兄，你是上次走后，我接着逛书店，才发现全武汉市好书都被你买回去了，回到家，第一个愿望便是读书。”想到沉河与我从一个个书店出来，两个人提着一大捆书，钱买没了，然后两个人空着肚子，一点儿也不饥饿，人觉得充实得很。他送我上车，一个人坐几个小时车回到家中，才发现空乏的身体已无法负载这生命中不能承受之重。

“近日，发现武汉又来了一些好书，《爱默生全集》上下册，精装的，价76元，我不敢做主买下，如果你要买就打电话给我。另在地摊上买到现代文学史料影印本，共31种，价值25元，其中有周作人、林语堂、朱湘文集，难得的价廉物美，我替你、黄斌、文亮等都买了一套，什么时候你来搬回……”

（沉河来信）

几个小时我沉浸在与他的对话中，其他什么都不存在了，只有他的语调和文章的“声气”，浸入我的身体，被吸纳。那是少有的阅读现象。现在想来，阅读于坚，是写作经历中的重大的事件，长时期他处在阅读和精神的视线之中，处在内心和写作实践中，渐渐地通过对他与其他一些诗人和小说家的阅读改变我对世界的视角，从传统诗歌阅读喜欢上非个人化的拒绝浪漫主义的控制的现代诗歌，喜欢具体、实在、冷静回到事物这种趋向的写作。“世界并不是无意义的也不是有意义的，它存在着，如此而已。”我记住了格里耶的句子。

“现实主义”如果指的是对事物的具体把握能力，他认为是可以接受的。他说，中华民族作为一个隐喻的，生活在喻体而不是本体的民族，一向不喜欢对事物具体把握。文学尤其如此。从根本上说，诗是隐喻的，但这个隐喻应当是在解释学意义上的，读者意义上的。作为作者，他当使语言的所指具体化，把积淀在词内部的那些喻体“爆炸”掉，抽空掉。这就是巴尔特的零度写作。维特根斯坦说“要看到眼前的事物是多么难啊”；中国几千年的文化已经使我们变成了瞎子，我们看不到眼前具体的事物，我们看到的只是无边无际的“喻体”。

（阳台上读于坚来信）

我写诗多年转入写散文，不是说诗写不下去了，或在这个散文的时代出于对卑俗的向往，而是在对诗歌的深入之中感到言说的局限，诸多存在给遗漏的现实；在这种情状下开始的散文写作好像成了一种补救。如果说诗歌像舞蹈而散文像走路的话，一个人不能一味地舞蹈，他肯定要去寻找行走的可能：一些东西好像要通过散文才能说出来，它比诗歌更长于连贯地发挥思想；它好像更容易牵引读者的手进入某个境界。这样说来散文创作成了诗歌创作的一种延续；诗歌说出的或未经说出的通过散文这一文体得以拓展。散文中可以包容诗中难以包容的东西。甚至说有些题材只能用散文来处理。这样我所进行的散文写作是有意识地扩大了自己孤立的领地；用散文来挖掘更多语言潜能。

这样诗歌的思维也被植入散文作品之中；诗歌延伸成散文，而诗歌的活力和精华在散文中继续得以保持；或者说我的诗歌写作的理想在散文中进一步得到延伸，我将我写作的散文称为自传体散文；它有写作者特定的视角，十分讲求文章切入的角度；它不是阅读的复制品。某个间接经验的语言包装组合，它必须是我用生命经历过、体验过的事实。这样的散文写作把诗歌写作的难度带进了散文创作。个人的风格技巧，创作者的个性，诗歌中不可模仿的语调也都在散文中呈示；不再是如前所说的一种语言的包装，一种知识的炫耀，一种陈词滥调的东西。

（回答《散文》提问）

早晨九点，从图书城出来，阳光就照亮了街道，及路上的车辆和行人。我在9路电车上，从一个个浮动的面孔看到你。想着有一个说话的人真好。现在从电车上下来，想着把此刻说的每一句记在心里，然后再写给你看。这座城市出现了一次公共汽车爆炸案，炸死的全是一些穷人。那天我如果坐在那趟车上一定是在劫难逃，那么你就成了一个痛苦的人，还有我的老母亲。但还好，我错过了。

今天手上还提着一袋书。想把一些书目告诉你，不要在你们那个城市买重复了。这样想着我来到一个快餐厅。靠着大玻璃坐着，看到那天我们是坐在中间的位置，你靠南边坐，我当然是在北边。我还看见那天买到的《蒙田随笔全集》放在旁边。我想着看着，目光穿过了这座城市，看到你在那个阶梯教室出神，看样子是在想我现在干什么，你看到我走到你面前来。你吃了一惊，站起身子，可能是你的或肯定是我现在的幻觉。在这个城市，我是幸福的人，因为有一个在内心不停说话的人，有一个随时可以写信的对象。我想在信的结尾，写上一句让你看后发笑的话，一时没有想出来。

（写信）

诗人在二十楼顶层写诗，政客们被选举到疯人院。我选择顶层。想到英国诗人的诗句。二十七岁，世俗生活稳定后，试着去做一个诗人，诗美唤醒我的精神，工作之余开始大量的阅读，一个夜里，我读着爱默生随笔《圆》，感觉他来到我的室内，站在我们面前指示我往何处行走，在既定的圆之外再画一个圆。

每年暑假，我总是在路上。精神让诗神牵引，我在楼道上上下下，从地面超升，从单位办公室来到书房。在自己的屋子，眺望身外的城市，俯瞰公共垃圾和广告牌，像诗人史蒂文斯一样，“与日月相栖，坚持看破报纸”。

而我总得下去，每日在楼道里上下，机械性的生活起居。今天和明天没有什么故事。办公室的喧闹让我像踩跳板一样弹跳到安静的书房。卡夫卡说过，写作的重心是在身体深处，而办公室则位于生活表面，如这般忽上忽下，人终将被撕裂成碎片。我领受到了与他同样的伤害。

身上的一切都是用来写作的。我想成为一个诗人而不仅仅是一个人。不停地与自己说话、鼓劲，在楼道上往上旋转，回到那间自己的屋子。听到雅斯贝尔斯对我说，你不能以普通的尺子来衡量他的生活。

（诗集《鹿脸》后记）

“多年来我无法接受我在的地方，我觉得我应该在别的地方。”我念着诗人米沃什的诗句。在围墙内的校园，时常感觉与周围的隔离，孤立或被漠视，我郁闷不安，总想着在外面的世界寻求某种公正，从事的职业远非我心中所乐，太多的虚幻或不真实。每年的旅行和阅读写作缓解着内心的紧张不安。想见识外面的世界，过漂泊生活。在窗前张望窗外，发现自己身体在室内在此地，精神却行走在异地在远方。

一个夏日，远方的诗友来访，楼顶上，我们望着城市的灰蒙蒙的楼宇，我说我想远行，不想在这里居住了；在这里的日子过完了。看不到前途或生活的可能性。你所在的地方成了要逃离的地方。潜伏在内心的朦胧的愿望，我说出它。那时候仅仅说说而已，没有想到将它兑现现实中（不隔两年，你离开了相对优越的生存环境，离开了十多年的家和单位，搬运伴随多年的台式电脑，到京城去闯荡）。那个随口说出的话传示内心的渴望，透泄出精神世界的信息，暗示并支配你做出行动。或者说，你的离开从和朋友轻描淡写的聊天开始了。

霍桑的小说描写了韦克菲尔德这个人物，毫无理由地想离开他的妻子，好奇心驱使人上了街，他想着他要远远地偷看他的家，他心不在焉地走着，突然发现习惯狡猾地把他带到自己家门口，他几乎迈腿跨进门，却吃惊地退回来了，看有没有被人发现，有没有被人跟踪，他在拐角处回过头，望着自己的家，房子似乎不一样了，因为他已经成了另一个人。一夜之间，他已经有了改变，他的灵魂起了变化。长期的冒险就从那一刻真正开始。

以高更为原型塑造的思德里克兰德这个人物，就是“我们中间的人”。通过他，精神领域的一些东西被看清，一些彷徨与迟疑被解除。过往的冲动在加强；先前的道德观念的残余在彻底清除。对女人的软弱心理，虚幻的温情在消解，似乎触摸到存在真实的内核。

对艺术的本质的理解臻于更深层的理悟；思德里克兰德这个人物来到我的生命中；我看到生命中真实的呼喊。思德里克兰德的出走让人为之着迷，他说：“我必须画画儿。”“如果现在不开始就晚了。”他的出走使他的家庭、周围的人震惊和猜疑，而这在思德里克兰德的意料之中。

他管不了那么多了，所谓的责任、义务和道德他已看轻很透。没有比生命中血液的要求更具道德的了。他不出走，一个艺术家的生命将会在平庸和虚假的环境中给销蚀掉，那是不道德和不负责任的。他将在绝无依傍的世界中独自去承担艺术的使命和为之所承受的痛苦。他是在用生命去冒险，把生命交给画画那是值的，他什么都可忍耐。对女人对经纪人的体面对周遭蝇头小利甚或温情谋杀洞察得清楚。在走出家门来到巴黎，然后到塔希提时，明白未来生活将缩短他的生命，但可以拯救他的绘画艺术。

四十岁。高更脱下银行职员的制服，到巴黎去画画然后到塔希提。他说再不开始就晚了。高更的事迹加强了我离走的决心，我的灵魂来到路上，愿意过漂泊生活，愿意为写作去感受更多，受更多的苦。那一年，一九九九年三月，三十九岁，比高更离走时年纪小一岁。想到了四十岁可能迈不出自己的双脚，所以在四十岁到来之前离开了。

（给小丝的信）

在城南的一家旅馆，小丝送给我银灰色旅行箱。长方形带有拉杆设有密码，小丝半蹲着指示其打开或关闭的程序。听说我要离开这里准备出远门，小丝送给我的箱子就是一个无声的态度。似乎有着敦促你离开的意思，一只旅行箱摆在了面前，它让你瞬间生长不安和害怕，当你面对未知的前途，将内心的愿望兑现于在世间的滚动，如四个轮子。它摆在你面前，它要和你一起出门（这在二十年的某日你把这只消逝的箱子写进了诗里）。

（银灰色箱子）

望着燕子从远处飞来，敛翅滑入巢中；然后从巢中飞出，一点儿不回避你。一只燕子忽然垂挂下来，悬在空中：红色的双足被几根丝幔缚住；燕子快速地扇动它的双翅也挣脱不了。另外的那只在一旁发出惊慌的叫声，为它着急又爱莫能助。

你安静地用一根木棍划断那白亮而柔韧的丝幔。那只燕子飞走了；你提着那个带轮子的旅行箱出门了。

（燕子和我）

从一本书的插图，看到1870年的法国夏尔维勒火车站。目光在那里停留了多时。兰波就是从这儿出发，开始他的逃离。

是他送你到汉口火车站的，帮助你将电脑和一些图书办完托运手续，又坚持买站台票送你上车。车徐徐开动时，你正低头在拥挤的旅客中忙于安置行李；他站在月台上等你回头。他说他的心好像随列车牵引而去，想着你只身赴京的长途跋涉；想着你寄身尘海，朋友相携何等重要。当你在京城安顿好，便收到傅占魁用毛笔竖着排写的信。回想火车站你们分别的场景。你刚将行李放置好，转身和窗外的老兄挥手，发现火车已缓缓开出，来不及看见他远送你的目光。他一个人在那里挥手。

（1999年4月5日）

（汉口火车站）

北京地图
(1999—2009)

第一章：灰色旅行箱

连绵的**燕山**在它背后蜿蜒起伏。所谓北大公寓，是一个简易的几幢平房拼凑成的生活区。环境有点像小说《挪威的森林》中渡边的生活空间。我被诗友领到北大附近的一个叫**六郎庄**的村落，银灰色拉杆旅行箱跟随我。很多学生和来京考研寻梦的人住在这里。年青的男男女女。生活设施简陋但齐备，适合这些人的经济水平。看好的是它就在北大西侧。从一个老乡手中领有了单间和邮政信箱的钥匙。

建立的一个**信箱**。有了它，漂泊像有了根，可以在任何一个地方生长；开拓一片天空。你能忍受所谓公寓的狭小差乱，那儿离信箱倒很近。一个人步行到那里寄信取信；从众多的小盒子式的信箱中用钥匙打开 169 信箱，取出邮件。一个人在大街上读信，听到远方朋友的呼吸，他们好像就在身边与你说话。一天，你正看着一个朋友寄来的彩色信笺，嗅闻印有花纹的彩纸，嗅到那上面残余的她的体香。这时候望了望北京的天空，它抽象起来，莫名地让人激动。天空真蓝，蓝得像**民国**的天空。

（魏公村 169 邮箱）

戴眼镜的武汉知青。早年曾经的同事。守寡多年死去的老女人。

生活在套子里；孤苦守旧又怪癖；没活过五十就死了。你不能那样活着。在**火车站**忽然想到这个**亡灵**。你要放逐自己。拆毁内心可笑的建筑，流徙中愿意接受一切；情意折腾。在路上，谁关心你啊，你悄无声息地活着。谁来关心你，对你唯一的性命负责。

（T78 次从汉口到北京列车上）

和诗友们散步到北大，当晚有**郑敏**的讲座。到达教室时，走廊挤满了听课的。从人群缝隙看见灯光下的郑敏，她坐在刘福春的身边，满头白发。我读过她的几本书。《英美诗歌戏剧研究》反复读过，从那里获得过写作的技艺，如同她到美国访学想找到研究外国新诗的新方法。早年读她译的**《美国当代诗选》**从中获得写作的借鉴。那些译成汉语的美国当代诗有着让人着迷的现代诗风格，诗行的缠结，句子的交叉、跨行，译介保持原诗的格局，读此诗选的感动与好奇，我想向面前的老诗人表示谢意。在提问环节提及这本书，凭着冲动抛出这样的提问：我们的写作如何获得美国当代诗人的新感性及其开放性？如何在写作中保持创新活力？这个提问有些唐突，老人没有做充分的回答。这是纠缠于个人的问题，感谢老诗人给了我们提供新诗创作可能的样本，这个意思是传达出去了。

（提问于郑敏）

从工人文化宫秋季**书市**肩扛手提着几袋书走出双开的院门，通过攒动的人头望过去，灰云堆积在天安门广场上空，**广场**是那么的阔远，好像可以一直走到云絮里去。

很久过着没有镜子的生活；急于想看见自己的脸。在街头粗厉的风中脸有些什么改变。在色彩斑斓的大都市，有时不知道自己到底需要什么，来北京是干什么的！我想看清自己到底要什么，自己从何处来，现在在哪儿。急欲在租房内挂上**一面镜子**。新置的 **BB 机**放在租房桌面上。读书的空隙，看着那褐色的机身，等着它响起。

它停在那儿，沉默着，没有动静。

夜里从葛栓的租房醒来。在**梦中**和哥嫂争吵，为了钱。钱是一个好东西，有了它就是方便；房东只认票子，就让我住进来了。你们给我钱，我要单独的房子，不和这**跛足哑巴**还有他们的狗住在一起。

一只乌鸦，在榆树上。我担心母亲的身体。我看了看手机是否打开。准备随时回到她身边；一个老人坐在手推车上向我移来。母亲，她挺过来了，依靠超常的意志力站立起来了。

（景山后街看见乌鸦）

从电车上看到一个**女孩**斜挂的**小包**，想到女儿。她要的包没有给她买。你不在世了，她还要一个人在世上奔波，这是让你放心不下的。愿她能平庸平安生活。你的努力有很大部分是为了她考虑的。她是你在世的血肉相连的牵挂。

在**地坛公园**这间带卫生间的套房，从梦中醒来，听到它在叫。它是不是在江汉平原看见的那只。它的声音在黑夜里缓缓游走，沉寂在身体的内部。我走在北京大街上，身体的另一部分游动在**江汉平原**一个拐弯处，出现在那个院子围墙的阴影之中。

写作就像初恋爱过的一个女人，离开了她但永远忘不了，总想回到她身边去；这是一个人最初的梦想。在国盛大厦散步也这样想过，好像回不去了。你离开了她，随着你的漂泊。你有些伤感，似乎只能回到对她的怀念中去。

（在367公交车上）

地安门内大街九号。暂时拥有新的居住地的门牌号和邮政通信地址。筒子楼的顶层不足十平米的小房间，一扇门和临街的一扇窗（铝合金门窗）。打开它能望见另一幢筒子楼的琉璃瓦装饰的屋檐，这两幢房子在景山公园后面，许多乌鸦从树上飞鸣着滑入筒子楼的廊檐下。从小窗看见远处的**燕山山脉**，雨后傍晚，空气清晰，能见度高，燕山的形体在晚霞中起伏。

在那扇窗下，我写作，然后到室外过道做饭，在公用厕所洗漱。在不远的地安门邮局发信或领取稿费。见到赵春丽（她左胸前挂有工作牌号及姓名），她微笑着说："你来了。"然后将稿费单交到我手上。

经过景山后街，目光穿过北方榆树，找到小玻璃窗。那是你索居的地方：形状像7字，直走进去然后一个90度的转折，里内放着沿壁而立的**书架**，一张单人床，一盏台灯，单人格子床单。一个钟表。妻子和女儿到京城来探望，就在地下铺上凉席。**电脑**放在窗前，一把方凳放在桌下；固定电话在窗台上。它响起时就从地上爬起来或从电脑荧光屏前侧身。夏日那**窗口**爬满墙壁的爬山虎，绛红色挺美丽，在风中动荡着游行，装点那扇画框一样大小的窗子。

（新址）

在**筒子楼**过道内走动。当你安置好租房，来到阳台上，闲望灰蒙蒙的天空下的灰色建筑群。忽然，一只燕子飞过来了，飞到你面前绕了一个圈后飞走了。下意识抬头看看楼顶上，发现在一个破损的顶灯四周围成的一个燕巢。也是五楼。

想到南方家中阳台上的那个**燕巢**。燕子呢喃声中的母亲妻女。

——燕子，飞来飞去伴随我迁移流浪；在不同的地方建造自己的巢，生息，养育，然后冒着危险，不断地迁徙。在到处是水泥地的城市从哪里找来泥土构筑自己的巢，怎样寻觅自己的食物，度过这日益炎热的夏天……这只燕子在灰蒙蒙的空气中飞走，一下不见了身影……

（又见燕子）

迁移对候鸟来说是危险的，除了体力的耗费，还有意想不到的危险。它们靠脂肪应付消耗的体力，在出发前拼命的吃东西。这冒着危险的好处是，依靠迁移，找到相对舒适的气候环境去生活。

（写在纸片上）

国家图书馆。我和他需要查找二十世纪初我国妇女生活状态的资料。九点钟，穿过打了蜡的光洁的过道来到缩微资料阅览室。过往年代的报纸和期刊被拍摄然后缩微成胶片，然后从放映的机器上查找我们所需要的。寂静的**阅览室**。一些人早已到达这里，在荧屏上查寻：一个个脑袋随着荧屏的移动而转动，接着是记下所要的页码……

我们正编辑一本**畅销书**。寂静的图书馆内听不见外面的什么声音，这个时代的市声已被馆内的高级消音设备涤荡而尽；我们在这些故纸堆里讨生活。为了换取更多的钞票，为了活下去。将自己的生命浪费于此。你在为这个时代添置隐形的垃圾。你走在书店里你看那许多书有什么存在的价值？过不了几年它们就要消失，在书店仓库里堆放着，废品站里收购着，造纸厂里变成纸浆。

掉过头去看同事，晓青把他的头固定在那机器前，一动不动。他早年就出了名，诗写得很棒，记得他诗中的句子："披枷人，当初你是人杰＼我们认得你的眉心的那颗太阳痣＼那时你还年轻，英姿骄骄，青春繁茂＼你左手执剑，右手执格言，目光坦荡＼风雅的仕女们簇拥你纯金的风度……"现在，"**披枷人**"安静地坐在那里；他这些年几乎不写诗了，工厂倒闭后他就这样漂着。

（与田晓青在一起）

英国作家兰姆在致友人信中这样写道，他在晚上站在泰晤士河边马路上看街灯下过往的行人，以此为乐。并说，谁要是厌倦了伦敦，谁就是厌倦了生活。

在洛尔加看来，诗歌在某种程度上是要走向大街的。对你来说，创作那些纯抽象智性诗是不可能的。

醒来时太阳西斜。以睡去缓解身心的焦虑。**睡眠**是道德的，是走投无路的依靠，是你以逃逸的方式在睡眠里找点安慰。光裸的身体醒来的一刻好像是安静的。你躺在有书的租房里。这筒子楼中有谁在弹奏钢琴，掺杂过道的锅瓢相碰的声响。与家乡隔得那么远，你只不过换了一个地方读写。特别**孤寂**，没有一个说话的人，你想放松自己，但没有一个去处，你被锁定在这租房。

汪继芳，这个早我闯荡北京的写作者，她说在北京，不打老鼠。她一个人在屋里，写作和闲着，老鼠停在她身旁。

从门卫的黑板上没有看见自己的名字。从那里泄了气似的回来，没有精神。注意力转移到那个邮件领取通知黑板上。你的名字在上面你就可以凭身份证从**门卫**那里领取信件和稿费单，更多的时候没有你的名字。你怕到那里去又渴望去，不安的心被那里所系缚。那两个门卫成了生活中重要的人，他们的手中的**邮件**转移到你手中，那是你活下去的依凭而他们浑然不觉。

给家里打电话。女儿说她妈妈去打麻将去了。奶奶躺在床上。四十岁了，你把生活打乱了。你处在阵痛中；在这里耗着，忍着，在北京大街上寻找道路。在南方，单位的院子死气沉沉，那里无路可走，你在等死似的。没有退路，你用双脚量着这京城的胡同和街道。你在那里都不习惯，这是命，你没有退路。

没有了组织，没有稳定的单位，处在迁徙未定的状态，临时住在旅馆里。来来往往投宿的人，走走停停，加剧你的流浪感。（世界如旅馆。最后从这里离开，悄无声息，留下一点痕迹或什么也不留下）——夜里大风吹刮**旅馆**的窗户。风向摇晃不定，就像你的心情，是留还是回去。京城米贵居不易。似乎有隐隐的盼头。你又给家里打电话。老母亲说，儿子，你在那里过不习惯吧？——母亲，儿子在哪里都过不习惯。这是儿子的命。母亲，儿子没有退路。

（在京城旅馆）

你在马路上奔跑。一个奔向的目标：**打卡机**。必须在八点半前跑到打卡机前。从杂乱无章的梦中醒来，看见床头的钟表，八点了。没有洗漱。来不及了，你怕迟到；还在试用期，你怕下岗。

脚趾发炎了，穿着拖鞋，在大街上奔跑，从公交车上下来，时间不允许你坐在缓慢的每站都要停靠的公交车。不停地看手表。时间不多了。坐在出租车上，催促司机，但车塞得厉害，看到路面只有各种颜色的车辆塞满了平安大道。

在马路上密布汽车缝隙之间**跑动**。忘了脚趾的疼痛；呼吸着汽车排出的尾气。看见单位的大门前的停车场、大门、楼道。清洁工缓慢地拖擦过道。你气喘着爬上了四楼，来到了打卡机前。打卡机无声地立在面前。呼吸紊乱，屏息着调整呼吸，舒了口气，打卡机显示出你的姓名。

你往回走，回到一楼的办公室。看见脚趾流出了血，过度的用力使刚好愈合的伤口再次破裂，血流出来了。血一路跟着我来到打卡机面前。停在那个过道，看见血迹逶迤在马路上车辆的缝隙间，横亘在打卡机和出租房之间。那道**血线**在你的面前竖立起来。

大片大片的梧桐树叶落在**北池子**路上，洋槐的叶片细密地布满路边。**下叶子**，北方人这样称呼落叶，白果树金黄的扇形的叶片真干净，落在景山公园的绛紫色的围墙根，衬照出城墙斑驳的老砖头。树枝露出简洁的枝条晃动着筒子楼的屋檐，所有遮蔽的消散了，拉近了你与楼宇天空和远处燕山的距离（一下看清道路、空中的电线，所在的方位和走过的地方，陌异的恐惧感放下了被风和树叶一起吹散消逝），你看见北方的**冬天**的干净、美丽和历史感的厚重。

与妻子绕过夜色中的天安门广场，从地铁天安门东站出来，携带着各种物品。南方的香肠。带拖杆的**旅行箱**内的衣物。肩扛的纸箱内的**图书**。你从容地走过**巡警**的视线。

（2001 年 2 月 29 日）

你是**外来人**。一介**草民**。在自己国家首都办过**暂住证**的人。一个**游荡者**。一个没有身份的**可疑**的危险分子。

（路过派出所）

混在发行部办公室涂着口红的女同事中，面前都摆着两部电话，你和她们一样，计算着**图书的码洋**。想尽快弄点钱维持自己的写作，得先生存下来，我想我也会做发行的，必须学习做自己不喜欢的事。和她们混迹在一起，我看不出她们的美，两性间的异性感消退了。你是个手淫者，自慰者，她们也不会转移到你的梦中，你们之间有隐形的竞争，她们对于你一点美感都没有。你和她们一样，在电话里报着账单，变着腔调向电话里的客户讨好，交易。那个保安看见你置身美女之中，他在窗外把视线探了进来。

从国盛大厦出来，拎着一个**纸袋**出门。你离开电话声不断响起，计数图书码洋的办公室，心里升起悲壮的感情。你**离开**这里，你几乎是被冷漠驱逐。

你搭着乘客和货物共用的绿皮火车往秦皇岛。残雪铺在铁轨旁低低无水的沟渠。衬着那未被覆盖的土堆；北方的雪像白色沙子散在荒坡，没有消化的意思。你不安，途中想着要找见的那个人。这个你曾采写过的主人公，他的生意破产了，曾想投海自杀。后来挺过来了，成了你采访的对象。你写到他的往事曾被感动。你穿行在风雪的火车上，想着向他陈述在京的困难，得到支持。你到了他所在的城市，被他安排在体面的宾馆，尾随他到达他的公司，纸单上写下一张借条（他解说这是便于会计做账），你揣着纸钞回到北京。类似于乞讨的出门让你看见内心不会消化的坚硬的雪粒。

一辆中巴车驶向一个叫静宁的小城。雪平铺在平凉地区的高原。你不安地打听要到达静宁的时间和要找寻的人。在异乡的方言中，用夹杂着家乡口音的普通话与人交谈。艰难的谋生，徒然地找寻。在返回平凉城区的路上，看见塬上的路弯弯曲曲，就像一根根线缠绕高原，盘旋着。想着卡夫卡日记上的句子：真正的道路在一根绳索上，它不是绷紧在高处，而是贴近地面，它与其说是供人行走，毋宁说是用来绊人的。

回到南方过去的房子，无声无息地。夜里害怕，好像水漫过了过去单位分给你的**公寓**。住在这里无人叫唤，悄无声息的。雨在滴落，你和他们没有了关系。你也不是过去的自己。你们隔水相望，发不出声响，叫不醒他们。你们曾有过纷争，然后分开，在沉寂的死水的包围中。

在过去自己的房子，像住在旅馆里，一旦你离开。燕子在阳台巢中唧唧，它们不在意你的困顿和得意，过着本能迁徙日子。它们寄居于此，随时会离开。**家只是幻象**。你无家可归时，你才能四海为家。**一旦你离开，就没有家了**。你的电脑又搬回北京。你再也不可以逃离回来，背着这台 586 台式电脑。

（过汉口火车站）

我为中介公司那个妇女脸上的微笑而感动。当她脸上的阳光代之以阴云。想到微笑也是值钱的，也是要你缴费的。这事件让你再一次对人失去信心，不再心存幻念。天然的诗意再一次死去。

清晰看见他们的脸：柳宗年，柳宗英，周超美，宋先智，他们在等我，在人群中看见了大姐柳宗兰，吃惊地观看着**火车**，在火车上叫唤他们的名字。超美的脸最先看见，在梦中清晰地看见他们，他们到来北方看你，看到了他们的脸、**亲人**的脸。

夜里看着**租房**内那唯一的小窗户。榆树间的路灯闪现的橘红色的光。房内的小钟的嘀嘀嗒嗒，很响，一声声地嘀嗒着孤寂。梦见**外婆**死了。死去的舅爷守在外婆的身边，一整夜；你也坐在那里守灵。当你醒来，外婆死去了多年，为何要梦见她。她在你的身体里再一次死去。

（挂念母亲）

醒来发现昨夜梦里和**张翼肃**老人睡在一起。她满头白发，独居在租房的旁边，和她只隔一壁墙。她在我的手心里用手比划她的姓名。她的北方话多么纯正，纵横交错的皱纹的面容多么美丽，她带着老花镜从《参考消息》上移开面影朝向你的问候，谈论时世的腔调很有水平。你从来没有看见一个老妇如此**美丽**。你在梦里向她索要母爱。

卖报的简易**地摊**靠近**公交站**旁。冷风吹乱报纸的一角和他上唇的胡须。他的谋生必须依靠这个临时之地，这些临时站立买报的人，在这公交站牌下。你理解他何以把他的谋生地紧邻着这地方。一个人必须依靠。

（公交车站牌下）

左顾右盼，在街头行走的时候，想着他所说的，在路上说不准能拾到一笔钱。你左顾右盼地走着，一个人在**林荫路**上，在过斑马线的转弯处，说不准会拾到一个包，包里有一笔钱，可以让你度过困难的日子。

（幻念）

女儿和她的母亲要回南方，在送她们上车的一刹那，想跟她们一起回去。你是过孤独生活的人，你的孤独不可被任何人打乱，你要在这里过下去，守着租房，在这里找寻可能性，在你的选择中，你的行走交际中，而南方你无路可走。这里有多条路在涌现，虽然有岔路。你是一条鱼，回到了水里，而不是搁在岸上。北京城空荡，足够你游荡。你的**生活与写作**要有这样的游走的空间，你像活过来了面对涌荡的水面。那篇文章要在独处中完成。你得重返你的租房。

昨夜感觉胃痛，痛了两次，时间很短，这是第二次发现，第一次发现胃痛是在回租房的路上。

和记者赵云丽谈稿子的事后。你对自己说，你这是卖文，你是枪手。这不是创作。要理性操作，不可夹杂感情，这是交易，你要钱，市场不可任性。字是值钱的。你就这点本领。

中关村街头。到处是灰尘，灰尘下的广告牌。游动的人把你缠绕。兜售学历证书。进口色情光盘。妇女抱着孩子，忽然拦住你，"要不要碟子"。

诗是一个人的呼吸，它寻找对话者。诗歌不是赠品，非卖品，不可明珠暗投。

在咖啡厅，文友们组织的小型聚会，祝贺华人**高行健**获诺贝尔文学奖。早年读过他的《现代小说技艺初探》，莫名的兴奋，小说家晓白是他曾经的同事，聊到他在京时的生活和工作。广播上在传播，高行健获诺奖有国外势力的介入。从温暖的咖啡厅走进大街，北风吹送悲凉。

在地安门找修自行车的老李，从一个清洁工手中购得一辆车身高大的**老式自行车**。二十元。他是从楼道里找出来的。今天，骑它到三联书店看书，就把它支在对面马路的槐树下或电线杆边。回去后就让它倚在一楼过道墙边。不上锁也没有人要。骑着车身高大的那辆车，不中看，但坐在上面倒也安稳。

在**三联书店**，发现城市的浮躁在那里给镇住了，你在大街上或在其他场所停留的时间长了，会对城市产生厌倦，感觉身处荒漠之中，这时当你来到三联书店，久旱如逢甘霖：一本本新书出现于此，让你想着一个国家的文化在此悄悄运行。你觉得活着的真实踏实。精神的孤单在消解，一股力量充盈心间。

坐在书香之中读书，偶尔记笔记，发现记忆复活了，看见多年走过的精神道途。人渴望着往精神深处走，生命的热情在那一刻被激发，忘掉尘世的牵扯，抖落在世的负担，读那读不完的书，去写那写不完的作品。发现身体中有两种力量牵扯你，**身心撕裂**。你在此的生活成了奢侈行径。你对自己说，要离开这里，回到大街的奔走中去。

一场雨终于落下来。雨水冲洗这座城市的炙热和轻浮的尘土，树木伸张出它的枝桠，显露其本来颜色，油绿得发光。空气里弥漫一丝凉爽。尘土味在空气中播散，空气中的异味消减了；渐渐地清新的空气驱散平时放纵的腐败气息。从有些阴暗的屋子出来，一个人迎接北京夏日的雨。许多人都从屋子里出来了，脸上有光亮。夏日的雨让我们看见那蔚蓝的天，蓝天下光芒闪烁的建筑物的楼顶，而在之前它们笼罩在灰蒙蒙中，隐匿了形体，现在不再为灰尘和众多工业气体所控制。从灰色气体中挣脱出来的燕山，几只鸟在山腰飞行，燕山山脉起伏着卧躺在那里；平时看不见的高高耸立的烟筒。它现在依旧在蓝天飘着它黑色长发。

达利的画刺激你的神经，你看见另外一个世界，**达利**，野性的实验让你有点不安。这个超现实主义画家有过写诗经历，他的画有着让人慑服的东西。他用偏执批评方法呈现他特殊的经历和性压抑，还有对现实世界不甘寂寞的破坏心理，画中还有杀戮、争斗和同性相食的意象，为了呈现他的超现实的客体和冥想中发生的梦境，他利用了写实的技术，清晰、明白无误地反映出来。他惯用不合逻辑的并列事物的方法将受情感激发而产生的灵感转化为创作过程，将内心的荒诞、怪异加入外在客观的世界，使人熟悉的东西扭曲变形，以精细的写真技术加以肯定。

画作的标题就是一行行的诗，如《床和两只床头柜凶恶地攻击大提琴》《窗后左手出来勺子的地方委拉斯凯兹痛苦不堪》《被侵犯的年轻的处女》《激发性欲的茄克衫》，画名和画的内容配合得巧妙生发诗意。**《立体镜绘画上的达利和加拉》**画中，达利描画着他的妻子加拉，从镜子呈现他和妻子的脸的表情。以全息图开启三维空间，对画面进行新的构造，带给我们新视觉。从画展上带回那张画的**复制品**，陈放在书架上。

（达利画展）

初到北京，只有一个灰色的有拉杆的带轮子的箱子，现在发展到了这么多的什物，电脑、图书、厨具、衣物。你的负担越来越重，你的**纸箱子**也越来越多。你把二手自行车送还给了那个卖你的拾荒者。狭窄的租房布满纸片，空荡起来；**这受折腾的台式电脑**。你把它从南方运到北京，打包托运取货，或有蛇皮袋随身拎上火车车厢，搬上搬下，运到新的租房。就是这台电脑把你挽留下来，一台受尽折腾的电脑。

（离开地安门）

一辆人力三轮车。一面镜子。一把剃刀。在街头树荫下剪了板寸头。那**理发匠**说，他是北京三棉的下岗职工。最先干起街头理发，觉得还蛮自在的。中国人五元，外国佬十元。你的理发没有了固定的地方。自从离开湖北那所校园。你成了**街头**游动理发师的顾客了。

你不知下一次理发在何处。

写小说的寇挥说他离开北京，准备回陕西。刊物改革，人事调整。文学杂志从来没有面临过这样的挤压。他说S不写诗歌了，转向写随笔赚钱谋生。送寇挥到胡同出口，看着他灰溜溜的背影，心里沮丧。对自己说，你无处可回。你在哪儿都无路可走。

人到了四十就该对生活俯首称臣么？不要忘了**写作**，这是你自己发给自己的**救济**。

诗歌是一种保证直觉健康的伟大的艺术，真正有道德的人就是诗人。

（火车票反面写下的诺瓦利斯的句子）

对于所爱的人的故乡的想念，你到过无数次的地方。精神先于你的身体到达那里。你的灵魂和一个人走动在那河堤上，回到树下的小瓦的平房。而她在那里打来电话，她的身体遗弃那里，灵魂在寻找你所在的地方。你们相爱备受流浪，她的书信跟随你的行踪。你们是在自身的地狱建立天堂。

在亨利·米勒看来，好的有个性的东西往往与作者的**性情**融为一体，把自己的文字与你的**生活**融为一体，和离经叛道的个性融为一体。而一些人永远没有正视自己的生活，没有发现自己的欲望，被压抑的天性，那他靠什么完成生活呢？把欲望的灵魂抠出来就是一件很好的艺术品。而多少人的写作没有质感，没有伤痛，跟他的生命经验没有半点关系。

在天津**旧书交易市场**，邂逅几本熟悉的旧书：《典型与形象》《文学创作手册》。回到十几岁的时候，那些年做着一个作家的梦；

那几本书不知读了多少遍了，书皮都摸坏了，将它们搁置老家的阁楼。忽然看见它们，眼睛亮了一下，在冬日的旧书市场，发觉自己走了多么远的路程，在文学这条道路上，从南方来到北方，执迷不悟不悔，觉得走在**正确的道路上**。

百花文艺出版社的**会议室**。铺有蓝色桌布的矩形桌上，你们评说孙犁的作品。想到不远处昏迷多日的在药水中浸泡的**孙犁**的瘦下去的身体，他的只剩下骨头的长腿露在白色病床上的被单外面。他留下了他的作品全集（在他的文章中说那套全集就像一个骨灰盒）。这是一个奇迹，在复杂的环境写出他热爱的代替他呼吸的作品，他在肉身消逝前**作品存活**下来，与活着的研究者的发言没有关系。

（与段华从天津回京）

画展外的喧嚣渗进这个**寂静**的空间里，就像几十年前**埃舍尔**逃避第二次世界大战的喧嚣而置身艺术家自己的画室一样；从他的生活和作品中看到画家建立的一种秩序，来对抗他或我们遭遇的时代的混乱。

他对线条十分着迷，所处的时代逃避寂静，他就在作品中努力创造一种静；外部的世界混乱不清，他就在自己的作品中建造分明的秩序。外部世界荒诞不真，就在作品中构筑艺术的真实。

埃舍尔在自己的创作实践中将二维的图案转换成立体的，传达在现实中不可能存在的图像。画中两个男女头像的拼接，一个男人眼中的骨骼，天空和大地连在一起。他把物象颠倒转移，并放在一个**平面上**。画家说过，他能看见一个点就是中心。它永远处在中心。自我就是世界的**中心**。埃舍尔就是世界的中心。埃舍尔为我们提供了一种崭新的看物的方式。

（埃舍尔画展）

反观到自己在大街上行走的**焦虑的脸**。你成了以色列画家阿希加《焦虑》画中的那个男人：浓眉下的疑惑的眼神，一副遇到惊恐而扭曲了的脸面；那只意欲拒绝某物的手，画面所呈现的刹那间的颤动，像是要企图挣脱烦恼情绪的缠绕。

再次看见那个无名的爬虫。一个加油站，从车窗口把头探出，看见水泥地面上一个爬虫，褐色的，停在那儿，我想它随时可能被车轮碾死，无声无息，它在那儿停了一会儿，有些为它担心在车轮转动时，但它很快地爬走，好像看见了可能的死，身体中好像有一个特殊的报警系统。

我听到雷声，在双泉堡那间租房内，它好像撕裂开了什么，然后是一声声轰响，然后是雨水冲刷晦暗的大地。在雷声中没有恐怖感。感觉到奇怪的快意。我看见了自己简陋租房的光彩，内心涌动着一浪浪的**感激**。哦，重新拥有一片生动的天空。默念着**蒲宁**的诗句：

幸福往往只是在回忆里才有
其实幸福到处都有，也许幸福
就是柴棚后面这片秋天的果园
和清新的空气，扑向你的窗户
在深邃的天空中有一朵云
轻轻悄悄地飘起，光影夺目
我早就在注视它，我们见得少
会领悟得少，只有领悟才有幸福——

（在双泉堡租房）

一生想要做的是远离**单位**。写作是你的志业。你想退到写作中去又怕这样伤害了它，所以**游离**在它之外，保护它的存在。

（到地安门取邮件）

夜里和友人驱车穿过天安门**广场**。你没有看见内心的形容词。几幢熟悉的民国的房子散落在夜空下，房子的朱红色。和子夜时分

凋零的灯火。

梦里醒来，发现**梦回**南方旧单位。梦中破口大声骂过去单位的领导，将所有仇恨转移到他的身上，如同**谵语**患者的叫喊。他在你的梦里撞墙晕倒。梦里你这样**喊叫**，有胆就离开这里，我早就想要走了；你什么时候下台，我就什么时候脱离这里。这梦中的**对质**有什么意思呢？何况你早已离开了那个院子。仇恨只落得对自己的**惩罚**。你是在**清算**你的过去。一切都发生在梦里。

旅行箱在街面上滑动。它的两个轮子在火车站，地铁入口，一个民巷或一个广场外围跑动。四周的空间是那么宽阔，而属于你的只有这个不足一平方米的空间，你携带着它迁移。现在它**停泊**在租房里，它停立在那里好像随时准备与你出发。

你又站在讲台上。神采飞扬，声音洪亮，下面挤满了学生。置身在紧张充满张力的灵光四射的话语场中。四顾下面，那些听众散去，不知到了哪里。扔下你在讲台，处在无法交流的孤立之中。

（一个梦）

妻子打来电话。说她与人合伙的餐馆生意做不下去了。心里发慌，有被抄家的感觉。后方失援，人变空了似的坠落下来。你把手机放下。几秒钟的发怔。又站了起来，平衡着身心的一阵摇晃。

（从西宁到北京的火车上）

惊异自己在**火车站**前走过的平静；没有早年心中升起的神秘；几幢水泥房子竖立在那里，还有几列泊在那儿随时要开走的火车。一些人造的东西。停驻在北京郊县的乡村，当你重又来到它的掩映的绿树面前，感觉无法言说的神秘，一个隐秘的生长和死亡，神赐的**乡村**，对它保持神往。

你把刚领到的稿费递交姓侯的女房东的手中。这个新的租房带有一个陌生北漂者的体温。和那个未曾谋面的租客获得某种感应，从她遗留于墙上的纸条和图片，她的遮光碎花窗布，抽水马桶里带有遗留的余温。房东说你们都是作家（坐在家里的人）。

（在三元新村）

一男一女的两个**旅行客**背着高高的行囊，里面填充着可能的帐篷、鞋子、笔记本和少量的书，压迫着他们变得矮小的身体。他们在街头展开一张地图，在上面指指画画，在大地上印证他们地图上的旅行。

人不能仅仅依靠地图去生活去寻找前行的道路，他必须来到现场，来到纵横街道，一低头的当下和回头的瞬息看到个人生活道路的来龙去脉。这条道路又很快消隐了，凭着直觉建立自己的行走。一个人最终绘制出来的是自己**个人的地图**，和他人的迥异。

去看渤海湾。带着一种游客的心境路过**天津**，天下了小雨，高粱遍布在烟云攒动的云层下面。带有空调的双层列车，端送牛奶和茶的服务员无声地走动在铺有地毯的过道上，一对外国夫妻和他们怀中孩子。婴儿车。他们到天津去。对面一个退休的女工程师和正在上大学三年级的男学生时空交错地谈着，伴着窗外的**华北平原**中升起的雨声。想着离开江汉平原四年了，现在经过华北平原，难得的雨水划火车的玻璃窗，斜斜地落入原野。你把运动着的风物都写进了《过京津遇雨》的诗中。

女儿打来电话。她的声音有些陌生，好久没有听到她的声音了，她处在变声期的年纪。**女儿**听说你可能近期回老家，声音变得激动起来，她好像要你马上回到她身边。她住在外婆家，一个人上学，她离开了我们的房子。房子租出去。夜里梦见她哭着脸，面对数学考卷发愁。

马路上的汽车和行人放慢，**雪**在路灯光中变成淡淡的橘红色。从公交车站点等车的**女孩**，忽然想到过去叫**姚守萍**的学生，早年对她的感情就像面对白雪一样，纯净而愉悦。雪花在飘洒。你不急于回到租房。你哼起了不成调的曲子，透出身心的喜悦。你看见飞雪就欣喜，喜欢上它，情不自禁没有目的。**胡世美**、宋彩萍。一个个女学生相继出现在雪中的记忆。多年不见，联系中断，不知道你到了北方。你想着她们，像雪落在异地下班行走的途中，飘落到了你身边和这雪花一起，她们听你授课的表情，她们的羞涩，在你心里唤醒的感情重现，雪一样到来，纯洁易逝，了无影踪。

（女学生）

和**王琰**挎着背包经过北京站，转车到南三环旧货市场，忽然冲动起流浪的**快感**。我们过得清苦，但诗情十足，无所惧怕，就是不愿回到过去的单位。在异地开拓生活，大踏步走在北京的大街上，豪情万丈，身轻如飞……

夏尔维勒火车站。兰波每次出走离开故乡都是从这里出发。在致乔治－伊桑巴尔的信中，他这样写道：在外省的小城中，故乡的城市显得极其愚昧；这里貌似驯良的居民爱指手画脚，平庸而自负；我渴望报刊、书籍——什么也没有。

他在自己的故乡流放。

（和友人谈及兰波）

墙角根下，坐着打工返乡的民工。其中一位老人，很像**父亲**，长脸，光头，晒着太阳。手中拿一把擦皮鞋的刷子，叫喊着什么。在亮晃晃的日光中，你把他看了几眼（远在他乡奔走谋生，你和他一样）。你们在异地的迁徙中偶然**相会**，和死去多年的父亲邂逅。

（北京站附近）

身体就像一个彩色气球，被某种幻觉充满，忍不住要飞舞，一不小心，放弃了对它的控制，它就要飞到空中去破裂。在拥挤的车厢人群中，你对自己说，平静下来，平静下来。万事万物有着自己的时间。时辰不到，急不来的；你要静守；学习与事物运行的时间相协调。

（一号地铁上）

从一个词、一个句子，从路边陌生少女的背影回到她的身边。你们曾经共同的生活；她远离了，但会回来，隐藏在一个词一个句子和少女的背面。但现在，唤不回她们了，在CBD商务区涌动的人群中，她在意识里只闪现了一下。

（国贸地铁站）

北大**芍园**正大国际文化交流中心。《特朗斯特吕姆诗全集》在中国出版，举办小型的纪念活动。老诗人步入会场时，所有在场的人都站立起来，掌声在寂静、肃穆的大厅内响起，诗人缓缓走到大家中间，没有说话，脸上没有笑容，坐在翻译和妻子莫尼卡中间，整个朗诵会没有说一句话。**特朗斯特吕姆**满头白发，拐杖放在他胸前，寂静地坐在那里。

1990年患了脑溢血后，右半身瘫痪，仍坚持创作。他写了一辈子的诗。翻阅他的诗歌全集，感觉诗集沉甸甸的分量，想着一生能像他一样写到晚年，能有这样诗歌合集多么好。

诗歌不是表达瞬息情绪就完了，它是瞬间背后持续性的东西；看着诗人的肖像，就像面对他的一首**寂静的诗**，安静的形象一如他诗歌爆发的安静的力量……在一个去魅的时代，诗人用自己的诗歌维护着一种神秘，那须用想象才能到达的神秘。用他的话说，诗歌是来自内心的东西，是梦和手足；一首诗就是醒着的梦，它塑造诗人的精神生活，揭示存在的神秘。

“白色的太阳＼向死亡的蓝色山冈＼孤单地奔跑＼必须和优美的

草丝＼生活在一起……”晚上，当我们与大西洋彼岸而来的诗人道别后，默念着诗人的俳句，穿过明暗交替的北京城坐着**摇晃的长长的公交车**回到租房，再次看见头上的**星斗**。

（见到特朗斯特吕姆）

在**花家地**小区的音像书店花一元钱买到**《红色舌头》**。里头有美国诗人**毕肖普**的一篇散文《感情的成果：回忆玛丽亚·穆尔》。毕肖普的一首《鱼》，让我关注她的所有作品及生活经历。她那篇散文写得极富性情，书写她与穆尔诗人间的交往。在租房读它，从狭小空间超脱出去，神游到美国，与毕肖普一起来到曼哈顿，坐地铁到坎伯兰大街12号，会见生活在一口来自另一个世界的潜水钟内的穆尔，过着写作的禁欲主义生活……

从书架上抽出**《北方、南方》**，一刹那被它带回到**西安**：鼓楼大街。我找一家书店女老板谈订货合同，让她观看我带去的样书，想她多征订些我们出版社的新书，能得到更多的订货码洋。选择做发行而不是当编辑，在全国各地的新华书店、二级图书批发市场与人周旋，想在短期内弄到可观的订单，这样生活和写作就不犯愁了。

在那家新华书店，碰上了毕肖普的评传《北方、南方》，眼睛一亮，忘掉是去给书店做生意去的，反在那里买回一些书背**回北京**。一份订单也没有签成。

（亲爱的诗书）

在**白庙村**乱窜，沿着路人的指示，敲响一家的铁门。这时，老赵探出了头。我自报家门，他把我让进了屋内，没有提防，像多年的朋友相认后坐在了对方的观望中，他沏的茶水中，越谈越投机，坐在**牛栏山二锅头**前。从西安带来的花生，老赵用双手捧到桌上也不用盘碟盛放，我们碰起杯来。一瞬间，想到约翰·克利斯朵夫见到两位画家的情景，激动，敞开与相知。艺术家之间的友谊好像复现在生活中来了。老赵穿着裤腿两侧有兜的裤子。微微的秃顶。黑白相间的头发往后脑方向梳过去。喝酒的空隙习惯性用手往后捋捋。老赵整整长我二十岁，从西安画院退休。我们的相遇是必然到来的。分手时，老赵有些酒意了，两人搀扶着来到930公汽站，拥抱着分别，当着路边的人们。他身穿的丝绸上衣体贴，有着细腻的手感。

（第一次见老赵）

修自行车的老李站在**路口**。地上铺着一块布，几把钳子，一盆水。一支气筒和几个更换用的轮胎。天气变冷，冷风透过毛衣直浸入体内。他守在路口，一天能挣多少。很少见他为人修理。真的有些为他生计发愁。下岗后就凭这简陋的铺子为人修车，以为他站在路口在等着什么人似的。

你比他多出了一些什么东西。几架书，一台电脑。租房像他的**地摊**实在是太简陋；得像他一样，守住自己的写作。想到**捷克**的作家们，生活突然之间变了个样，失去了工作，沦落社会底层，为了生活和写作，有的当了守夜人，有的给商店洗橱窗，有的去挖地铁隧道，但他们仍然作为一个自由撰稿者继续写作。是的，如作家**克里玛**所说的，“只要熬过来，不幸的经历总是值得的”。

（随笔片断）

到报社去，看见**梧桐树叶**大片大片地落在路上。第一次去应聘，叶子刚长出来。见到过去临时的同事，我们就要分开，从这个若即若离的媒体走离。你对什么都不幻想，对什么不再轻信。冷峻地面对生存中发生的一切。得不喜失不忧。**穿过天桥**，反而对这骗局有了谢意，至少它让你在北京滞留下来，你领到的那点补偿让你觉得好玩。你把世事看得更清楚。没有幻念，感谢所有的经历。你退不回过去的单位。这个遭遇让你耗在这里。不慌乱，不害怕，你有事可做。是**写作**把你**挽留**下来。

（北四环某个岔口）

今天完成一则随笔。写作的快乐是神赐的。心境改变了，换了一眼光，看过去的世界发生了变化。写作是一种**自救**行为，也如同呼吸。

夏天来了。北京的春天晚南方一个多月到来，刚见到连翘，春天来了，但冬天的衣服还不能脱下，过不了多久，人们换上夏天的短装，北方的春天短促得好像没有这个季节，时序仿佛直接从冬天奔向夏天，忽然鼻子呼吸着热气，持续漫长的夏天。秋天很短促，美丽，但你来不及欣赏，北风就在屋外吹刮起来。人们钻进有暖气的房子。大路上很少见到行人。枯败的树木和杂草在冷风中瑟缩。

柳絮迷人眼目。想到自己在北方过了几个年头，最初那年看见柳絮在国家图书馆外面飞，要钻进阅览室来。认识了不同的公车路线，如何抵达北京中心，现在从地安门那个单间撤出来，租居农民的一个**院子**。家具和稿费多起来，撰稿进入状态。

母亲死于 2001 年 3 月 31 日早晨八点十九分。生于 1926 年农历七月初七。她是在天快亮的时候走的。母亲用低微的声音问，什么时辰了。夜里突然出现了**狗叫**声。房间的窗户被**风吹**开。感觉她要走了；万物都有感应。天蒙蒙亮的时候，我和家人用白布包着她的身体从五楼移送到事先准备的楼下的平房，设有灵台。母亲睁开眼看了看，嗫嚅一下，好像对她的离开之地还满意。过了几分钟，勉强睁开眼，很快无力合上。凑近她的鼻子，没有呼吸了；她的眼睛睁开着。我和姐妹用手将它合上。

（回到宋庄）

在 930 公交车上想到母亲不在了。一个人变成一捧骨灰，葬在老家的田野。你是那样冷静地处理母亲的丧事，一生中让人牵念的事完成了。诗友聚会。有人强烈地批评某人的写作，你想从酒席中退出。**母亲之死**影响着你对人世的判断和看法，人的脆弱与虚空。在死到来前你什么都要放下。母亲最后接受了那个事实，她手上的零钞松开。

一个广场。出门看见了“母亲”，我朝她走去。她与**母亲**一个模样，一样的服饰，只是发胖了。在**梦中**问她：你到底是谁。她说她想借用我母亲的形象活着，要我不唾弃她，让她继续活下去。

和王琰坐在大兴庄集市的路口吃早餐。他从武汉来到北方乡村，过着平凡琐屑的生活，在粗糙的村庄饮食起居。十年前从武汉画院离开，和妻子提了两个旅行箱到了画家村，粗枝大叶地生活，在不符合卫生条件的集市用着早餐。我们就在这样的环境中把生命磨损消耗。对一个坚强的人的考验是平凡，平凡到默默无闻的地步。

一九七六年的青年住在一九一八年的房子里。他在此画画，将它修整成宽大的画室。我和他从熠熠生辉的**画室**移步院中，看见草从地上自个生长出来，小肖让它们随意生长，伴随这个临时的主人。这个院子破败但不荒凉，显出它特有的美趣。小肖的画就挂在那幢老房子里，因了他的画，这老房子显得生动，那一幅幅油画照亮这幢一九一八年的房子，发现眼前的一切都亮起来，破损的土墙，院中的杂荒，生出无限的生机，连同院中自生自灭的草和那交混的黄昏的光影……

忽然记起意大利诗人**莱奥帕尔迪**诗《无限》：“这荒僻的山冈\对于我总是那么亲切\篱笆遮住了我的目光\使我难以望尽遥远的地平线\我安坐于山冈\从篱笆上眺望无限的空间\坠落超脱尘世的寂静\与无比深沉的安宁……”

（在大兴庄）

修整着房子，铺筑院内小路，让人在这里住得下来。坐在农民刘殿银的平板车上购置木材，四处是脏乱的环境。白色垃圾。臭水沟。风裹着尘土吹打在脸上。发现自己来到社会的底层。没有退路，这是最后的退路，把生活降到最低。对自己说，抗拒虚荣，顽固的虚荣，踏实地生活在这里。在这里勤勉地活下去，是你把自己逼到这个没有退路的院子。

到地安门领取邮件归来。村子安静，只听得见自己的脚步声。每家人户的院门紧闭。能听到里面的狗吠声。在院子和那三间小屋轻声走动，我怕打扰地底下的人（总觉得地下室还住着人）。夜里躺在床上，月光斜照到了脸上。对自己说，现在成了不在单位领工资在邮局取稿费的人。

到画家贺天的院子观赏。有果树、竹子，院子里的桌椅和长满荷花、水草的池塘。落地窗玻璃下的画室。他大学毕业后做公司，在空中飞来飞去，从一个城市到另一个城市，现在选择热爱的绘画，一个人过简单的生活，甚至开始为生活发愁——想着自己的稿费开始减少。站在他的院子的海棠树下，心中隐隐不安。

渴望远离家乡，在潜江那间办公室里看见销售教学仪器的浙江商人，想着像他们一样远离家乡；现在漂居在北方，回不去了也不想回去了。像尘埃一样飘，飘到哪里是哪里。见到王琰，他随口说道。

今天进城，少女们穿起了花裙子，露出她们的细白长腿。在大兴庄的你见到的土黄泥墙，灰不溜秋的老人坐在路口的石头上。北方老乡的穿束和他们所处的环境是和谐的，晦暗的，这样才能与周遭的环境相衬。在村子生活久了，感觉自己是个陈旧的人。一种隔离的陌生之感，一瞬间想：不知城里人如何在紧张地生活。

你以为你到了乡村就安静了，除了内心的驿动，还有村口贩卖的吆喝声，村子喇叭的广播声，院外的喧哗在渗透进来。你在说服自己安静下来，人在哪里都得努力，都有困难。没有退路了，一刹那间的气馁也不行。不可动摇的写作。迅速投入自己的工作。

院中的植物长得飞快。从城里回来，只隔了一夜，葫芦长高了，爬上了屋顶，翠绿的丝瓜藤蔓变长了，给屋子带来荫凉；向日葵开始转动花盘，有的低垂下来。植物秘密地生长，当我坐在书桌前望观它们，满眼的绿荫。

（莲子小的时候，她外公跟她开玩笑：你长大了给不给外公提酒喝？那时觉得时光还遥远着呢；现在女儿莲子就上高中了。）

陶渊明他还活着，他没有死，好像就在离我不远的村子住着，随时可以见到他，听他谈诗论道。

那翩翩飞来的新燕，悠然见到的南山，蔼蔼远人村，那翼彼新苗的南风；那诗中的景物没有一样不染上他的情感，这些意象成了诗人生活中的部分；与他水乳交融在一起，一点儿也不疏隔。他的诗没有一首不好的，每首诗都让人感觉亲切真醇，让人看见他的形象，听到他的呼吸。有人想从他的诗中找出佳句来，但每首诗就是一个神秘的存在，每个句子都在说它们是一个完整的不可分割的生命，在散发逼人的真气。

（陶潜）

阴雨天持续一些日子。今天晴了。蓝天白云，你住在这里能很好地感受自然。院子的白杨树叶子绿得发亮，有风，风中的叶子发出细细的声音，像在海边听到海浪的细语。在简陋的居住环境能看见美景，无论在何处都应该发现自然赐给你的美丽，身边的美，关键要有这样一双能够看得见的眼睛。我对自己说这里美极了，女儿不在身边，她没有和我同时看见这儿蝉的叫鸣。院内黄色小鸡唧唧声，还有巷道小商贩以方言吆喝的悠长有趣的声韵；飞机从空中飞过从纯蓝的空中划过一条银亮的细线，如同从蓝色的大海犁过。这是飞机飞得极高的缘故。忽然见到彩虹，好多年没有见到了，然后又落下大滴大滴的雨，打在叶子上噗噗地响，掉在土上的声音是哑的。彩虹还挂在天边，一弯细月半小时后从天边显现，隔着合欢树收拢去的花蕊。

王琰的院门砌得很高。门前两边有两盆普通的蒿艾。画家鹿林把我带到他的**院子**，他和妻子小韦坐在**枫树**下，才两岁的女儿上尚在小韦怀里。背后还有一个**秋千**。络腮胡子，颈上挂着项链。他把一个农民的院子处理得漂亮极了，添加了欧式玻璃的房子。靠在房子边的石头桌子。黑枣树在院子。他的**油画**在屋子里。一个热爱生活的人无论他居住在那里，都要让自己生活在他创造的美之中。

鸡在地上洗澡。鸽在空中飞行。

今天上城，想到谁说过，伤害你的人是你身边的人，影响了你往精神深处走去的进程。无论和谁在一起，你都是一个人。自己成为自己的管理者，自己料理自己，真正渴望与自己相处。身边什么人也没有，自己与自己呆在一起。

打开电视，为人们感到悲伤：**电视**把人弄得可笑而丑恶；人们为时尚和欲望所损伤而浑然不觉。一群人在一起讨论无聊的问题，让人受不了的浅薄，败坏精神空气。让人变得可怕的东西就是电视。它是隐形的公开的**敌人**。

星期六，在成立的画室，我们唱圣歌，读《圣经》第十章五节。信了，你人就活了；在你身上活出上帝来。放下既定的知识和成见去亲近神；神叫万物相互效力，承受救恩；爱没有惧怕，人知道自己的无助虚空虚无，神与你同在，它是你的朋友，在你的身体中，还是感觉神的空泛，它的无可触摸，你有敬虔之心但至今未建立起对它可触可感的确信。

鹿林院子里的狗在叫。揿响他的门铃的时候，回答的是狗吠声。鹿林外出，他院子里的一只公狗在那里无声无息地生，无声无息地死。**狗是画家**的另一个自我。它替主人死守在院子里。我看见那只狗栽在泥土里成了一尊塑像。

院子的小鸡长大了，成群结队的，它们要吃食，跟着主人双腿走动。你的生活负担不了太多的生命。你的贫困让你的生命承担不了另外的生命。

从宋庄过白庙就是**燕郊**。在那里购买过床单和音响，竹制躺椅。喜欢它的街道两旁槐树护侍的宽阔林荫道。那里有国家派出机构和高校，将小镇的味道改变了，异地居民因了它的便捷交通而住在这里，从京哈高速路坐 930 公交车过通州到大北窑只要半小时车程。这里房价也便宜，小镇脱离县城的土气。在那个旧货路边市场，能购到有品味的旧书和古董。和王琰骑着摩托车戴着墨镜，从大兴庄过白庙到燕郊好像上城了，时常带朋友到燕郊，当我们乘坐在**930 公交车**在京哈高速路上，看见路边茂密的林子，燕郊就在白云下面。

观点艺术也还是艺术。艺术有它本身的元素。再好的观念，总得凭借语言来传达。找到在生命中孕育了内在的一系列的绘画语言。画外的观念再多还是要画布本身来折射，找到绘画的身体。然后才能谈及其他。

（在小堡某画室）

捷克电影和小说与我们有某种异域的姻缘。相似的生存处境。几个艺术家的命运与时代展开的张力：出国不许，逃离不成，最后开辟农庄，沉溺于个人生活，最后死于车祸。

（看《布拉克之恋》）

在一个失控的世界过属于自己的生活，已成为我们共同的经验。在一个民族传统秩序衰落的时代，个人的自我实现和成就是现代社会的趋向。我们渴望，进行自我选择，自我塑造，在你死我活的环境中生存下来，必须积极，有创造力，足智多谋。

社会各种风险转移到我们身上来了。个人历史的**叙事**，一种**游牧**的生活，为了自己和他人，你必须不停地转换个人历史，过一种**中间状态**的生活，一种**自我试验性**的生活。

追求不系领带不穿制服的生活，构筑自己的体系，服饰，不流俗的居住环境。工作室随个性安排和讲求，包括一把椅子，追求没有领带的生活，本真的自在自为的写意的生活。即便成为中产阶层，还会去使用一辆旧式吉普，休闲或牛仔，往往上面沾有色料。光头和长发。**身体语言**是他们对这个世界态度的显示，是依凭自己的趣味去寻找而非时尚和大众塞给他们的。寻求一个自由职业者的**自在与自由**，同时承担随之而来的责任和压力。培养自己的爱好来抵挡生存的荒诞和虚无；过着自以为是的生活，关注自我发展，选择**居住**在乡村，与狗、植物生活在一起，深深地拥抱孤独。即便聚集在一起也是分散的，群居是世俗的，**独居**是艺术家生活常态。他们理解托尔斯太晚年至死要抛弃财产从家里出走，维护他的**最高孤独**，最后死在荒郊野外。

（和画画的聊天后记在日记上）

艺术的真正品质是独立与自由。在这自主汇成的画家村落里，你是以一个写作者身份介入的，感觉某种精神的氛围笼罩，你成了一个不在单位里领工资的人，愿意为艺术而流浪，成了类似于蒙帕纳斯的**流亡者**，摈弃冷漠的而单一的清教主义和等级歧视，营造精神上的集体，来此寻找新节奏，渴望挣脱各种束缚，建立蒙马特尔的**小社会**，在麦田和苜蓿地中间，建设工作室，在此寻求生活和精神上的某种自由感。

（从张伟画室出来）

为什么与戏剧发生关系，在格洛托夫斯基看来，它是让身体内部的某一部分不透明的东西变得透明。在他看来，**节日**是一些毫无畏惧的人相处在一起。

她说到她半生的混乱生活。很少人把她当诗人，仅仅当成女人。我待她如诗友她感觉相通和亲近。写作对她来说是灵魂与身体中的现实，来自灵肉的实践，在一个男权社会，她在不断地放下，对抗着。

写作就是我们的生活，为了写作，诗人借用了我们整个人生。我们的一生围绕这个迫切需要。回到自己的日常，不放弃一个诗人的信念。坚持诗性写作，把诗文本当成目的。

（在天通苑）

他们在一起聊天。从国家的奥运庆功联欢说到集体虚假的激情。然后说到变化中的**绘画艺术**。画好卖的画就是对自己的投降，如何超越自己和这个时代的趣味。致富之后的无聊感。对钱的报复不满，对它的追逐让人丧失良好的身体和健康的心灵。他们不断地上**啤酒**，啤酒，然后开着**吉普车**，上城遣兴。艺术家们形而上的牢骚，在酒中释放。从旧有的体制内逃离出来，过自己认可的生活。

和自己的同类在一起，雨后清新的空气渗进车内来。恣意大声说话，看见天空中的星光和神秘的夜色。酒精作用着生活的解放感。精神焕发开去，配合城市的灯光，和突然闪现街头的异性的超短裙。极乐之后的越轨。把双手交给警察，主动认罚，他们就是要与社会发生点关系。

（事件）

院内的丝瓜棚架坍塌了部分，有的还在维系。从书桌看上去，院子显示繁盛夏日之后的衰败。**秋雨**打在玉米枯萎的叶片上喑哑的声音。

鸽子不见了。院内四处寻找，笼子里是空的。我将反扣于地的盆子揭开，**鸽子**白色的身体藏在里头。孤独的鸽子抵挡深重的秋寒。

从公交车可以看见很远的天空，变高远了；**飞机**在空中像个静物。烟霏云敛，天高日晶。太阳光线没有之前的热烈。**云朵**像远山一样堆在天边。自来水变凉。院子的植物枯萎。

你离开宋庄的院子去寻找新的居所。**灰色箱子**在你身旁，带着那只灵性的鸽子。

（2005，柳宗宣散文集，百花文艺出版社 2005 第 1 版）

第二章：东四十二条

和他在一个**走道**碰上。他去洗手间，我到楼下去取包裹。有时，我们在大会议室里讨论读书选题报告。他可能淡忘多年前的一个人在某个下午来到这幢楼，找到编辑部的那扇门。推门见去，他在期刊和书稿中间抬起头，戴着眼镜，脸色比现在年轻。他的背显得有点驼了。

多年前的我，一个人从**南方**到**北方**，坐了一天一夜的火车怀揣自己用方格稿纸誊写的诗作；他接过我递过去的带着我的**体温**的稿件，简单说了几句话，就急欲忙他的手中的事情。我略带失意地离开这个编辑部。以后和他没有了联系，那稿子一直没有回音，不知他扔到哪里去了。

那年，没有想到自己会来到北京生活工作，甚至会成为他的同事，和他偶尔在过道碰上，点点头，他不会知道面前的同事是那个曾经满怀敬虔之心的文学爱好者。早已忘记多年前我在他的日常生活中出现的一个瞬间。我不提起，他也浑然不觉，甚至说起那个细节也无法回忆起来。我不会忘记自己，这个**词语的爱好者**在那条路上走过的曲曲折折的**道途**。

走在胡同的白果树下，喧闹车流之中安静的所在。胡同两旁低矮的房子，给人以平和亲切的感觉，院落里的枣树照护着黑瓦白墙，每隔些日子走在这胡同心情放松。多年前走在这个胡同里，从编辑部出门，我想着到这里生活工作多好，现在就生活在了这里。早晨从租房出来穿过胡同，经过十字路口的一棵粗壮扶疏的桑树，想着办公室桌子上的信件和新刊就要见到了。

（东四胡同）

编辑部桌上有很多**稿件**，每封都要拆开阅读，有的亲笔回复。感觉一份份稿件中间夹杂有自己从湖北那个学校投寄过来的手稿。从一份份手稿，看见多年前伏案写作然后骑车上邮局投寄它们的情境。

最早投稿是由姐姐从邮局寄出的。十四岁的高中生，生活的乡村中学看不见邮局，偶尔有邮递员来到我们的校园。姐姐上县城，她带去我的稿件。据说那年文学投稿不要邮票。只在信封右角剪一个洞。在信封上面注明“此为稿件”。那份稿件一直没有回音。

（往事浮现）

在办公室，发现什么都不是你的。人有些害怕，都是别人的，在北京，租房是别人的，单位是他人的，只有身体是自己的。这身外的一切最后要离开自己。

在人世什么也不是你的，就连你的身体，你最后也要与它告别。一切都是**短暂**的拥有。看清这点你没有了伤感。人生对外在的事物没有所有权，只有你对自己生命的**使用权**。看清了这点，你理解到了**漂泊**的本质。

（在编辑部）

回到湖北从前那个单元套间，离开时关上那扇铁门，留恋的是书房的那些**图书**，那是几十年积攒起来的，陪你度过了多少个日夜，它们已浸透到血液里去了。在京城，忽然**想念**那些熟悉的旧书，它们还在那个空寂的套间，身体的许多部位还遗留在那里。

从办公室出门的快乐，那种无法抑制的解放感，从一间空调屋子出来，发现**平安大道**开阔的街面，远垂的天空和空中的**电车的线缆**，我再次看见天空，阳光，胡同。金黄的**白果树**枝杈间的蓝天，漂亮的**拼贴画**。哦，黄澄澄的五角叶片，稠密地铺在了胡同，黄黄的铺了一路。美丽和喜悦来自自然，来自这白果树落在地面的一片金黄色。

今天出门透口气，在小区里走走，身体一点力气没有。在自我的监狱里挺过来了，宁可相信绝望也不要抱希望。大地苍茫，人是那么渺小如孤立在冷风中的枯草。

身体就像一件乐器。一会儿弹奏出平和的旋律，一会儿弦被悲伤几乎折断，那欲折的断裂声；内心像经历一场大火，身体的器官都燃成了废墟似的。

为了维护自己可怜的尊严，争吵后又是害怕，一个乞食的人还敢与主人要面子。心里发慌，口干舌燥，内心一团黑。找不到为你辩护的人。你的敏感脆弱可能夸大处境的恶劣，你把他人想象成了致你于死命的人。

为什么要从家乡出来，受苦折腾，被人轻视。人在哪里都是受苦折腾。从租房出来，表面上你没有什么变化，你看见身体的废墟；如大病一场后晃过神来。勉强出来走走。你对自己说，活下来，活下来。

最后选定这个称谓：**八月之光**艺术研究院。在本地工商管理局完成了**注册**。八月之光从内心里散溢出来，映衬身体所在的空间，人的身体仿佛在发光，从你身体晦暗中透显出来，心境亮敞。老赵协助设计的八月之光的招牌，简约的讲究的图标令人喜欢极了。八月之光，四个篆体透显出我要的设计感。这是你过去教书生涯中未曾想到的。觉得一切来之不易，如同你的漂泊。各种机缘成全了这个经营实体，你在完成自己身份的**改写**，拓展自我，在外的漂泊要有一个依靠。这是一个转折，八月之光将会照临你和你的亲人、朋友，这也是你对你的生活的祝祷。走在新华大街，和家人走在树旁的人行道，心在跳，说不出的激动。望了望天色，路上来往的车辆和行人，感觉自己就是这卫星城的主人。不再是流浪者，被人小瞧的打工者，我也是这个小城的也是这个国家的主人。不必从派出所办理暂住证，不要到人事局参与外来务工人员的培训。我是这个国家的**纳税人**。我是**主人**，自封的主人。这街道的主人，小城的主人，国家的主人。和这里操着本地口音的人一样，不仅是小院子的主人，也是议会厅的主人，天安门前的主人。

（从工商局大门出来）

搬进买的房子，在轻轨旁的梨园。**老赵**来看我，带来西安的小吃，还送我古趣十足的铁器火锅。他看了看房子，说：这就好了，有了自己的房子；两年前你和我说，想有个房子，现在不就有了。

这次，他来看我是因为准备离开北京，他的身体不允许他像过去那样四处游走了。他需要妻子的照顾。上次他和妻子到两居室的租房喝酒。北京二锅头。几杯下肚，老赵说话不清晰了，行动变得僵硬。我停止了为他上酒。

第一次见面他多么生动，喝着酒然后放下杯子为我做小葱拌豆腐，像个顽童。在延边餐馆，我们用了分别的午餐，他没有喝白酒。我们要了瓶**燕京啤酒**。在就餐的空隙，还合了影，坐在他身旁。室内的光线有点昏黄。

（赵彤海来访）

和妻子从租房到农业银行去，穷困中规划未来的生活。回忆几年前路过这里，想着自己不仅会有面包还会有房子，心中充满了激情。我对妻子说，终于完成了生命中重要的**迁徙**：离弃了过去的单位，离开了南方，置身于北方的天空下，一只**鸟**从南方那个院子里飞出来了。一生做得最漂亮最骄傲的事是**离开**了那个围墙内的院子，不多说话的同事和那虚假的集体。

（路过运河广场）

你早已离开那个**小城**，从那种孤立的封闭的环境离开了，出离那个单位，你的身体与精神置身于北方，这些年你从事这样的工作，从外部与内部实施着自我超越。获得了开阔的空间；地域不能构成对你的**束缚**，对精神的**限宥**。从那个围墙包围的单位出来，身体获得更大的空间，不断地超越环境和地域对自我的局限，达成另一意义的生成。这是一生要做的持续的**迁徙**。你一生做的工作是超脱，不停地**离开**，写作让人远行，你活一辈子就是不停地离开，你离开你所在的地方，离开、离开。

（过去文友打来电话）

我笑着对女儿说，爸爸是自学成才的。在那样荒凉的文化环境里，一个人是如何在发展自己。文学写作之路让我不断自我觉醒，自我离弃。这生命的不断修习让我从潜江来到北京，这是命运里必然发生的事。五年前，从这里托运电脑，独自赴往京城，没有想到会有现在的处境。那真是**血液的冲动**，那是被**逼**出来的。在潜江小城发觉精神的荒凉，在那里看不到前途，觉得在那里的日子过完了，必须找到呼吸的出口。

京城好像还在自己的梦中。榆树停在冬日的灰色里，没有转绿的迹象。从南方某个城市的春天里**归来**，身上沾惹着那里梨花的香气。北方的春天要比南方晚上一个月。连翘花开在皇城根公园的墙角；连翘花和北京的春天在一起，报道着这里春天到来的消息。

六年前的春天，初到北京，我碰见它，是它把灰蒙蒙、暗淡的京城照亮了。多年前也坐在这 823 公交车上。我知道它的路线图——玉泉寺、西便门、平安大道、地安门、东四十条，经过工人体育场，开往东直门终点。

在**汉口火车站**走了一圈，想到这些年就这样过来，在北京从事与自己爱好一致的编辑工作，家人经营她们的文化出版公司；有了两套房子。有了一层楼的藏书。出版了个人诗集与散文集，让人安慰，你正在完成了自己。

（汉口火车站转车的空档）

杜尚喜欢下棋，自己做了一个袖珍小棋，他的朋友见到后建议他把这种小棋投放到市场，申请专利，可以发大财，杜尚回答：我要了那些钱做什么用呢？我需要的我已经有了，我不需要更多的了，如果我有了更多的钱，我还得去安排它们，为它们操心，累不累啊？

在美国一个富豪愿意每年付一万美元给杜尚，只要他每年为他画一张画，杜尚没有接受。事后有人问起这件事，杜尚回答了一句很精彩的话："1916 年，我已经 29 岁了，懂得自己保护自己了。"

（约稿片断）

发现自己对通州越来越了解，发现你的生活和它发生着联系，你在它的电信公司办理电话安装手续，在它的派出所办可笑的**暂住证**，和它的银行、餐馆邮局也发生着联系往来。几乎成了它的准居民了。我喜欢小城，它保持着乡镇的特色，没有大都市对人的过度挤压。你看着这个小城一天一个样，它的新修的宽广街道，它的四通八达的交通（铁路，京哈、京沈两条高速路）它的红火的房地产，易初莲花超市。一座城市格局呈现出来，**地铁八号线**开通，终点到达通州**土桥**，这提升了这个小城的品质，同时给这个小城带来了过度的负担，它每年递增十多万外来人口，通过居住这里和北京发生联系。

记起 2001 年黄昏，从租居的三元村坐 **938 公交车**到北京站，车过北苑，车行驶在京通快速路上，观望着远方云层中 SOHO 现代城，想着在通县有一套自己的房子。多年前，在湖北书房读**苇岸**的散文，放下书卷想象作家生活环境，想着自己能在三联书店夜里归来回到郊区住房，像苇岸那样。

2005 年，我移居**皇木村**，从北京城到这里要一个小时车程，想着小说作家罗伯特・格耶住在距巴黎百多里的麦尼尔乡村城堡，理解作家为什么要住在距城那么远的地方，把自己安置在边缘自然一点的环境中，虽然它被污水河环绕，但它还有防风林，有散步的地方，有原生林，有**带院子的楼房**，你想把这过去繁华漕运码头遗留下村落——皇木厂当成可能的静修之所，停歇于此，在此**安顿**自己的图书。

一个男人在马路边跑动。蓝色运动衫。他呼吸着这座城市早晨可能干净的空气。一个妇女在车站牌旁**叫卖**着：北京地图，北京地图。你使用过多少张北京地图？张贴在一间间租房里，在它面前寻找某个地名、胡同、公共汽车转换的路线和地点。

忽然发现这座城市变小了，它收缩成一张地图，隐现在我的身体里，我能辨清它的方位。坐车行走在它的每个城区和郊区。历历往事浮现；看见过去的自己在那街坊胡同走动：谋职，找房子，购书，参加画展，访友，诗歌朗诵会。

这些年的漂行绘制出一张属于自己的地图。多年前那个在北京地图前的我，在纸面上搜查密密麻麻的线条，地名和交通，胡同和酒店，永安里地铁的北出口和风入松书店的店面。如何把纸面上的京城和实际的街道对接起来，走了多少弯路，甚至走错方向，然后你回来，找到你要到达的一张书桌。这未定的充满各种可能的行走，你在陌生空阔的北京城用**双脚**绘制了一张图；一个人寻找道路，曲折的胡同和宽阔的车辆川流不息的长安大街，茫茫楼宇之中找到一间房子，安置自己的卧具，放下自己的电脑和身体。

那时不知道自己落入何处，经过哪些房东、租房，遇到哪些人和事，是否最终在北京停落下来。你一无所知，在一个个瞬间的规划选择，一张**自绘**的地图呈现出来。

（北京地图）

在院子听着 CD 犹太人音乐。那首忧伤的《香烟》的曲子从纱窗扩散出来，寂静的院子使那曲子听来明晰悠长。月季花挂着露水。寂静皇木厂上空的蓝。发现邻居二楼檐墙边上一排鸽子，张着脖子，不出声停歇在那里，望着我和其中的院子，打量新来的主人，好像在听室内传出的乐声。我抬头它们也不离去。

远望过去，村子的防风林灰色中有点哑绿。之前防风林中的柳树是褐色的，颜色渐渐地变灰，浅灰，然后是不易觉察的浅绿。柳枝爆芽了，不几日就绿了。春天来了。风吹到脸上是潮润暖和的，天上有云絮。散步在蓝天的边缘。不像冬日的风后的天空一溜的蓝。让人惊喜于雨后西门路边本以为死去的杨树萌发嫩绿的枝叶。冬日裸露北风中的雀巢被新绿的枝叶簇拥，皇木厂的春天让人隐隐地紧张。院内死灰一样的地面在雨水后变得松软滋润。草开始露出一星绿色。北方的春天比南方要晚上一个月到来，在漫长的等候中从冬的钳制下缓缓脱身，一旦现身就过去，比南方的春来得慢去得快。时不待我。春天紧张而忙碌，要在院子种上竹子和枣树，还要在院墙外种上五棵柳树。一晃过了植树的时节。在集市上不停地跑动。榆叶梅，苹果树，山楂树，我择选着它们运回院子。对女儿说，你现在就是春天。

（春天又来了）

这些日子，感觉职业对诗歌写作的渗透性的影响。尤其是在文学杂志里混，它影响你对诗的感情；当你拥有了外在更多的东西，这样也会对诗人构成负面影响，一个诗人要返回自己的一无所有，适度的贫困，另外还要有慵懒的心境，自己能支配的时间，或轻度的虚空感和厌世情绪。

（从三里屯到八里庄的出租车上）

你把目光停在了她的身上。忽然间从她身上发现了什么。单位集体旅行租用的大巴从**太原**开回北京。时常在单位食堂见到**她**。把票据和餐碗伸进那个窗口，你和她有过对话，没有异性间的敏感。今天，把窗外山地秋景看得疲倦后，掉过头来看见她，换了服装般的变了模样（不是在食堂身穿的白色外套），深色的休闲外套露出颈部，披散着微微卷曲的头发。她和女同事说话，胸前衣服的领口开得有些低，露出颈脖与胸脯间的部分；脸色白皙散发微微光泽，眉毛若有似无地细描过。

女人的**美感**来自她健康、自然的状态。天生丽质没有过分的修饰，减少社会意识形态对身体的修理，就像你看见的梧桐树没有经过人工修剪，不是为我们的视觉而准备，不为刻意迎合我们的审美，如同树木倒映在河里，河水的星光树影，不为取悦河水。

约翰·克利斯朵夫眼中的**萨皮纳**这个人物从心里给唤醒了，兑现到面前的女人：慵懒的样子，朴素天然得没有一丝做作。女性天然的气息自然地显现，有点不修边幅，但青春的风韵，温和的气息，天真的娇媚从她的身体显示出来，你的目光被她的存在轻淡地笼罩。单位那么多女性你为何没有留意，反而在意这个在食堂打着零工的女子。她没有受过多少教育，这个来自东北小镇的离异女子。她曾说她六年前到的北京，经人介绍找了个北京男人，日子过得不顺，无意被人引荐到这里来做事。你总是看见她在食堂少言少语地做活。

见面时只礼貌地点点头，也无多余的笑。无机心，无势利眼，没有过分修饰后的造作（上天赋给她的姿色是什么就是怎样），没有因世俗生发出过多的分别心；没有对生活过分的追求；没有因生存的艰难而变得暴戾，反倒持存了悲悯心。只要活下来就行了。没有攀比，在人面前不低眉折腰也不扬眉瞬目。她的理性建立在她感性上；美感来自上天赐给她的身体与容颜。这**民间的女子**，散逸着自然**母性**的光晕，忽然把你的目光吸引住了。你内心的美感被这面前的女子唤醒；萨皮纳在你心中存活多年的形象转移到了她的身上。你把目光从她身上移开，又投向窗外太行山脚下田园中抽穗的高粱，它们在平铺开来傍晚的**光线**中折射出令人莫名喜悦的光影和美色。

（从山西回北京的大巴上）

他的诗作展示了诗歌新的感性，诗人注重诗的视听，脱离诗一味地独语，加入**可视**的因素，诗人放下过去诗歌中直接表达，浪漫的抒情，在诗歌中设置更多的情景，一首诗不仅仅是供听的还有可看的因素在里头，一种**客观**的诗，你可以触抚它，扎实可感而又不向你挑明，召唤读者进入一个个场域，与作者合作去完成一首诗。

（苗强诗歌讨论会上的发言）

一生写着自己**境遇**的作家，一个旅行者，他的“**腹语**”中带有他不可模仿的语调。将他与他人的写作分开。从他的诗和文你能触摸到一个人的行走的足痕，他没有停止，外在的行走到内心的找寻，在不断挣脱自己，往前踏入无人之境，耗尽一切可能的领域。他的**散文**是他诗歌写作的延伸，或者说是他的诗的另一种更自由的表达。他的**小说**几乎是他生活中的事件的语言转述。他的**随笔**作品也是身体感动后的震颤余波。他的阅读与他的外部的行走相关，**阅读**对他的生活实践产生影响，阅读与行走相互印证。他是一个被文学改造过的人。

（给某记者的笔谈）

诗的抒情是写作绕不开去的话题，是诗歌写作的根本。当然作者面对诗歌，除了**感情**，还要找到**词语**。语言与情感之间的关联是如何建立起来的情感如何渗透到词语之中。黄灿然在《读书》杂志上谈及诗歌创作的两种类型：一种是有些东西要说，另一种是感到要说些东西。读“有些东西要说”的诗人的作品，你会触摸到诗的本色和来由，它的情感因素会浓重些，读来亲切自然也生动，虽然显得技艺的不足或欠缺，造成了题材的浪费，甚至糟蹋了宝贵的个体经验，但你捧读其作品不会生厌憎之情；而那些“感到要说些东西”的诗人写作的诗，虽然感到有技巧，语言光滑，不能给人可以触摸的质感，就是本雅明所说的作品所散发出的“灵韵”给丧失了，它们是可以复制相互仿造的。

面对**SARS病毒**不要恐慌。想到“911”，人们的生活发生的转变，恐慌持续几个月就会进入平常，这就是生活。等待、忍耐、希望、害怕，这就是生活，不能因为恐惧就生活在阴影里。我们精神世界里有着病魔，我们太恋生。为钱而焦虑夸大痛苦，心理承受能力的脆弱。什么是生活？生活就是**忍耐**、接受磨难、等死；**向死而生**。沉稳，是一个男人的气度。

（电视里华裔何大伟谈生死）

看见女儿睡觉。微微张着嘴。想到她的奶奶。与自己的亲人在一起多么安静，没有欲望只剩柔情，恬静的柔情，安静地生活，无大喜也无隐忧。这来自共同血液的**亲情**，没有交易，索取，天然无私。下午和女儿坐公交车进城，阳光照着窗外的雪，没有风。天气暖和。一瞬间想回到**故乡**去，内心涌起一阵冲动。

你对妻子说，活着的好的境界是没有害怕。不要紧张，过去的生活不是都挺过来了么，不要惧怕，从容些，不要自己吓唬自己。以前生存的恐惧控制了我们，为了生存为了房子，现在一切都过去了。心理现实与客观存在是不相称的，前者往往抑或夸大痛苦，成了双倍的痛苦。

没日没夜的在这座城市穿梭，不像电车司机，有固定的路线。穿过长安街的华灯，也深入木棒胡同的旮角。从三里屯使馆区，刚放下一个卢旺达人，又碰见山西的煤老板。我的车厢汇集各路消息，被耳朵收听，我的见识广着呢，不通过阅读，我就能获得百科知识：非洲直选、亚马孙河的蝴蝶效应、朝鲜的核试验、新一轮的冷战，同性恋的福柯教授、李银河的性学研究。

我是北京出租司机，有北京**户口**；北京没有一个外地人开出租车的，我们都会说English和French，这是国家形象的窗口；从乘客的脸色，分辨**SARS**疑似病人。从机场驶往水立方，警惕恐怖分子和危及国家安全的间谍，我的车厢布设移动的有机防控网。

对中性经济倒可侃侃：你看**三里屯**的外国佬不打出租了，每次空车经过，国人没有感觉那从美国刮来的金融海啸；钱该捏紧的时得捏紧。股票可玩不得，中国人怎么能购买美国的房子呢。人民币不管它坚挺不坚挺可要藏掖。

过剩的消息等于空无。我必须开我的车，道路瞅准，方向盘紧握，绿灯一亮加大油门。街道填满了车子。汽车工业与环保，燃油价和税收。轨道交通势在必行。哦，**柳芳北街**到了。你可下车了，走好。

（听出租司机聊天）

从城里回到皇木厂，在西门看见那树身有着瘤的粗壮柳树，就忍不住快活大叫。又见到这**亲切**的树木，这些童年和我们在一起的树木，好像南方的**故乡**移植到了这里。树杈间的月亮。所有城里的喧哗都让这些树木给过滤掉了。过去的村庄，童年的房子四周被树木环绕。鸟在树木的身体安居，我和伙伴爬到树上探上巢里的小鸟和雀蛋。大雪折断了房子后面的树木和修长的竹子，但我们泥塑的房子安然无恙。人性的树木保护我们的村庄。从木居为栖。有树木的地方就有村庄，就有我们的人民。我是那么喜爱皇木村，因了它和众多的树木在一起。通过它们可以在瞬间回到南方的村庄，故乡流塘口。

一个写诗多年的人去编辑诗歌，会脱掉常见职业病的负面影响，他会使他的劳动闪现诗意的光亮。一个**诗歌编辑**抽象而愉悦地劳动让他乐此不疲。体现诗歌对他的教育；诗歌精神和诗艺会落实到他编辑的栏目中。

（在编辑部见到新刊）

新散文的**结构**脱离了单一的起承转合，进入了一种全新的布局。

新散文更讲究布局，讲究其结构性。创作时要找到一个切入点，然后开始写作，有了一个绝妙的切入点，若隐若现的结构已经呈现出来了，这时候我们开始写它，把线索勾勒出来。这不是一个短的架构，更在意散文的内在的结构，于坚写他去香格里拉旅行，成了他生命经验中的事件，外在的因素越来越淡薄了，内在的经历、经验、联想，包括写他父亲的经验，那是很复杂的一种**架构**。表面写旅游，实际上不是。他把个人的成长史写在里面了，又传达自己的诗学经验，还有对整个存在的理解都在里面。这样的散文不仅有外在的线索，更多的是靠内在的意念来结构文本。感觉他以散文写就一篇诗学论文。

不是一般意义上的散文了。完全不是五十年代杨朔式散文的那种结构，更加自由，开阔，吸纳先锋诗歌和先锋小说的元素。散文能平衡小说当中那些虚构和诗歌里那种幻想，带有个人呼吸的语言，是创作者生命全新的构造。

新散文在传统散文基础上作出了新的开拓，吸纳了时代其他艺术门类的元素，最根本的一点是，散文作为一种艺术种类，最重要的是它本体的建设，强化它的艺术性特征，我们现在所谈的散文是把随笔排在其外的，包括读书笔记。现在散文概念太大了，要细化它，纯化文本，把非散文的因素剔除出去。

新散文写作者是不考虑读者的，考虑的是语言的呈现，对语言的自觉是散文作家最敏感的话题，没有好的语言感觉，或对语言不尊重，不尝试新的**语言方式**，写作是无意义的。语言转向是我们要关注的，语言成了此在的存在方式，成为存在的寄身场所和拥有世界的方式，我们的写作都回到对词语中来，靠词语、探索性的文本实践呈现你的审美，散文讲究它的韵味、语感和更新的**实验**。

而新的语言形式的出现与整个创作者的修养、读书和天赋等各种因素有关。语言意识包括他对哲学的看法，对世界的看法，包括各种艺术门类对散文作者修养的影响，不是用几个花哨的词语就能解决的，一个写作者观察世界的态度和角度，你的指向、审美、哲学修养、各种艺术门类的储蓄，都会给散文语言带来不同的景象。为什么有的人的语言很陈旧，可能是哲学修养、美学修养滞后了，不光是**修辞**的问题，语言涵盖了整个创作者的人文武装。有的写作者整个生活方式和他运用语词变得陈腐。我们的语言是从日常生活中经验中自然生发出来的，与我们**生命形式**相关，或者说，**语言**更新人的生活方式、生命态度。在福柯看来，我们对语言任务是制造语言，出色地去制造。

（在南昌与友人谈新散文）

回到南方办理房子出售手续。除了书没有什么值得在意的。隐在那幢房子里，和女儿清理过去的书。一本本擦拭上面的灰尘。她协助我把清理出来的图书整理打包，将它们运往北京的新居。女儿默默擦拭书中的灰尘，用麻绳捆绑。书在她怀中转托到我手中，安放到编织袋内。清理旧物的时候，发现早年的**日记本**、旧作**草稿**和文友往来的**书信**。在荒芜的文化环境里，一个人是如何在发展自己啊。没有一个人指点，独自盲目摸索。**文学写作**让人不断自我觉醒，自我离弃。词语的持续**修习**让我从潜江来到北京，这是命运必然发生的事。

（在过去的房子）

带着女儿去在北京**地坛公园**淘书。似乎要把过去遗漏的书给找回。秋日的北京**书市**，购书的人流如织。和女儿备了好些背包或塑料袋。淘书要一个人协助，在找到久违的书后拎着它们太不方便。女儿就坐在榆树下，和我采购的书在一起，替我照看。她的停留之处成了临时运书驿站。

地坛公园的**白果树**黄了，一片片地落在了秋天的绿草坪。在密布的书摊前淘书，心隐隐跳着。人来回走在将书运往女儿所在的临时收藏点的途中，把挖掘到的书运到女儿身边。女儿在散落的一丛书的中间，替我擦拭，一本本放到大袋子。看到我焕然一新的神采，淘到好书的兴奋与疯癫，被她父亲的狂喜所感染，也面带喜色。

有时，她也发牢骚，批评我的不节制。是啊，书太多了，**父女**如何搬动它们。女儿的身体也不堪书的重负，在**地铁转徙**中运回家里，女儿受了不少劳累，她看见她父亲如获至宝，她的不满情绪也低落下去。她是在电视机前长大一代，不大会理解父亲从小到大持续的对书的爱好。

北三环蓟门桥下，我看见他，坐在红色夏利出租车上，在亮起的红灯前的马路上等候绿灯出现。花格子衬衫。不停地把头探出窗外观看，同时把手表看了又看。我从高大的大巴车上也从窗口探出头，一下子看见了他，日常生活中的一景；几乎是俯视了他两秒钟，而我坐的大巴车匆匆向东，驶向我所在的编辑部方向。

他没有发觉我，看见他的有失风度的日常。从他坐在车上不安的表情可以理解他很多杂事要他去处理，一个会局等着他去主持。他可能夜里写稿子晚了，起床迟了；乱七八糟的事要他去了断，要在几个上班的半天时间处理掉事务，然后回到自己的家里。他有推不掉的应酬、酒局。这个时代和单位还有个人的烦心事：比如没完没了的塞车、空气质量的恶化，工资和稿费的不够花销。女人的问题。精神世界里的无聊症候，还有身体层出不穷的陌生病菌的侵袭。

还有时代在他身上投下阴影，偏见早已进入他的意识，让我看清他身上固守的可笑的政治性，对外地人的偏见和轻傲，偶然的酒局时随着酒气散发出来的恶俗偏见。

对任何人放弃盲目的崇拜，保持与之有限度的尊重和理解，独立自持地和他们在一起或远离；从一个国家的南方小城来到北方，在自己国家的首都，时常见到过去无法见到的声名显赫的所谓名人，他们身上的光环因为距离的变化和个人精神世界的改变而退去。你满意于自己找到一种观看他们的视角，再也不是仰视，至少是平视，有时候俯视他们的存在。

（视角的转变）

门卫限制他进入，我把他领进来，他面色憔悴，衣服好像很久没有更换过，一条牛仔裤污迹斑驳。他说他在北京找不到住地，回湖北的路费没有了；他说着他的梦想，想到北京大学读研：他在维护自己的自尊。我说你在湖北准备考不行么，告诉他不必要无目的地流浪，甚至乞讨。我和他一起在出版社食堂共用了午餐，我对他说好好活着，过正常的生活，然后兑现自己的梦想；临走的时候，我给了他路费，介绍他到宋庄，那里住宿便宜。有许多的画画的在那里，我还给他一个朋友的电话号码。

两年之后，他又通过门卫要到编辑部的电话号码，电话中找我借钱回家，说生活无法过下去了。我在电话里说你在门卫那里等我，我到达那里，找不到他的人。四处张望打听，忽然明白他还在过去的出版社门房等我，电话是通过门卫转到编辑部来的；他不知道杂志社从出版社搬迁出来了。他不知道我们也在迁徙不定之中。可能恼怒我欺骗了他，把我当成可以依靠的人，而这个人因了外部的变异变得不可再见。

（流浪者）

他在夏日火车上大汗淋漓地站了一夜才找到我的。一个县城的诗歌写作者，在众多的来稿中发现了他的诗，重点推出他。是他对诗艺的探索让他受到了应有的尊重。诗是最具平民性的艺术。那天我送他到北京火车站，陪他在三联书店转了转。我买了本希尼的诗集送他。应该为他购一张返程车票的，发觉对需要帮助的人的无能为力。现在想来，对他的感情是一个写诗的对另一个写诗的惺惺相惜。

一个诗人、一个诗歌编辑，有许多去伪存真的工作要做，让真的、好的、重要的诗歌文本显现出来，弱化或紧缩伪诗和非诗的市场。另外一点要做的工作即新诗的解读，这是一个诗人和编辑的份内之事。

同时让自己的写作更具难度，在诗歌练习的过程中培养一个编辑的眼光，让自己更具创作能力，并将这种能力应用到诗歌编辑上。诗歌永远走在一切艺术前沿，一个诗人和编辑稍不留神就会被诗淘汰，失去读诗的能力，学习做一个优秀诗人与当一个好的诗歌编辑是同步进行的。

从酒气之中睁开眼。发现双腿搁在她的双膝上；她的双手在揉捏；她含笑递过来盘中的**李子**；我接过来后又递给了她。停歇了双手按摩，她吃着红色李子。这些男人们在一场酒局后退到这推拿中心，在面前的一排女子按抚下睡过去了，打着轻微的鼾声。她的同事们在用手和方言一边推拿一边轻声地说话；面前的女子孤单地帮我按摩，用纸绢擦拭了刚吃过李子的手；她可能想吃那李子，她吃到了。你似乎满足她的愿望，并从牛仔裤后兜里摸出一张票子，塞进她停下来的右手中，碰响了茶几上的茶杯。她的同事没有发觉。若无其事地继续拿捏，过后将它转移上衣的荷包；她无声地有节律地拍打我的身体，然后让我转过身去，面朝下伏在床上，轻揉背部。我们起身离开，也不知她的长相；只记得她是**六盘水**人。她胸前牌子的工号：654。

（在东莞）

夜里醒来，看见妻子和女儿在睡眠中。小区安静得像隐埋在平静的水域之中。感觉我们在一个**孤岛**上，身边一个人也没有，远离了家乡、亲人和朋友。在异乡，不是在家乡。身边没有亲人，没有社群关系，你是这个城市的外省人。人都在自已的圈子里，你是外人。为什么无法融入这个城市，总有一种被隔离的感觉？你买了房子在这个城市，但你的家园不在这里，你带着你的方言在异乡奔走，在自己国家的首都办理暂住证，是北京人的首都。你是外地人。一个闯入者。

回到故乡又如何呢，亲人在消失。你早已从过去的单位撤离。你不属于任何体制，永远是孤魂野鬼，发现你突然而至的受困的软弱，有时想通过不断地挣钱才获得一丁点儿**安全感**，但你依旧是个盲流，边缘人。你是那样想着建立自己的交际圈，渴望友情，在承担孤单与清寂时，建立自己的故乡感，在北方在异地，但你总是感觉身处孤岛，不见人烟。

（夜里独坐）

华堂商厦彩幅斜挂：教师节购物从优。从人民教师堕落成一个盲流。外地人。这条道路多么漫长，342路公交车折腾得厉害，要你看清城市的破败和混乱。北京好像一个工地，北京就是一个工地。当它完工，我们的漂泊是否结束，一座新的城市是否诞生？文明和自由真的让人亲近，把它装在身体里。随我上街的一个人，隔着多年的时光我能看见他，在京城，挺过来了，幻念消散了，路边拆解的房子瓦砾一片，就像他内心的建筑。

（412公交车上）

地铁上的**民工**。平底布鞋、旧式衣服和周边的广告中的女郎格格不入。他们穿着多年前的旧时代的绿军衣。臂口裂开了一条口子。乱糟糟的头发藏着灰尘，有的坐在装有他们行李的塑料袋上，张望着车内的广告和乘坐的提示文字。（你最初来首都，一个**灰色旅行箱**。里面放着几件衣物，一些**文稿**。一个孕育多年的梦想。）

建国门地铁**换乘站**过道上密集的人群。这时候只听到脚步声，皮鞋底落在水泥地面清脆的富有节律的响声。匆匆赶路的上班族大都肩挎着各式各样的包。我听着那脚步声观看着那大小不等的背包，我看不见路人的脸。

手机响了。在地铁转换的楼道口，兄长从乡村打来的电话，他说他刚从田头回来，问我能否为侄女上大学筹点学费。在地铁水泥钢铁世界里穿行，听到兄长来自老家流塘乡村的声音。**田野**。阳光中兄长黧黑的脸。他可能用带着泥浆的手拿着我送给他的二手摩托罗拉手机。他的存在使我在这个城市的行走不再是单向的，而是多维的。你是一个穿着皮衣的**农民**，带着和兄长相似的长相、他的视觉和他的胃穿行在自己国家的首都。

地铁出口看见女儿，一个人背着书包回到学校去，我和她说一些话，她知道转换的公交车，她摸清了北京的各个方位。她随着我来到了北京，在这个大都市开始她的生活，继续父亲的漂泊。当时和一群朋友相聚在一起，我们回到皇木村去，她离开我们到城里去。

我停在那个分开的马路边，怔怔地看着女儿远去的背影：身子变高了，像个大姑娘了，但头部还显得小。我的女儿忽然变成一个大姑娘，带着相似的长相或血液相传的神秘；我怕自己的**苦难**，在她的生活复现。

从老家流塘探望亲人，见到同学、朋友、过去的同事，经过乡村泥土路，通过省城的铁路，回到首都的长安大街。赭黄色城墙和天安门广场。北海公园的**塔顶**。好像一个人从底层一层层地登爬到一座锥形建筑的顶端。

我看见不同等级的人们的不同生活和相似的命运。

（隐喻）

空荡荡的地铁列车内，他突然出现记忆。我的**同乡**，按辈分要叫他爷：柳谷香。国民党统治时，他是**伪保长**。1949 年他被发往新疆，逃脱了一死。十七年后，他回到出生地；我正戴着红领巾，叫他爹爹。接受他的棒棒糖，把他当成外星里的人，想象他生活的新疆是什么样子。他的背有点驼，鸭舌帽下的眼睛发亮。他曾看望过我病中的大伯。他被迫再次离开故乡，村书记要开他的斗争会，校长批评我们没有阶级觉悟：哪能接受阶级敌人的“糖衣炮弹”，他辩解说他是回乡探亲的，是被改造好的新人，但证件在火车上被盗了。

他又回到远在天边的异乡。那年头坐火车要走五天五夜。一九七四年腊月二十，他像揣着护照一样持着证件回到老家流塘，他说他几天几夜没合眼，他怕小偷，那样他就回不了家乡。他身穿军大衣，在故乡四处走动，受到村人旁观，但他没有找到他要见的人。我大伯已死去好几年了，他那代人都没了。他的罪过没人追究，他的光荣也无人分享。

他的故乡成了**异乡**。反把异乡当成了故乡。他匆匆回新疆去了，但在那里他总觉身处异乡。不到半年，葬身在塔里木盆地的一方沙丘。给组织的遗嘱是：火化后骨灰不运回故里；不要通知故乡的人。

（前辈）

为什么要在**办公室**与人争执，发那么大的脾气，可能是你压抑太久了，看某人的面孔太久了。胡适说，世间最可厌恶的事莫如一张生气的脸；世间最下流的事莫如把生气的脸摆给旁人看，这比打骂还难受。这是一张体制的脸。

肖斯塔科维奇说他等待枪决是折磨了他一辈子的**主题**。你的主题是如何**反抗和逃离**。是的，我们是打工的，体制外的编辑，身份本就该低你们一等。我们小心地说话做事；我们知道的自己身份。知道随时从这间办公室离开。但你不可做得太过分，为什么总是给脸色给人看，我们也是人，不管如何，我们是这间办公室里的同事，受过多年的文学教育，对人应当有起码的基本的尊重，怎么把人当成讨饭的？讨饭的路过你的家门也不可这样啊！你们又有什么本钱施舍于他人，你也不过是这体制里的可有可无的人。为什么板着脸，冷冷地从办公室里走过来，像欠了你几辈子债似的；好了，这不说了。我去见一个人，与一个作者谈稿子的事；你却指使人去盯梢，你们把同事当成什么了？你们的家奴？但你也不是主人啊，谁让你当过主人。那张脸阴沉着冷冷地迎面走来，让你生出了对身份的**焦虑**，你想着不会再从属于这样的集体。你有了你的觉醒，你要游离在这冷漠的房子的外面，你确立自封的身份，一个游离者的身份，你随时会离开这里。

（从那间办公室出来）

去银行，往卡上存入了一笔款项。走在路上轻捷。有了钱就不怕下岗，不在乎A那张可怕的脸。有时把存折取出来看了看，又放到一个保险的地方，小心收藏，这对钱的看重和依赖是漂泊生活带来的伤害。一种**病态**。

A长着一张体制的脸。冷冷的脸面。斜视的眼睛。一个人身上散发出陈腐的政治性，通过他的脸给显现出来。无论我们置身在哪座城市，都逃不出那张脸的冰凉。

昨天收到了过去单位寄来的红头文件，从那个单位离职的通报。我脱离了过去的同事，校长那张不可一世的脸。在教师会上大声对他的同事吼叫：**你们给我滚，谁不服从谁就给我走人**。我们几乎就成了他的奴仆。所有的人不吭一声，是谁让他放肆地对他的同事说话？是谁支持了他的口气？我不明白，不理解。我对仇视人的人充满了敌视。

我努力理解敌视我的人，我是他们的一部分，从任何人的脸上我都能见到自己的肖像。其实，我也长着一张体制的脸。

（从银行出门）

在长长的**322**公交车上，看见另一辆322公交车开过来了。被圈在车厢内的拥挤的人，张望的表情。我知道他们的腿是怎样在支撑，身体在受着怎样的挤压。今天，在地铁**八通线**上，又看见了322公交车，乘客们为了节省，都挤那趟车，密密麻麻的人，他们赶往城里或回到通县。两年前，我夜里回到住房，人们黑压压地往车里挤，想占有可能的座位。上车都不容易，能抢到一个座位那真刺激。有时我发出惊叫声才能表达可怜的庆幸。

一个夜里，从城里邮局取到两万现金揣在包里，怀抱着坐在车上，觉得富足得不行，晃荡着回到租房去。现在则坐在城铁回到自己的房子，经济状态比过去不知好多少倍了，总觉得贫困和由此引发对生活的**焦虑**；什么时候这个状态有个了断。

我的身体、心境在时光的流逝中迁徙。现在回不到那长长的322

公交车上去了。

车上挤满了来京谋生的**农民**，听其口音见其服装和面容，好像是从西部陕甘一带来的。他们把包裹放到地上，或坐在上面，他们皴裂的指甲缝里带着泥土的手扶着镀光了的扶手架，他们有着高原红的脸，观望着外面不动声色的北京城的楼宇、银行大楼，外交部的前站有持枪的士兵。他们只知其名不知其里的保利大楼的荧屏显示牌。有的在**车内**呕吐，他们的胃受不了走了几夜火车又倒腾到公交车上的颠簸，用事先接收的塑料袋接受**呕吐**的粘液。他们实在是没有什么可吐的，几天胃里没有进食物了。他们来京城不是来观光的，是来卖体力的。他们来到自己国家的**首都**，他们是要银子来了。这土地的丧失者。我的胞兄，愿他守着自己的一亩三分地，无论如何不可来城里讨生活。

在皇木厂的院落，你想南方，想念南方过去单位内空在那里的房子，回忆多年前离开那里的情景，在纸上写下这些句子：

“我站在1999年某个黄昏\打量潜江县城的楼群\我想着离开：家具。图书。吉他\独生子女证。讲师职称。工资卡\被丢弃在那里\在那里的日子，过完了\今晚，我却回到那里\两只燕巢重现阳台一角\走失的燕子飞回我们的头顶。”

你说的一个**谎话**，当他的面，说你在一线地铁旁有一个公寓，你无意中说出这句。是为了满足你的不被人看低的心思，满足你的虚荣心，你一瞬间说出了这个非事实的可能性。不隔几年，你真的在那个地点，如你说愿拥有了属于你的公寓。想起早年那个谎言，那不是谎话，那是你的自信心的表现，你提前**预见**了你未来的生活。

（忽然想到）

从天津图书大厦买到自己的散文集《漂泊的旅行箱》。多少人事参与了它的问世：造纸厂的工人、电脑照排人员、编辑、印刷厂的工人们、电话前的发行者。图书市场穿行着的售货员……

想到书中描写的场景，人物原型；参与到生命中的人：我爱过的男人和女人，我的亲人；故乡，土地；影响过我创作的图书，前辈作家和诗人；还有那年写作时的空气和阳光，以及天暗下来的黄昏的光线。它们作用于作品的产生，为作品的诞生而效力。

一个写作者感激着大地上所有存在，他所创作的作品不属于他，属于整个存在，一部作品的完成缘于整个存在的馈赠。现在，我把它归还给知名和无名的人们。

（过华北平原）

她要我去看她。**天通苑**的黄昏。你这次不来就再也看不见我了。转了好几路地铁，见到她表情惊慌，如同她额头的散乱的发丝。她的儿子呢，每次见面他都在身边。她说儿子在租房睡了。地铁出口的夜色中把我引入一个旅馆，神色紧张。遇到了**难事**，被人跟踪了。建议她到国外去。她以为一个汉语诗人离开这个国家也不妥。那就隐在江汉平原的民间。我们会去看你。她的表情总是那么慌张，担心有人闯进来。她说身边的人如何迫害她。是否患了臆想症，自己恐吓自己；但她表述逻辑清晰，和我深情地回忆悲欣往事。天亮前，她说你要走了，轻轻抱了抱我。一切都会过去的，我勉强劝她。

她要我过几分钟也离开这里。

天亮了，她到了哪里？悲凉如冷空气传遍身心。北方冬晨的荒凉；马路边裸露的地表，没有一丝绿的痕迹；路上蒙着头巾的匆匆行人。她到了何处？一个人如何度过自己的艰难，还有她的儿子。回到自己的房子，从白日嘈杂的梦中醒来，拨打她的手机无法拨通；张望空茫茫京城，不知从何处能找寻到她。

你们将视线从那移动的巡逻的士兵的脚步、那面五星红旗和那刷成红漆的城楼转移到那贩卖矿泉水和北京地图的妇女，为天空中翻飞的风筝所吸引，它们在浓郁的政治空气里穿来穿去。消费文化在里面穿来穿去；从那纠缠你的为你一分钟成像的摄影师中走开，你没有在此留影的愿望。你发现心境变化了，你的视觉从仰视到了平视，甚至低头观察地面。内心的早年建筑瓦解破碎了，真相进入视野，你开始个人独立的思考，不是一个人云亦云的人，用自己的视觉打量你看见的日常的广场；而不是在媒体上看见的、在想象和传说中的广场。

赵半狄以天安门广场为背景的油画。画面右端是一对男女在闭眼亲吻，那个女人的印有蝴蝶的裙子飘着它充满蜜意的曲线，画面的右上角是城楼和毛泽东的画像和画像前呆板的石狮……这是艺术家视界中的广场；宋冬在广场上哈气：摄氏零下九度，他伏于广场地面，用四十分钟在砖面上哈气成一块冰面。

（陪友人去广场）

她的老公死了，两个女儿到了瑞士。一个满头白发的老人，从她长满皱纹的脸看到她年青时代的美。她是我在地安门筒子楼的**邻居**。她把她的名字写在你的掌心。你们共用电话线，就是电话打过来时两个座机都会响起来。她时常送过来一个橘子和苹果给你，你正在写作，她就退出。你爱听她纯正的北方话，你看她读着报纸臧否人物。感叹一个老妇人视野开阔，欣赏她对时代所具有的批判能力以及她从个人生活中体会的真理。她从瑞士回到没有自己房子的国家，她说她准备在租房里死去，孤单一人，她说她习惯了。更让我感动的是她没有偏见，比一些官员和所谓的知识分子更少偏见，她不以她老北京的身份歧视外地人，她说她女儿在瑞士，她在那里度假不受歧视，喜欢她开明的言语不通但和谐相处的**瑞士女婿**。她对我的身世理解，同情我，要我到她的房间看电视，在我离开前曾收容过我的图书和电脑。她说我会好起来的，会有自己的房子。多年后住在宽敞的房子，想着她是否还住那里，是否还活着。

（忆范肃翼）

你在此行走，过斑马线，随着密集交叉的**人群**，只听到他们的脚步，你像一粒**沙子**被风吹走，一下子就没有了。你因为写作来到北京，是它把你带到了国家的首都，你不写作会像过去的同事在那个小城讨生活。是它改变了你的生活环境与方式。爱文学就是一种远行，精神和身体的**远征**；你要不断地离开，离开你所在的地方，离开不断地离开。

（在国贸地铁换乘站）

假如不离开湖北，不会经历这么多的房东，住过这么多的房子：带院子的北方低矮的平房。清水墙有暖气管的楼房。筒子楼。农民的小院落。城区的地下室。这些房子后面隐着的房东，他们的口音和长相他们经历的生活拓展了我的**生活空间**，从封闭的内心世界里走出来了，它有了交错回访的时空；你的搬迁，从一只灰色箱子发展到用卡车来运送。那让肾上腺活跃起来的往事与细节。

离开，离开家乡到更远的地方去，那是内心升起的冲动。你在校园里看见背着广告单和产品的浙江人推销他们的产品，在异地做着他们的小生意，你观望着他们远去，他想着像他们一样到他乡去生活，离开然后回返。看见大雁漂移，就想到远行，离开此地然后再回返，是这样的。

周易算卦的看了看你的手相。在**火车站**的马路边。对未来充满了信心，你把手伸向他。这是第几次经过汉口火车站？相信2004年你的生活会很顺，在回乡探亲后回返北京，你听到了一种召唤。你和多年前的脚步是不一样的，你的脚步是轻盈有力量和方向感的，而多年前则是徘徊不安的，你身上背负的台式电脑折腾着你。你对北方一无所知，你不知你是否灰溜溜地再回来，经过这里。

无论你身处什么环境，有盼头有想法和前行的冲动，你就能活下去。**迁徙**是一个巨大的工程。在一个世纪的**转折处**，你在从青年转向中年的时辰，你经过这里；想到为你送行的人，和你一起同行的人，想到他们的迎来与送往，看见你生命的一个个侧面，你的出走与远行，折腾与磨损，这是他人无法想象的。那要一种什么样的力量，内心生出的逃难的勇气。你曾在此奔赴未知的命运。

（汉口火车站密集的人群中）

亲人间的爱的情感会唤起心甘情愿地付出。是的，爱没有恐惧，祝福给你的内心呈现平安，无焦灼，你从心里升起敬虔心，从祷告中出现的灵悟是有的，星期天与神相守，六天时间工作是可以做到的。割麦子时留下麦穗不拾，留给比你更贫困的人，是可做到的也是应该的。但是否要信教。你信了人就活了，在你身上真的能活出上帝？是的，人看见的有限，而看不见的真实被忽略。如何放下知识去亲近神？她听从了主，她不相信男女间的爱，对主的爱高出于这之上；而你通过对一个人的爱来抵达对神的感知，倾向于这个中介。

（从某家庭聚会出门）

你对自己说，依靠黑夜，独自一人，反省，与流俗隔开，保持距离。生命中需要这样的时辰。

（厕所时）

阅读是一种交流的愿望，你更迷恋纸上的交谈。人不可太理性而缺失感情。悲悯是一个人必要品质。

（从联合大学座谈会离开）

他到甘南尕海乡的西仓写生，在山谷，仰望蓝天大朵白云飘过，他沉浸在白云与天空构成的空阔里，在一个大草坡上，一朵巨大的孤云向他移来，清晰又真切，好像要落下来了，见云朵正中间出现一个**穿灰色长衫的人**。他怀疑自己出现幻觉，眨了眨眼，确实有一个长衫的人立在云端上，他清晰地听到了。云朵中的那个人是不是另一个自我。他与那个云中人邂逅后觉得心若止水的平静，然后看着那片孤云远去。我对他说：可以把这个片断写下来。

（和同事聊天）

她现在流落何处，是否还在北京？曾经的邻居，丹东人。三十岁孤身一个。做外贸服装生意，后来被男朋友骗走了一笔钱，和弟弟住在一起。某天下班回来，前面有一个女的，一直跟着她，我们没有分岔，进了一个小区，然后进了同一个单元。她以为我跟踪她。她回头的时候，我看见她的胸部隆起，乳房很大。我跟随她来到二楼，她打开了那扇铁门，我打开紧挨着她的一扇门。我们目光对视了几秒钟。

有一次，她的门打不开，忘了带钥匙。我让她进了我的租房，等他弟弟归来。我们聊了很长时间的天。感觉她的朴素和天真，在浩大的北京有一个说话的人也难得。一次，我受邀到她房间见到她弟弟，看见她的可爱的乳房，一阵激动。我们交流在北京的生活，她的直爽还有对我的某种尊敬，视她为妹妹。后来妻子到了北京，我介绍她们认识。我对妻子提到她。她们相处得很好，说到很多趣事。一次城里下大雪了，公交车走不动了，她和她弟弟走了几个小时，夜里转钟两点才回到郊区租房。

和妻子出门散步，看见她在搬家。盆子被褥和衣架散在院子，她说她要找物业退押金，我说协助她，她谢绝了，她眼神有些慌乱。我对妻子说，快离开，我们曾受过漂泊之苦，不忍看见他人受苦。

见到赵邑，逛入北方的马路超市。避开她没有和她打招呼，她和我一样从北方乡民手中接过山药和白菜。这个我采访过的女主人，离异，离开单位，来到北方，奔着画画的梦想，依旧是起居购物饮食，出没在北京郊区的**马路超市**。人在哪里都是面对困局和荒寂。人必须处在流动状态，四处游走，寻求各种可能性，不能固定在某处。让生命处在游走状态，最终要面对如影随形的荒寞感。

沙尘天气。天空中弥漫浮尘。天色发黄，呈橘红色。鼻子泥土的气息。你掩鼻行走。办公楼的灯白天也开了。尘土飞来了，天地一体，被浮尘充满。它们将随风迁移到南方，在一夜之间。

你和同事往保利大厦的玻璃房子跑，你要去签合同。你有明确目的，要去挣钱；不顾了这天气，末日到来了似的，人人自危，你却要去签合同，要挣钱。

（从东四到朝阳门的马路上）

今天杂志社开会。面向市场转型的关头，杂志如何生存。发行数字减少，文学不同于八十年代在人们文化生活中的地位。八十年代刊物发行二十万份啊，现在急剧地下滑。从一个刊物的现状窥出时代之变。

迎着风雪，到市邮政局书刊发行中心去，你不仅是一个文字编辑，你还要做市场方面的事。你不可放弃热爱的写作，你还要学习如何生存。写作是获得幸福生活的途径，多年来养成的生活方式，你的理想志业之所在，如何挣钱是你在此生存的必需。谁说北京生活悠闲，你必须迎着风雪。

（公交车上望着风雪）

忽然想到在Q城街头，夜色中灯光和门店的彩灯交映，人影晃动，穿裙子的少女们停伫在路口。瞬间想到所愿的生活是游手好闲于街头，可以谈情说爱拈花惹草，无经济压力地活着，有几十万元供你支配，过孤单自在的生活，写作的生活，然后来到街头，流连街头夜景。

他打电话给我，只能用语言安慰他。漂行在外，友情乡谊好像被看淡。发现一切成了利害关系。初到北京，请他在商务印书馆旁的小酒馆喝酒，在长安街头和他碰头。画家村租住的院子他也去过，我最低落的处境，他旁观到了。三元村的两居室的租房他也在那里停留过。他几乎到过了你待过的地方，这个南方多年前的文友，见证了你在异地的情状。他处在无依无靠的境地，你理解他的无语，尽量在生活上安慰他。他是在北京待不下去才回南方的。你送也没有送他，电话中的问候看见他独自奔走孤单身影。

北方的葬礼。丧车上的有乐队、歌手和花圈。死者火化装进骨灰盒。丧车在这个小区里绕了圈，停一停，让可能熟悉的人认知死者，好像是一种**告别**仪式。死者的村庄消逝了，乡民住进不同的小区。死者要走了，给过去可能认识的人、搬迁到此的人打一个招呼，到另一个空无的世界去，有点像女子出嫁。葬礼没有悲感。**丧车**里传出流行歌曲："我的心在等待，永远在等待。"几个零星的人在那里观望，没有达到围观的人数。

人能过完一生就很不容易了。不要有什么价值判断，不要用人世的标准来判断，过自主自然自由的生活。但愿欲望不再构成对他的束缚，就像一阵没有束缚的清风。

神州大地没有乐土。你不要心存幻想。可能是你心境萧条了，好山好水真的消隐了。

（从某画家院子出门想到的）

938公交车上，一个女乘客晕过去了，她手扶在座背靠上，脸苍白，痛苦的表情。我叫着售票员，售票员像搓面条一样地在人泄不通的人群挤来挤去，她要找人买票。你站着从租住的小区到了郎家园地铁入口，膝盖骨酸疼。你的身子骨还可以对抗几年。生活什么时候过得容易一些。你对自己说，你没有退路了，再苦也要这里支撑。你越活越务实，似乎只有一个目的，挣钱活命。没有虚荣，劳动，生活，等候死去，像动物一样吃喝拉撒，对生活没有幻念。

那灰云罩住的天空下没有一点绿色荒凉的北方大地，到处是灰蒙蒙的，你望过去时想到荒原般的死城。今天又罩着一层灰尘，北方人叫**下土**。树上蒙上一层灰土，天冷，路边的绿化带罩上了一层保护层类似于防冻的布料。当初春路边的连翘开出黄花在干燥的地面上，你觉得那真是奇迹，难以想象它们能活过来，绽开新叶和枝条，能开花来。河流几乎是枯的，即便有水也是蒙上一层污水上的薄冰。这个时候人们缩进了有暖气的房子。

（从城里回到皇木厂）

面前的杂志从我们手中转移到全国各地读者手中去，心情有所异样。这是一个文学编辑对文学杂志的感情，一个写作者纯洁的文学感情的体现。

（北师大某装订厂见到新刊）

他走了，从这间办公室。你赠送了他一件小礼品。感觉你们工作在一起的缘分，这由文学联结的缘分。对写作共同的爱好将你们联系在这个空间。文学刊物保持着精神上的某种联系，但权力机制把人弄得扭曲，让你们背离，分开。

翻阅文学杂志一点感觉没有了。你看见了文学期刊的现状。刊物都处在维持状态，慌慌张张的。所在的杂志社，当我入职就在不停地搬家。亲眼见证了它在这个时代街头的迁徙。文学的非文学化在这个时代以另一种方式呈现出来，这是文化环境和市场经济转型带来的结果。你身在其中，你给刊物稿件的愿望没有了。写作越来越没有外在的目的，那是个体寻找内心精神安慰的方式。你必须找到一个安身养命的方式，在别处弄钱，然后来侍奉它，对文学写作不切实际的幻觉必须消解。文学写作不是谋生的职业。

（在阅览室）

在北京你就知道中国民众的生活情状。各地的人涌到北京来讨生活，从他们外表拎着的大包小包。这不是厌弃，是悲悯。他们带来了中国各地的方言、身体的气味、肤色、尘土来到北京的公交车上，转徙到自己国家的首都。要你直观，这中国现实。四个妞在地铁上，没有一个你看的顺眼的，大声说话；自作多情，脸上见出疤痕。她们身上天然的东西逝去了，你为面前的女性感到悲伤，她们的形象与北京充满 PM2.5 颗粒的空气是相协调的。是的，宁可绝望也不要生气。

（从西客站转到一线地铁）

快乐是一种义务。生活在地球上就是为了**快乐**，快乐是小人物从存在悲剧中解救出来的东西。

（读凯尔泰斯摘句）

不管生活多么险恶，你要热爱生活，要爱，内心保持慈爱。爱是一个人的福音，是对一个人最大的回报，是人的本质。比亲情浓烈的是爱情，**爱**是人生中激烈的情感形式。人们害怕写诗和恋爱，是想让他的生活变得容易些。爱让人不自私，也能让人放弃占有欲。不能说需要是爱，性就是爱。无聊空虚就是爱。权力支配的感情就是爱。

地安门那两个**门卫**，好久没有见到他们了。好像有那里的电话号码，可能有自己的邮件还在那里。那是初到北京的看重的邮政地址，你与外界与期刊联系的地方。你用过多少个**邮箱**：中关村 163 信箱，地安门内大街 12 号，水锥子邮政信箱 18 号，东四十二条 21 号，柳芳街静园。不断更换的邮政地址，你的邮件是颠簸不定的。你南方小城的那个单元楼下的邮箱空在那里了，没有邮件往来。现在看淡了你的邮政，你在院墙外面挂了一个邮箱，但很少打开它。

你在搬离那里的时候，门卫问你搬到哪里去，你谎称说搬到你买的房子里去。你其实是找了另一个租房。不隔几年真的住在自己装修的房子。通往三环的街道上，看见国贸玻璃房子上的云朵，你想长久地生活在这里，你想着自己的房子，后来就有了。是的，曾经的**谎言**变成了**现实**，你预见了你的现实，或者说你用你的自信兑现了你的谎言。

今天能看见远处的楼宇。马路两旁的楼房，路一直延伸的尽头出现了**燕山**的轮廓，环绕着北京新城。云朵，大片大片地在楼房的缝隙间飘散。影子在青草地上滑动。**北京的秋天是个美丽的季节**。你早年学习造句就是这个。季节的转换暗合你的内心，或帮助你协调内心的气候，从繁盛不安的夏日到清明的**八月之光**的廓然无累，从落叶在风中欲飞的情势，你看见了万物的本性。每个地方都有不可替代的**美**，北方六月的槐花布在街头，九月北京胡同里的秋天，可以从发黄的银杏树枝编织的图案中看见，你要的是经历不同地域之美。

（在八月之光工作室）

你对妻女说，像老板一样挣钱，像农民一样消费。那你挣得的钱干什么，它让你安稳，可以无忧无虑地写作。不在意他人，不害怕下岗失业。哦，你为什么在谋生中显得那匆忙，是你还有另外的目的，到达你想安置的一张能写作的书桌前。

我看到的自然亲切的墓地是**翁同龢**老先生的。他从北京流落到家乡，死在了故乡，不得不从皇宫退出身影，虽然凄怆，在故乡也备尝人世冷眼，但他死后能藏身于故乡的树林中。

通往他**坟地**布满杨树的落叶，走过去发出窸窣的声响。他死后和父母也一起，一个土坟堆在短树林里，没有人为的修饰，一个小坟墓，在父母的旁边。

（在江苏常熟）

总觉得自己有**病**。身体里传达出了信息，我需要化验，得到确认，从事实上确证。廖医生说，你的病可能是想象出来的，想象夸大了你的病；医生，我得到了一种叫**恐慌症**，总感觉有空难要发生。人体的细菌是必须的，是人身体的一部分，你用了抗生素就会伤害它。我渴望你给我用药；他说开什么药，精神上放松就行了。

走在回家途上，我的病没有了。我是患了**轻度焦虑病**。我要看医生，他和我说几句话就好一些，走在路上的脚步变得轻快了。我到医院里去是寻求安抚去的。

（从朝阳医院出门）

我们还在世上生息游荡，心在身体里，身体安置在有着书架的地方。**高尚**，你在边远的**兰州**城，因了你，那个城的白云漂荡在身体明亮的部位；你在那里，它就不会飘逝。总记得你那张放有《世界文学》杂志的书桌，你从那里探出高鼻梁，留有胡须的上唇，专注打量我，这个持着一张便条找到你的外省文艺青年，和你睡在一起（这是从什么地方来的写诗的，是不是一个骗子）；在那里我抄录本雅明的《单向街》，和你打的到兰州街头找有大米饭的餐馆；你吆喝你的弟兄来到飘着羊肉腥味的灯光下，用大碗喝酒。你把你的**手稿**给了我，在火车上阅读，又放在旅行箱内。我们把对方纳入身体，供奉在心中重要的位置。所谓朋友就是保持着对他的尊重，没有敬畏感是不能成为朋友的。在世上转徙流浪，你在心中和我一起流落到各地的街头与野地；今晚你从边陲的灯下辗转打来**电话**，打听我变易不定的电话号码，让我听到你的声音。我们团聚在身体周围的灯光中，吃着西北的羊肉火锅，睡在酒泉驻兰州的招待所。时间的叫喊从你的身体里发出，一拨又一拨的。

（高尚的电话）

我给她写一些信。在北方某个黄昏，从地铁赶回城郊的房子。想着要回复她一封长信，觉得她在等着回信，我也有许多话要对她说。写信是我们抽象地在一起的方式。在一张宽大的桌上，给她写着长信，一笔一画的，四下无人。一口气写好几页，写着写着，人写不下去了（我爱着她，但无法和她在一起）。天黑下来了，夜色浸染到窗口，独自坐着，面对那封未写完的**长信**发呆。

湖南常宁县**庙前小镇**，我记住那个无名小镇。从那里乘车回到衡阳，转徙回到北京。在那收割后稻田中间高低起伏的山路上，接到她从高原省城拨打过来的电话。她说她看到那封没有写完的信。她说她读到那封信，哭了。

在异地，听到她的声音，得知我的那封写不下去的长信她收到了。记住那个无名小镇，庙前镇的田野与山岳，那个黄昏的**美与伤感**。

素说心疼我。当我在病中。我想到母亲是个博爱的人，她晚年变得狠心，她对人的好往往受到伤害。父亲对姐夫（一个孤儿）的好，把女儿嫁给他，姐夫在他岳父死后为他洗净了身体。爱能战胜很多东西。小时候为邻居家的老太婆担水多年。你有播散不完的爱，有无穷无尽的爱，怕因了世道堕落，因了你的老去，对这个世界变得麻木无情。

（收到素的信）

人活着不得安宁，死后的坟墓也在挖掘机的铁臂下破碎。

（火车上经过华北平原）

上帝给了你钱，要从你那里拿走时间；给了你时间，要让你尝到贫穷的苦涩。

会场音乐在你的暗示下，**音响师**按动它的开关，如期热烈地响亮起来。你在台下、你忍不住的泪水要流出来。他们坐在主席台上，他们在领奖，在肃穆的音乐声里。

你筹划组织，拟方案找合作单位，谈判签协议，然后在永安里地铁旁的工艺品店设计奖杯，空运到颁奖的地址。

这一时刻到来了。音乐声响起，你倾心组织了这个颁奖会，不计代价，不沾私心。你在为热爱的文学展开活动；那些获奖者似乎代替你站在了台上，领受一份写作的荣光；你坐在**台下**，感情有些复杂，抑制着**泪水**不让它流出来。

（在浙江慈溪）

老赵送我一根绛香木树雕。是他一个很好的朋友送他的。这种木头几乎绝迹了。老赵说，**此木避邪**，专用于寺庙道场法事。绛香木燃起的青烟不散溢，是直的，屋子会呈现迷人的**香气**。

小柳啊，我想你啊。每逢春节打电话问候他总是这样热情。我说我搬进了带有院子的两层楼，你到了北京就住在我书房，可以把它改造成你的画室。他说他快走不动了。他说他在西安准备搬进郊区去住。他要了我新居电话。

（书房的一回头）

在西二环阜成门内大街宫门口二条的**鲁迅**故居，看见了院内的两棵枣树。鲁迅在散文里写过的两棵**枣树**，第一棵是枣树，另一棵还是枣树。在那里停顿的时候，不知怎么想到他在北京的时候有没有**户口**，要不要办理**暂住证**。觉得这个想法是荒唐的事。

他为什么要走呢，他离开了京城，他后半生的离走，保全了他可以思想的身体。厦门、广州、上海，中国还真有地方可以走避的。我想，任何时候任何地方，独处沙漠的孤寂感横亘在他的心里。

暖国的雨向来没有变过冰冷的坚硬的灿烂**雪花**。北方的雪如何是坚硬的，早年读鲁迅，就想看看北方的雪。一九九九年春天到北京，夏天就回到南方去了，没有看见北方的雪。第二年重返北京，冬日恰好回南方老家过春节，也错过了雪。听画家朋友说他一个人在宋庄农民的院子里过了冬，雪埋在院子里，他描述的那种冷我只能想象。

二〇〇二年冬，在北京过冬，看见了雪，在野地里观雪，身子躺在雪地里。**朔方**的雪永远如粉如沙不粘连，鲁迅的观察是准确的。不像南方的雪一下到地上就融化了，它在地面可停留很长时间，尤其在那背阴的地方。

一日，夜里发现外面的天空是**橘红色**的；窗子变得明亮。夜变白了，我来到外面，看见细雪旋转着升腾闪烁，弥漫了夜空。鲁迅说它是雨的精魂，是孤独的雪。想见在北方西二环的一个院子**观雪**的身影，身边一个人也没有。他总是一个人独语。

她比我历事多，或者说她见证了我一介文人的转变，当我们共同推敲报告文学的细节和结构时，她说：你写的东西必须让传主满意，我们才能拿到钱。我们是卖文而非文学创作，就像那些年在报纸开专栏写稿混稿费，你得遵守报纸的一些选材及行文规则（后来放弃随笔写作，这可能会将你的笔头写坏）。庆幸的是，我动用了感情，把报告文学写作当成了创作，甚至在写作中为主人公的命运暗自垂泪，作品打动自己也打动了传主。这样，我认识了她的几个搭档，我们友好地合作。市场经济夹杂着的人文精神，彼此获得共谋的利益，让我度过初到京城的难关，在北京留守下来。

（北戴河，想起某人）

时间一晃八年过去。现在他来到国防大学进修，再次相聚，拾起淡薄了的**往事**。醉人啊，我们举杯感叹，我从上无片瓦到有了自己的几处房产和新的书房，和知心的朋友**酒中聊天**。六年前与他的电话相告的事都忘了，是他帮助我回忆。我把自己生命中最重要的事件告诉他。出走前的电话向远方的朋友报告自己的行踪，似乎要得到他的鼓励和精神上支持。殊不知他在北京出差，似乎等候着我。

那年，带着一摞等待出版的诗稿和散文稿，在宾馆聊天，什么都相告，一点儿也不隐藏。我们初识于九十年代初的诗歌笔会，之后两个人持续了多年的书信，互赠照片，在书信的末尾他总是写道：

问候嫂子并吻莲子。当女儿莲子和她妈在酒席倾听着我们的回忆，错杂的时空在那一刻**交织**在一起。人一生能有这样酒中回忆的恍惚时光太难得了。

那年与起伦分开后，一个人在北京，心中存有执拗的愿望和模糊的冲动，没有想到会有今天酒中的相会。起伦的到来分享了生活的喜乐和安慰。他是见证者，不仅见证我八年前的转徙，也知晓现在的心境。

在酒席中我读了八年前初到北京写给妻子的信：信中对未来的设想真的兑现了，甚至超过了那年的期许。天遂人愿，那年人是从哪里来的激情？一种要出走的愿望，冥冥中有个声音在**招引**。听从了内心那个天赐的声音。为了那个愿望这些年头里吃了多少苦经受了多少磨炼，这一切都是值得的。

生命就是在冲动的游走之中，与世界摩擦着产生**张力**。而什么是成功呢，基洛夫斯基他说不喜欢“成功”这个词，成功意味着你获得了真正喜欢的东西而这一般是得不到的。生活永远处在空缺之中。对于一个漂泊者来说，所谓成功就是在历经艰难之后**活下去**。

（又见起伦）

杨勇每次到北京来，总是聚在一起，酒中回忆往事。在鲁迅文学院附近的餐馆，在三元村的租房，在梨园的新房子，然后是皇木村新居。记得在三元村租房，他和诗友们喝光了屋里收藏的酒，我送他们下楼，杨勇和我拥抱。

这次看见我的新书房，说可以安定写作了。他克制不住地要饮酒，要了白酒然后喝XO，然后又是葡萄酒、燕京啤酒。跟我碰杯，然后和他嫂子喝，和他的侄女莲子喝。从良乡桃花诗会回来一起赴往我的院子，在候车的空隙，看着杨勇和我女儿莲子说着话。他到北京来了不通知我，我也会打电话给他，要他过来喝酒。酒气中他说，至今保持着我在湖北时给他的关于诗歌的**通信**。我知道他母亲和我姐同龄。一次电话中他首肯我的近作《母亲之歌》，我的写作能唤起他的注意力。从人到诗，我们还能沟通，喜欢他标致干净的脸蛋。坐在我身边听他说些关于阅读和诗歌方面的想法；他的到来让我们回归**诗酒**，聚会在纯粹而浓烈的酒香中。

（写在日记本上）

木槿一排地长在皇木村的步行街上。它们高过人头，到了夏日，你看见它们在绿色的小片的枝叶间开出的一排淡红色的喇叭状的花来，不红艳不招眼，配在不密不疏不大不小的叶片中十分谐和。当你早晨散步你看见它们成朵地落在地面，如同集体地自杀，从枝上跌落下来，在一场细雨后落得格外的密集。地面上的木槿花还是红色但变暗了些，花瓣微微收拢，卷成含苞状，不像它们在枝上的淡红鲜明。它们的花期很短，在夏日才出现，层出不穷地开出来然后层出不穷凋下来，我吃惊地看着它们，甚至不愿让清洁工人将它们扫除到路旁小沟，加速它们的死亡就像它们的出生。

上班的途中，读**亚赛亚·伯林**的书《消极的自由有何错》。觉得你们之间有对话，或者说，你的生活经历经验印证作者的观点。他说人类的自由是自主的行为，是从控制着我的因果律、外部世界的机械论、专制、环境影响以及自我中解放出来；如果自由是人之为人的条件，**自由**是为自己**制定律令**，那么就不是外在权威；自我是活跃的努力的自我主导的。物质的世界为因果律统治，精神世界里，**我完全是自己的造物**。世界是诗，是内在**生命塑造的梦境**。这个世界是自由的，因为这自由是我们**发明**的。

你把头低在书页上，在人群中间，内心激荡起风暴，是的，成为一个人并不是去理解或去推理，而是去行动；去寻求真正的共同体。你发现思想交流超出了对生活物质的期盼。更重要的精神问题的解决，还有另一条**道途**要走，那不是尘世可见的。

（地铁途中）

人有一种饥饿感，渴望生活中有严肃的东西，这就是**诚实**。表达的准确也是一种诚实。心智和感情的诚实。这是**当代诗**里的一种新的品质。忠实于自己与事物的**亲历状态**，没有任何一个人可以替代另一个人，而所有人情世态在感同身受亲历状态下才被理解。

（从北大诗会回来的车上）

小说以纯净的语言对抗混乱的现实。个人的私密是无法复制的，艺术的真实是从语言中产生的，它带有语言本身的质感，语言本身有它自身的运动系统，一切在这个系统中发生运动在想象在语言发生。

诗人毕肖普专注自己的作品而非她的生活，它存在自身之外，个人的不幸不在诗中出现。对她来说，艺术品是同**水晶**一样透明的东西，是唯一可能的**纯净之物**。

（在编辑部蓝房子抽一根烟）

仅有经验、骨气不能支撑诗歌，它还需要**技艺**。诗要有敏锐感受力，革新思维方式，诗的疆域要有不断开拓的**领地**。将诗中的细节放大，使之形成**雕塑感**，从具象切入演化到虚空抽象；在诗行间呈现出诗的推进**速度**，避开外在表面的人事情感纠缠，真正回到词语本身的**运行**中来。

（诗专号编辑后）

听到闻树国死了。他在北京租房生炉子，煤气中毒致死。在天津过日子可能不会落到这个境遇；死也要往北京奔（有人这样议论他）；宇龙在广州死掉了。他在湖北的冷水机场呆着多么安静，至少可以还活几十年。不要漂泊；生于斯，死于斯。不必漂泊，生死在自己的故乡。

王小波死了，他的书在办公室的书橱里。他在观看我们的生活：

慌张，忙碌，势利；永不消歇的忧虑。

（在同事的办公室）

写作不图发表。私密的写作。一想发表就有可能伪饰作假。非功利的写作者，为语言本身的**乐趣**而作。功利化的写作会伤害艺术的**纯正**。它让写作的园地杂草丛生。发表作品有时是一种**侮辱**。集权渗透在所有的领域。话语独断和文化的专制与时代的政治共生存在；逃离外在的审查，建立你心灵的**核审机制**，转入你严苛的判断中来。

（写在一张退稿信笺）

秋日寂静。北方的风还没有吹过来，皇木厂的天空没有一丝云影，太阳照着院子里的柿树上的**柿子**，它们在变红变软。巷道里卧躺着矩形的**日影**。村子里的树叶由绿转暗，叶子发红，路边的**爬山虎**呈现出纯粹的绛红依附在围墙有的悬挂在空中十分好看。人们到香山去看红叶，在我看来不必外出赏秋，在皇木厂就能够感受浓浓的秋意。

你能看见很远的燕山，当蓝天一溜烟地蓝下去，天空开阔，银色飞机拖着一条银色的**细线**。路面干净发光，黄灿灿的菊花照亮村子里的纵横道路，我爱停驻在**白棵树**下，它的黄色衬着蓝天格外明净，那是一帧你如何也看不厌的画卷。扇形的叶片给地面绘制彩图。冬天的大风还在路上。我和自己在一起，享受皇木村的寂静和这里慵懒的阳光。阳光照进书桌上的图书。翻动书页、铅笔在白纸上划动细细**声响**。阳光和汉字在纸上布满它们的**私语**。

（北京的秋）

近日整理诗集，女儿帮我将过去的诗稿扫描，转录的都是八十年代末和九十年代初的作品。写法和风格几十年前就定下了基调。二十七岁开始**写诗**，是有些太晚了。原来编辑诗选的时候被我删除了。编辑《柳宗宣诗选》时，有人问我如何好多诗没有选。现在重读，觉得还是有必要，早年的诗十分亲切，也特别钟情于它们，可能是人老了容易怀旧，过去的日子只能在旧诗的缝隙留存，我在读它们的时候就可以回到过去的时光。那过往日子浓缩在那诗行间了。我对自己说，在编辑诗全集的时候要把这些诗都收录进去，是对人生的一个**纪念**。没有比这更好的纪念。二十年写诗在那小地方想要出名，想多发表作品。早年的诗出现最多的词是“围墙”“逃离”“在路上”。后来真的就离开了那里，写诗给了我生活的暗示，写作与人生紧密相关，诗歌写作作用和改变了我的人生轨迹。现在我还能写诗，纯出于对生命的需要。它是生命中最**重要**的一件事，无论你如何变得虚无。用我朋友的话说，写诗也没有什么意义，不写诗更没有意义。

师东从城里开车来到皇木厂。他看见皇木厂的**月色**好像在招呼他，平和亲近，不像城里的月亮要不高深不见要么远空高悬不近人情。在皇木厂月色中行走，身体散发**酒气**，我们的方言和着酒气散发在安静的月夜。当各自回到自己的院落，看见那棵老槐树上的月亮，钻进了云层。我停在那里，看见大块黛色的云在晃动，子夜时分的皇木村在盈满酒气的月光中**晃动**了几下，轻微的，随着我晃荡不定的脚步。

（夜饮）

夏日丝瓜的藤蔓缠住了竹子和柿树快要覆盖葡萄架，汹涌的长势让我吃惊它的生长欲望。夏日的庭院你撒下什么种子就长什么东西来。草几日不锄就要齐人腰。**丝瓜的藤蔓**铺张得太嚣张，我将它的根除断了，它们渐渐地停止扩充，然后挂在院墙，缓缓**萎缩**。割断了它的根，失去和地的联系，它就消歇了。对嚣张植物致命的要击就是除掉**根系**。

我活着呼吸着生长着，从那里获得力量。长久地在异乡生活，使我想念过去的家乡，逝去的四十多年的时光。当我从家乡撤离，从生活了四十年的潜江离开，从南方来到北方，时间久了日里夜里想念故乡。你是江汉平原的一棵柳杨树，连根拔掉了，你为那里的水土粮食、那里的空气和方言养育，一切为那里塑造，一度发疯地要离开，现在一低头总想着回去，虽然在这里拥有自己的宅院，妻儿在身边，但你总觉得这不是你的栖居之地，当夜里醒来，你没有在家的**归属感**，总觉得居无定所。这是你的异乡；你的家乡在南方。那里的空气、田野，那里的亲戚和河流，那里父母的坟地，那是你要回去的地方，你的根在那里。你断了根的身体要回到那一片土地是你的**宿命**，在家乡才有安全感，没有被隔离的苦闷。不管在异乡你有多少羁留的理由，不管你在皇木厂复制过往的生活形态，白日醒来的一瞬，你想回到南方回到那一片土地，找到自己的根系，生死在那里。

（乡愁病犯了）

情不自禁地回到过去租住的院子，好像就是我的故园。你离开的地方成了别人的家园。无法言说的复杂心情和亲切感。对院子现在的主人说，那条院中的**小路**是我一砖一石砌筑的，那间小屋是亲手搭建的。那棵**香椿树**是我在燕郊小镇的集贸市场里运来在一个阳光亮晃晃的正午栽插的。它们和过去发生联系。离弃它们但它们还在，招引我回到它们中间。

看见院子的路面上尽是现在主人拐杖的印痕。那个过去的人已离开，现在无法把他找回，你也无法在这里安住了。你来到这里怀念那个走失的人。

（重返宋庄）

你时常收到许多**名片**，隔一段日子就要清理它们。也不想把它们丢弃，看见它们，就能重见名片背后的那些**面孔**，邂逅的场景，接受名片的情景和那个时候的**心境**，通过对一张张名片的重温回忆。

那些名片上背后的人影消失了，久未见面，或者它们已作废；或者他们已不在世上，但它们对你是有意义的，能帮助你回忆。

他向我迎面走来。我们叫着对方的名字。握住对方的手和往事。

第一次见到他，在**涵芬书店**。一群写作的人不约而同到了北京，偶然相见。

提及我的一组随笔是他在离开河南某家报纸前编发的。曾经的编辑遇到了过去的作者，他要请我喝酒算是发给稿费。有意思，大家都很高兴，写作把我们汇集在一起，与他们有着某种精神上的联系，给了我初到北京的理由和依恃，我们要在首都停下来，实现我们的梦和自由。

但北京空阔，像一粒粒**沙子**散落在它的各个角落，为了生存，各忙各的，也少通讯。在这上班的人流中见到对方，心中有说不出的感动。彼此是对方的熟人，手机上电话簿上留有对方的电话和名字。匆匆问候几句，就奔向不同的车站。完全不知那是你们的**最后**的见面。

（听说他死了）

早晨出门，看见院子水泥**地面**上敷上点点尘土，细雨点般的尘土落在停歇在村子路上的汽车的**顶篷**。你望望天，灰蒙蒙的，近几日是浮尘天气，没有起风，沙尘像雪无声地落下，覆盖了你的生活空间。

前几年的沙尘是在风中吹刮而来的，城里的能见度差，像在起雾，橘红的雾，空气里的土腥味，眼睛掺进细沙子，天空中的**太阳**看上去如苍白的**月亮**，而现在的沙尘是无声地降临你远离市区的院子，大风搬迁尘土。这内蒙古的沙尘落在了我的院子，你们并不是隔离的，你们就在同一现实处境，当你安静地休眠，当你觉得生活宽心自得，它像灾难落在了你的生活中。

（又见沙尘暴）

前排单元楼的一个男人死去了。

我不认识那个男人，或者见过面但不认识，不知道到底死去的是哪一个，他是众多死者中的一个。我们相距不足二十米，但素不相识，我不知道有一个叫什么的人活过，但他确实活过然后死去了。

他的活着和死去在我的世界构成什么影响？我来到一个空漠的世界，上班在地铁里见到那么多的人拥挤的男女但我们不说话。他们的存在和我的关系？回到我院子，院墙隔断那个死者的面影。我们活在越来越孤立的环境，在这个空荡而密集的城市；对他人的痛苦麻木不仁。

诗人奥登在他的美术馆的诗中，提到画家勃鲁盖尔的画中的村民看到别人遭遇灾难而无动于衷。

> 一切是安闲地从那桩灾难转过脸去：
> 农夫或许听到坠水的声音
> 和那绝望地呼喊
> 但对于他好不是了不得的失败。

诗用“安闲”一词衬托写出了生活里一边有人死亡，一边别人照常过着日子。这是人生的常态，一种无法摆脱的存在主义式的处境。但诗人感受到了人生的痛苦；那个陌生的男人死去了，在我们的前面，我有意绕过他的可能出没的道路，避开他的身体路过的地方。

你的离开正如你的闯入，全是自己的抉择。有谁注意你呢，你的糊涂在于你没有想到此时的离开。那年办公室搬迁，好像要在这里住一辈子。用情用力，你当然没有想到此刻的离开，这可就是你的愚痴。你要学习放下偏执，一点点地放下，学习离开。

这些年你认识了那么多人，离开了那么多的人与事，你脱离了那个初来乍到的人，成了一个陌生的人。同事先你离开，回到宁夏老家，你看着他一个人收拾，一个人离开这蓝色的房子，高大的背影有些驼曲。一个人的来与去，忍受自己的孤单。

一个人的身体就是一座舞台，你是你自己的观众。你在一间屋子里吵啊闹啊，最后还是离开。你来啊去啊，要留下你的轻盈。时间在变老，青春的面孔在催逼你，那另一人舞台，你得服从了剧情的演变。

昨天夜里三点醒来，想到**布罗茨基**拒绝回到俄罗斯，在他父母死后（他们一直被控制没能见到儿子）。他当年在苏联坐牢、流放、父母、第一次婚姻，以及在国外流亡，被强迫流亡还不算什么，但苏联当局屡次拒绝让他父母出来跟他见面，他是他们至爱的独子，父母相继逝世，最终不能见儿子一面。他后来坚决拒绝回国。如苏珊·桑塔格所说："家是俄语。不再是俄罗斯……

写诗在他看来就是一种不服从，拒绝被支配和奴役。他是一个健全的**个人主义者**。他在诺贝尔获奖演说的题目是《美学为伦理之母》，在他看来文学能帮助人使其存在的时代更特殊，使个人区别于前人和同辈，**避免**同义反复千篇一律——避免"历史牺牲品"的命运。而他则用自己的存在实践了他的生活与艺术的。米沃什谈到布罗茨基说他作为一个诗人的出现，在20世纪是没有任何先兆的。他就是一个生命的奇迹。

从布罗茨基读到了苏珊·桑塔格。后者曾在她的《重点所在》一书中，用专文谈过布罗茨基，他们建立了深厚的文字之谊，苏珊·桑塔格的《在土星的标志下》扉页标明是献给布罗茨基。土星是太阳系中行进最缓慢的一颗行星，在浩瀚穹苍中，落寞寡欢，土星比喻一种**"诗性气质"**，一种淡漠典雅的忧郁感；象征一种纯洁的失败、无尽的救赎、唯美的殉道。苏珊·桑塔格被喻为美国公众的良心，力倡兼容、开放、自主体验的"新感性"（New Sensibility），借以反对一种以阐释取代直观、以智性压制感性、以内容侵蚀形式的艺术专制倾向，她的批评文字超出她的小说。近日，读到流落海外的贝岭与苏珊·桑塔格交往的长篇文字，写得恳切，贝岭被捕时，苏珊·桑塔格搭救过他，对她充满感恩。2000年6月，初到北京，在蒋浩的租房里邂逅过**贝岭**，在文中贝岭提到他遭遇的全过程，读得情境交融，仿佛亲历，另外文中谈及他与苏珊·桑塔格的往来，让我如同见到苏珊·桑塔格。

（重读布罗茨基）

今天出门带着《自然与快乐：伊壁鸠鲁的哲学》。公交车上，品读其格言，如同饥饿者面对餐饮。这是你在奔赴目的地所要做的事；一个智者在对你说话，和你交谈如何**存活在世**。

是的，能带来宁静的最佳办法就是简单的生活，不要和他人比忙碌，不要求自己从事令人不快的工作；勉强去做那些力所不能及的事情；应当从日常责任和政治事务的牢房中逃离出去；在生命的路上，努力使旅途的后半部分比前半部分过得更好。

为自己学习哲学；关心**智慧和友谊**，去除你灵魂的紊乱，去拥有自足和真正意义上的快乐吧，最高的属于神的那种幸福。

你要像第欧根尼那样，建造一面墙，在上面镌刻**伊壁鸠鲁**的格言。

（公车上）

拎着一袋黑塑料袋，里面是大信封。信封内是她们写给我的信件，前往邮局。将要搬迁，从北方到南方，担心丢失它。一个黑色布袋在手中，心情异常，感到它的重量，特别将它包裹托运，先于我到达移居的南方省城。

穿过皇木厂的胡同，一个人走在半是阴影，半是阳光的胡同里，寂静中想到早年的不安、专注和疯狂写信的人淡了音讯，身处异地，留下褪色的书信或沉默的声音。

你们热烈的情爱变成这一摞信函。边角破损，字迹也模糊不清，以它的凝重衬出我们肉身的轻，仿佛骨头与皮肉。

这是你们的遗址。

（上邮局）

我被引入待售的二手房。房子里一个女人抱着孩子，乱糟糟的，用大大小小的纸箱装着一些物品。席梦思显示出来。他们说要回江苏去，把房子处理掉。男人去找搬家公司去了，这房子不成房子，临时的就要离弃的地方，不成为家了。他们为什么要离开，在北京近郊待不下去了？遇到了什么困境？你没有多问，想着自己在这里一切安好，想着在这里找投资房。想住在离图书市场近的地方，只是随兴看看。

他们在**迁徙**。你没有想到几年后也会离开这里，完全没有想到。迁徙是身不由己的事。他们有自己的房产、家室但他们要离开，把房子处理掉。那日你去逛新的图书城，偶然见到那场景，似乎是一个暗示。迁徙是多么困难的事情啊。那一年，你还把带院子的两层楼做了保暖包装，你想在那里住到老，你到图书市场购书，将它摆放在楼上的书架上。可是几年后的今天，你也要搬离，成了他们的后继者。你把两层楼处理了，逃难一样地离开。**邮箱**空空地挂在院子的外墙。

从**地铁站**出门，来到天桥上，张望灰蒙蒙的**北京城**。全是房子，高低错落的。想到你北京正好十年，一个转折。在北京没有了依恋所在，不再是一个鼓舞你的理想之地。全城似乎都在搞钱，人们都不大交往了。诗歌活动少了，成了一个交易场。进出北大也有警察管着；在此生活的热情在消减。宋庄的穷画家们开起了跑车，那里成了一个放大的画廊。

在张望的瞬间，感觉来自内外的空荡、空漠。没有了待在首都理由和幻念，得重新规划生活，最好是回到故乡去，像捷克电影中所描述的两个艺术家不断地游离，出国不成，就隐在边缘山区，老死在那里。

你到了重新规划你的生活的时候，离开它越远越好，有什么好留恋的呢，就是说各种理由支持你离开。类似于当初进北京的**冲动**，精神上获得的解放感，甚至有某种**挣脱**感。在这里收罗的图书，你要运回去，和你同行，你有些感激京城，你到此就是来逛书店的，你回返足可以自守，你的出门任务似乎完成了。

十年啊，在这里经历的大都经历了，没有什么你想要去的地方，要见的人。这个城市表面节奏安闲，但人们内心紧张，大家为了生存焦虑、不安、矜持应酬，你看透这里的人事，一瞬间的留恋感断然消隐。

地铁里的人一拨拨到来，你错开。回到皇木厂，老妇人在小区摇晃着走动。她的右臂挂着红袖套，走路都不稳了她们还在“维稳”。冷冰冰的地铁内椅子和人的面孔。菜市场的菜老乡用被子掩盖着白菜和萝卜。

和一个城市的关系就是和银行的关系。你退还了工商银行的银行卡。在出版社楼上楼下地跑，见一个个部门，盖一个个章，办理离职前的手续。保留着一个个书店的优惠卡，图书馆阅读证。在编辑部清理办公桌。抽屉里的一封封信件。一个个电话本和日常用品。发觉能和你说话的人也没有；一个人孤绝地拣选自己的生活。

（2009 年 6 月 15）

公交卡。我留着它，我可能再回来。皇木厂，这是在北京的最后的住所，这里有我用过的电话。**这是你的故乡**，因为这是**你写作的地方**。你见到那个出租小李，他送你到机场，长期租用他的车。你对他说，出门一段时间还会回来的，他似乎还会到机场航站楼去接你。

（房子易主时）

酒宴上见他脸面呈蜡黄。他说从天津到了北京，换了一个单位，忙得北京哪里也没有去，只到三联书店三回。他说把自己卖给了单位，全身心投入工作。那次酒宴，他是迟到的，匆匆相聚我们就分开了。几个月后，听说他死了，死在单位招待所里：冬天要靠生炉子取暖，不小心煤气中毒死在屋子里。他打开的手臂最终够不上门栓，倒在那张紧闭的门前，扭曲挣扎后的身子，卧在哪里。他遗留下妻子还有小孩在另一座城市。

从一个城市到另一个城市，从一个出版社到另一个出版社。他消逝了没有一点声响。我们**奋不顾身**，轻易把自己交出去，这是愚蠢的，为了外在的人与事，功与名而忽视最重要的生命，我们面世的根基，一切都建立在这个上面。没有了它，一切都是空幻。我们的身体在哪里倒无所谓的，关键是它要在天空下在可能自由的空气中。

当我重读**卡瓦菲斯**的诗《城市》，想到他，见过一面就永远无法再见的人，想到我们**相似的命运**和有关我们活着的提醒——

你说：我将去另一块土地，我将去另一片大海
另一座城市，比这更好的城市，将被发现
我的每项努力都是对命运的谴责
而我的心被埋藏了，像一具尸体

你会发现没有新的土地，你会发现没有别的大海
你将到达的是同一座城市，别指望还有他乡
没有渡载你的船，没有供你行走的道路
你既已毁掉了你的生活，在这个小小角落
你便已经毁掉了它，在整个世界

（2005—2009，柳宗宣在北京的书房）

汉口火车站
(2009—2017)

梦见自己醒来，走向教室。心动着想跟学生说话，交流心得，谈论人生。学生们似在铃铛声中聚集在有露水的操场上听我即兴发言。**清晨即起，打扫庭院**。醒来，在一张纸片上记下它，好像这两句蕴含着新意，或回到了它的本意，清晨即起，打扫庭院！

为什么在梦里出现这样的情景呢，可能是自己到了新的工作单位，又回到永远年轻的校园；回到那为孩子王的中学教书时光，那与学生们在一起的青春流逝过去了，怀想它的那一份的单纯与美好。那是我的英雄时代。

晨读是在高中时期住读养成的习惯，早上起来就到河边背书。教书时候，也保持晨读的习惯，在河边的路上持书边走边读或背诵或在杉树下背古诗文，那早晨的空气的清新沁入了肺腑，记忆力好极了，身体和精神充满了力量。然后和学生们一起早操、自习。忆我少壮时，无乐自欣豫。人近中年，那晨读的习惯让位于早起后的散步，从杂乱的梦中醒来，带着中年身体的不适，要有一个短暂的过渡，从不安的被人事纠缠的梦境中醒来通过散步过渡到清明的心境，我在小区的甬道中行走，让身体缓缓舒展，精神恢复过来，进入专注的阅读；这让我想念我的青春岁月，那活泼泼的年轻的身体。

忽然想到尊敬的**梁漱溟**先生。喜欢他的《朝话》。梁先生在山东邹平办学，建乡村研究院，清晨即起和学生们上**朝会**。在朝会上即兴发言，或论时事或谈人生。用先生的话说，在冬季的时候，天将明未明，他和学生们在月台上团坐，疏星残月悠悬空际；山河大地皆在静默。人心地清明，**兴奋静寂**，觉世人都在梦中，我独清醒。大家团坐时或静默，一点声息全无，然后随兴发言，或长或短，随情景而定。讲者认真虔诚，听者专注心会。那是怎样的令人兴奋反省、思悟人生的宝贵时光。

（朝话）

刚回到武汉。忙着装修房子，往施工现场进料，想着把花园阳台改造成书房。正与木工师傅交涉时，楼下一个人在叫唤我，探出窗子：**邮递员**。一个穿绿色工作服的男人让我去签名取挂号信。刚从北方回来，还没有安顿好，我的图书、家俱、日常用品还在北方的房子正待托运，邮递员就尾随而至。

小说《你在圣弗兰西斯科做什么》中的男主人公刚搬迁到新地方，邮局的人就上门跟他打招呼了。我喜欢**卡佛**的这篇小说，以邮递员的视线描写一对男女的**漂泊动荡**的生活；小说中男人等信的情景，他的到来与离开。邮递员旁观了他的生活——那个送信人的叫喊一下子把过去唤醒了。

我的身体没有疼痛。近些日子，物流托运了八十多捆藏书归来。在汉口花园的书房观望四壁的图书，觉得完成最后的迁徙。

在这里行走、生活、呼吸，在一瞬间回到北方，一个个自我抽身回去，在彼处问询。它们在南北两地观望打量——从北方运回来的直陈屋顶的图书和过去房子里的油画，它们保持了变迁生活的某种稳定性。**我的鞋子**回到新居的柜子，它们从北方同时行走回来。

从小区到汉口火车站十分钟车程；上武汉天河机场只需二十分钟。以后的游走便捷。在九省通衢的武汉，到全国任何地方好像是从圆心出发。在武汉准确点说在**汉口**，在岁末，准备完成一则评论和一些诗作，变动的生活渐渐安定，未定型的东西会慢慢呈现出像样子的文本。

在这里，把更多的时间消磨在宽敞的房子。饮茶、读书、写字。

觉得在书房的时光过得太快，恍惚一下在荧光灯下黑发变**白发**。是啊，“这世上没有什么东西我想占有，我知道没有人值得我去妒忌。我遭受了怎样的不幸我都已忘记。我的身体里没有疼痛。”这是多年漂泊后获得的类似于米沃什诗中描述过的**礼物**。

我在习惯武汉的燠热。十多年没有在湖北过夏天了，现在回来，隐隐有些怕它的热。湖北湖泊之多，空气里的湿度高。它的热是巴到（楚地方言）你身上的那种热；每每在北方度夏，夜里要盖线毯，不必依赖空调。夜里与白日温差大，不像南方半夜醒来身子在流汗。你要一日冲几次凉水澡，走在马路上脚底发烫，而北方空气干燥不会使你感觉出蒸热。如同它冬日的冷，其实不起大风，在干烈的日光照临下，蛮暖和的，何况屋子里有暖气。那是享受的冬天，可以不冻手脚，读书写作。人到了北方，你才可以说了解南方。

我是自愿回到南方来的，回到**楚地**，这个从小到大在此生活四十年的地方。在北方生活整整十年，是到了**转折**的时侯。往深处说，这也是你的宿命。用古罗马哲人话说，适应你命中注定的环境，爱你命中注定所要遭遇的人，而且要真心地爱。南方**有亲人**，有熟悉的**方言**，回老家便捷，这都是你要回来的理由。

举家迁移武汉，我提早回来，购房装修。开车到武汉火车站去接她们，**女儿**激动的心情我是理解的，她看着家里的小车，看到我装修如意的房子。她的生活都是我为她开创的。现在想来，所有的选择，都因了女儿，她参与到我对人生的规划中。和女儿生活在一个城市，这是我的愿望。有一日，在北京三联书店购书，想着她快放学了和她一起回家。她在电话中说刚回到家中。我对自己就说，要与女儿生活在一个城市，就这么一个亲人。

喜欢苏东坡的一首劝儿诗。他愿他的儿女愚且鲁，无灾无难到公卿。对女儿渐渐地放下过去对她的要求，只愿她能独自谋生，生活如意就好。有时候跟她开玩笑，在她成家时，我送她一台世界上最大的电视。她们这代人是在电视屏前长大的。她们是在电视机前自言自语的一代。

（从武汉火车站接女儿回新居）

在汉口新居的阳台**观望街景**。现在你逃到这个省城。从大学校园外墙走过，进入新单位的大门，想到这是你要与之发生关系的地方，你所谓的依靠之所在；这证明你内心虚弱、像植物一样的依附特性——在新居的阳台观望，就像多年前在县城一样，俯视楼群缝隙间的电线、马路，行人和邮差——类似的**情景重叠**在一起。恍惚觉得从来就没有离开过县城——其实，你离开了，就不要再回到围墙中去。你要成为一个坚定的**游离者**，离开，不断地离开。

他让我六点到汉口火车站接他。他是一个在路上的人，凌晨五点还在旅途中。而我待在暖和的被褥。他以为我的住所隔火车站很远。他用的是北京的计程方式，那年我们到西客站去要两个小时，所以去接人和出行，得把时间安排得充裕。

他到了我现在的家里，觉得确实离火车站很近。他曾到过我在北京的所有住地。现在他来到了武汉的房子，新房子还像以往，挂着他早年的**画作**，仿佛时光停伫在这里，安安静静的没有迁变。在书房里，我让他站在他原来自己的画作前留了影。

我们坐在书桌前，在一杯茶水前，小声地读我写的关于我们往事的文章。安静的时光。王琰在我的新居里无声走动。他听完我朗读我们漂泊生活的文字，表情有些异样，他侧身观望着灯光中挂在墙上的他早年的**画作**。是啊，过去的日子过去了，无影无踪，最后它们落实到一幅幅画和一行行**文字**中。

在小区的椅子里闲坐。月亮依恋着高楼一角；像一个病人，刚从北方回来，身心隐隐带着伤痛。而在甬道行走，碰见桂花充满魔力的香气。它把你按在了那个瞬间，它用香气抚慰你，把你的多维生活联通。

汉口澳门路，和亲人吃到妇女用扁担挑过来的莲蓬；从安陆人那里买到淡黄见青的柱型的从小叫它八南瓜的瓜；路边摊位上尝到咸宁妇女卖给我的一种名叫马拉糕的早点。餐馆里听到**楚话**，满眼是回到湖北的亲切自在。在北京，你看到的是它的整洁，干净，空阔大气，似乎展览品，只能看，不能摸。居住在市郊的皇木厂，八十岁的病歪歪的老百姓左臂衣袖上佩戴着红袖套。一旦地铁穿制服的警察密布，感觉有什么人物到来或某某会议召开。北京是一个政治气味浓烈的**城市**，过一个文人边缘的自在的生活吧，回到湖北自己老家来吧。

一生都在**经营着自己的书房**。从十八岁的单身寝室的小书柜到成家后腾出通往阳台的房间做书房，到北方漂居地安门筒子楼的立墙的小书架，图书一直跟随我。从南方到北方，又从北方到武汉，看到照片中在北京东六环皇木厂的书房。那幢房子是带有院子的两层楼，楼上大厅里全用来储藏图书，是我起居阅读的地方，一个穷文人的理想在那里得到了落实。一个东北的诗友到了那里说，老柳可以独守书房了，可是你慌慌张张地逃到南方来。

从北京迁居武汉，房子装修最让我满意的是自备了供暖设备，足可以躲开荆楚之地无处可避之阴冷，可以安坐在书房内。一面墙的书架是从北方运回来的。书架变成了一块块木板，和几十包书一同物流到武汉。书桌、音响一并运回来了。北京十年最让我觉得富足的是淘到许多好书，从不同的门径。城市的图书馆对我来说没有什么意义了。这精心营造的书房就是**私人图书馆**，躺在那个木椅上听着音乐，翻读着陪伴多年的图书，那可是不可言说的享乐。现在大部分时光就是在这里过的，有些依赖这个空间了，走投无路，只得守在这里，生命的痛与享乐也来自这里。年近五十了，忽然醒悟过来，真正不顾一切地**扑向书房**。这是个无中生有之地，余下岁月的藏身之所。

这一面的顶天立地的书架是新装修时让木匠打制的。这张书梯可以变成椅子，更多的时候站在它的上面从高处取下所要的书。地板上的蒲团是用来打坐的。从方果法师那里学习正确的打坐方法。一个人席地坐在那里，**禅坐**。试着脱落身心，在读书的空隙。

对于读书人来说，书房总是很小的，让人犯难，这样书就自然地蔓延到了餐厅的酒柜里。克制着不让书房的书蔓延到客厅，有的流落到了内部的洗手间。抽水马桶旁放着古汉语字典和新近的各类杂志。是这样的，一个家庭如果没有书房，在我看来空洞无趣。即便读不完那些收藏的书，每日经过它们从街市里归来和它们在一起，这本身就是自我教育的方式。

（新书房）

姐妹来看我。两个来得突然。开车去接她们，用装化肥的大袋子提来花生和香肠。姐姐这是第二次出远门。在她结婚的时候过武昌到北京姐夫所在的部队完婚。这一次在她儿子都有了小孩的时候来武汉看我，算是第二次出远门。她说她想看看**长江大桥**。她第一次路过武汉在夜里。我带领姐妹在汉口的江滩陪她们看长江二桥。然后开车过一桥，从户部巷来到江边，看夜色中的龟蛇二山之间的长江大桥，分辨我们老家的方位。姊妹弟兄四人，我和姐姐的脸型和气质更相似些，连我们的一颗龅牙齿的形状和位置都一致。有人见了我哥，就马上问："柳宗宣是你的弟弟吧?"亲人像你的一面镜子，照见你们**家族**的相似。伊壁鸠鲁说过，**亲人的面容**是美好的景象，因为亲人之间的血缘使他们心灵相通。

朋友夏宏、黄斌来了，我们喝夜酒。姐妹在厨房里送来下酒的菜，这让我好像回到了过去的家中，我们似乎生活在一个大家庭里。我到单位去了，她们在客厅读我的散文《出生地》，妹妹读给姐姐听，文章里提到了她们，我们的已故世的父母。听妹妹说，她读的时候泪水都流出来了。这让我吃了一惊。我们三个在客厅里说夜话，谈到母亲之死，我们**梦见母亲**的梦。姐妹说会过死去多年的母亲。她俩找到了**菩萨**，母亲通过菩萨的身体说话，反馈她在阴间的境况。

侄女抱着她的小孩来到我的新居。她们的到来中断了我的写作。欣悦地抱起了她的女儿，时间让我快要成为一个老人。在青年时代经历的难事现在又出现在侄女的生活中。小孩由谁来带？生活的拮据不允许她请保姆。她男人的老母亲介入到她们窄小的生活空间会生出婆媳间的争吵。这一切因了我们**家族的贫困**。所有的困窘皆因为这。这近半生的努力都是在与贫穷作战，让自己从贫困束缚中解放出来。

给女儿莲子一条单人格子床单。她开始经营她的工作室。我说，这床单是我最初闯荡北京的**纪念物**，一直收藏着它。1999 年，在北京景山后街的店铺，用了十二元（觉得它昂贵或我的赤贫），撕下一块布铺在单人床上。女儿在武汉开始创业，这权当是我赠送她特别的礼物。她要离开我去独自生活，受她自己的苦，享她自己的福。

友人**程宝林**从旧金山到日本，然后转机到北京，再到武汉天河机场。他和妻子尔雅的胃因了本地小餐馆获得抚慰：几道有滋有味的楚地菜肴让他们有真正回到家乡的感慨。他的到来让我有感兴，逼现出对自我的观照，让我看见此时此地的境况。他离开后，我写了**《身体的遗址》**，此诗是送给他的，越洋过海地穿行来到我身边，让我看见自己无路可走的心境。

夏可君从北京飞回武汉，然后从汉口回到他父亲的居所，这是他永远的回乡。我青睐这个小弟兄，我曾写过几首赠诗给他的，可以说，他参与过我的词语建设。他的旅行箱里有一套法国诗歌译丛，推荐给我。我的书柜有着他多年前送给我的藏书（打来那些书里面有他阅读时留下的印记）。春节探亲的途中他在我客房醒来说，酒后子夜醒来，是怀念李白的时光。

私车停在小区的路灯下面。从阳台可以看见它，铂金灰是我喜欢的颜色。**雪铁龙**系列三厢车有着我看好的线条与运动感。前后的车都开走了，只有它停在那里，好像在等候我的役使，而我在书房里还有事要做。

离开北京回到武汉，安慰的是在北京这些年的打拼有了两处房子，出了两本书（一本诗集和一本散文集）。两手努力得到了超出预期的回馈，由此生发出对生活的感恩或隐约的幸福感。最重要的是对人生的理解变得宽宏，不偏执一端而生出逼仄之思。在关于汽车的诗里有这样的句子：“我把汽车的快速＼与缓慢的诗歌＼杂糅在一起＼从内部的幽深＼涉入外部的开阔＼这些年，我努力放下＼事物间差异性对抗＼让它们和解。”

简朴的生活也有一个度。要提防贫困对身心的伤害。拥有必要的财富对人生建设提供广大的空间。至少，它让你拥有**黄金般的闲暇**，安然从事精神的劳动，活得有起码的尊严。

（关于汽车）

六年前那个夏日，夏宏离开报社，考上武汉大学的研究生，有闲到北京去看我，刚搬到地铁梨园站的新居。夏宏在那里待了近十日，我们的对话断续进行，他走后，我曾在那里写下给夏宏的**赠诗**。雷平阳当时在“鲁院”，也来我的房子里，和夏宏在那客厅里通宵看球赛，平阳从冰箱里取出鸡蛋在厨房里煮食。我们三个在书房漫无边际地谈话，以后平阳把这则**访谈**发在《滇池》杂志，还给了我和夏宏一个**奖牌**，一直放在皇木厂的书柜上。此刻，妻子打来电话，说成队的坦克从皇木厂附件的马路开往天安门。庆典。戒严。庆幸运送我图书和家什的车已启程到了保定，平安离开北京，一日后可到武汉。皇木厂的房子已易主。人生真是如寄。身外之物的流失与变异不必在意，物随人流，或不为外物所累，身体的便捷与自在才是至为重要的。在武汉，和夏宏住得近，走得也勤，他是神送给我的礼物。我们在一起能制造出特殊的空气，足以供我们在汉口敞开呼吸。

这三等酒馆不错的。想拉送来火锅的少妇参与我们的夜饮。在武汉生活好啊，有一起饮酒的人。“晚来天欲雪，能饮一杯无?”无雪我们也要一起对酒。

重见汉江。和夏宏家人一起在沙滩停歇。江水轻拍沙岸。五头水牛在江边吃草。鸭渡村边的渡口有渡船在摆渡。五分钟可以到对面的蔡甸去。我们在农家柳树下的餐桌前就餐，吃野狗棘草尖。听青蛙在面前的水中鼓哇。后现代真实的生活就是回到这原初的简朴的生活，与先民的生活努力贴近靠拢。

樱花与风物似在对抗着这个坏天气。在如织的游人中观望这里难得的风景。人文的、自然的风景在视线的不同角度中处处呈现它们的妙境。在武大**看樱花**的同时，拍摄着那里的梧桐树的银灰色树干和树丛间隐现的老建筑。那不远处的山峦和山下的**东湖水**，这座著名高校使武汉这座城市有了雅趣与格调，让你觉得在日常生活中还有一个不俗的去处，真实的可以确信的人间幻境。

不经意间与武大建立了个人的记忆。**处女作**的诗兴源自八十年代初从国立武汉大学牌坊沿着坡路上行到校园内部的情景，那年，路两边有溪水在流淌，珞珈山隐然在目。我和潜江一个小说作者寻访於可训教授。这淡忘了的关于武大的最初的记忆给挖掘出来。然后就是层出不穷的关于诗与武大的往事。与夏可君偶然相识，他在武大读硕士，然后读博士，我常住在他的宿舍。我们一见面就谈诗，他说：“柳哥啊，你见我一定要带诗作来。”有一次他送我，在雨中，在现在著名的樱花大道上两个人往下坡走，樱花在雨中飘洒，路边的校园广播放着轻音乐。这个情景被以后写到诗里。诗集里的《在枫园一舍留下的一张便条》，是赠给夏可君的。

在枫园一舍，因了夏可君，邂逅他的哥们张典，我与他睡在宿舍的上下铺整夜聊天，武大寂静得只能听到我们的声音，以后从北方回武汉，在武大与黄斌、夏宏见到刘道玉老校长。这些年在全国各高校跑得多了，对世事的内情有所了解。在这个同构的体制下，高校也难逃它的衙门特征，遗憾地缺失它的独立性。对高校早年的肃穆感情在变淡。在北京生活了多年，常去北京大学，对它的好感日益减退，倒喜欢上清华大学乡村似的树木与草地；喜欢云南大学草地上跑动的松鼠；难忘在广西民族大学的那次讲座，在通往礼堂的路上闻到**校园**草木散发的香气。

（大学院）

一场偶然的车祸让我对身边过往的小车视而不见。

你要知晓什么是身外之物。人活着即面对层出不穷的麻烦与大大小小的灾难。如何获得生之平安、平静，是你以后的日常功课，保证能持续你的词语生涯。

讨厌商业，讨厌这个唯利是图的时代。总想摆脱它对我的控制，可是越挣扎就被套得越牢。

每个时代对个体的**伤害**形式都不一样。在这个年代，我们个体受到时代挤压和困束的方式即让你身不由已地卷入来势凶猛的商业之中，这给你的灵肉带来显明和隐形的伤害。

即便你孤闭多年，外部的人事也作用着你的意识与行动；外部的人事几乎**渗透性**地浸入你梦境一般的意识；我们的生活纠缠在与他人千丝万缕的关系中，缓慢地转变成偏执，甚至疯狂。疯狂的表现镌刻在和他人的各种关系中，自言自语的时候我们也还是处在与他人的各种关系之中。如何把这个主体从包围他的社会话语的价值观中拉出来，质疑集体的价值观，建立属于自己的价值走向，他所认为的善的方式呢？如何不用药物也不用精神分析就能治疗紧张焦虑和抑郁？从另一个向度来看，我们的情绪与疯狂并非由事件本身所诱发，而由人的思维、信念所引起，我们个体是否对自己的疯狂承担起责任？

你曾是一个轻度的精神病患者。间隔性的疯狂一度在漂泊生活中某个阶段表现出来。会上控制不了自己，身子发抖、心跳加剧指责同事，倾泻所受的委屈与不公正。我们其实是疯狂的，不疯也是疯狂的一种表现。当我们不再是自己情感和行动的主人，**疯狂**就产生了。

近月，避暑于贵阳花溪。带《庄子》通读其内篇。如动物之穴居。而后赴京处理既往房子等诸事，悟人世诸事可不为，觉息事宁人为正要。多月不近电视、网络，拟不再写博文。念想苏轼词句："小舟从此逝，江海寄余生。"向诸友熟人表明心迹或乞求原谅。

（一则微博）

在网上购得一个帆布**筒形背包**。每次出门将日常用品和充足的衣物塞在里头，想在外多待一些日子，可是不几日就回来了，一些衣物没有动用又收拾进衣橱。看来人走不了多远了，在外出前有过一丝对远行的期待，但终究是草草提前回来。二十年前，曾拥有过一个浅灰色的塑料筒包，那年二十来岁，背上它独自旅行，人在路上真是意气风发，眼里一切都是新鲜的，内心活跃无比，如同在写作之中灵光闪现。那个伴我多年的筒包在时间中流失。

近日，与妹妹闲话时得知筒包流落到她家里，曾被妹夫用来背鱼到集市上去。在北京生活工作的那些年月，人一想着过居无定所的生活，身体与精神便生动起来，瞬间获得的自由感；回到武汉生活工作，总想再次辞职，暂断一些牵绊，过类似于波希米亚人的放逐生活。

时代的变迁使波希米亚这种精神似乎死掉了，但另一方面，波希米亚无处不在。近日读《X一代》感觉是垮掉一代的复活。回到湖北定居，我想去的地方是恩施和神农架。人总想着向科技与交通不发达、信息较闭塞、用户至上主义较不盛行的地区迁移，觉得再不快点行动，那里也会变得没有什么看头了。以前听说去鄂西南的恩施路途遥远，山路阻碍，现在据说当日可到达那里，高速公路已开通了；这个世界越来越没有你在路上的环境和你要去的地方了。世界到处一个样子，被我们改造的、人工的荒野。对大地的神性向往在变淡。

在这世上游历的经费同时变得昂贵起来。河流在隐退、在变黑，江水盛不下轮渡。长江轮船也放弃了客运，也就是说从汉口到南京和上海，你只能坐火车和飞机还有大巴，**水上交通**线给取消了。这黄金水道越来越跟不上时代的高速度而被迫停业。再说，长江的水也越来越少，这自然参与的交通越来越远离人们的生活，我们行走的慢节奏体验越来越困难，你不得不卷入到**高铁**和天空的争先恐后中去。一切都变得快速起来，对异地的神秘感在减退，世上到处都是被导游小姐牵引着的浅薄的游客。

在海拔四千多米的高原，在中甸，人像一个老人，行动不得不放慢；我到这里来就是要让自己**慢下来**，为什么还要惯性地往前冲呢？这是要受到惩罚的，我喘息着，不得不把步子慢下来。

多年后，我坐着她曾经搭乘过的火车，她经过的小站和涵洞，我再一次经过，她在路上，我曾打电话到她没有信号。她几十个小时穿过中国的长江与黄河，到达北方，抵达到我身边。现在一个人回溯过去的虚空，靠近的是我可疑的自己。

（避暑于西南）

在平凉读着平凉市志和崇信县志。从西可书房的窗户，望见这里的**黄土高原**。这一生最熟悉的城市是北京（在那里生活了十年），再就是平凉（在不同季节到过它的街道和塬地），然后才是武汉（出生地的省城）。在夜行的火车上，夜色中的迷离植被、村落与梯田。从卧铺上下来临窗观望，想着你在世上游走，什么都得不到，得到即消失，情爱、名声、金钱，你瞬间占有，然后失落。世间一切，唯我所有，非我所有。现在你想的是什么事也不让它发生，成为一个**寂静主义者**。

（重访平凉）

王维的诗歌里没有人。“空山不见人，但闻人语响。”（《鹿柴》）“深林人不知，明月来相照。”（《竹里馆》）“木末芙蓉花，山中发红萼。涧户寂无人，纷纷开且落。”（《辛夷坞》）或者说他的诗歌里只有他，面对着外部的世界与自我。一个孤寂的禅者的身影。

如何让自己“安禅”，获得生命的安宁呢？王维诗中，为什么没有人呢？是因了他想“息事宁人”（让尘事止息不生使自己得安宁）。有了人就有江湖，就暗藏险恶灾难。他人即地狱。当一个人年岁增长，涉世至深，理解危及人生命安宁的恰恰是同类。人事的倾轧，流言的恶毒，一切麻烦事都是从人世滋生出来的：男女之间纠缠的伤心，单位同事间的勾心斗角与暗算，同好间为虚名浮利而生出的流言，一轮一轮的麻烦事和丑闻，所以王维在他的生活中和诗中避开了人，“终年无客长闭关，终日无心长自闲”，在他的**隐逸诗**中只有他自己，在诗里构筑着一个**寂静的世界**，如他诗中所写的：“兴来每独往，胜事空自知。”也有习佛者对禅的理解和观照：“行到水穷处，坐看云起时。”

多年前，读王维的诗觉得美丽得可怕，想和他一起去实践个人的归隐，在空山新雨之后，归隐的田园之中去，但又觉得自己还年轻，还需在人世打拼。我们是那样留恋人世，爱在人群之中，而一次次地受到伤害，那来自外部或自我的伤害。忽然想起一首短诗《我所目睹到的》：

这么长时间
我还没有长成一个成年人

我所看到的
听到的
都是大家比赛糟蹋自己的速度
谁也不比谁慢

（重读《王维集》）

和老同学吴少军在温泉待了三个小时。我们把身体平放到石板上，泉水从那里漫上来，光润滑腻，然后将身体平放到室内游泳池里。他对我说，好久没有这样放松了。我们要的就是这样的放松。从落地玻璃窗口看见青山，想到**隐逸**。

在北京的时候，那些年北京是个工地，当它停歇了开发建设的速度，有了一点看相，又到了武汉这个工地，尤其是从近郊接近这座华中要城，它不能再混乱了，预制板拆散到只见钢丝网；一个赤脚民工穿着布鞋从毁坍的楼群中走来。现在对任何城市不寄予什么盼头。想着是逃隐，比如藏身山林或乡村。

在汉口沿江大道乘大巴车到黄州，过阳逻，看见那里没有被破坏的乡村，平整的田野，树木“井”字形地排列于田地中间，菜畦精耕细作的痕迹可见，民宅隐藏在树木之中，那是农业社会的**遗迹**。

重温此片，依然觉得好。这部荷兰电影写一个女子出走，遇到一个和她同样享受孤寂的中年男人的事。电影的画面感或散逸出来的味道好极了；透泄出某种不言而喻的人生态度，时隔多月想到其中的画面与人物。为什么要远离城市**离群索居**？可以说这部电影潜在影响生活与诸事选择的观看，或者说这部片子里传达了隐藏的正要表达的精神愿望。北京的十年，历经了多少人事啊，到了武汉短短几年，对人事敬而远之，态度越来越偏执。真的没有必要与人打交道，倒不如与自然或人工的自然相处，过**隐逸简朴**的生活。此部电影叙事朴拙，不事张扬，低调的气氛、静默的画面，处理得精致讲究。两个主人公就像过日常生活一样，没有表演架势，与整部电影传达的意蕴吻合。智者懂得**适可而止**。我喜欢男主人公的一句台词。当女的要通过做爱来表达感情，男主人公这样说道。

（只做陌生人）

秋风扫落叶的沙沙声。山色微妙，转换绿红。僻静山路变宽了。夏日的树枝和苞茅侵没了路径；从填满山谷的椿树枝杈，可见沟壑中隐居的石头。毛刺刺的山栗落下来，打在路上，一声闷响。有时，山栗在转弯处袭击头部，你也不闪避。你把衣服一件件地脱，几乎赤裸着，身体带着从树间照过来的光点；身上跳荡可爱的树影儿。群鸟齐声鸣叫起来。在僧人泡制茶水前刚坐定。山鸟何以忽然交鸣，僧人以诡秘的笑回答。几分钟后，鸟声渐次隐退。

（竹尹寺）

读弘一法师书信集。十分留意他出家后的行径，他不断地移动肉身，寻找着临时居所。他的邮件在一个个寺庙里托转过。他闭关，然后来到通往**山林僧院**的路上，他亲近的佛经转移到书法中来。他多病的身体依持的东西越来越少。他在不断地在放下，最后连同他的消瘦的身体在承天寺荼靡。

茶室可命名为“竹影禅茶坊”。在原停车场砌一个标志性入门口：用本地片石细微错落砌成。请专人书法题写“竹影禅茶坊”，于暗色旧木板上雕字，**求古趣**。从此进入一个小花园，不过分修理，求不对称，花园中间用木板铺成过道。

进入第二扇门。沿用既有的木制门扉。进此门得换鞋，使用粗布拖鞋。原石砌过廊地板变木制地板，地板色调为褐色，原木，与清水墙体协调。

大凡茶室得有过廊，有三个入口，入茶室得有仪式感。从第一门廊进入错杂朴素的花地是食茶者的与外界隔的第一过道，古人称白露地。让人渐进安心茶事的过渡地，也是茶饮后的静观默想地，一旦进入此，即有进入扑面的**禅茶**的意境。在此二进门的壁上可题写古人《茶道箴》。

第三进门，即利用原屋室的。此门补用蓝底碎花染料粗布作门帘。大小二间茶室的窗帘也用此门帘，或竹帘。此处可谓真正进入清静的茶室。

茶室面对正门处陈放古筝。或女子弹古音，或播放古琴曲。音响置墙角隐蔽处。布置不求对称，不均齐。它是八面玲珑、完整无缺的反面，求的是**破碎、歪曲、数奇**的美感。

茶室左侧正面墙，置木制壁龛，色暗淡，其上布茶具或佛像。其墙体去任何字画，求空纳万物的禅寂，无一物。半掩的窗子露外面一线山景与绿色。最好在窗外置竹子。在对着壁龛的中线的中段，放暗色木制茶座一或二件。古琴隔二米处的同方位，置铁器火炉，以**木炭煮水**。

安排**烟囱**，穿墙于外。冬可以此取暖。火炉旁置一小石器水缸，暗色。水取自本地山泉。茶具为三层盖瓷器茶具，色求暗晦，粗朴，简素，求年代久远，用民间**粗碗**。放弃使用玻璃杯。

此大间茶室护墙为木板，与地面的纯木原生木为同一。室顶为淡蓝色涂料。顶四周用木条线。灯具为竹制装饰的吊灯，灯线求**阴翳朦胧**。忌荧光灯。

小间茶进里面窗设一类似的小简易榻榻米。一块砖的高度，使小空间变得错落。地面或墙体及墙顶都用**原木**掩体。食茶者席地坐于榻上。以草席为垫。原隔断的玻璃除去，变空，可从大小茶室互观，茶香亦互通。此茶室所有器具在原存设备中挑选，不足部分在特色市场精挑细选。旨在呈现茶室的和敬、清寂、简素、脱俗、幽玄之茶禅意境。

（为某茶室设计的文案）

从书架上找到洛秦的《街头音乐》，看到书眉间自己的即兴文字。又将此书附带的 CD 找出来听。人一下子回到在北京生活的时光。它们在旋律推进中灵光闪现，听着其中的印第安人街头演奏的**竖琴**，好像闻到京东宋庄小镇的干爽的空气，看见那里干净的北方小路和有味道的院落。乐声中浮现出朋友的高敞的画室和铺有地毯的家庭教堂，和由大坑演变成的足球场地。那里的田野平展伸向远处被一圈绿树环衬。

柳絮飘扬，在街头观望，想着那年在国家图书馆，它们飘飞着要进入室内被落地玻璃阻挠。北京到了五月才有春天的雨水，从鼓楼和诗友坐**电车**到海淀去，那电车的低垂密集的网线让我张望多时。地面上雨水停积。远处的天空里飞行着片片云絮。

那美国黑人在街头吹奏的小号如泣如诉。曾在大兴庄院落多次听过这曲子。我给王琰打电话，询问他的那个院子是否还在——这本书从何处来，好像从书市上淘到的。吕德安有一首与之同名的诗，早年读到好极了。这本书在那个动荡的日子对我的胃口，时常翻阅，听着附带的 CD，有声有形的音乐读物。以后还弄到另一本相关的书《来自民间的叛逆——美国民歌传奇》。我喜欢美国的诗歌，这个国家的包容与开阔。它的**街头音乐**在我听来就是世界音乐。

那年已到东四十二条的出版社。天地开阔，充满了生活下去的力量。那年如何也没有想到从北京离开，诸多的事要去实践兑现。生活多年后发现你所要的都不是你真正所要的，对一切都厌倦了。从地铁口出来张望京城，空荡荡的，没有了早年到达这里因无知而生的新鲜感，没有了吸引你让你动情的人和事情。时代悄无声息地完成它的转换。你完成了对这个国家和自我的认识。在哪里生活倒无所谓了。你真正所要的是有尊严的自在的**词语生活**，那必需的有着黄金般的闲暇。

近日完成《我的美国诗歌地理》。暑天写作它获得一种清凉。写作是一种自我约束，它让你精神安宁，你的道德在阅读写作的爱好中获得修养，它教育我们的心灵和情感，教导我们如何在世界上生活。写作没有外在的什么目的，它关怀你的身心，这就是它对一个个体生命的重要意义。苏珊·桑塔格说，**文学就是自由**。在一个阅读价值受到严重挑战的时代，文学就是自由。接触文学，接触世界文学，不只是逃出民族虚荣心的监狱、市侩的监狱、强迫性的地方主义的监狱、愚蠢的学校教育的监狱、不完美的命运和坏运气的监狱——文学是进入广大生活、自由地带的**护照**。

又是清明。读旧作中的句子，“*沿途的水杉那么苍绿正是四月三日＼江南油菜花金黄金黄地铺满原野*。”母亲是在清明节前五日去世的，已十一年。去年清明曾在故乡为她举办过较隆重的祭祀。写作这首诗是在北京通州梨园新居，“*非典*”时期放假的日子，是在将她送葬归于乡村墓地后返回北京两月写就的。后来诗友杨勇打电话到我谈及此诗。刊于《北大诗歌年选》后，去探访孙文波，他提及过这首诗。一个写诗的叫张祈的到皇木厂去看我，提到此诗中的人名与地名。夏宏到北京去看我，谈及诗中对江南的描写。又是**清明**，在武汉新居，夏宏和我又提到了此诗中的场景——“*我看见我站在十里长安街上观望＼大街上的车辆和行人＼路旁帝国的建筑，我视而不见*”——南北的视野的共时出现，这些年的游走建立起来的视角，其中交织着由死**串联的风景**。这些年爱听一张CD，名叫忧伤的犹太人音乐。每隔一段时间都想听听，带到车上，清明节前十日回老家的高速路上，让同行的家人播放这张**碟子**，当音乐播放到第三曲，心有所动。高速路行驶的空隙询问女儿这首**曲子**的名字，她查看了光盘的封皮——《我的妈妈》。

（沪渝高速路上）

从阅读获得持续的快乐之外，就是驱车在春天平原和山岗间穿行所获得的快感。或者说以后者来平衡长时间待在书房可能出现的腻烦。动与静的结合达至生活的平衡感。渐渐爱上了独自驱车在郊外行驶的自由自在、无牵无挂常漫无目的**游走**的时刻。这种事情一旦开了头就没有理由停下了。你稳坐在车中，觉得自己的生活如同方向盘掌握在自己手中。让自己在广大空间穿行的快感有些过瘾。周围的一切转瞬即逝，你是变动不居中的一个固着点。

车内的音乐也起了作用，车里播放着的爵士乐或者马赫、海顿的音乐。好像音乐是从你身上散发出来的，弥漫到郊外的空气中，迎面来的风物好像是内心生发出来的映象，或者是内外的妙合而生的惟妙景象。

春季到来，你对自己说没有理由还待在书房里，尽管有很多事要你去做并可获得自在读书和思考之享受，但外面的世界同时在诱惑你，让你在室内不得安宁。而当你穿行在黄陂的山冈间和通往景德寺的宽阔公路上，你获得了超脱形骸的放松、安宁与快慰。发现这两种享乐形式是互补相互加强的。孤单一人在这个世上。一个人**出门**；想着人在世的时间越来越少，总想多看一眼外部的山陵。

从汉宜高速路回到潜江小城，当你和所乘的客车从武汉的街道脱身出来，你看见了云朵下低矮的山，梯田中的绿色稻田，低头吃草的水牛，为绿竹所环绕的**民宅**。他想着归隐在山陵和平原之间。在人生的中途，前行的道路没有什么风景，再没有什么能吸引你了，你要一个人往回走。你发觉激动人心的风物还是在通往故乡的路上。你想到**本源**。接近故乡就是接近存在之源，故乡最玄奥、最美丽之处恰恰在于这种对本源的亲近。“*唯有那许久以来在他乡流浪，备尝漫游艰辛的人方可还乡。*”你念叨着海德格尔的句子。

“武汉天地”现在成了武汉新地标，地靠长江边，处在老汉口核心地带。它的布局让我想到北京的“七九八”，都是由过去的厂房改造成的带有艺术趣味的 Loft 建筑：裸砖清水墙。大都是对过去空间的保留与重构，把过去的厂房变废为宝，有着明显的**怀旧**，它不是使用全新材料，是有意味地将过去的不可复现的材料与结构加以利用，和时尚材料相结合，设计上显出艺术个性与美酷。

汉口江滩是武汉一景。四时江滩之景不同啊，冬日里的**江滩**完全裸露出来，芦苇都被割成长长的一捆捆平放在江滩上。长江的一轮木船将芦苇装载运往造纸厂。夏日，江滩上的芦苇绿绿的，长得高出了人头，越过芦苇的丛林你才能看见江水，在初春的时候，它们长出来的时候齐人腰身，觉得江滩可喜。江水过后的江滩留有了沿途各省冲击而来的沉淀物，加强了其土质的肥沃，所以到了夏日它们就疯长起来，洪水期来临，江水也不能没过它们的顶。在江滩宜于一个人**闲坐**，念头会变得舒展开阔，全不是在办公室里的意识。你想到江水与人生，它的走向与流程。最后大海收留了它。你一级级地望过去，越过人工的坪地、防护林，便是滩地的芦苇，然后就是江面，一直伸展到江的对岸的楼房和广告牌——这个过程中可见到江水之上的云天。

生存正如所发现的那样，带给我们痛苦、失意和空落。为了忍受活下去，不能没有缓冲的措施，寻找强有力的转移；如果一个人有能力从精神和智力的源泉中获得快乐，那么他受外部力量的摆布就小很多；精神的满足可以使人独立于外部世界，与外部现实越来越松散。随着对艺术的理解的深入，写作对人生的作用力明显增强，在这个领域注入智慧和激情。往往在人的身上引起温和的麻醉，帮助他**抵消**生活需求的压力；生活的幸福来于对美的享受，找到或创造一块**安全的地带**，写诗成为其**特殊的快乐**的源泉。写诗就是一种**瘾**，一旦爱上就想着不断地回到这个世界。而对于外部世界的无力感和失意会加强对这个领域的关注度，觉得外部的不真实感和虚空，在词语的世界似乎找寻到信靠的真实。

和女儿散步到杨汉湖去过早（用早餐）。湖北人都爱说："你过早了没有?"人们对用早餐是看重的。狭窄马路两边的早点铺子密集着，各种丰富的早餐供你挑选，我要了碗包面，女儿要了味重的鳝鱼面，我还要了圆形的**小发糕**带回家。想到天门渔薪小镇的繁华热闹早市，在这错乱嘈杂的日常环境体味人生的滋味，我从北方回到武汉来，好像就是要体味这对胃口的佳肴，体会**庸常人生**的真实感。杨汊湖社区，这是一个老社区，生活很方便，房子却陈旧，我从邮局出来，看着这里的破落慵懒的氛围，觉得这里蛮适合自己，过一种**自在的闲散**的甚至**下流的生活**，远离中产阶级的趣味，你不必再去为了生活做什么努力与打拼，你也不在意什么成功与失败，愿意和平常百姓生活在一起。

“走亲戚。”这个词组让我觉得有着丰富的意味，**走亲戚**，真正的是“走”亲戚，用双腿不假借任何交通工具，那年月也没有多少自行车和大小巴士。人们靠双腿行走，走村串户。我们去看姑妈要走二十里地，跟在大人的身后，穿过长有茅草的堤坝，经过异乡一户户人家；记得和大姐一起走到离家三十公里外的汉江边的**泽口**，我走在姐姐身后，听到她的灯芯绒裤摩擦发出的声音。我的**小脚姑妈**回流塘口就是用她的小脚走来的，她回去要在太阳落地前就要出发，不然要摸黑。走亲戚，我跟在母亲身后（她已死去多年）。“走亲戚”——今晚在入睡前冒出这个**词组**，所有消失了的往事和亲人都出现了——走亲戚。

灰色雨云层浮现在潜江县城密集楼群的上空。断续的**雨声**在窗外被嗡鸣的市声给吸纳。你住在它的旅馆里，把头探出窗外的瞬间，发现自己完全从这里离开了，成了它的一个**客人**，与这座小城没有了关系。过去的房子早已易主，变成了他人的；**档案**早已从人事局档案柜里被提走。居民**身份证**被派出所工作人员报废，在上面还打了一个孔，不能再使用它。你用了近半生完成的逃离，真正达成了。现在你是住在县城的**宾馆**里。

各色车辆行驶在过去的街头。县城邮局期刊销售中心，摆放着通俗类的期刊，花花绿绿的。卖杂志的姑娘在面前的一台电脑里玩着游戏。购书的人极少，生意清淡得不行。文学期刊看不到几本了。

这早已不是写作的年代。——你得学习客观地打量文学在人类生活中的位置，不强化它，也不低看它。

你和这座小城没有了什么关系，只剩下消隐的往事或零碎的记忆。多年前你常在此显露身影，如果谁要找寻你，在这里肯定能打把你逮个正着。你再也无法步行到此，购得印有自己名字的期刊。那个递给你杂志的中年女人也不会在此现身。你想象那个女子能在街头一角碰上她，但那只是一个**幻念**。一切显明地告诉你，你已离开这里。一切随你离开而远逝。

（回到潜江）

我为什么喜欢《忆沙市》这首诗呢？整理旧作时我发现了它想着以后要编在集子里。**野菊花**给我的诗情还在，我的旧诗还在。我去沙市访高柳，这个老朋友还在，他把我打量了几下，诗让我保持了青春感，残余着对生活热情的余温。我对他说，在北京生活、工作的那些年，写过《忆沙市》一诗，高柳说这个诗题很好。这个城市被取消了，但它保留在诗中。早年我在荆州师专读书都要去看**沙市**，保留着我对城市的最初记忆。我从老家流塘口出门第一次看见的城市就是沙市。一年在北京东郊的居所，我翻到穆旦译的《普希金抒情诗选》，书的封底有一个印鉴，一九八一年购于沙市。

那是我最早认识的城市
美与洋气。图书平放在
台面或在书架上，连接到

屋顶的天花板
油墨的香气和学生装扮的
戴眼镜的少女

十字路口，沿便河往南
渐渐上升的堤坡，青石板路面

梧桐树阴，路边的杂货店

长江就从那河堤旁边流过

这次回湖北专程去看了荆州。在接近沙市的时候，还记得那些地名：罗场，关沮乡，小红门。车过**便河路**，特意在那里停留了几分钟。重访诗中描述过的沙市，再次来到高柳面前，那些老房子还在。和高柳在一起，众多往事涌现出来，**我们穿过的衣服**，我们经历的人事，我们走动在**多重的时光**里。我们在**长江游泳**。找过去就认识的夏医生喝酒，走访足浴中心。沿**城墙**行走，**护城河**的水还是清的。时走时停，谈起我们在北京的多次相聚，高柳极尽嘲讽北京生活的不方便，那是他一贯的黑色幽默，他对那些死守北京的人颇有微词。他说那不是你的城市。他害怕那里的寒风，那里的空荡；他讽刺我一个好端端的人民教师怀揣三千元到北京去闯荡，居然还停留下来。他笑我胆子真大，揶揄里有一丝赞赏。他是看着我最初到京从一个**灰色旅行箱**发展到有了自己的小公司和几处房产。北京这座城市无论你怎样批评它，毕竟是国家的首都。高柳所以那样讥讽世事，因他在沙市混得是个人物，有单位分给他的办公室；有他自己的公司，他的亲人、朋友，有他的**户口和职称**。他是这个城市的主人，在这里居住、生活有**归属感**。我和他在少有人行走的城墙散步，闻到各种树木散发出沁人气息，行走中我看见了儿时常见的构树。中午时分没困意，高柳说那是氧气充足的原因。

（访沙市）

这**江水**、这穿行的**货船**、这对岸的**村庄**，几十年前看见的，它们还在这里；停歇在渡口等候摆渡的普通男女，好像还是多年前的那一群。你是他们中的一员；如同浑黄流水和江上风光使他们心旷神怡，你一样神清气朗。几十年后，这河流、这货轮、这对岸的树林，等候过江的**男女**还在这里。

大西洋彼岸在**布鲁克林渡口**张望的大胡子**惠特曼**，此刻似乎听到他，粗犷性感的嗓音如浪花拍打堤岸。

往**汉水**上游望过去，想见汉语中的鱼梁渡头，一个叫孟浩然的男人跟随争喧的男女向江村，舟归鹿门。想象的视线越过他隐居的襄阳，汉水北边，鄂西郧县的西河码头，江流绕过磨盘石，直至嶓冢山。这是汉水的**源头**，它穿越许多省份的汉水，流经我们的江汉平原。它的支流沟通了与之平行的长江。汉水漫溢到附近的**东荆河**，试探流过平原的腹心：潜江县。支流河边小镇，绕过无名村落，最后拐入洪湖，与长江交流。

万河朝宗于海。故乡的**田关河**就消失在东荆河的一个岔口。老家门前的中治渠在通往汉水途中，死在了田关河。在汉水与长江之间冲积而成**云梦泽国**，条条无名河渠在通往大江大河的途中消失了。

前世叫鸥鹭的袁中郎，他的泛凫船，在长江优游。他从公安故乡的**孟溪**驶来，他要把自己交付江水，随波流转终其性命。最后，他想通了，改变方向，经运河北上赴考，客死异乡。

那个著名屈夫子离开**郢都**，郁郁不通于长江和汉水之间，他徘徊，无法回返，投身于**楚国的河流**。

孟浩然曾漂流到此，为共天江水撼动。欲济无舟楫。他寂寞地涉回和汉江相连的襄水，终老在那里。“天边树若荠，江畔洲如月。”他的诗句同这汉水相互叠映，向我流涌而至。

（停驻汉江泽口码头）

从协和医院电梯上下的大厅的玻璃墙，忽然看见外面高架桥上车辆穿梭的重影。**三伯父**和堂兄的幽灵闪现了一下。三伯父到协和医院确诊。堂兄陪同，高个子。他们身旁还有更高的楼群。霓虹灯，让他们辨不清东西。这是他们第一次出远门。从村子步行四小时，穿过江汉平原的**东荆河桥**，到潜江县城吃了一碗**平面**。到车站坐解放牌大客车，走国道，过毛嘴小镇，又一个小时到达仙桃，过了下查铺大桥，他们经过了汉川。五个小时后，江汉平原消失了，他们看见地处蔡甸的**九真山**。他们随汉江绕过汉阳城，到了琴断口，看见月湖桥；他们背着干粮转入大汉口，东张西望的两个乡下佬，叔与侄一前一后步行到协和医院，在附近找到招待所，他们在十六人的统铺上安置疲累的身体。时常在航空路**岔道口**迷路；在废弃粤汉火车站高架桥下红绿灯前观望，三伯父和堂兄可能来过这里。这个城“判”了三伯父的“死刑”。他们**绝望**地离开。

（家族往事）

渐渐地我把**武汉**当成自己的城市，越来越喜欢它的粗放，它的生活的方便。生存没有压力，日子过得正常。你使用着这座城市发给你的身份证和**医保卡**。和同事之间是平等的，都在这个有保障的单位混着几乎没有竞争，准备在那里退休养老，对生活没有梦想，保持所谓活着的稳定感。当你从火车站出来，你是回到自己在汉口的房子；走到球场路到单位去，梧桐树落在光洁的马路上，路边的武汉的女孩子水灵灵的，不像北方的，北方没有水啊。在路边，你随时可以弄到吃的东西。在武汉生活真实与方便，朋友的话让我在日常生活中给验证。

汉口通宵不眠的路灯你们知道它子夜的光亮。从一个个小酒馆出门，两个游荡者，游动在汉口的胃里，手摸着肚腹窜行。一场雨后空气宜于游走；越来越依赖雨来制服**尘霾**。出租车**司机**是你们可爱的同伴，把你们送回醉倒在门房；我拎着酒瓶找你奔向一个个通宵亮的酒馆，顺便看见星月和飘雪。当你们夜半划出抛物线洒向花坛，这个城接纳了你们酒后的放纵；你们这时身份变得暧昧不明，在夜的汉口**游荡**，不知道自己是谁，让这街市也散逸酒气把最后一枚零钱和夜晚挥霍。你们在汉口的肠胃里游走。

（夜游者）

在我的秘密生活里
这个清晨我见到了你

你走得如此匆忙
看来我依旧无法释怀往事
我太想念你
眼里再不能容下其他人
我们依然在享受相爱的幸福
在我的秘密生活里
我做着身不由己的事情
我为了真实而死去
在我的秘密生活里

子夜听**科恩**的碟子，为他歌词的一些重复的句子所牵引。他的嗓音和他的歌词意蕴让人心有所动、听得有些情境交融。在我们的**秘密的生活里**。他的嗓音低沉嘶哑，他的歌唱真切不伪饰。他是一个歌手，也是一个天真的诗人。他在《离开秃山》一诗中写到，他不是修行的料。

这些日子过得兴奋、充实又疲劳，要家人把生活开好一些，补充身体由用脑过度而引发身体的透支。**阅读**也是一种体力劳动。多向度的阅读，在家里待着就像坐拥着图书馆。一生都读不完的藏书。富足无比。外部的人事都可以不理，整日在书房里忙碌，这是自己所愿的生活。外部的工作都做得差不多了，是沉下来读书的时候。前几日集中重读**波德莱尔**，然后又读到**本雅明**，又找到**苏珊·桑塔格**，一大套都堆放在书桌上、地板上、床头上。似乎真正理解诗人波德莱尔，确实如艾略特所言，他是现代国家诗人的楷模。无意中翻到**齐泽克**读本，夜读其中梦幻的暴力一辑中几则文章，在书页的空白处密布地写了很多体悟性的文字。这位斯洛文尼亚的学者，有着开阔的跨文化的知识视野，并使之贯通的能力，关键是对他的阅读引发了对历经的人事的析解与省思，这就是阅读所要达到的情态。一下子从另一角度看清解开了在北京十年生活的纠结的人事。觉得自己可以把这段经历转入语言中来。从齐泽克信息量大、知识跨度极大、思考深透的几则文字的兴奋读写，继而找到**拉康**的书，又把**高宣扬**老先生的《当代法国思想五十年》找出来。

（阅读串连）

在潜江办了女儿的婚事，就住在兄长家，准备过完节后再返回武汉。这次带来了火盆，今日用上了。气温陡降。独自在兄长家的楼上就着火盆读**维特根斯坦**的传记，也轮流背读《老子》。前者在我看来是维特根斯坦最好的传记，详尽地展示了他的**灵魂生活**，同时也帮助理解他的哲学思想。图书和火盆是给人温暖和力量的事物。在乡村居住与省思是比较好的环境，在此可上网发微博，同在城里的生活无异。车停在兄长家的门前也不动用它。一个人将在断续的鞭炮声中不受打扰地完成春节读书计划，同时把这个春节自主地打发掉也不算困难。

（2015 年岁末）

从武汉回到北京的皇木厂，打开院门，发觉**柿树**在阳光下流光溢彩；墙角的新竹长出了许多，叶子茂密而青翠。北方的竹不好养，曾为一个人的院子移了几窝，一根都没有成活。看到它们一根根长出来让我心喜；院子的月季在怒放，给这个小院子带来另一种亮色。

你是那样喜欢这**院落**，它独立、安静，有一个室外活动的空间，院子里晒着衣物，隐隐地在这里过着平常的日子，一个穷文人的理想生活倒可以寄托于此。我的孤独是一座**花园**。阿多尼斯这个异国诗人把花园和孤独并置在一起，意味深长。

有些心跳着来到楼上，看见自己的书散落在那里，好像它们等我多时，让我去翻阅它们，真有些舍不得离开这里。几年前，黑龙江诗友来到我的书房，说我可以安静下来，安心写东西了，说实在的，内心里的愿望是哪里也不想去，什么单位也不要，在这里过书斋生活。为了外部必须料理的事，你得违心地去应对；这些年在北方生活久了，害怕南方夏日的炎热；也不愿为了挣钱在外面奔走，不愿被单位束缚，但年岁不上又不下，不是休闲养老的时候；人不能完全放任自己。外部的压力隐隐地作用着你，你还得采取行动，兼顾才能施善。

（回旧居）

这几日在北京，回到城中的公寓。夜里风声真大。一年多没有听到这**风声**了。在十八层的楼上，呼叫的北风似要把房子吹倒为止，不依不饶的。初到北京，租居地安门的**筒子楼**，我是体会了风的厉害，像各种兽类在叫唤，让你恐慌伤感，想念家乡。湖北是没有这么大的风的。这些天在北京，发觉路上停着车像在排队，交通几乎瘫痪。从西客站打出租车往东，车停在南二环上，汽车亮了尾灯成了灯的河流。京通快速路也堵起来了。星期天去看朋友在朝阳路上也堵着。往年星期天城里交通很顺的。你只好改坐地铁去，站台上密密的人头，想着过去不可忍受的是**挤地铁**上班，现在变得更加恶劣。

在北京的诗友对我说，挤地铁是最无尊严的事，里面各种气味让你窒息。初到北京那年专程坐地铁从石景山到东单，感到新鲜，人少。地铁站台上有流浪歌手在表演。感觉到书上描述的都市文化。而现在是到处都是人。在**北京**才感觉生活在中国。要知道边远地区的好多人民没有上过北京呢。以前挤公交车，现在挤地铁。道路堵着，这个北京城出行日益困难。让我到底满意自己的选择，到武汉去。虽然乱一些视觉效果差些，安全感弱一点，那里还算宜居，方便。最重要的是你拥有难得的闲暇。北京挣钱机会多，活着有着所谓的体面。但在这个年纪，对外无所求，想着要过**个人的生活**了。

（在一线地铁）

这些年听着爵士乐。**爵士乐**具有古典乐的才智但少了它的学院式的僵硬气息，它有摇滚乐现场的热烈但少了许多过度放纵的危险性；早年从村上春树的小说能闻出爵士乐的气息；从诗人金斯堡的诗歌与为人，理解他反中产阶级价值观，他是想透过迷幻药、东方禅宗、爵士乐来追求艺术精神的解放与自由；当你听迈尔斯·戴维斯的唱片，内心就起了变化，关于人的各样想象和激情给激发出来，有时又耽溺或游离于遥远的梦境之中；你喜欢爵士乐**慵懒**中藏有的几分颓废的优雅；你理解戴维斯和他的乐队，让爵士乐乐师们礼服打着领结的形象加入了摇滚乐手的皮衣皮裤，留着散乱的头发。你着迷于爵士乐里面出现的奥尔兰黑人的音乐元素，承接早年波普时期的大量即兴，和爵士乐中阿姆期壮盐碱地般的嗓音："我想要一个女孩\一个我自己的女孩\她应该是独身一人\我想要一个女孩好好疼爱\你知道我想要给她我拥有的一切。"

面前来自荷兰的乐队给我一种被时光驯服的感觉。他们穿着统一的黑色西服，除了几个光头外也少有蓄长发的。演奏技艺不错但缺少出奇张扬的表演，他们总是离不开自己面前的乐谱，即便走到前席**即兴**单独演奏；他们在音乐中愤怒和对自由的渴望销蚀在被驯服了的节奏里。略带遗憾的是这个乐队没有歌手，缺乏人声。虽然爵士乐队的品种组合很齐备和配合得也美妙，但希望首次聆听的来自国外的爵士乐队偶尔来几次**无政府主义**的吼叫：更多一点即兴，在调式之外还要来一点自由；即兴的空间可以扩大一些，让听众从他们的形体和自在的乐场感受更多的自由精神。

视听中联想到诗歌创作。一个诗人不能只掌握一种技艺，在一首诗歌中除了有贝斯和萨克斯，还要有长号、爵士、钢琴和鼓手的配合，里面要有节拍或速度的突然变化，令人兴奋的加速和语言本身获得的自我推动力。

（在国家大剧院听爵士乐）

我们为对方保持了部分记忆，一起喝酒的时候冒出来了。记得在地坛公司邂逅过，在书市上淘书他拖着一个带轮子的箱子，专程去运书。他屋子里存了很多书。是的，书对于我们的书房永远是不够的。有一年，我们一班诗友去北大参加瑞典诗人特朗斯特吕姆诗歌首发式。他找老诗人签字。然后我们一起转车，好像是坐108路车从海淀到红庙，人十分兴奋，他回到他租住的杨闸，回到通县的三元小区，他还记得我在一则文章里记录过这个夜晚。

是书、是诗歌的共同爱好让我们能在一起回忆往事，好像就发生在昨天。我们几乎是同时到北京来的，在一起经过那么多的人与事。那些年在北京生存成本低，我们庆幸能购置房产，现在如果到北京是不好混的了，我们从赤贫到拥有**房子**，我现在还能回返这里，因为有了房子，你就有牵挂，你才想着回来。

从房子里醒来，还是那种熟悉的孤独感，像生活在**孤岛**上，这不是北京的孤独，也不是武汉的孤独，是生存的孤独。有一年和家人从东城穿过西城，在心里说，北京我爱你，你让我从一无所有到拥有了房子；但我怨怪你，你让我不能走进那万家灯火，我们在街头流浪，无处可去。现在一切都过去了，你还能回来，一抬头就碰到一起回忆的人。

（生活·读书·新知三联书店遇友人）

总是把住处往田野附近靠拢。那年到皇木厂我相中了它浓厚的**乡野**情调。这几日回返生活多年的旧地，感觉这里也变得繁华，工业厂区增多，道路全抹上水泥。从张家湾小镇出来，从铁道上散步过来，看见一个钢铁物流基地。车在这里也堵上了。在过去住过的房子里，新的主人正在装修，从我手里买下的人不到一年就转手了，他就净赚了四十万元。我对这很有感触。也就是说我让房子还拿在手上一年，就可以多赚四十万元，四十万元在单位里混要十多年才有这个数。人有些沮丧，一离开这里，**房价**就陡长。现在人有些后悔离开北京，到武汉去了，人还是一个老观念，要靠一个单位，寻求某种安全感。其实，完全没有这个必要。但是你不经过这一步就没有这个理解和认知。人确实是社会动物，在北京总觉得在体制外受人看轻，你的意识就总想往体制内靠近，你反抗它，说明你在意它，最后又成了**投降**者。其实你离开了就不要再回去，要成为一个坚定的游离者，况且这个时代让你获得了相对多的自由空间。

（为什么喜欢边缘）

他正在恢复创作，但与他早年的作品相比实在是相差太大，完全不是一个人所为，现在的他倒像一个初学者。他从外省被调到北京，在一家单位里过日子，外水也比较多，车和房都有了，生活过得优越，但他回不到过去画画的状态，他总想着回到创作状态中去，很多事让他分不开身，用他的话说，在单位里讨生活耗尽了他几乎所有的精力。几乎想辞掉，但又舍不得。艺术让你必须放下尘俗的一些东西，为了取得一点艺术成就或满足感，你必须**放下**外在的一些东西，它要你**全力以赴**。一个朋友为了维护与实践自己在诗歌写作方面的理想，他放弃了教授的评定等外在名声，甚至放下了自己的专业，把所有精力与时间用在诗艺的研习上。

（在朋友画室）

独自晒着太阳。想着在北京生活这些年，它的一个**闯入者**，熟悉着它的街道、公共汽车路线，气候和环境，我完全可以还在这里混着日子，在某个单位里待着，一个体制里的编外人员，看他人的脸色，寄人篱下，不断用力地工作，怕下岗，为身份问题焦虑，不断地想挣钱缓解自己的压力，获得一点所谓的安全感。这样的日子过完了，我断然离开了这里。

（东四地铁站出口等一个人）

发觉自己成了一个悲凄的流亡者。多年的漂泊**游荡**，意味着永远的流浪，永远地背井离乡，与糟糕的环境**冲突**着；无处还乡之后的对过去的深情，对现在和未来怀有悲苦；生活中的人事提醒你：你是在流亡，处在一种中间状态，不能完全与新的环境契合，也不能完全与既往的环境分离，处在若即若离的困难中，一方面怀乡而感伤，另一方面想着扮演秘密的流浪者，尝试**居无定所**的生活。东奔西走无法安定下来，无法回到安适自在的状态，永远无法完全抵达，无法与新的居所或新的情境合而为一；你过着未定的虚悬的生活，在你城市的家中也没有如归的安适自在之感。你成了处于特权、如归感、安适自在之外的**边缘人物**。你有可能获得了流亡的乐趣，你会拥有不同的生活安排或观看事物的奇异角度，对世界保有惊奇感。你是一个旅行者，一个过客，真正生活的体验者，保有不合流俗的生活方式，自创生活路线，生机勃勃地无休止地自我发现，你自我放逐不被驯化，大胆无畏，不断自我超越，改变着前进的路线而不故步自封。

（写在日记）

旅行写作是把地理经验内嵌为自我的一种延伸，将文化差异挤压为自我内部的富有意味的增值行为。旅行写作日益成了跨文化语境下的被重新激活的学术热点。多元文化时代到来，越来越多的人口卷入旅行或漂居的队伍。移民的激增，文化的杂糅，族群涌动的国际性景观。旅行写作具有了跨文化性质。旅行写作中的对文化冲突的认同、身份危机等抽象话语具体到了写作者的日常生活。这样的写作者倒成了文化冲突的协调人，从个人文化心理探寻和诊疗，拓展出多元的开阔的文艺想象和**叙事空间**。

安徒生就是一个**旅行写作者**。他一生居无定所，可不是一个普通的旅行者，在旅店里他写着他的诗和一个个童话。在夜行的驿行车上为萍水相逢的人讲述他的童话。为了写作童话他付出了巨大的代价，或者说痛苦孕育了他深沉的爱和美。

凯鲁亚克进行着他的横跨美国的旅行。沿途免费搭乘便车旅行，一个冒险家，孤独的旅行者，怀抱愿望，期待“背包革命”的诞生，写一些忽然到来的诗，创作他的“路上小说”，探索那一代人个人的自由。而他真正的旅行是在精神层面同步展开，想把自由的意向带给所有的人与生灵——美国女诗人毕肖普大学毕业就出游欧洲，居住在基斯特，在周边海域漫游，往来于纽约和佛罗里达，此后又定居巴西多年。她把一本诗集名叫《北方、南方》，几乎都是旅行的诗。长诗《麋鹿》写的就是一次班车旅行。诗细致描写旅途的起点，旅行途中的情景，从车内外不同情景到内心世界的漫游。那非时间性的交谈对话。直到遇见一只**麋鹿**出现诗中而结束。诗人用了近二十年来完成这首意味丰饶的诗篇。

——每当你穿行在街巷，田野，幼儿院和山顶墓园，时常想见——约翰·阿什伯利——他就在移动的汽车上写作他诗歌的片断；V. S奈保尔主是一个**文学世界**的漂流者，在他自己的内心，在他独一无二的话语里，找到他属于自己的家园；赫塔·米勒移民德国后的关于罗马尼亚早年生活挖掘与再现，呈现出一个被剥夺者生活的境状，或旅行文学写作者的**移民经验**，在两个世界之间，转换出一个新的文学空间。

诗人希尼，一个内心的流亡者，若有所思，蓄留着长发，他不愿做拘留者（政治运动的参与者），也不愿成为告密者。像他的精神导师乔伊斯一样，流亡在外，以他可怕的诗作来回应北爱尔兰的动荡，在专制和极权的环境下研究诗学的自由，以灵巧和创新来逃避种种压力，寻求写作者的自由空间；当代法国新小说作家图森，他的小说《先生》《照相机》里的人物总是处在永久性的漂泊不定之中，不以任何形式扎根社会。一忽儿在**屋顶上散步**，出现在诊所，餐馆，加油站，人工湖边和飞机上，一忽儿出现在光秃秃的田野中间的电话亭子里给某个地方某个人打着长途电话，而他们旅行的原因不明，也无关紧要。图森小说中的旅行者似乎在意的不是要探索这个世界，而是他们旅行者自身。

你的写作可以说是在旅行中展开。一旦你潜心写作就开始了旅行与游走，甚至移居到北方，因了写作不停迁徙。这生命中到来的旅行和词语的命运隐显相通，二者相互暗示着打开。从最早的诗作《宾馆104》到中期的《一个摄影师的冬日漫游》的转型，旅行改变了诗的外形与内容。《上邮局》一诗中外部的游走逃离自然参与了诗的生成，构成了诗歌多重的互动的空间；《旷野里的那列火车》几乎再现出你几十年火车上旅行的印象细节和情景，包括途中读到的一本书和陌生人的谈话录，或由旅行引发来的关于存在的思悟。个人的旅行写作折射出生命行走者在大地上寻求真相的孤身前往的旅行者的身姿，成了你独特生活的样式。在近作《复调》等诗作加入了汽车的视觉，汽车带给你新的观看和**体验方式**，甚至把车撂在路边写下一些诗作。你的诗作不意间融汇了火车站、机场、道路旅馆等意象；诗文中的**旅行视角**相叉交错搭建了一个语言的空间。一个独自旅行者的身影漂泊不定的生命形象在词语中穿梭不停，不知他下一刻将在哪个地方涌现，这给你的写作带来了未完成的不确定性。

（旅行写作）

你的胃在回味本地的烤羊肉串。用红柳茎串连胡杨树枝作燃料，现场烤制的大块羊肉串，新疆羊肉串。你感觉胡杨树脂和**塔里木河**水隐形化入你的体内。你品尝着这本地**美食**，在你们的专车返回护都府的路上，南疆开阔的旷野在星光下闪现，天地晃荡。你幻视到瑞典人斯文·赫定，他额头下面佩戴的金丝镜，他在**亚洲腹地**的考古。1895年12月，他的小型旅行队，三个人、九匹马从喀什到和阗，途中经过这里。他说他是一个**香客**。你想象著名僧人**玄奘**，从长安到兰州，步行阿耆尼屈支等地，手持佛珠，一路念着咒语，到达西域十国。如**斯文·赫定**所说，这里每寸土壤都闪烁着释迦圣者的神秘光晕。你恍惚看见这光晕。忽然，我听到自己的心一下子被打开的声音。

（黑夜穿过新疆旷野）

人世的香火从五脑山的飞檐升腾，一丝丝化入青天。据说唐代的塔寺耸立在那里。从九龙寺的黑瓦观看到柏子塔的塔腰，从周边的山势看见时间的贫困与空虚。

风景其实是遗迹。在一切都想变成纸钞的时代，你更喜欢那些**残余**的风景荒芜在那里无人料理。

（在麻城）

到废名的家乡**黄梅**去恰好逢上端午。城里的人们手持**艾蒿**。南方的端午比北京来得气息浓烈些，我想先生在世时会有此感叹。因为他有着**南北生活**的比照。在先生故乡里走动，随处可以想象他小说里的风物，可以说他的作品写的大都是关于黄梅和个人私事。他把这些转入了他的小说里。当我从县城的乱石塔出城，想找见他的外婆的岳家湾，小说《桥》中水林往史家庄琴子家的小道似乎还在，沿途看见水边石板上浣洗衣服的妇女。念及**废名**的诗句：“小桥城外走沙滩，至今犹当画桥看。最喜高底可过堰，一里半路岳家湾。”颇觉亲切有趣，那地形风物似乎还保持在这里，如同他作品里的塔、大枫树、**芭茅**、五祖寺。在黄梅到处可以见到先生作品里的影像，可以说，他把他的故乡保存在自己的作品里。他的好多作品都是在这里写作的，其《阿赖耶识论》就是在离职得闲后在冯家祠堂一气写成的。黄梅成就了一个诗人作家。也可以说废名让这个边远小城得以传名，令其有着深远的文化审美内涵。在黄梅的几日里，偶然见到先生侄媳妇保存的他的画像，她给我叙述先生的家族与后辈。搜索他在家乡的行踪图，参照他的小说《莫须有先生传》，觉得亲切。对他的**南北生活**经历特别感兴趣，有探隐的热情。离五祖寺不远的战火中避难的水磨冲还在。从五祖寺围墙外的高处张望黄梅县城和与之相邻的九江，先生就是在那里取水路至南京然后北上或归来。他的南北生活给写作带来了多重视觉和维度；因了我的这些年的**北京生涯**，试图理解先生的文字和心境，是的，不断地离开与归来至少为其创作提供了某种外在机缘。他对故乡的感情当然是复杂的，他的离开和不得不归来，曾经的焦虑都消解了。最终，他和故乡养育了他的作品，这里是他的出生地也是离开之地，同时也是其避难所，是他的写作地也是他的归宿。在苦竹镇山铺乡，发现他生活过的地方朴野秀美：泉声流过山涧；石头不规则地散落在那里。那里有他的墓地在翠柏和槐树之间的田边，是他的儿子在废名死后几十年后如愿移葬故乡的。

（在废名家乡）

还乡需趁早。确实是起早床，凌晨四点就睡不着了。收拾东西即出门。**回家**总是让人心动的。那些年从北方回南方过节，一提到回家，一家人什么都不想干了，火车票到手后就睡不着觉了。有一年，一家人想着能回老家了，慌里慌张地把钥匙都反锁到了室内。到了武汉，回家方便多了，回去的次数多了，但一想着回去，人还是隐隐地激动。想着起早床回老家，为了避开高速路上的高峰，避免意外。从三环到了沪渝高速公路上，车灯都打开着。路灯是亮着的。路面上有大卡车跟随。到了高速路上，车就少了，走了不几公里，天就渐渐亮了。路旁田野的油菜花黄了起来。忽然看见太阳从**后视镜**里呈现出来。这是第一次从这个角度看见日出。高速公路两旁的田野里有白色的雾在那里盘旋，浮动在整齐的柳树林之下，局部的成亩成亩的，有时晨雾的乳白色冲淡了**油菜花**的金黄。前面的大巴速度慢下来。原来是雾**蔓延**到马路上来了。又得把雾灯打开并将车速放慢。几公里过去雾又消散，又散漫到**田野**里去了，然后荡然消逝。油菜花的金黄便呈现出来。

辗转弄到了过去朋友的电话号码，相隔几十年后重听他失散的声音（好像消失了多年，他又活了过来）。那是消失又重现（死去又复活）的声音。这些年来，他隐在平原的一角，默默生息在这里，他还在平原里活着没有走失。你的充满爱意的还乡让他中年的肖像和嗓音浮现在平原亮敞的白天。

闻到旷野荒草的气息，你们的身体就发生了变化。无人的野地，你们私语；抽油机安静停止。你们说着不同于别处说的话语，身体的感应辐射到构树的叶片上。这是身体珍藏的秘密，只对一个人敞开。爱的秘密放置在一个地方。

没有比这更好的礼物：你用手工制作的食品，它们占用了你的时间和情感。你们创立了没有性别的床铺。你们是我**没有血缘的亲人**。你们创造了一个爱的形式。让你们看见了夜色中的三角湖，我们一起说话，这是像夜色一样美的事情。

人的亲疏缘于你们性情的相似与投契，这是让你们自然走在一起的隐形力量。我们的行走就是试图找到了我们的同类，去认领一个个自己。

小白菜还在平原的**菜畦**里。今晚又看见它，立在平原的天空下。小白菜顶着雪被露出它的头角。这是儿时获得的意象。我似乎找到了平原核心的**意象**。你是我隐形的作者；你是我还乡的道路，是过去合影里的肖像，在叫唤我们回到那年的天真。你是空气和呼吸，是阳光此刻把天和地打开，让我看见童年，运回家门度过冬天的小白菜。一次次，我俯向你的身子、你的轻或重，把你抱回漏风的房屋。**相依为命**的小白菜，上天送给你的礼物，让我对你和生活保持耐心。

（小白菜）

那年他负责我们杂志。记得他初来和编辑部的同仁见面的时候，就餐后一起上洗手间，我迟他一步出来，他还在外面等我。以后共事中，感觉他对办刊有自己的想法，他没有等级官僚的恶习，是一个干实事的人。有一年春节，他无论如何不要我的礼物。他说我在北京也不容易。他对我的体贴让我感动，节日礼没有“表示”出去，反得到深切的理解；对他产生了尊敬。在北京我见到了太多的有着优越感的人，他们有强烈的纳贡意识，因为他们有北京户口。他们少了对同类的爱意，他们觉得自己是上等公民。

（与过去的同事通电话）

晦暗的水泥房挟持图们河
天然地隔开了两个国家
又无国无家地流往日本海
额尔齐斯河往西流。白桦树
和雪山影映碧水白浪间
奔流出国，流入了北冰洋
中国的澜沧江流到琅布拉邦
易名湄公河，河水变得浑黄
是它把迷路的你领回异国旅馆

（在琅布拉邦写下的句子）

在人造的火车内，你没有什么可以打发时间。女人是男人观望的风景；反之，男人也是女人的。

（在火车上）

被蓝色的北部湾包围的海南岛从地图上望过去，就像一只海龟朝着大陆在爬行，三亚市就像它的尾部，这巨大的海龟爬着爬着就停在那里，隔着著名的琼州海峡，就停在了那里，哪里都不去了。这样很好啊，我们坐着火车就像在它些微倾斜弯曲的龟背上游走，随时可以眺望蔚蓝大海，成片的椰林和携着白沫打过来的一队队涌向巨大龟身的潮水。

多年前，和诗友们在海口夜里乘着大巴前往三亚的天涯海角，夜色中的声光影像让人难忘，一直想着那夜行大巴能被美国诗人**毕肖普**碰见过的一只麋鹿给拦住，实现和这个异国的女诗人共同的奇遇。这次独往怀着隐秘的诗情似乎获得这个幻念的支持。

一人去看海南的西海岸，路过了琼州海峡码头旁的货轮，那正驶向码头的大小轮渡和游人，忽然忆念起多年来喜欢的**苏轼**，在年近五十的光景，在异地海南，一下子邂逅了他——他的流徙与波折，身处时代的困境，甚至看见他在波峰浪谷之间泊行的身影：

海水奔涌托送的大木船上
停歇的是个超脱虚静的行者

没有你个人这些年所受的折腾与曲折，古人不会来进入你的视域，他成了**心象**，融合了你对逝者和个人的理解与想象。任何他者之思皆出自对自我的打量和沉思。

和夏宏酒后聊到兴致处曾说过，到武汉生活最大的收获是每年能见到老人。老人从海南回武汉探亲我们得以参见，他的到来有点节日到来的效果。今年十月六日，国庆长假，在武昌**放鹰台**附近的茶馆再见先生，让我坐在他旁边，给我去年曾抽过的瑞典的**雪茄**。老人越来越亲切。武汉一帮写诗的对老人尊敬，几乎簇拥着他，但老人不让我们叫他老师，如何称呼他啊？老人说我们在一起是“神仙会”。仙风道骨。老先生远比实际年轻，方格衬衫透出特有的气息。他坐在杯前的安静泄露出摄人精神的气场。这是我喜欢的哲学家的形象，头发微微有点长，有着一个导演和画家的随意和讲究。一个很注意自己穿扮的人，虽然你看不出一丝刻意；他的身体语言透出他的智慧与对人生通透理悟，眼神透过眼镜的玻璃呈现专注之光，当你向他提问和说话的时候。第一次见到老先生就想长时间坐在他身边，彻夜听他说话。第二次相见时隔一年，先生戴上一顶咖啡色毡帽。七十三岁的人面色红润；精神状态让人叫好。我们离开他时，心情变好，内心亮敞。

在和朋友去看他之前，在家里重新翻阅他的书。《门——一个不得其门而入者的记录》《缺席的权利》《渎神的节日》。我们坐在酒席前，提到过《论无蔽的瞬息——兼论诗人哲学家的命运》对我有着开启的意义；提到《去年在马里昂巴德》和《放大》，在读到他的相关文章后才去观看罗伯特·格里耶与人合拍的电影，理解到视觉里的思索或超出常规的直觉。那可是提升我对艺术的观看与理悟，如同在他的课上聆听了讲座归来进行伸展的阅读。当我重读《门——一个不得其门而入者的记录》看到里面划上的一些痕迹和随手写下感想。这些年一个人默默地阅读与思考中完成自己。当见到张先生，听他说话然后再读他的文字，加强对他治学的理解，引入更深的诗思。

一次从酒席撤离然后来到东湖边的**茶馆**，听先生讲宗教诸神之争，谈中西方哲学的现况。老先生建议我们集中一个话题展开，我们听他发言，然后大家即兴谈感受。努力理解着他的思路。觉得真要静下来以读书是务。和夏宏陪先生一起回汉口，黄斌送先生时嘱我让老人坐在后座。我把车开得很慢，和夏宏拥有了更多的与先生接触的时间。

曾在汉口吴家花园与先生一起喝茶。往往是老人听我们每个人提些问题后，他开始发言。当时我提了一个纠缠自己的问题，五十到来的时候虚无感陡增，感觉活下去的困扰，希望得到先生的点拨。现在想来，提这个问题不得当，一个经历那么多磨乱的老人还那么积极地活着，为什么向老人提这样的问题?！我的问话可能引发他的伤感。他把我的问题早就不当成问题。老人的定性与忍耐力还有孤绝恰恰是我缺乏的。从老人的存在，看见自己精神的虚弱无能和未老先衰的颓废。

“有多少人因经历而把自己变得深沉与混浊不分，以至失去了内在的空灵性与外在的**超越性**，自己不再是一个**引发的中介**了。”重读他的《禁止与引诱》，老人的文字让我震惊。老人的内省能力，他思想的光芒刺透我的昏昧。以前读其《门——一个不得其门而入者的记录》，是从其艺术语言来理解吸纳，现在更多的从生命根本问题的追问来靠近老人。如他所言：“像逃避瘟疫一样只想尽快逃离过去，为了抓住每一点现在的活生生的时间，只有赢得它才拯救自己——这是生命的原则——至于拯救的形式，我看，只能是文字。”“人生既经不起比较，也经不起追究——我们不表达，它就永远无法表达——除了自己对自己负责，谁能对你承担责任。绝对没有。”

（和张志扬在一起）

我们把钱从一个银行的卡上转向另一个银行的卡上。你的身体从一个银行到另一个银行，你们被钱摆布着身体，拎着一个皮包，或夹在你们的腋下。你们被卡上的数字控制了，被它所支配，支配了你的行走，如果你拿捏不了钱，那你就被它摆布和束缚。我们要做的一个**功课**，就是你要学会如何**拿捏**支配它，而不是被它困缚。

（从银行出来）

过去的学生来开车来看我。他提到他可能得了轻度的忧郁症。他一个人长期没有工作，手上有着不多也不少的钱，他无事可干，早年从商经历给他留下或多或少的**后遗症**。我引诱他在我面前倾诉出来，我仿佛是一个精神医师，其实我们都是**中国病人**。

这世上能有什么变化呢？只是变了一个样式或方式，恒在的孤寂感。儿女情长，生老病死。

（看见小区快递穿梭的身影）

人大部分的灾难大都来自对人的动物性本性的忽视。

（下楼梯时）

今天在书房里抽上一支烟，心情好的时候往往抽上一支。再走进书房，闻到淡淡的烟气和图书混在一起的气味。好像走到你的办公室，我到你办公室的时候闻到的就是这种气味。给你办公室打电话未通，就写这封短信。我的手机坏了，你的新号也丢失了，麻烦给我你的号码。中国电信搞活动，换了一个新的号码。如果你回湖北，盼联系我。

（给北京友人的电子信件）

从长途火车上下来，在**武昌火车站**出口，一家人匆匆赶回汉口。10 路公交大巴过阅马场，长江大桥，又经过汉江，时值傍晚，武汉的灯光一一亮起来，经过航空路转盘，想着自己曾开车在此迷路，武汉渐渐熟悉起来。长途旅行归来，忽然发现它的开阔与大气。一家三人不说话，在观望这座老家的省城，我们正在**回家**，回到汉口的房子里去，享受回家的美乐体验。在北京，当我们从老家或外出回来，赶往购置的房子似没有这样热烈，那是困难和疲惫是路途的远阻和生之不易。

《艺文书》编辑成书，累积了多年当编辑的心得与资源。它是时间作用的结果。

此书是纪念在京十年的一种方式。从排版到封面制作到印制，女儿与妻子协助我自信自足地完成它。三口之家就是一个微型出版公司。

有意思啊，多年前在北京注册的"**八月之光**艺术研究院"还在服务于我的语词生涯。我的北上闯荡、鼓动家人办公司是为了服务于**个人写作**，这类似于朱湘的办书店，戴望舒办报馆，皆是曲线救文学。我们的写作是需要外力来养护的，我们所有身份的扮演维护一些人看不上的志向，**维护**作为一个写作者的存在。

没有比出生和死亡的事更大的了。妻子在医院打来电话，医生让她签字，女儿临盆待产，婴儿要用钳子从母体取出。她慌张地打来电话。几分钟后，女婿打来电话，外孙出生了，还在观察中。**女儿**出生时，我在医院里听到她母亲低沉的声音从很远的地方传来，那是几十年前在医院的过道，凌晨四点半。又一代人，母子一体，我担心她们的身体。我这担惊受怕的一生。女儿一出生就让我处在忧惧中（她儿时的风经发作，让我抱着她奔向医院）。我看见她产后的**血衣**散在医院里。我看见外孙抱在医生的怀里。我看着**外孙**，想到我的母亲和外婆，死去多年的母亲和**外婆**，我在外婆的怀里长大，消耗她的晚年时光。一代人让另一代人变老，生催逼着死，生与死相依。这是生死交错的时刻，这是肃穆庄严的时刻。

（2015 年 8 月 27 日 12 点 40 分）

一个人是打不败的，除非自己把自己打败。这是早年读约翰·克利斯朵夫时获得的记忆。一个人要有点英雄主义气概的，他必须是自己的主人，有强大的自己培养出来的坚韧，从身边泥淖里**超拔**出来的能力。要知道我们来到世上是有使命感的，写作是我们的**志业**，不可圈入身边的人世的纠缠里去，转入他人的惯性运作中去，如同女人们在一起生活，时间长了会改变自己经期。

保持自己的精神独立，它的高度地自转，不然会被别的力量吸引而去。**张爱玲**曾跟胡兰成说，她在小处是不自私的，不在意物质上得失，不贪得和计较；在大处是非常自私的。我理解的她所说的大处，就是她来到世上的写作的**天命**，热爱的写作上，她必须保护自己的时空，维护其自身的独立与自主。张爱玲于写作极负责，我们的命是用来写作的，你必须**绝情**于外界；一切都是用来服务于它，用你的话来说，它有着对我们的**救赎**的力量。

（和朋友电话交谈）

雨在下着。闷热天气之后的清凉。宽大书房的折叠玻璃被打开。面朝窗外，绿树被雨冲洗得泛着本色的光亮；淡黄色楼房的空隙之间能见到马路上车辆在行走，带着嘶嘶的混淆**雨水**的声响。

现在总算在一张书桌前坐下来了。单位和工作上的事纠结于心，你从屋子里出来，身体从那里脱离，在异地一个旅馆里，你隔着距离旁观自己的生活，那纠缠于心的人事一下子**挣脱**了，身心获得某种解放。调理或管束好自己的心是每日所要做的功课，让自己平静，或心如止水，禅学是有益于身心的，**打坐**要成为一种纪律。

你这首《秋夜纪事》，我是最喜欢的。它来得更内在。结尾的一行，在语调上要变一下词，效果就更好了。那晚送你出门，秋天子夜的凉直透背心。我跑回室内。想着你是否回家，想着改日去看你。觉得可以写诗了，一反你以往的理性冷静。再不能过了子夜还纵酒了，一整天人在修复中。想着这些年一直在找独处的地方，有些被此事纠缠。好在这个年纪诸事放得平淡。有些事要靠别的人事来促成的，不大急迫做事，知晓顺势而为。你能重新写诗，是一个精神事件。为此我还作诗一首。我们更亲近了，似乎完全打开了自己，向着对方。

（复友人信）

两个机场间，你的身影在飞行，联结着这两个地名，两个人。快速而缓慢的旅程。相隔十年的相见，时间在我们身体显露刻痕。随着你的移动的银色旅行箱走动，那一瞬刺疼了我，你的青春在瞬时闪现又退去，被你此刻的形象驱走。用了一些时辰把你的现在和过去相沟通；我们的谈话不再紊乱，找到秩序。湖水包围借居的房子还有夏日的热浪，云霞的美在瞬息消退在湖光天地交融里，你被蚊蝇追逐；我在湖水里独自停了一会儿；孤寂感让我无法享用这个美景；我寻找你，再次来到你的身边。十年足以改变一个人的容颜和意见，当然还有偏见。美感是幻念在一刹那，如我们路过的开放的荷花；也无所谓美和丑，凋落也是其物性使然；多年后我们回忆留恋的地方、一起说过的话、做过的事；表情与眼神，叫嚷与哭泣。那开花般的心跳与伤感。淤泥催生了白净的睡莲。那个热情的少女已不在；退回自己的孤独。一头水牛一个待在田野里，白鹭停在它的脊背不一会儿飞离。你飞回高海拔的凉爽的城市；我们处在不同的气候里，你那里也不是天堂；你遗弃的我停落的这里也不是监牢。让两个人分开的方式是让他们相聚。你的身体融进空旷陌生人群涌现的候机厅，那里有人不断到来，不断离去。

何多苓的一幅油画《落叶》。一个女子骑在树枝上，地下是斑驳的落叶。女子好像要随着落叶飘下来，或者说人像落叶，不仅仅是女子。这是一个男人视界中的女人，那美的生发与快速消隐。

一个人在你心中死去，随着他消逝的是一片山水，在你身体的视窗里。

重见日本诗人**竹内新**，觉得他的灵活弯曲、柔曼的身体颇为有趣。一见面就谈我的诗，便从西服口袋里取出小本本。他选译的我的一些诗都是在世感很强的诗作。他言及其我的诗作中的画面感很强，里头融入了我对土地、河流和人世的**爱与深情**。这样的理解让我和面前留有胡须的老人亲近起来；我们从旅店到足浴城的路上几乎是手挽着手。鼓励我多写好诗，他好好的翻译它；他说他在妻子下厨的空隙，他也在用自创的方式锻炼身体，说着这些时，他在我们面前示范起来：上半身与两腿形构微曲并上下运动。他说他要力争活得时间更长些，为了写作和翻译。

我已辞去住持之职，还复孤僧一人。计划先闭关三年，此后与世隔绝，栖身幽谷，高卧林泉，专心办道。生命无常，佛法难闻。我兹独行，为菩提故，为众生故，为最初信念故，为真实报四恩故。此是放下，更是担当，勇往直前，不计成败！

（收到某法师短信）

近日极喜《奥之细道：芭蕉之奥羽北陆行脚》，置于枕头，于灯下习读。书的前面有一张芭蕉此次行脚的旅程图。徘人行旅出发地到归处。记述他于 1689 年从江户出发，游历东北、北陆至大垣为此的见闻和全过程，从漂泊之思到出发，路途所历皆备于文字和徘句之中，尤喜芭蕉出门途中有感而发所写的高贵的**诗体文学**；行旅与写作相互生成，兼及汉文化与佛禅奥义，写作从来不是凭空而来的，它是双足走出来的，是个人生命中的事件，写作可以说是生命中某个时刻的**纪行**，与作者的充满险殆的**行走**相关联，这是你在意的写作方式，你想着沿途去走走这段奥之细道；历经和想象那如俳句中所描述的：

横跨原野

请把马首牵向

杜鹃啼处

（从台北带回的床头书）

从武汉坐高铁回潜江，汉年和孝雄到火车站的道旁迎我。我对他们说，我回到了正确的道上。你们看见我，筒包挎在右肩，放弃了高速公路的奔驰。

“你们迎接我到田野，下降到源泉——经过你们从来就没有离开过，一直在身旁，你们陪我离开；在火车站，托运图书和电脑；又在冬日露天车站，等候迎接我，词语里的**还乡**。两只手，一起握向你们，从你们的面容，辨认出人性和诗性。”

“对词语的爱焕发了我们，在一起空气发生变化，那里面有两只蝴蝶在蹁跹。我们去找三等小酒馆，像多年前，围绕在土鸡火锅和本地散装的**荞麦酒**前。”

“将进酒，杯莫停。白酒在我们体内飘香。相见过的地址在酒中浮现，拉上我们的女人组成这午宴，也把她们纳入对语言的服侍。”

“在世上，我们总是在还债，愧对流逝时光，面前的菜蔬和粮食；平原与乡村的供养得用词语去**偿还**，我们的青春我们的曾经逃难一般的命运以我们的死来偿还我们的生。”

（还乡）

这条有水牛足迹的**田埂**通向那树丛间的流塘**小学**。我曾赤脚去上学，搬着小板凳在操场的银幕的反面看电影；那东边的河边是父亲的房子，西边是祖辈的**坟地**。兄长的嗓音从田埂通过无线电波传递到北京地铁建国门**换乘站**：那脚步声和纵横铁器栅栏的地方曾是接听他的电话和这里布谷叫鸣。那些年，带着兄长的长相、他的胃和泥土面色，在异地折腾。这平整稻田、这纵横沟渠有着某种治愈怀乡病的功效。某夜，在北京郊区皇木厂的楼上，听见19世纪的乡愁从**德沃夏克**的《E 小调第九交响曲》庄严的和弦中透显出来。

这里是我**乡愁**的核心地带。这里的土地混和祖辈的骨殖。我们跪伏着将外婆送往坟场（这也被我写进诗里）；西边墓地迁移消隐于田地，你们看不见了。通过词语不断地返回这里。

这是我用**汉字抚摸过的地方**。在此，我受到了最初的教育；获得的启示来自这片乡土；我是它的暂居者，而**田野**稳定的存在。我带领你们回返我的家乡，被犁铧翻耕卷起釉质泥土的田野边，低下身子，和田垄平视，这样就看见**母亲**漂行过来的身影；她的布满皱褶的土色的脸和忧戚。

（纪录片脚本片断）

孝雄看到了“罂粟”，以自己的视觉，不是他人的眼光。这是很重要的。视而不见我们眼前的世界。一个人能看到自己能看见的多么难啊。有时候我们就是自我的盲人。处处受文化和习俗的遮蔽，看不见本已。或我们躁动不安、静不下来，我们的世界一片昏沉；丢失对自己生活的**沉思和观看**，我们的眼光总在异域，我们的目光不能真正停顿在面前。现象学教我们如何去观看，朝向我们的客体，真正地看见个人世界的**罂粟**，这包括我们物理目光和心理目光转向，这样，罂粟就成为我们明显意识到了的被知觉到的或偶然如雪鹰骑车注意到的罂粟。它是主客体间的桥梁和媒介。他朝向罂粟的目光赋予罂粟以意味和艺术的形式。

赫拉克利特在他的残篇中有这样的表述：性格是人的守护神。孝雄的灰喜鹊不是生物学上的概念，是他视界中的雀子。这种对诗的态度转变可是经过他多年克服影响的焦虑而得来。我们无法离开自己的领地。不可能写和他人一样的东西，成为他人词语中的影子。必须找寻到属于自己的**自留地**。英国诗人约翰·克莱尔把老家的原初方言，家传的语言运用到诗里。是的，我们的语言也就是我们的世界。克莱尔牢牢地立足于自己的土地，坚定忠实于自己原初感觉，诗人希尼在论述这位诗人说到，克莱尔找到了只有觉醒者才能找到的世界。在尊重自身的可能性中，那无穷的创造性的语言的泉涌中，人的存在苏醒过来。

（短评片断）

堂兄柳宗礼去世，赶回去参加葬礼。清明回老家。曾给他拍过照片。他一生少照相，觉得他在世时间不长，我帮他留点在世前的影像。没有想他这么快就走了。我很早出门到照相馆把照片洗出来，选一个合适的框子佩裱好。这是我在他死后做的事情，我要送它到老家他葬礼上用。

葬礼上，我看见堂兄的两个同父异母孙子披着孝服，哭得死去活来，他们各自分散多年的母亲也回来参加葬礼。我想着自己特别关照堂兄的原因是他特殊的遭遇。稍让人感到慰安的是他的**血脉**还在，他的两个孙子很像他，是他传下来的后人。汉民族十分讲究血缘亲情，那是掺不了假的。一切都在这一点上繁衍展开。一代代人过世了，后人还在，继承我们的容貌。

你在他的身上倾注了自然的感情，他在世时是族群中被你关注的对象，你观察他的长相，你们的相似的记忆和情感，想象你们共同的祖父，从他想找到遗散的家谱，你们共同的祖先和血统。他是家乡的组成，是你思乡的某个元素是你倾注感情的对象，写作的**原型**，你为他写作的悼诗由他的身世而生发，你的写作不是凭空而生的，融汇了那片土地的风物人事和**身世感**。哦，这样的写作不是外生的或来自阅读和幻念。或者说你的写作是从那片**土壤**里生长出来的。

发现我和R不一样的原因。我是农民的后代，没有收藏奢侈品的习惯。早年生活环境里，家里保持着农耕所要的东西，贫困节省活命的习性。家居空荡，而不会被一些商品塞得满满而转不过身来。我们从自然那里获得东西时也谨防贪得无厌，因为无法回赠大地任何东西。即便我们在得到自然恩赐时，也要将得到东西中的一部分回还。讨厌这个时代的风风火火，将农村当成消费市场，不可扼制地向我们的故乡转移；自私贪婪、权势野心等开始挤压这最后的空间。

参加**外甥**的婚礼，他让我用小车接他的媳妇。我看见外甥媳妇从她家堂屋走出来的严肃、复杂的表情，在鞭炮声中禁不住**泪水**出来了。他们两个都是**二道婚**。外甥媳妇原来在家招女婿，后来女婿跑了，外甥两口子也是打打闹闹，最后还是离了。他们和伴娘坐在我的车上。我把车开得很慢，挑了一首梁山伯与祝英台的曲子。这**古老的乐曲**是我对他们的祝福。我回到武汉后，外甥给我打电话，我说你们两口子要好好相待，对她要好一些。他说我听舅舅的，电话中好像能嗅闻到他的酒气。

忆起和诗友驾车长途闲聊中谈及妓女之美。联想到那个传统戏剧《玉堂春》中描述的叫苏三的**妓女**，经历了那么多尘世的苦难与丑恶，她依旧对爱情有着渴望，对人有着**深情**。让我们在冰冷残酷的现实里感受温暖的深情，信仰与爱。

作家赫尔塔·米勒说她不是自己选择了写那些**被剥夺者**的命运。这个**主题**来找到了她，她摆脱不掉那些专制。在罗马尼亚那被社会排斥在外，移民到了德国她还是罗马尼亚人，在罗马尼亚她总是德族人，你总不是自己人，你是外人。写作的诚实让我看好这位作家。这些年的经历，几乎感受到了与她相似的经验。在自己国家的首都，你总觉得你是一个外人、一个闯入者，从聘用单位的制度到同事的眼光与态度，从户口、身份证到养老金的落实，你没有归属感，不管在北方还是南方，你不再**归属**于一个外在的单位。你**退隐**到个人的生活与写作中来，写作在这个世界上没有它的位置。你把写作当成唯一的能成就自我的事情，你从中获得**安身立命**的所在。

一个诗人写就的散文我愿意叫它诗性散文。它不过是诗以另一种体裁形式的继续。诗性散文和诗这两种文体没有主次或从属的关系，它们是独立又相互交融的，一个写作者它会跨越诗和散文这两种文体的分野或对峙。一个写作者会在散文这种文体里用诗歌的花粉为其授精，将诗性散文得以获得新的形式与生命。诗性散文处理个体当下的境遇，那不可回避的**噬心的主题**，个体生存经历的省思，而非不关痛痒的回忆与行旅状写。写作者追求的是散文呈现的诗性，散文段落的推进与呼应计谋的是营造一个有机结构，他要的是散文对形而上的渴望。他把诗的语词的技艺运用到了古老散文的叙事中来，文中的若干个段落和片断结合以空行隔开，类似于诗歌中的诗节，它们各自为政又逼向一个发散的充满张力的主题。**诗性散文**的结构方式类似于长诗的结构，或者说诗性散文的写作者是用诗的结构方式来为散文谋篇布局的，他在意的是散文的节奏和韵律感，它是散文与诗歌两种文体手挽手跳着的可爱的双人舞。

（创作谈）

和友人参观**古德寺**，这个按照汉传佛寺修建的具有浓郁异域风格的寺庙，被挤兑得不成样子。进入寺院的正门被封闭，附近是市民杂乱的**小店铺**，走进里面，看见紧邻寺院的居民高楼令这个正在修复中的寺院不类不伦。武汉这座市民气息极浓的城市，它的世俗力量几乎压倒古德寺的神圣感。

夜半醒来。忽然想到唯一的女儿，她孤单地在人世上，在黑夜里，不远处的房子里。

夜里从武昌归来，**出租车司机**对时事、对国家和国人的激进的批评言辞让我吃惊。我早已退避到个人生活里来，苟且偷生于这个集各种乱象的时世，打发绝望的生活，在文字中讨点乐趣。这个面前的出租司机倒让我感觉他是一个**公众知识分子**，他说，我们都不关心这个国家，不关心挣扎于生死线上的民众，这个国家还有什么进步和希望。

《何处是我朋友的家》看后，对**阿巴斯**这个伊朗电影导演的好感添加了一层。他还是一个诗人，他在电影里面加入了新的**视点**。比如他的人物故事都在车上展开，**汽车窗**是一个细致广阔的维度，反射的运动，外面的人物风景，移动的尘土飞扬的画面满足了我观看的欲望。他的那部《樱桃的滋味》又加入了一个诗哲对存在意义的探索，让死与生面对面；我们活着，我们对我们的生活负有责任。他是一个存在主义影像艺术家，在电影里寻求生命存在的**证据**，为什么活下去的理由。他在电影里不装神弄鬼，他在电影里所作的实验让我对我们这个亚洲杰出的导演感觉骄傲。

“柳先生您好，不知您还是否记得当年在**北京通州**结识的赵彤海(西安人)。我是他的女儿，前几日在网上看到您写的文章，告诉我的父亲，他很是想念您，由于搬家生病等原因失去联系，希望能再次联系上您，我父亲的电话……我会经常观看您的博客，小赵。”

“小赵，你好，感谢博客，感谢**网络**让我与能与你和你的父亲联系上。我多次打电话到你们过去的家中。我曾到过那里，出差从北京到西安。到过他的画室。他爱抽烟。后来知道你们搬家，我想着打那个电话，打听你们的新电话号码，但总是打不进去了。我想念你的父亲。”

（老赵又联系上了）

一个人过了五十岁如果他还追逐人世间的功名，那倒是令人羞耻的事情。

是否晚了些，到了近年才理解波德莱尔的价值与意义。他的一生在学习遣词造句中度过，他只描述他之所见。他的诗特有的城市气质，**巴黎**第一次成为他抒情诗的题材。他用审美的现代性来对抗他身处资本时代的文明。用艾略特的话说，他是我们**现代诗人**的模范。

（开车的空当和夏宏谈话片断）

你专访了那个闲置未用的**老汉口火车站**，在傍晚的光线里拍了很多照片。你总是在上班途中和出门时特意打量重建的汉口火车站。当你的身影再次来到汉口火车站的广场，你不是你一个人来到这儿，就像很多人**汇聚**于此一样，你的往事你写作的词语它们都在一瞬间同时抵达这里。

写作《汉口火车站》时，鲍迪·勃伦的歌声在书房里喊叫。你则在电脑荧屏通过一个个词在**叫喊**。他饱经沧桑的演唱可以说融入诗的气韵，他的歌声惟妙地契合了此诗的完成，为你的写作融入朴素的内心激情。——“你住在哪里——在汉口火车站＼汽笛长鸣，我已从自己的身体启程＼骨头咣当作响，心气蓬勃离开这里——”

（地址）

在广东见到他，发觉他的迷人，他的举手与投足，透出他的修养与人性还有其善意；他的服饰透显出他内心精神的高贵和格调；他的身体透显出来的自然情态让他周边的人显得粗鄙平庸包括我自己，当我和他站在一起出现在镜头里自惭形秽感顿时出现。他是我见过的值得看重尊敬的**异域诗人**，我离开他之后写的赠诗能呈现出我的心境，看出我对诗和诗人理解。这样的见面能够提升人的精神品质。

扎加耶夫斯基善于把日常生活陌生化，在熟悉的处境中揭示新意，带来各种令人惊奇的效果。他对世界矛盾本质的呈现而非评判。诗人在描写人类的处境时，既深入其中透视，又能站在远处以略带讽喻的态度观望。用米沃什的话说，扎加耶夫斯基诗中历史和形而上学的沉思得到了统一。如他的名诗《去利沃夫》即是例证；在处理日常生活时，总是留有足够的空间，仿佛是抽象的，又含有明显的当代性。这是一种尖锐的日常性或者说日常的尖锐性。

米沃什称赞“历史和形而上的沉思在扎加耶夫斯基的诗中得以统一”。美国著名文学评论家苏珊·桑塔格在《重点所在》一书里，对扎加耶夫斯基作品的风格这样写道：“这里虽然有痛苦，但平静总能不断地降临。这里有鄙视，博爱的钟声迟早会敲响。这里也有绝望，但慰藉的到来同样势不可挡。”

似乎比他的前辈诗人有着更开阔的审美意识，淡化过强的思想性对诗美不经意的伤害，使他的诗作呈现多样的**话语路径**；他可能与他寄居巴黎，打开自己诗学实验空间有关，这帮助他建立诗歌的国际性视野。承继了波兰诗歌的传统，又拓展诗歌与其他艺术门类的沟通与相互映照。他在诗中对音乐的营造更有耐性，犹如马勒的交响曲的乐章，体现在他对《维琴察的早晨》的结构的营造中；他的重要作品《卡西斯的日出》，即对布罗茨基和基耶斯洛夫斯基的充满深情的悼念，而后者是我们喜欢的波兰电影导演。

（见到扎加耶夫斯基）

康建都画布呈现出几乎用大半身储存在记忆里的事象物象和记忆中的保留的**瞬间场景**，不同于莫奈在户外的写生，捕捉光影改变他的画架上的物象的色泽与光影。他忙碌地画着天空海滨和有水域的地方，他加强白昼光的强度、传布和移动性，他捕捉着对物象瞬间的印象，他注重的是观察力，他发现阴影的真实色彩，物体的着色经过反射后的视像；运用着梵高的点彩法，放下描绘可辨的物体和场景，用非常的形状线条色彩来表现他的情感的火花，变形的色彩的组合和比衬。似乎不是他在画画，是一个幽灵支配他的手画笔和头脑，他只是被神灵所雇用的一个人。

马奈现代意识引入油画空间，福科评说马奈绘画的现代性具有“**诊断当下**”的活动。现代性表现为一种改变一种断裂；现代性是一种态度。传统绘画中的人物看什么我们很清楚，但马奈中的绘画比如阳台中的人物的视看让我们看见不可见性的东西；绘画的本质不再是表象和可见物，而是意味、**非可见物**，这需要观者看出来。康建都的画笔触及到当下，把观视和陈述结合，尝试哲学的思考，这是有意义的。

（画评片断）

田原诗歌作品中有着写作者自身本有的代表正义的诗人的发声，而这个声音又不完全是写作者个人的，那**声音的源头**或者说是田原创造出来的“诗中人”在发声。这个抒情诗中的主体或“诗中人”并不完全等同于创作者本人，创作者所拥有的情感与诗中所传达的情感也不同一，而作为听者，清晰地听到了诗歌作品中动人心弦的声音。听到这一个句群，语调开始变得温和，有着抚慰人的效果，与前两句构成弹跳，**句群**之间构成音色的反差，句群的对比和生发微妙营造构成共振，诗的声音最终传达铿锵的充满了向上的正义的力量感，皆由这些对比的句群相互激荡而生发出来的。

（听田原诗歌朗诵会有感）

回乡参加妹妹的**家宴**。她的孙女出生请客。很多人不认识。和你打招呼的只有几张老面孔。和家族里的嫂子们闲话，顺便打听绕在她们身边的晚辈，也不叫唤我，因为和他们很少见面。目光在已逝堂兄的重孙女身上多停留了一会儿。一晃堂兄死去十年了。他的儿子死去的时间比他长。我看见堂兄孙子，孙媳妇抱着她的女儿。堂兄的形象依稀留在这些晚辈身上，靠着我的回忆方可显形。逝者远逝，他的血脉越来越稀薄地**绵延**，若有似无，在令人悲欣交集的世上；我们以消逝的方式留存下来，在世上找到它的遗传，人世得以绵延，我们以消逝得以**重现**，轮回。

树木写就它们的四季。落叶在飞，它们零落在花园四处。在这个时节看见它们的春夏秋冬。你见到了树林的四季，穿越生命的几个阶段，它们进入另一循环。它变形、重生、生死在轮回。明年的树叶会重新回到枝头。面前的**儿童**长得像他们的父母，带着父母的基因就是父母早年的复现；而在此晒太阳的**长者**，可以他孙子的形象活着。

自然是永恒轮回学说的老师。世界就像这个街心花园，它们不停地轮转更替。四季在轮回，这些作用于人事。他们在晒太阳，取暖，长者在这里打盹；儿童在此学步；狗在草地里闲卧。太阳转西，天地在讲述但它不言语。鸟儿也在地面上升与降。你看着落叶也不伤感也不悲秋。在这个冬季你又见**四季**的形态，一个圆形如同树的年轮。你这一刻看见了**尼采**，他的永恒轮回说，天地万事的隐秘本质。你在消逝，也在新生。他在死去，孙子出生。

你看见那轮转的链条，你是其中一环，参与圆形的转徙，你消逝又重返，一个个陈旧的自我遗弃一个个新的自我出现，这遵循了落叶消逝又重返，顺从树身的形变。在这个时刻，你要承担起你的不朽，这就是至高无上的事情。这一刻，看见儿童在学习走路，长者从他们活跃的身体获取能量，接纳到自己衰败的身体；树叶的降临在风中如同舞蹈，如落叶一样飞升，看见众多的**神祇**，神祇们在舞蹈。

在这椭圆形的花园路径跑动。你就是中心在这个轮转的**圆心**；轮回的恐怖与厌倦消退；冬季不是四季的结束和终点，它也是轮转的开始。你要和梧桐树落叶一样倾空你的陈见。你的思想你的意志瞬息的转换，向这一刻的启示，看见新的价值和新的真理，在椭圆形的街心花园。

（街心花园停驻）

很久没有听到他的声音。电话拨打过去，他没有过去的热情。不像往常一样亲切地叫你（“小柳，你好啊，小柳，我想你啊”）；他好像变了一个人（“你是谁啊”，“我是小柳啊”“哦，你有什么事啊”)。语调是冷淡的，像是与一个拨错电话的人在与你回话。你问他的妻子……（她出门去了)。接着是没有把话说下去的沉默。你们都放下电话。再不要把电话打过去了。老赵老了。一个老人不希望有人把他引入回忆，这个世界与他远去。无论伤痛与美好。一个人面对自己临终的日子，他身体的痛苦与无力，他的灰心与不甘。

面对自己的死亡，他是孤寂的。先是慢慢说服自己必须放下，好多人影从他的身体里退去了，不用关心了。他活下去的热情淡了，他不得不面对自己的死，带着自己的绝望，令人失望的生活在退远，他面对个人生命的谢幕，会觉得社会生活都是一个骗局，后悔他完全的屈从，或者也不去计较了，生命是一连串的令人苦闷的失望，甚至可有可无；生活是徒劳无功的，他必须出离尘世，越来越看清生命的实相。欲求不得的悲伤，他面对的是死亡的确定。

死亡到来的足音已听得越来越清晰。他效仿动物之死：狮子确认不久将死亡，就去一个大家找不到的地方，譬如某个洞穴里，平静地死去。死亡到来前，他的身体变冷就像他对世界的态度。你只出气，不能呼气了，他的无望与无处寻得活下去的可能与依恃，说服自己得服从这个结局；绝望的泪水参与进来，愿意一个个默默地离开尘世，甚至不要告别——好像被抛入空中，一些众生，与你无关，他们对于你的死连怜惜也没有，你听到的是杂乱不章的噪声：有的充满友善有的是敌意，更多的人和你的死无关，仅仅几个人参与你生命的人在视线晃了一下，他们停顿了匆匆脚步仅仅几秒钟然后去办理他们的手头的事（进入超市和健身房)，不会为你的消隐耽误其日程。塞入一个黑洞，什么意识没有了。一阵风吹来，你消散了随着一阵风或动物的鸣叫。

（与赵彤海电话过后）

诗集充满家园情感。艾略特说：“我认为诗中有两种乡土感情，一种乡土感情使其诗只能被有相同背景的人接受，而另一种乡土感情则可以被全世界的人接受，那就是但丁对佛罗伦萨的感情、莎士比亚对沃里克郡的感情，歌德对莱茵兰的感情、弗罗斯特对新英格兰的感情。”艾略特所说的第二种“乡土感情”，其实是对自然、对造化的感情，是脱离了地方性的。

没有春天就没有桃花；没有桃花就没有桃花诗；没有调零就没有春天；没有顿悟就没有禅宗；没有瞬间的即兴就没有诗；没有文本就没有语言；没有花开就无花落；没有稍纵即逝就没有美。没有台上就没有台下；没有诗就没有柳宗宣；没有离开就无归来；没有音韵就没有诗行；没有诗就没有中文系；没有你就没有我；没有囚徒就没有狱警。没有源头就没有河流。没有河流的交汇就看不见美，没有越界或出轨就没有奇遇。

（学院桃花诗会上想到的句子）

这一生在接近退休前才有了单独的办公室。真正从事自己的所爱的工作。我看见了在**农场**中学时几个老师合用的矩形的房子里摆放的两排办公桌，中间是走道，十来个老师们各自把头埋在叠立的学生作业本前。以后混迹在**县城**某学校正方形的十几个人合处的办公场所，用备课本写下你的随笔，授课之余读着小说和诗歌，忍受着众声喧哗的空间，时常从那里逃离出去，想着回到安静的书房去。你到了**北京**东四十二条胡同的编辑部，工作空间也没有多少改变，伏在黑色的大办公桌上从事着与文学相关的编辑工作，你们的编辑部不停地迁址，直到你最后离开。现在你总算有了单独自在的办公室，从事你爱好的工作，但待不了几年就要退职。

（新诗研究所挂牌）

亲人和学生们从某地铁站看见我的诗作《少女胡美》陈列在地铁空间。他们通过微信转发给我。你的诗作在寻找读者。一个朋友转述一个读者的阅读印象，说她读到此诗，泪水都流出来了。这首写于几十年前的短诗被人挖掘出来，我的“少女胡美”在现实生活里不知下落，如果她还在世早已成为一个妇人，但她在词语的空间里不会老去，她的美让我们不安和忧伤。

将《地铁中的睡眠》一诗发给约稿者。这些年诗歌主题是随着写作者身体的游移而转换视线和关注的内容。有人说我的诗是关于田园的，也不尽然，可以这样表述，我的诗歌是关于**存在**的，它有着一个写作者生活的流转的痕迹，或者说，诗写作生命的**传记**。我不会把诗的内容限囿于所谓乡土和城市，这样的划分都是不妥当的。这首写于北京时期的短诗，地铁场景进入语词空间，是自然而然的。我们不可从外部社会学的话题来谈及诗文本。得从诗的生成文本之间的关系，一首诗的源流和它的**词语结构**来言说。这是一个读者和写作者需要面对的**语言现实**。

（地铁诗）

他们在大学校园写诗，在三角湖畔留下青春的身影，伴随着诗的清风之吹拂，向人展示新诗绵延的生命力。他们邀我进行新诗讲座，在三角湖边，作为诗人这是必须要做的事。

自以为青年学生还是习新诗的好。这里要扯到白话文的演变，一百多年前的白话文运动改变汉语的形态，汉语新诗的实验也由此进行；新诗可以说承续了汉语自我的更新与探索。

新诗它就是新汉语的最高的表现形式，它可以说是汉语开出的语言之花；人们常说，不读诗无以言；不读新诗你无法理解新汉语的美丽和奥妙，你就会对当代人文艺术有着隔膜。这就是说新诗处在前沿，综合了当代各类艺术表现形式；新诗是切入艺术场域的必要的最有效的路径。你如果对新诗没有认知和感应，你会对整个艺术现场缺乏打量的兴趣。

可以这样来表述：绵延的汉语传统可以说是由新诗来更新拓展，它从日常语言和世界语里获得滋养，新诗近百年来获得了其自身的经验与传统，这和白话文之前的汉语构成了看似对峙其实融通语言现实。青年学生在新汉语这个场域呼吸表达，新诗阅读与写作是必须面对的现实。古典诗歌的阅读欣赏是必要的，但浸染进去写作它依照的旧的格律，这和我们当下的语言存在的本源形成某种悖反和乖谬。所以编者作为一个新诗写作者研究者置身在校园里有责任传播新诗艺术的责任，一个诗人得有牧师的传道热情和激情。新诗不缺后继者，因为它是艺术它是生命的存在是语言的花朵是作为神性的显灵。

（一本书的序文）

去深圳领奖，见到诗兄**张曙光**。这么多年和他的书信往来，一直未曾谋面。但通过诗歌写作阅读对他建立起来的好感与**尊敬**，他就在心里驻扎下来。在北京当编辑时，曾多次向他约稿。回武汉后，他为我的诗集写过序文。有一年，他所在城市的诗友来访，我半开玩笑地说，因了张曙光我才接待你。和她在汉口泡吧时，总想听她讲曙光兄的事。觉得她和他在一个城市生活能常见面真好，有这样一位诗人在同一个城市是幸运的事。

有一年和友人驱车穿过东北三省，到达哈尔滨时，特别想见他，但他不在黑龙江。这是他诗中写过的城市的街道这是他工作的楼房这是他诗中描述过的**酒吧**，哈尔滨的天空下都是他的影子，有隐隐的失落感，想着不知什么时候能与之相见，但我见到了他身边的诗友们，细心地听他们在一起往来的事，他们诗友间的活动。我们取道边城**绥芬河**出国，过海关时，我都在给他发送信息。从海参崴归国回汉口多年后，写作这首《鱼子酱及其他》，他读到后喜欢这首诗，推荐给了赛事组委会。最后匿名终评获了奖，曙光兄为之写了获奖辞。

这些年，他的写作给我以影响让我蒙承诗的公正无私的光照。我们的心很近，能感到与他精神上的**亲密**，这可能是我们对诗有着大致相似的理解和追求。第一次相见没有陌生感；心里建立的好感并没有因见面而丢失，是可以不断相见的人。在深圳过去的学生安排我们吃夜宵和海鲜。我送他回宾馆时，在他的房间散着酒气又说了很多话；看见白色被单上有一本打开的**英文诗集**。第二天他上飞机前，发信息到我，提醒我参加当天的文学活动。

站在**台北**武昌街的骑楼旁观望：**明星咖啡屋**的霓虹灯广告牌有些过于显明。先生刚过世两年，寻他不见。旧迹只可想象，完全被摆售日常用品的妇女们的地摊所淹没。城隍庙前有远道而来的胸前标有来自北海道的行乞的和尚。绕到三楼的咖啡屋，在先生停歇过的喝茶的那张凳坐了很久，像他在世时一样，要了杯**咖啡**；像先生一样加了过量的砂糖（他的生活太苦了，确实要多加些糖来冲淡其苦涩）。

（阅读周梦蝶）

从武汉到香港，途经深圳，见到了过去的学生蒋代卫。几十年后还能辨认出他，他的影像在记忆里再次涌现。饮酒的间隙，他过去的形象在你的记忆里冒出来。他也是你记忆的储存器，你说过的话你做的事被他所记忆。那故乡田野中的乡村中学也从记忆里浮现出来；往事的涌现也是诗兴到来的变形方式，你不得不通过它的呈现去获得词语；**酒和回忆**。诗兴和句子。在此时此刻交混呈现。在我写给他的诗中有这样一句：我找到了你，可以回到消逝的家乡。

（途中）

“热爱你的祖国，祖国就会照顾你。”这句话至今还刻在澳门通往内地的关闸的门楣上。我看见诗人**卡蒙斯**的雕塑，单眼。生前无比热爱祖国，但祖国并没有怎么照顾他，身后才受到推崇，他的石冢安放在里斯本热罗尼莫修道院，供人景仰。卡蒙斯“一手执剑，一手握笔”的诗人生活的年代正是葡萄牙辉煌时代的后期，他迎接一个新的历史时期（航海发现本身就是新时期来临的信号），我在他经过的海域到达他曾经居住过的地方。一生颠沛流离、命运多舛，从来没有摆脱厄运的追击，一度隐居于此，在垒叠的巨石**岩洞**间写作《卢济塔尼亚人之歌》，在东方辗转漂泊 17 年之后，终于回到里斯本，行李里装的是流放和冒险唯一的收获（他的手稿）。他是一个四海漂泊的行者，一个赋予“祖国”更多涵义的行吟诗人，一个仗义执言的侠士，一个吃不饱饭的**贵族**，一个不知道熄灭火焰的情人，一个傲慢的民族主义者。

（在澳门贾梅士洞）

这次回返北京，路过东单附近的天桥，忽然想到废名晚年(1967 年) 从位于长春的吉林大学孤身到北京治病，他走向永定门，他的儿子冯思纯接他的情景。他就住在天桥附近的一个小旅馆里。那时，北京到处是串连的红卫兵，他计划到协和医院接受手术，大夫说不可治，他又离开北京，他预感到再也没有多少时间写作了。次年，他病逝于长春，生前的工作单位也处在动乱之中，他无人照应，他的儿子约同学用板车将他的遗体送至火葬场。

在黑丰北京的家里看见送他的一排书架。一瞬间认出了它，是我离开北京时送给他的，它耸立在他的新居里，书架在絮说着我在北京的**记忆**，夜里醒来，在黑丰的客厅，在书架的前面的沙发上，我**沉浸**在这一刻也是一个个既往，它们似乎消逝了如同过去的光阴，但它们在夜里找上门来，要我把它们安置在字里与行间，你成了一个被动者，你被词语推搡，身不由己，听到了语言的**言说**，那你经历过的现实此刻如同词语的影子在穿行，你听从它们指令，实施对词语的辨认与组织，或者说揣摩，你是在词语里开挖与探险，最后你把它们搬运到纸面上，在这**非凡**的夜里的某一时刻。

（《说吧，书架》）

生活里的物品，包括一个床单、一张纸条都协助你保持生活的记忆。它们写满了回忆的文字和消逝的场景，在北京文学办公室看见黑丰使用着的床单，独自出门看见的胡同自行车修理铺，一条标语，地铁出口见到的景观，这一切都是向我叙说内外世界的话语。一切物什存在都是语言，对一个写作者来说，它们在向你讲述。

在他的编辑部的办公桌前坐了一会儿。面对那些稿件杂志，就像多年前的自己把头沉在这纸张之中。忽然发觉这些印刷品的可有可无，你没有翻看它们的心情。这个时代的**文学机制**值得质疑需要沉思；文学写作成了一个职业就会变味；一个文学刊物构成了一个权力机构类似于一个**体制**的同构，就会生出非艺术的事情来；这些年你从其中的类似于废纸的桌面上离开，你离开才有反观它的可能，抽身离开没有被其束缚，你才有打量的**眼光**，从另一个空间射来的光柱照视这里。

（写在黑皮日记本上）

处理北京的房产时，不忍舍弃在北京生活时期使用过的家具、日常用品、图书和电子器材；你又为它们购买一个房子安置它们；不想将它们和房子被处理掉，你想保留某种**回忆**的媒介，和北京能保持某种关联，或者说再次建立与它的联系，你想回返它，让房子成为**中介**，联系你与北京；或者说，为你提供一个不断回返走向回忆的空间。你让那些使用过的物品回到新的房子，好像才安定下来，这样你可以找到外部地不断地回返的理由；你对十年的北京生活的留恋，投射到你使用过的那些旧家具、旧用品上，或者说，你为你的过去的回忆建立一个**空间**，虽然你的身体不在那里，但另一个自我在那里活动，你有充足的理由不断地归来重返感叹。

在地铁电梯上行到 D 出口时，见到天日，僻静的人行道。秃顶大裤衩。老赵向我走来，晃荡一下就不见了。好久没有见到他了，电话也打不通了，自从那次接听到那个伤感的电话，在旧地，人总是想着他，在京相聚的情景。从西安到北京，通县龙旺庄，念及他的那一刻是否活着或在异地死去（那是我们的旧地，我们喝过酒的院子，我们在一起的日子变得淡漠轻淡得似有若无，好像根本没有发生过）。我的重返，如同和他的相逢与再别，在我们流徙过的**旧地**。当你走出地铁口，你脚踏虚空，身子晃了晃，发现这空荡荡的街道也摇晃了两下。

坐高铁从北京回汉口的夜里，得知老赵去世。一个从未谋面的名叫“摄影师老鬼”在博客上留言（柳先生，赵先生已于 2015 年 4 月 13 日因病去世了，15 日早 8 点在西安殡仪馆举行追悼会）。在旧地，想念他，可能他的**游魂**飘到了他过去生活过的地方，他要找到我告诉他魂魄异处的事实，他在逐一告别他的亲朋，他生活过的地方，他的游魂在他生前所经之地又走了一遍，他在过去的生活的地方找到了你。

他落气那日，你正在北京，路过了通县的龙旺庄（老赵过去的租房）。你路过那里你到京城去，仿佛是和他魂魄相会去的。

（老赵的死讯）

到西安出差看望过老赵。他带着我在西安城转悠，指示我看他从前住过的地方，房子那时已拆了。他的画室有些逼仄。我观看他过去的作品，深得国画的神韵，他的**写意画**我十分喜欢。他的性情渗透进画纸的线条中去了。他说到他的老师石鲁，拿出他老师的真迹，描述他老师临终的情境（“文革”时**石鲁**先生“落乱”受到老赵的保护）。从老赵的画中可以看见他的师承；但老赵的画有着自己的东西，不同于他老师的禀赋和创新。在他的画室见到他的拼贴作品。他说是在北京时期留下的。他到北京去是想寻找自己的新的绘画语言。一个老画家不满意自己，不停地寻找着突破，在持守的技艺中加入新的绘画元素。在北京的孤寂的游走、反思，日后落实到他的画布上。

（从书房找到老赵的画册）

在**西双版纳**行旅途中，网上收读张典关于我写作的评论：《田园与身体的抒写及其悖论》。感觉他细读了我的很多诗作，同时加入了他的评说与析解，这里面融入了他和我之间纯粹的友情，这多么年的交往与理解。他有那么多书要读要写，抽出时间来评说，这本身就是自我牺牲行为，这是友谊的纪念方式。你在写作实践中得到他的首肯和批评；不是一味地吹捧和廉价的赞美，而是贴着文本谈说，就着技艺本身来阐述，将其理解的诗歌精神和你对话，他的善意体现在他坦诚的语调和事理的辨析之中；你一个人行走在语言的途中，读着他的文章好像他在你身边，你的**旅行**不是独自一人，还有他和你同行；你不仅有你前行的方向感，同时，也可参照他的视点；获得了前所未有的**力量感**，在写作这条孤独的道途，你看见他在向你路岔口挥手，在另一个山头招手。

在这里觉得亲切，感觉到文学编辑部的民主友好的氛围。为什么要对待过多年、早已离开的编辑部发表那些感叹几乎是倾诉呢？多年前在那里获得的委屈还在你的体内，一旦天气有变它就会在你的体内隐隐作痛。时间改变了一切外在人事，但改变不了内伤，你有些嘲笑你的伤疤。你可以在回顾既往时能很快脱离身体的疼痛，获得俯视的目光。

（在重庆）

汉口**火车站**不断地让我产生写作的冲动。我写过一首《汉口火车站》《火车的故事》。今天在出站口等一个人。他从遥远的新疆来访我，但他从另一个火车站武汉站的**出站口**下车了，让我在这里空等了几个小时，但一首诗安慰了我，在那里为诗句所缠绕，我到这里来，似乎是为了迎接这首**诗**的来访。我想干脆将那首腹中的诗命名为“在出站口”。

这里的桑葚明目。让我看见六岁的手指缓缓伸过来，食指尖晕染了紫色——在两港路旁，杨树集体护持这里的道途，绝无旁枝它们创造此地的绿色或氧气；感觉自己从楚地，安步当车到达这里，和这里的树挺了挺身子，和它们聚在一起。

又看见小黑瓦。白墙壁。屋脊两头尖尖翘起的雕刻上的八哥。飞过的身影印在屋前月形**堰塘**和菜畦间深长芭蕉叶间的露水（奶奶还在屋前的桑树下叫喊：“我的小祖宗，小祖宗快下树！”）在此发现了**老家的地址**。

在滩涂。吃了桑葚又尝了葡萄，你到了这里，没去看**东海**，却嗅到它的气息，与之比邻而居：用餐与吟唱，聆听它的涛声。大海，并不外在于你，现在你的**身体里**。

（在浦东）

接听她的**电话**时正在露台。从交谈缝隙听闻到家乡的鸟鸣；棋盘式的田野在她的语音中浮现。她在老家跟我交谈我回家乡居住的事。这些年，那里的每个地方赋予想象，她协助我找寻归田园的地址。

和她通话时，发现异地梧桐树叶间的**鸟巢**，我边听她的说话，一边平视着灰椋雏鸟在巢穴张着它们尖嘴，似乎看见了早年的场景：故乡到处有着鸟的巢穴。它们在童年绿树之间的土木房子周围。巢中唧唧叫唤声中我和父母听闻。她打来电话时，我再次看见它们：隐蔽绿树的鸟巢。**故乡和原野**。

回乡困难。我怕回不去了；什么是家，就是你**无法回返**的地方。过去的家园隐退。人事流转，移花接木。挖掘机横行乡里。多年的还乡计划有些前途未卜。藏于树间的巢，鸟拥有它们，为新生绿叶环绕；唧叫的鸟儿仿佛述说它们有自己亘古不变的居所；无法拥有它们的幸运。不过，她的来电让鸟巢被我目睹。

（在半亩园接听郑恺电话）

我们在这里和你们谈说写作的事情，不仅仅是我们两个人在说话，众多的亡灵通过我们嘴说出。和你们交谈，有时也在用马拉美的头脑。

这些年来，我们的阅读把那些伟大的思想者他们的精神他们的曾在他们的词句他们的经历化为生命实践，成为我们精神现实构成的元素，它们通过我们而活着，或者说通过我们侍奉的语言显灵。

它们化为曾经的在世的劳作我们面对的语言的一部分。苏格拉底死了，作为一个词活在广泛地使用中，苏格拉底不会死，那是可实证的灵魂或理念。

从这个层面上来说，我们谈论写作的事情，或者说是语言在通过我们而传示，在这一刻神灵附体，不是平常时刻的自我，披上语言的灵光，呼应某种召唤，在你们面前，身不由己地将隐秘与大家沟通。

（和文学社的学生座谈）

交谈可能存在着某种不同程度的**误读**。除了言语的歧义造成交谈的困难，还有一个原因是听者和说者之间的背后的文化背景知识结构产生的交谈与倾听的困难，也就是说文化背景和我们的知识构成生命体悟的不同，也造成了误读事实，但交谈者之间有可能出现缝隙，这个**缝隙**里会生成我们一个个幻现的视界，这样误读也成为理解的可能，或者说激发了我们对新的边界的打探。至少它提供和诱发了某种再思考的场域。让我们成为或学习成为一个理想的**听者**。面对面地说话能把彼此引入抽象隐形的精神与物理双重世界，让我们在自身中映照对方。

在被手机控制的时代里，我们需要围绕这个圆桌，我们的手势和语气停顿，构成了交谈的一部分，它们在我们的分手后作用于交谈时的理解，回到那个消逝的时刻，外面的风也参与了我们的聚谈。

放弃对诗的实用主义态度。以人类的利益来衡量诗歌的存在。最初，你可能是出于虚荣和其他俗世的考量来进行诗歌练习，这是可以理解的，随着对诗的认识的深入，会越来越敬虔地对待诗歌爱好，自然反省自问：你是否喜欢诗，爱它，不计回报地也不求回报地把它陈放在内心。它是否衍生你生活的某种方式，是你的不会消失的恋人，是你信赖的药品，是你的酒。你的习惯回去的院落，或前往的都市的音乐厅和教堂，给你生命带来抽象的愉悦和莫大的安慰。你写作的词语收藏了你生命的爱，把它当成你的**纪念之物**，甚至当成某种精神上的**信靠**；它要你放弃在世的享乐和谋利的企图，它要你**供奉**一生的所得，或以你的生命来奉献。

直到最后，你会把它当成自己掘建墓穴的一种方式。我们作为诗人的处境，正是一个为自己**凿墓穴**的孤独者的处境。

（答学生提问）

电影《远无人迹》中的细节让人心动，契入你对人性和生活的理解，或者说电影中人物的行事方式代替了你在做事，发现这是由加缪小说《流放与王国》改编的；**加缪**的生活与作品再一次唤醒你。他和诗人夏尔的感情与同志之间的情谊也让人看好；他是行动和作品令人钦佩地结合在一起的作家；他的作品中揭示出来的人在异于自身的世界的孤独、个体的异化以及罪恶和死亡的不可避免，但他在揭示其荒诞的同时不因此绝望和颓丧，主张在荒诞中奋起**反抗**，绝望中坚持真理和正义。他不相信因绝望而去追求享乐，真正的绝望将人带往痛苦和呆滞。在他看来，作家有**责任**去促成每一种自由的元素。他的《加缪手记》成了我的床头书，这些片断式的笔记和日记，让你沉浸于一个作家生活与写作的方方面面，他的知识视野的广阔和思考面向让我开始了对他的真正意义上的阅读与理解，唤醒你对生命和世界的重新感知。或者这样表述，你的阅读越来越挑剔。

打印出张典传来的手稿《尼采评传》。我是他这部九十万字书稿的最早的读者。为身边有这样的文友感到骄傲。他参照了几十本英文的尼采研究与翻译著作。关于**尼采**生活实录的文献来源，他参考了尼采自己的德文书信、日记、笔记及发表的作品。而评传中的引文大都来自他的翻译。他说他没有对这些文献进行文学意义上的加工，尽管有自己的一些解释，这些解释不仅借鉴德里达与罗蒂文本互文的解释方式，更多偏向一种符合论的自然主义解释模式。他希望还原一个真实的尼采；这为我再读尼采提供一个好的参照，我几乎是边读他的评传，边读尼采的著作，以这种方式介入，进行相对深入的阅读，几乎成了个人的节日；我和这个弟兄一起去理解尼采，开拓我们精神世界；这让我的生活变得紧张而充实，和人类伟大的心灵共处，这是我们隐逸的理由，是我们抵达过去与未来的必需。我们必须如尼采一样勇敢、大胆，对危险和未知充满好奇和兴趣；这是我们继续生活的基础、保证与营养；努力向学，将事物的必然性视为**至美**。尼采的永恒复归并不是一个关于世界的理论，而是一个关于自我的见解。写作本身即是一种自我塑造的过程，创造一个可接受的未来，拯救偶然的人。过去的重要性在于它与未来的关系。我们致力于未来，让我们**成为**我们所是的那一类人。让可能的事件发生。世界作为一个有待解释的文本，你的人生不仅为自己提供辩护。

张典在长篇评论中细读《飞鸟与校园》，认为此诗是我近期诗歌探索的重要篇章，通篇与弗洛斯特展开潜在对话。他说诗中的“我指给你看”不仅指给读者看，主要还是指给弗洛斯特的亡灵看。以为我将自己所在的大学校园看作**弗洛斯特**任教的学院的校园，二者在校园所起的作用是类似的，都是推动校园诗歌。二者都将校园看作一种乡村田园一般的所在，是一种素朴的自然世界，诗人精神的栖息之所。他从此首诗看出我的诗歌精神正在往内走，精神家园正在形成。我将此诗标题改为“致敬弗洛斯特”。对他的阅读是持续的，对我的影响是内在而持久的，或者说不断地理解他，产生隐在的对话、理解和交流。

张典在论文中提及，弗洛斯特是我喜爱的诗人，但并不是他唯一钟爱的诗人，比如，钟爱的诗人还有爱尔兰诗人希尼。是的，近些年，读希尼的诗往往比读弗洛斯特更令自己感动。希尼的诗具有日常伦理的深度，质朴的抒情的美。《写在希尼诗集边角的旁注诗》的组诗，其创作冲动来自对希尼的阅读，如同希尼从克莱尔的诗中获得资源，**希尼**陪伴我完成了对诗歌某个领域的深耕，至少开启我对早年乡村生活的挖掘式抒写。

（两位异域诗人）

编选早年诗稿其实为重写，不能**重写**的作品，其生命至少停止了。宫泽慧贤曾对他出版的诗集再三修改，以为永久的“未完成这就是完成”。诗确实是**反抗遗忘**的方式之一；这张犁把时间深层的东西翻挖出来，那里有你曾经的迷惘和瞬间的欣喜。编辑此书以年代来呈现。试图让附带个人记忆的作品不被遗失地尽量完整地**保存**。

我将近几年的新作放在第一辑，以此和第二辑、第三辑中的未曾刊行的旧作形构某种呼应。发现个人写作的核心意象在多年前就已发生，到了近年才出现在新作中，也就是说《笛音和语音》如何在时间中完成的；还可以这样表述，诗与诗前后之间天然的互文在呈现；新诗集可谓近作与旧作的、词语与存在的交织，个人文本与世界诗歌建立起某种对话。

凭着友人发来的定位，找到这**山坳**间的他的山房的附近。或者说，凭着直觉的热情来到那棵粗大的**樟树**底下。在绿树荫下大声叫唤他，顺着他的声音将车开去，他从正在建设中的水泥板、木材、砖石中间走出来，他背后的土地被翻挖出来，尚待填充。

此情景让我瞬间想到在北京访**宋庄**画画的院落的印象，他放下画笔，在边郊乡野的民宅空地，改造画室和客厅，铁门锁上，狗在院子里叫，把所有的激情置入对院落的建设和改造中，他们从外省漂到北京，从北京北面到东面，他们想着如何安置自己的画架和身心，他们把自己放逐到这无人关心的**民间**，彻底地**退隐**藏身。

我把这面前的哥们多看了几眼。我们按个人生活的愿望，深山野地筑山房。住山者不是匪盗即为高人。在被主人圈入院落的大樟树底下坐坐，夏日凉风吹拂去汗渍，青砖黑瓦的山房显露出形状。竹子在它的四周，溪水不住地从远处传来唯一声息。

当我离开，它的遥远被征服，如同随着媒人见了一个**山野女子**，初识印象可以，一点点记在心里。回到城里，全是她的音容相貌，分开后方点点忆起她的好，并将之看成自己**托付余生**的人。

想到归乡不可得的往事，令人感慨。忽然念及：建筑家园的地方才叫**家乡**。王摩诘造蓝田辋川别业，避世念佛写山居诗；海德格尔于托特瑙山建他的黑木屋。开凿水井，木屋附近散步走出一条哲思之路。前贤的事迹激动人心，梦想中的房子在这块山地瞬间显出轮廓。

（访竹里馆）

（2019，大崎山，柳宗宣山中书房）

山冈手记

(2017—2020)

钻山洞的火车和你，倾向丘陵平原
涌现坦荡熟悉的平川，无所隐藏
你的性情气质，原来为平原所塑造

从无遮挡的平原到达贴面入云的山岭
陌生的陡峻或幽深，平衡你的一览无余
两种地貌之间穿行，内心的版图被构成

山地平原构成了内心的版图，也是语词绘制的**诗学地理**；这些年的游走从平原抵达这里；人生需要平衡，陌生的陡峭是你要用余生来征服的；一马平川的尽头是高岭，于高山俯瞰你的历经，这构成了绝好的平衡或映照。

《乙未大寒围吊锅夜饮与圣琥步行向竹里馆》这首诗中的圣琥为老乡，山房的邻居。我把这首诗放置在诗集《笛音和语音》的最后，表示生活和写作的**转折**。这一生都在逃离，从平原的县城逃到北京，又从北京逃到省城，在那里安放家业，现在如愿逃到了山里，在这里放下一张最后的书桌。背离与前往，在夜的山岭之间，多少身世与感慨交汇在这字里行间；为什么读到最后两句心跳啊，伤感和庆幸，老之将至前，如愿造了祈愿多年的山房，你把此地当成自己的家园，安放你的身心。一个无家可归者的**家园**就是诗歌，在这里，古典的诗律和诗章是记忆的立柱，你背负自己的活动之家，如蜗牛背负甲壳。

向本地的麂和鹿致敬：它们**自适其适**，在自己的领地。

“今者吾丧我。”和南郭子一样遗弃自我。不然，你如何与这山林同居?!

负薪于道。于石间取山泉，你依恋这高山。饮山体流泻的**醴泉**，以你的肉身感受**母语**。用大半生成为那只鸟：鹓雏之志——非醴泉不饮。

半夜醒来，于床头发现窗口的星光。不要打开灯。中断你的习惯。人类的灯火要暗下去再暗下去，不可亮过，这**萤火虫**人世的漫游。

赤足。巨石。青苔。清凉来自山体内的伏流。源头的轰鸣声。多条细流——在汇聚；源头就是水线的汇聚，它们奔赴到一起。它们通过流动创造了河流。

源头在远离人烟处藏匿，在离你很远的地方。**源泉**的召唤——你赤足回到这里。

女儿从城里归附于我。她奇怪这里如何这般清凉。她身体带来的炎热，用了一路的时间才消退。圆满与清凉，当你们在一起。

本地保持的几千年的民俗、方言、生活方式被遗留下来。它们对外界的侵入保持警惕。你更关切本地的存在——他们的服饰或山竹。或者说你尊重这里**本已所是**的一切。

山民刘基根，独居在自己祖传的**木头**房子。他不到儿子打工的城里去。那里的炙热让他无处躲藏。他的吊脚楼上陈放木棺材。他要老死在这里。出门即山林。终了归于山阿。

在他的屋门，看见了一个象形字：**暮**。傍晚的太阳从他禾场西边的草丛、树木的缝隙间投照过来。

山风停歇，星光闪亮，在静坐的夜里。你享用山中的夜气，从黑夜生长出来的清明之气，未被事物接触的无利害的精神气息。这正是你思考的时辰。

你的家乡在哪里？你不想成为任何地方的任何人。

雨雾乳白色地在绿的柏树针芒间流泻。这是雨的另一种形式，它们攒动流涌，往低处的树林和山壑。

它们缠绕着山尖，又转徙。山的不动与云气的**变幻**，填满那里的空白，笼罩在那里。它们把山体蒙上柔曼白纱，然后为之褪去，在那里，它们玩弄瞬息万变的无用语言游戏。

1898 年 7 月 14 日，瓦雷里来到马拉美的花儿芬别墅。瓦雷里没有想到这是他最后见到**马拉美**。马拉美让他看了他正在创作的《投骰子》。用瓦雷里的话说，他向我展示他对诗歌的最纯净的**信仰**；他为他朗读了《投骰子》，用他低沉、均匀、毫不夸耀的几乎是为他自己而发的语调，瓦雷里发现这声音似乎接近它的起源。瓦雷里觉得看见了思想的形态首次被放在他的眼前，确实在法国创造出艰深作者的概念，提高了对读者的要求。是的，一旦领略过马拉美的作品，就再也不能忍受不纯粹、肤浅和毫不设防的诗歌。对他的阅读几乎动摇了你对写作的要求和理解，你辨认出他诗歌的晶体、它的折光。你的身体内部出现的反射性的富于回响的空间。那是他依靠自身价值存在的作品。是的，他只要写几首诗就足以使人重新争论文学。

他的不容忽视的作品把文人团体分开；他活着就是为了在自身中实现令人惊叹的种种**变革**；他的那种精确性、那种坚韧、那种英雄的自信维护了诗歌的尊严。这是瓦雷里对马拉美的切身的理解，他不断回到马拉美的身边，他们之间的情感超出了血统的传承，那是诗歌精神的真正的**嫡传**，我触摸到瓦雷里对马拉美的**忠诚**。如同马拉美对诗的绝对忠诚，马拉美的幸福在于他无意间找到了瓦雷里，他死后，他的遗嘱执行者在自觉地执行他的文学意志。

（写在新的笔记本上）

托尔斯泰指责马拉美的一首十四行诗，没有标点，不遵守我们熟悉的句法规则，让读者无法断句。而在学者朗西埃看来，马拉美看似随意散在诗歌不同位置的书写，改变了诗歌线性顺序，使诗歌变成了蜿蜒曲折、枝蔓横生的"阿拉伯花纹"。词语在其中不是单向前进，与四周的其他词语形成错综复杂的关系，令诗歌的意义变得**含混多元**。对诗歌形式的探索，这种句法仅在特殊情况才可呈现；他使分句在一个**复句**中叠错，尝试借鉴音乐中的某种对位法进行写作，在词语之间精心筹划对比与反差，寻找文字的结合的可能性，让结构和意象的关联创造一种梦境，一种纯粹。这个梦境不是让人理解，而是让人发现若干预兆，发现精神世界的构成。他让诗歌步入音乐的境界，以他的音乐特质的文字加以表达；在他看来，一首诗就是一只**交响曲**，以词句之间与音调色泽的凝聚力来表现富于**旋律**的冥想。试图呈现隐秘的**绝对世界**。

（QQ与友人谈马拉美）

2018年，一边编辑诗稿，一边盖着房子。无线电波联结山民少权。你们的声音在山里和汉口的市声中穿梭。你和汽车穿过这条隐形的道路来到他的面前。他在山间的碎石水泥灰和散步的黄牛间等候；未见到他时，就望见山房在生长，从无到露出**毛坯**形状，支撑房子的柱廊。

回到城里的书桌前，进入电脑散逸的词语，把它们**编织**成章节。那是几十年来采撷的与身体交感的意象和事件，它们一首首独立又相互关联，一本诗集的架构在你的摆放中渐渐形成。

搬运砖石水泥一样，你使用着词汇。你在两个工地里穿行，在不同空间移置身子。石头。水泥。黑瓦。樟木香气。有时，它们也被你移置字里行间。

放弃先前的计划；即兴改变墙体的色彩；在伏案写作间把陌生的词带入了句子；有时丢弃了一些诗章。你把图纸的结构最后**改变**；诗的草稿和山房的草图毛坯类似。工地有时出现停顿，它有自身运行的时间，不可加入你的意志，需要停下来想想。

山房所有用上去的材料是准备多年的，甚至带有你的**体温**，从你的经历里，从山间本地里获得的。你低下身子抱着一块石头把它安置稳妥。

你在想象观看。将落地窗朝向山头；松木朝向南方的风呼吸。词语要及物，开门要见山。也得超逸其束缚，朝向东西方，房子集虚。词语的空间吸纳**空无**，和这个世界无形精神相沟通。

兴冲冲地从书本中移出身子，直往山中的工地。把腹稿加入它的构造中。山房既是本地的又是异域的，或者二者的融合。建筑的能指与所指在重合，拒绝意义表达，只表达它自己。遵从房子自身**结构**的要求；它要**自我生成**，你顺从了它。

你被另一种力量推动，在两个空间转徙身子。我们诗意地建构家屋，家屋也灵性地结构我们。当你经历这大半生，你完成了两件作品：一本诗集，一幢山房。

（写在驾驶室）

十来岁的你站在漂泊的屋顶上的不安和无助。在陡峭倾倾的**屋顶**，你弱小不知如何生存就站在危险的屋顶。你战胜了最初的恐慌，你的漂泊让你建造最后的房子。儿时想象的未来的房子就在你的身后，当你年近晚年，早年的对人世的无助和害怕已消解；你绕着山房观察屋厅，看见深蓝色的瓦片排列在云天之下山体之间；这是用一生的梦想建筑的房子。恍然看见那个少年还站在屋顶，但他已长大，时间让他变成一个长者。这个屋顶不再是危险的，而是可以被观照的**物象**。它在山体之间，是山坳风景的一部分；一个意象，望上去有辽阔的宇宙感。

你这个亡命之徒。建筑是时间中必然毁掉之物，但你倾情造房，就像你有死期而且越来越紧迫，但你积极地活着，你和你的房子不在了但它的影像还在，保留了文化的痕迹，建筑词汇残留般的保留；在你的作品中保持谦逊，寄托对未来的热情和梦想；它是记忆与传奇的**混合体**，是你创作的作品。在虚空世界里注入劳绩。是的，住成坏空。万物要经历这个轮回，你顺应了它。你看空而不住空，你创作，获得在世的安宁。你将古老的《宅经》相宅术转入房子方位坐穴立向的和形制的确定。将本土的泥、稻丝和着水泥等物作为地面，放弃以瓷砖铺就；你以竹子作为房子内部的隔断，不让现代的甲醛进入日常；你打制八仙桌，它东南西北正方地摆放在堂屋，保证每个人与桌心的距离相等，和院落一样演绎出古老的家族关系，这**院落**是家具化了的四合院。一个空间的包容与拓展和在其中的游戏；流水地游逛在自己打造的院子。在曲廊，步移景异。日月是这里的统治者。宇宙也是万物融合在一个**系统**里；房子的形势，借助或顺应了大地山河的来龙去脉。或者说天地也融入宅院，成为这里一部分。

（八仙桌旁观山岭）

这里的鸡们享受着它们的宽阔的空间，获得它们的自由感。没有笼子，它们在院子四处跑动。那只公鸡率领四只母鸡在青草里、水池边觅食，嬉戏，或**本能**地打发时光；有时跟随主人的脚步跑动；

那两只珍珠鸡也没有了本能的害怕，它俩伸长好看的细脖子。翅膀也没有被主人剪掉，有时它们**任性**地或即兴地飞过水塘，把它们的身影留在其中。

在**壁炉**下面摆放木材。一节节杉木陈列在那里备用。就着壁炉读书，有时候也把所读的书放在木头旁边的柜子。**书和木头**都是协助你度过漫长冬天的方式。

壁炉里的火“噼啪”燃烧，你不停地往里投放；词语让这里的火势不减灭。它把你也变成灰烬。如卡夫卡所说：我永远得不到足够的热量，所以我燃烧，因为冷而烧成灰烬。

大雪覆盖了房子的屋顶、地面和周边的山体。冬天来了，我的空间缩小到了以壁炉为中心的书房。壁炉里的火在“噼啪”烧着，给这个空间辐射出热能。温度计的数字在往上蹿。与室外的温度构成差距；我走进冰天雪地的世界也不觉得寒冷，这是心里温暖的原因。我有**壁炉和写作**的一摊事情，寒冷在退却。脚踩入雪地，深深的足印显现，如同在电脑前写下的一个个**汉字**。

你用一个一个字来刻写生命；浮生因了写作似乎有了印记。雪地里行走，所有的植物被埋入冰雪，一块花岗岩石露出雪地，透显出它的黄红色，光润清洁，在雪的衬托下，它在呼吸，从雪被中探出身来。

斯耐德在他的诗《八月中在索尔多山瞭望哨》有这样几句诗：“我记不起曾读过的东西 \ 二三友人，但他们在城里。”是这样的，欧洲人写的山居诗。他也翻译寒山的诗：“我想找一个好地方安生 \ 寒山应是安然之地。”

毕肖普的《公鸡》一诗充满了变异的旋律。那无法控制的传统的啼鸣。山房庭院我养的几只鸡，夜里重又听到少年时老家的鸡的打鸣；一只公鸡带领四只母鸡和我一起走在石头路面，声声叫唤，这是我要回返的生活。父母的身影在鸡叫声声中显形，一瞬间，山里变得越发荒寂。

母鸡要下蛋。山民要劳作。我要读书写作，这都是自然且必然的事情。

母鸡下蛋前要叫几声，然后安静地待在稻草窝里，你经过它也不动，它在下蛋，一只要下蛋的母鸡停在那里多么**孤寂**，它要这样一个**时辰**，你别去打扰它，它要这一个时辰，它体内的蛋要下落出来了，它咯咯地叫几声，好像报告它的同类；写作者写出了东西，要找到同类分享。

像母亲在世时从鸡窝里捡出两个鸡蛋。蛋有着**鸡的体温**，在你的手掌心温暖。无法言说弯曲身子从有着草丝的窝里捡到它获得的手感。那刚从鸡的体内分离出来的鸡蛋淡红色，有光泽，一瞬间它弥漫到身体内。

（2019 年 3 月 30 日）

单一的意象组成不了**诗境**。诗是各种的物象、事象、情境的组合与**交织**。今晚，从邻居客厅的电视跟前的闲聊后，和那个老人谈论时政的沉闷后退出，回到居所的路上，置身于**山月**照临下的道上，雨后的山泉发出轰鸣声；**萤火虫**在**泉声**里时明时暗地飞；带有凉意的山风吹动着它们明暗，身影晃动在淡泊月光敷设的路面；抬头又看了看山头间的上弦月和紧傍着山头的**星光**。情不自禁地对自己说，你置身在交织的诗境里。

（山中散步）

你总想着为这些旧衣物找一个空间。余下的精力用于造一个空间，将这些旧衣服安置。这伴随你不同时空和身体纠缠过多年的衣物，带有身体的气息与私人回忆，一件件外套写满个人的回忆文字，多重的声音在演奏，被遗忘的人事就会从衣饰的正面与反面透显出来；空间里挤满影影绰绰的人们，你成了其中唯一的听众。

怀有某种病态疯狂地在服装店里出入。你在报复**童年**的赤贫。上小学时穿着姐姐旧衣裳改制的裤子。你怕上小学，你没有新衣裳。稚嫩的心受到无衣的赤裸的伤害，你在梦里总是梦见自己的赤裸着上学羞愧难堪。长大了，你就发疯地购衣，它们填充了永不空虚的衣橱。

你把你的一件真维斯条纹衬衫脱给兄长穿上。隔了多年还乡看见它，在兄长的衣柜里闲置，你将它带回城里。你又穿上它，如此喜欢**旧衣裳**，和你的肌肤那么体贴。你爱着它们与你相遇时的心跳，与你的目光相遇瞬时对你的冲击，你在世上寻找它们与你的相遇，像挑剔交往的人拣择着衣物，相信和它们的相遇是有感应的。

北风（那个）吹，雪花（那个）飘＼风打着门独自开，我等着我的爹爹回家过年；

人家的闺女有花戴＼你爹我钱少不能买＼扯上了二尺红头绳＼给我的喜儿扎起来——

从小你被歌剧《白毛女》选段《北风吹，扎起红头绳》中的唱词和情景所打动。农家之子，情感被这声像所融化，被这戏曲所控制，感动于乡间贫寒生活中民间的**爱意**与亲人间人伦的**温情**。长大了，你为你的亲人购置衣物。你把你爱过的人转移成亲人，这从你生命中到来的没有血缘的亲人，你知道她们的体形、脸型和气质，你把服装店模特身上的衣物转移到她们的身上。

姐姐为母亲制作的**寿衣**在你看来就是一件作品。她独自在灯下手工缝制，是母亲生前喜欢的蓝色布料和黑纽扣。绣有花纹的纳底布鞋。

我们跪着向一个老妇呈献衣物和礼品；她为停止呼吸的母亲清洗身体，为她穿上一生最后一套衣裳。亲人在旁，外人退避。母亲穿着焕然一新的衣裳就像她出嫁时更新她的打扮。出生入死的母亲换上了新衣。母亲穿着它的寿衣全无知觉。母亲在落气前几个月可能见过这套衣物，母女两人相聚时谈及此事。母亲穿着她的深蓝色粗布衣服，一双鞋尖绣有花卉图案的**布鞋**，它们装扮着母亲的身体，被她的儿子推入焚尸炉中。它们和母亲的身体一并燃化成**青烟**。

（旧衣服晾晒在回廊）

十多年前从北京托运到武汉的两扇帘安放到了山屋的炕房和用餐的客厅。

挂在那里恰切，仿佛那木窗在等候这两扇**窗帘**，竹子的和木页卷帘；随我从北方迁移到长江中段的汉口的阳台，连物流的包装都没有拆解就封闭在那里，因为确实喜欢这两件物品，喜欢它，们的质地品相，你为它们找到最适当的空间并与之相互**托衬**，一旦它们改变了空间，没有合宜的地方，就存储在那里。这些年，你总在拣择，似乎为它们找到位置和空间。

现在，竹制的窗帘挂在炕房一角，大小合适，铜色的木制百页窗帘与好与古旧的春台相映衬。它们出现在山居，它们就挂在回忆里，北方的那个早已易主带院子的两层小楼重现，这两扇窗帘挂在此时此地也垂挂在过去时空里。

如同在写作中安置词语的位置，带有你投射的情感与记忆，带有你搬运它们的**印痕与体温**，在词章的生成与组织之中，它们不是外在你的，参与你的生活。你拭擦它们上面的灰垢，小心安放在建筑的作品里，作为一个意象，共同营造一种**氛围**；它是空间不可或缺的元素，效力于作品。一个创作者协调这些元素，所有的词语作用这件作品的组织，这是你编织的空间，这是你栖居的家屋，散布着私密的物件，铭刻着你的记忆，反映你的回忆，这就是一间**梦屋**，它们也住在你的**身体**。

（窗帘重现）

这个房子有你身处的时代的印记：比如滞留平水泥，防止屋顶漏水的堵漏王。界面漆。滞留平水泥。建筑作品吸纳时代的**新词汇**。把多年前北方体验过的**土炕**引入南方黑瓦三角木架的下面，混淆南北的区别，也把西方的**壁炉**请入东方人自己的书房和客厅内。中西合璧的房子，既拥抱**本地**文化也能张望到**山岭之外**的人类文明。如同你的书架有汉语古籍，也陈列世界典藏。这里的月照在东方也照着西方。院落映衬出文人意趣的空间，它是外在的，也是内在的；这是你平生的最后的**作品**。融入你的经历、你的记忆、你的阅读、你的情感、你的才思和缺憾；这是供体验的存在，变化的四季、日新月异的云气、野兽家禽，在这里上演它们的戏剧。这室内的陈设物件与人体记忆相关联，它是供创造者安身立命的**居所**。一个写作者创建的**空间诗学**。

燕子诗写了近三十年，从江汉平原写到北京，回到武汉生活后，忽然闯入我的视线，最后觉得把它们写成了，将它收录到诗集《河流简史》。隔了两年重读它们，觉得还可以处理得更好，试想着什么时候改写它们。它们让人迷惑，又让精神被唤醒的燕子！今天它在山房面前飞来飞去，画着弧线，就像多年前在平原的单元楼房的**阳台**所见；在北京地安门内大街某**筒子楼**五楼的过道所见；就像武汉三角湖畔的校园教学楼水泥瓦下面所见；这燕子**伴随**我的流徙，它总是跟踪我。现在随我流转到山间，在房子刚落成时它们就飞来了，山民拍摄它们飞行的视频，那时我在城里，我看见它们在山房前的身影。这令人**百感交集**的燕子，它们是我的，我是它们的燕子啊！当入住多月，冬天过去了，春又来了，谷雨时节，它们选中了书房窗前回廊一角筑它们的窠。像多年前一样，观察它们的飞行，鸣叫，如何衔泥，如何将自身的唾液一点点将泥丸琢磨到角落；在它们翻飞穿梭在山间柱廊时，想到自己一生的**流徙**，在书房里在书桌前视听它们，这燕子啊！**你是我的，我是你的**，现在到了最后书写**燕子诗**的时候了。

（在回廊上）

赫尔曼·布洛赫这样谈及的**晚年风格**：它并非年纪的产物；一种天赋被注入到写作者身上，在死亡预兆来临前的季节达到繁盛，在接近老年或死亡到来前展现出来，表现力达到一个新的层次。你写作的晚期正在到来，匆匆归山似乎为了这个时刻的到来，你的写作风格的晚期或**颓废**与内容的**原始**风格奇异结合，与这山野风物混合在一起，重新改写你的早年的作品，自我**颠覆**自我**修正**，甚至你成为自己早期美学的**反对者**，冲撞的自己的局限。写作现场的转换来自语言自身变革的要求；你逃亡似的投奔野地山岭，远离或对抗外部世界，自我放逐的形式也用在纸面的排行，词语生涯走向极端，作品弥漫出创造的隐晦，晚期的**遗嘱性的作品**渴望被写出；你孤单有点悲剧性地站在自筑的那块**山石**上，然后消失不见。

从铺满雪的山路下山。雪中山泉在流淌，发出**轰鸣**。你不停地用手机拍摄道路，梯田和挂着雪的板栗树杈。野蜂窝像一个长形瓢显目地挂在树上天空下。层层耸立的雪山**奔驰**在转晴的天空下。黄麻坳，中国最小的小地方，一个有萤火虫**居停**的地方。喜鹊**筑巢**的地方。这是可以望见**山房**的地方，你散步、写作的**院子**，这是你**托付余生**的地方。

（2018 年 12 月 30 日，离山回城）

黑塞在堤契诺山间**耕读写作**三十五年。他将堤契诺视为注定的生命中的**故乡**，以为所有的住处都比不上堤契诺山房的美。他有着对堤契诺的**忠诚**，他和那里的居民维持着和平、友善的关系，他对堤契诺充满了**感谢**。是的，诗人是世界上最知足的生物，但在另一些方面，诗人很苛刻，宁死也**不愿放弃**某些追求。我们无法接受生活周遭缺乏根本的内涵及真实的风景，无法忍受住在现代化都市里，住在那实用但光秃秃的建筑中，无法生活在充满**替代品**的失望之中。在黄麻坳山房，开门见山，野山羊在叫唤。萤火虫不是在想象中，它真实地在你的周围出没；你过着**及物**的生活。燕子就是燕子，也从过往的岁月飞来；它联结着数千年来的文化和传统，如同你使用的那个雕花木床和你依靠的那块亘古的褐色花岗岩石头。坐在黑瓦下的走道里望见傍晚的青山明亮，自然念及“满目青山夕照明”的诗句；每每重温“山雨欲来风满楼”，当山中刮起南风，雨水很快就会落在院子里。这些诗句因了**山间**自然恒久的**物事**保有生命力；如同**黑塞**的《堤契诺之歌》中散文诗画作品让你重拾对古老居住**艺术**的感动与温习。

他打电话过来说来看我。我问有什么事，他说来看我。这个协助我装修山房的**老木工**可能想要我参与他的营销活动，他是某茶庄的会员，他想把我纳入他说服的对象，加入他们**传销**队伍。当我为他开门（杉木门栓）让他进入院子，打开他制作的客房的木门，坐在他打制的八仙桌旁。他的来意印证了我的揣测。他随我在院子里转了转，说这里好**安静**。

我想到**伊壁鸠鲁**，在雅典城外盖了能望见大海的院子。他要为这个世界留下一份**沉静**。我没有和这个老木工说这些，递给他一杯茶，我说我只用这本地采摘的野茶——在自家铁锅里手工制作的绿茶。我说我不入**市场**，我**不相信**也不依赖它。

我还对他说，你参与的是传销，这种经营模式我很熟悉。曾经有亲戚就陷到里面。我说我没有时间参加这样的活动，也劝他不要套进去；继续做你的木工手艺，带一个徒弟把技艺传递给他。这样说着，我看了看他帮我打制的窗棂，带有风钩的老式木窗；山风正从那纱窗渗入，给这黑瓦檐下的房子传递凉爽。他朝我笑笑没有和我辩说什么，似乎默认我的看法。送他出门前对他说，你手头购买的黑茶，届时从你手头买点；以后这里还有木工活再请你过来。他应承，便骑着他的摩托沿着山路消隐了。山房**恢复**了它本有的沉静。

（老木工来访）

阳光通过竹窗帘的窗子照进山房内有节瘤的木地板上。你暂时离开电脑前，在写作的空隙**散步**于室内。心情很好，因为你正在写作，写作让你觉得活着的安稳充实与快乐。这时你走在自己建筑的房子，在空的大厅内观望**山体**映在玻璃上，它把远处的山拉近了，它就在你的室内，是一块不变的**画布**。你忽然觉得真正栖居于家中：这房子是写作的语词。你确实是一个（作家）坐家，坐在家里的人，外面的世界一下**退隐**了，或转换为你敲击出来的显示在电脑屏前的排列的文字中。

夜里看希区柯克的影片《后窗》感觉新奇，也有联想。**建筑与文学**相汇在一起。那个养病在家的摄影记者观看邻居的窗子，消遣，窥探，阅读，最后读出了一个**谋杀故事**。无论从电影文学展示的角度，还是从建筑叙事的角度，都能给人带来令人愉悦的发现和启迪。那窗子的排列组合，能指和所指的融合，给这部电影提供了隐含无穷空间的**叙事**，叙事者和叙事的关系让人产生沉思，它既是文学的也是建筑的，这样的电影是一种发现，一种创新，营造出想象的多层空间意象。

诗文本出现的意象、事象和构图可以呈现类似于摄影中多次**曝光**。它不是单一的意象或事象呈现，诗中意象事象的交织重叠出多维的梦幻，把不同时空的体验的事象有机地重合**叠加**一个文本。它似又不似某物，它逼真又有梦幻感，因为它是瞬间多物的变焦与合成；文本的构成得实验并学习新的特技，可以改变我们的视觉和观看，作用为语言的生成，让作品有着丰富的层次感。

早年就写有**野菊**的诗，野菊似乎是我写作时不断回观的**核心意象**，它影映出我个人生命的记忆和情感。某年回返平原，拍摄纪录片，在通往平原腹心的河边，总干渠的两边，再见到这野菊，诗中写过的野菊花，它们还在，散落在平原河边，这是要不断返回故地看见的花草，以童年、少年眼光看见的野菊，它们散布在回返的视线里，用尽一生去打量的意象，写作把你不断地带到对它的**凝视**中。

（从山房后窗忽然见到坡地野菊花）

一生都在打造**书房**。当你从城里将陪伴你转徙的图书运往地下车库，从武汉走高速路到山中，你一箱箱搬上二楼，然后一本本摆上书架上。这樟木打制成的书柜发出天然的**木香**，混合书的油墨气息。一本本擦拭它们上面的灰尘，你要把它们带到床上、沙发上，拥抱在怀里。

这些年，从江汉平原火车托运至北京，从北京又物流到武汉，在城里搬运到地下车库里。在楼道转徙时，它们找到了最后的停居处，随着它们的主人。

一箱子书在你的背上，你低驼着身子走在院中的石头路上，一本书从纸箱掉下来了，它**滑落**在石头上，你惊异地看到了它，它是友人吕德安的诗集**《适得其所》**。

我想写一首长诗，类似吕德安的《适得其所》的**山居诗**。我同意他的观点，诗要如受**天启**般地写出来，至少要让自己感到惊奇。写作到了这些年，国内能让你尊敬的诗人已不多，他是先行者。不自觉地效仿他，在山里**盖房子写诗**。或者说这是一个巧合，我们有着对生活的不约而同的理解和选择。山居诗已开始写，慢慢地写，让它们保持在电脑硬盘里。

山民**尹少权**。我的未曾示人的诗是写给他的。黑乎乎的脸色，是他不戴帽子太阳照晒的结果。我喜欢这张脸。未多考察就让他代替我处理山房的事务。一见面我就信任了他。我对朋友说，这是我的山居生活的**顾问**，刚从非洲移民过来的土著。我和他都是萤火虫的**邻居**。

今天，他和妻子来访。让他坐在回廊躺椅上。他不大习惯地卧躺在上面。我说我写作后最好的休息是在上面摇晃着看云朵移迁幻灭，苞茅开花摇荡在屋舍四周；燕子或其他的鸟在前面空间盘旋。这样说着，看见了一只鹰正在天空中飞过，在池塘的上空，它时飞时敛翅滑行，赶往另一个山头。

这鸟扩宽了这山房的空间。这是我和他一起制作的房子，从无到有，现在我们在这回廊里**观景**，指指点点，把山坳人家的屋顶和远处山头的云朵纳入视线。我对他说，我喜欢这个房子的方位和高度，在群峰之间，在人烟之上。

你归山房做的第一件事是让自己钻进那个浴缸里。**图森**小说《浴室》里的主人公，他是停在那里不出来，以此抵抗外部对他的挤兑。你把那个空间弄得足够大，躺在孤立的**浴缸**内浸泡有时观望与之相连的书房书架上的书脊，那由不同色调组成的图案；这里就是躲避外界的庇护所，一个**避难**处。

（浴室）

雅各泰可以说参与了你的生活与写作。这个异域的诗人生活在法国德龙省的小村庄格里昂，像他一样找到了渴望的生活方式。我们都喜欢步行，**在山间**。是这样的，选择一种**生活方式**意味抵达写作的**可能性**。我们把生活方式当作孕育写作的**源泉**。困难的不在于写作本身，而在于用什么方式生活。写作是从土壤自然萌生出来的；他的受现象学影响也让我有同感，也影响了我的写作，或者说我们的相遇。他的叙说又是抒情，选择意象材料删繁就简，在内心不断过滤；真正的简洁，**内敛与幽秘**。他选择面向事物本身，关注具体细微；用迅猛精确的方式把握事物，用即刻的深邃方式捕捉；我们对时间的体验有着某种程度的类似；他从早期的话语诗进向后期的瞬间诗，让诗接纳现实本身的宽广多样和深度。他写作的俳句式的断片，局限于零散的笔记的书写，诗意的瞬间透着悖论式的明澈，人的缺席让位于生动盎然的风景。东方式的空白与无墨，隐与显相成的美学达成你们的共识。

（重温雅各泰）

停在星空下门庭前，夜空星斗映衬下房子的**柱廊**耸立在那里，房子的线条轮廓整洁大气肃穆。屋顶之上的星月在轮转；你走动在院落它们也跟随你移动，山房也处在**星月**的光照里；观看它们成为你的功课，它们统治了这里的晨昏；它们是这里的**帝王**。你只不过是它们投射的**影子**，借助它们的光而暂时移动。

最初写作者总是束缚在自我表现的套子里，急于表达自己的某个发现、某个意念，把一个写作者的自我看得重，在文章与诗行间不断地出现“我”。情感的表达也往往落入浪漫主义的抒写，缺乏对抒写的事物和情感进行审慎观察和直观把握，以“我”观物，或者说，将“我”的感情和意念强加于意象与物事上，这样表现出来的情感意念往往是飘忽无根的，抵达不了精神与自然现实的**真实**；所谓诗是呈现，就是避开这样的“表现”，或者说观察与表现的方式发生必要的转变。它让写作者尽量退场，让诗的意念和情感附丽于所**描述的事象事件**，如同现象学所强调的“悬搁”主观意念和情感传达，着力于返回事物本身的**直观和描述**；如同里尔克到了巴黎后跟从画家罗丹学习观看的技艺，写出了他的“物诗”。

这里要追求还原到对本质直观的写作，放弃各种未经审查的预设概念学说以及无根的空泛思辨；写作者专注于文本的构成和显现，而非自我意念的抒写和表现。正如王国维所言的，以物观物，故不知何者为我，何者为物。这样我们可以进入诗的“无我之境”。这就是说，让词语**自我呈现**，语言自我言说，写作者在文本中**退场**。也就是罗兰·巴特所说的，让“作者之死”带来“文本的愉悦”；继而让读者诞生，达到这一效果的前提是“作者”或顽固的“作者意识”

必须死掉。在罗兰·巴特看来，作者和作品的关系并不是父子关系，作者仅仅是作品的主语，一个语法位置，可能的作者得服从作品的逻辑和语言本身的力量。

罗兰·巴特的观念发展了马拉美、瓦雷里的诗学，以写作取代作者，以语言取代主人，以词语取代思想。他们的诗歌实践诉诸于语言本体，有着近乎对语言的崇拜；语言有了至高无上的**自主性**，不是人在言说表现，是语言自身在言说。这样的写作变成了语言的事情，而不是作者的事情。如普鲁斯特的小说中的叙述者并不混同为作者，他也不将小说中的人物混同于现实中的人物，也无法混同。我们面对的是一个**语言现实**。词语在自主地行动、表达和说话，写作就是在设定一个空间，其中的人不断地消失，言语的活动取代了从事言语活动的人，这是结构主义意味的**作者之死**，这样我们创作出来的文本，就是一个空间，由多义的能指链构成的语言网络，由各种事象、物象与**文本交织物**，在这个空间里，作者的激情、性格、情感、个性都在退隐，文本的空间即一个**零度空间**。写作者摆脱了作者的权利掌控而有了中性品质，控制了写作者的祈愿式和命令式的感伤情调，从事结构的营建，让交织的文本在其中呈现或传示；为读者提供自我发现解释的空间，作者消退，参与阅读创作的**读者**出现。

（讲座提要）

从写作的外部来讲，我们面临的现实包括**外部的现实**、**心理的现实**和**语言的现实**。从来就没有纯然的外部现实，也无纯然的心理现实，这里自然提及现象学式的现实，即外部现实与心理现实的交融和内化所出现的现实，就是个人心理视觉和外在物事在写作者的身体的交织或呈现，就是说外部现实与心理世界化生出一个新的现实空间，这个空间即语言的空间，它是由语言现实来得以呈现。

在语言世界，包容外部现实和心理现实的碎片，由语言的结构得以展示。这是独立于之前两个现实之外和之上另一个新现实。语言的世界和之前的两个现实保持了足够的距离，除了自然的映衬的平行的关系，它更多地是**中断**与之前两个现实联系，语言的现实按照其特有结构来划分和译解那内外时空。以萨皮尔的观察来说，根本就没有客观的不变的“现实世界”那样的东西。每个特定的写作者使用自己文化所特有的语言来整理他经验到的外部与心理现实，并以语言编码的手段来兑现其语言的现实，这就是符号学最主要的实践，它把文学书写看成是语言自主的、内部连贯的、自我限制、自我调节、自我证明的**结构**。

写作者面临艺术语言的规则性和语言世界的自我更新。如普鲁斯特的小说，开拓了语言的现实，新的技艺在其《追忆逝水年华》得以恣意表达。就是这语言内部的更新支撑了我的写作的愿望。

（笔会发言稿）

山民送我一个破损的陶罐和一张闲置放在楼上的、被我看中的婚床。将它们放入院子里和黑瓦的屋檐下。体形上的尘垢和残缺，它们承负的时间感，它们被我打理，然后重新使用，这修复性的怀旧让你重建失去的家园。你喜欢收藏**无用之物**，欣赏物品外形透泄出的不圆满的**无常或残缺之美**，它的谦虚和含蓄，让人接受不可避免的状态；使用的物品显示自然的**过程**，从素朴的、简约的、昏暗不清的、不规则的物品，理解事物**枯萎、孤寂、衰颓**的美感。

在二楼大厅和书房，择选安置了半透明的**竹质卷帘**。屋子变暗了些，**抵销**了夏日的**强光**，给屋子带了**阴翳**光影，以前从落地玻璃窗望见的明晰的山，现在显出不再是一览无余的隐约含蓄，从那若明若暗的竹帘透现光影效果里，玻璃锥形山体仿佛罩上了淡淡山月光，山是在的，只是变得恍惚，朦胧的剪影，这是竹帘加入后才有的情韵，这正是我要的感觉，当携着书本走过大厅，望它一眼，觉得神秘有**禅味**，有时人就停在那里静静地看它，心情无可言表。

在院子椭圆形水池边，建一个**茶室**。茶室低矮窄小，进去的门当然要低矮，来者无论什么身份，得低头进入茶室。在通往茶室的门前，有一条**曲折的坡地**，是你进入茶室的调适时间，你放下尘世的焦烦，放弃市场里打来的贸易电话，让手机静音，自己处在闲静，这通往茶室的甬道专注于脚下的石头、石边的竹子和不起眼的花草，必须要有这条路，经过心境和转换后进入茶室低矮的门。

茶室里没有多余的陈设。用本地的竹子做**隔断**，用**芭茅草**作屋顶，地面使用这里的黄土、稻草丝加上白石灰制作的**夯土**。茶案用上此地被废弃的带有铁器、木栓的木板。木凳是此地的树衍变而成，茶碗用的是粗笨的本土的窑烧制出来的，用过多年被重新利用。

茶水用的是山顶上引下来的含有磷和锶元素的**泉水**，用小镇的土炉以栗炭烧煮，**茶叶**是妻子和山民们清明前采摘的，在大铁锅里用手炒制的**手工茶**。市上那叫得很响的来历不明的贵重名茶叶一例不入芭茅茶室。饮一口主人泡好的茶汤时，静默不出作，即便夸赞也不必，这时你看看竹窗外的池塘弥散出的淡淡**茶香**。把这茶室称呼为**喜爱之屋**，但不题写也不挂在茶室的任何地方。

（烟囱冒出炊烟闻到茶香时）

他们来参观山房，不停地使用手机照拍院子里的石头，草坪上啄食青草的珍珠鸡，房子的柱廊望过去融入山房的云雾。在书架前流连，或坐在空阔的大厅墙边的藤椅上，从落地玻璃窗里观望远处的锥形山体。他们夸我有着一个诗人的行动力。这是我的**作品**，融入了我对**建筑诗学**的理解，容纳了这些年累积的记忆的物什，行走的痕迹都可以从墙边的油画和茶桌上的杯子以及摆在书房里的任何一件物品找寻。这是毕生造出的一幢房子。在此赠送他们诗集，在扉页记下我的名字和时间与地址。

（同事来访）

我在重新**体验菜园**。我想写写菜园。和家人开垦菜地生长出菜蔬，从那里采摘入厨房，重归少年乡下生活的怀旧感浮现，这是父母祖辈依恃的菜园，童年生活最早的记忆，土地供奉了给乡村瓜果和菜蔬、物种的天性和神秘；这是**流失的菜园**，现在你重归于它。以为再没有比返璞归真更好的生存之道。你在这生活美学里加入对人世的观察，不入可疑的市场，在山间兑现你的理想：从自己耕作的菜园收获天然可信的食材，吃到儿时菜蔬天然的味道。你向来客推荐桌面上的菜肴。这是这个时代最低调也是最奢华的宴请。今天，你从菜园里将成熟的西瓜含笑搬回院子中央，有着收获的喜乐，当你和山民一起小心翼翼剖开它，一声脆响，红瓤显现。当吃下第一口，味蕾传达出久违的**甘甜**，你不禁吐出蜜样甜的山居生活的赞美。回味这甘甜弥留在你的口腔，汇入对它的记忆；是啊，甜蜜的山居生活，是菜园提供给你的。有了这菜园，你可以**不入市场**，你的山居可以**足不出庭院**。顺天而食，感受上天的调配。你践行古老的不施肥、不用农药的自然**农法**；随着万物显露自然神的禀赋，随四季流转，**无为无心**地生活。**身土不二**。你住在这山上，季节流转吃着山地的时令菜蔬，这才是轻省的生活方式。

（菜园之甜）

重温**洛扎诺夫**《隐居》与《落叶》，还是一如既往的亲切，心动和由心底升发出来的喜爱。这位白银时期俄国文化品格的塑造者，他的文字在**孤独与自省**中流露。那时他被世俗和教会排挤，脱离了彼得堡文化圈，在莫斯科郊外的谢尔吉隐修院写作。真正的作品是在远离流俗在外部的困厄中持守语言良知时方可呈现的，真正的作品不是与时代妥协的产物，反之，它命令写作者克服时代对他的负面影响，持守文明之子的道义，朝向死后写作，在他那短促的语词生涯里逼现一道**词语的光亮**。是这样的，洛扎诺夫的文字里有瞬间的感受，意外的彻悟，也有生活的自述，心灵的记录。那片断式的文字似随笔，又有别于随笔，没有固定的章法，片断之间缺乏连贯，形成了所谓的体系，但真实自然地呈现了其思想的原始过程和状态，那是不像文学的文学，没有形式的形式，或者说是全新的文学形式；他为他自己写作，强调写作的**“手书性”**，就是说注重思想产生的自发性，传达最初的直觉，那跳跃的稍纵即逝的个人情绪的细微变化，描述灵魂的诉说、私语和呼吸。这是值得反复倾听的语词。

（给友人的信）

人无法安坐在办公室和城中公寓的书桌前。你对自己说，安静些再安静些，发现身体有很多条腿在跑动，心早已脱离身子，到达才分别几日的山房。身心此时已分离，所以你在城里不能安静安宁，慌慌张张的，这里的一切都在你推脱的范围，你要回到山房。这里的会议室、广场、广场上的偶尔的行人都和你无关，你的视界只有山舍；它的大门等你去打开，院子后面的山路**久违多时**，要你去丈量；园中菜蔬已挂果，茎杆弯垂，无人采摘；鸟似的珍珠鸡叫唤着跑动啄食青草；楼上的书卷等候你，读取其中尚未读完的片断；山风吹动大门，门前花地间的美人蕉的红花落了一地；山月啊，蛙鸣啊，全被虚掷了，你羁留在这里。**归山**的欲望压迫着你，分身为很多个自我在城中逃离**奔跑**，朝向山房的方向。

在回廊的躺椅上闲着。山中凉风吹走暑热，云在面前移动变化。山色青碧。心情忽然变得欣悦，忆起**陶潜**《与子俨等疏》中的句子：“五六月中，北窗下卧，遇凉风暂至，自谓是羲皇上人。”

自入山居，总是情不自禁地重温他的诗。“池鱼思故渊”（当你把鱼放入水池）；“鸡鸣桑树颠”（你养的鸡站在院落内的树头过夜）。他的诗文书写了你的**生活与性灵**。陶潜的文字是在他的生活中自然呈现的；他的写作和日常生活他的天然性情是融在一起的。他往往从日常提取**诗学材料**，你现在山中读他总是情景交融，可以说，你是在被感化下隐在地受到了你的身世阅读修养的支配来到山里的，这条道路与古典文学发生关系。你这个幽人是文化的副产品。你在书房里挂上草书的陶潜诗：“诗书敦宿好，林园无世情。”在你的生活里复现了他的高山与深谷；陶潜并非所谓的隐士，他沉醉于自己的隐退耕读饮酒和亲朋的相聚中，与亲戚、朋友交往保持来去自由。写他者的死亡，也是自祭文。他活着时用汉语写下自己的**遗嘱**。几乎刻意留下为后人解读他的线索；为其后人对他的阅读提供旁证。

山房到处摆放着图书。在楼上楼下跑动。学生来到山房协助录入所要的资料。工作从校园蔓延到这山房。这些日子编写《新诗文本阅读》的教材。在编著中，绕过一九四九年至一九九〇年这段，我让它出现空白，回到现代诗的内里进行文本的观察清理辨析，着力于诗生成的内在肌理的观察，将著述关注点转向对九十年代以来诗歌的阅读，努力让这个教材显现个人独立的判断，凸显其现代的生成经脉和它的文本价值，让其摆脱掉政治话语对现代诗歌的干扰，不致淹没于时代的话语浪潮，文本之外别无他物。百年新诗有着其自身的路径，这和外部世界构成某种迥异的自我生长的殊异性。试图给中国现代诗梳理出现代诗歌经过时间考验的真正的诗文本，凸现其诗歌的纯粹与审美价值，建立现代生成的内在空间，尝试建立当下诗学缺失的对现代诗文本解读的方法与方式，为诗学研究提供新的批评文本。近百年来，现代诗对抗着外部世界侵占，在时间的长河创建了现代诗的源流，得以留存的真正的诗学宝藏，这是几代诗人无私劳作的成果，这也是一个有着诗歌理想精神的写作者及研究者所要去做的后续性的工作。

家人在城里，在空调房子不出门，街道上行人稀少，地面暑热蒸腾。他们打来电话，想念山居的风和清凉。我和他们处在不同的气候。我最大的愿望是不住在有空调的房子里。这山房足可以对付武汉的暑热。城里越火热，在这里过得越清净，写作在此可以不受外在的打扰。当太阳从西边的山头消隐，山中的植物很快收尽了太阳的热能，凉风从栗树、芭茅的枝条花序间吹拂入山房，在夜里的回廊间闲坐，看星空密布，凉风抚摸身心。远离都市的房子个人的空间，即便和人在一起，也不在一个空间，我有一个隐妙的词语的空间，让我在世上得以依恃，得以归从。

送家人回城，从小镇车站驶回山房。有一种挣脱束缚后的喜悦。汽车如同身子变得**轻安**，再次感受涌向身心的对孤寂的喜爱，独处的愿望和激情。一个人和自己建造的房子在一起，乐意独自摸索自己的饮食。空空的院子，仿佛无人，你像死者一样在这里无声无息。这是你最后的**领地**。

当车转过熟悉的山头，看见在另一个山头的房子，山房翻动路边的芭茅；瞬间想见自己的死，一丝满足的喜悦满浸身心，没有不甘和无奈，有的是坦然**无悔**。

你看着和这山房的分开。身边没有人，对人世**淡然无牵念**，你的离开也不影响他人，在这里安静无声地离开，当你做完手中的事情。

陪伴**你晚年的房子**空在这里，在星光下风雨雪的包围中。你使用过的衣物、图书、家具、楼道还在这里。

饲养的珍珠鸡可能飞走寻找别的主人。**荒草**侵上台阶。书房的挂放的油画会掉落于地，发出无人听闻的一声闷响。

山居让你成为早起的人，尤其是在雨后天晴的时辰。你在回廊里读那云象，**雨后**的山体显得变化多端，云与它在游戏，你看不厌，因为每次看见的不一样。这是毫不重复的云象，变化万端的云气和山体的**交缠**、停泊和运动。山是矜持不动的，但因了易变的云雾生动可爱起来；在瞬间变异变幻。转瞬即逝的天象啊，当你再次抬头它们消失。这一刻的唯一的云象山景，如何把握这一刻，写下你生命里的这一刻；生命就是**这一刻**；每一刻是独一无二的，每一只蚊子也是独一无二的。一只蚊子也是掌握宇宙密码的一只。

夜里突然**雷电**交作。不懈地在房子四周轰炸。在自己建造的房子里，你有什么可以害怕的呢？君子坦荡荡，雷声何以惧？而激动人心的雷声让你失眠。让你念起过往的充满激情的生活。你没有恐惧感和在世的不安，反而是欣悦的回忆，一个人在空的山房里，在一张床上，每一次的闪电瞬间的出现不重复，如同你在世的一次次的经历的**唯一**。你就是闪电，就是雷声，像闪电一样充满能量，**迅疾而短促**，像这雷声充满活力，你这样度过了你的一个夜和一生。

在书房读书的缝隙，听见窗外的鸟语间夹杂外孙跟随他外婆诵读**古诗**的声音。我放下手中的书，探出头，看见他们高低坐在院子草地的石头上。此时的光亮也映亮二楼的书屋，书架中的五颜六色的书脊组成的色彩图案格外明澈透亮。外孙的**童音**喊叫着再次传来：《寻隐者不遇》，贾岛——

松下问童子，言师采药去。
只在此山中，云深不知处。

你时常在山房的回廊里走动，望望山的弯曲的峰顶，在编辑书稿的空当。你的身体在山居，精神游走在**平原，北方，武汉**，它们在这不同的空间撺掇。发现你经历的词语路径交错着通向这里，奔赴这个山地高处。在这个视点可以看见三十年来你所走过的词语的道路，回首你的**词语生涯**；这一条条路径不可与任何他者重复，它有着自身的独异性，似乎要求你在个人的时间去反顾，用你的余生去开掘和丰富它，这语词的生涯是在个人时间中呈现，这是你的诗歌作品的**旁证文字**；它们在自身的生成中呼应交织；在其不同的空间自我打量，它们还在自我生成如片断中的野菊和燕子，原乡与异地。河流与山石。它们是不死的永在意象。这些片断式的文字看似互不关联，各自独立，但它们有着隐在的沟通。它们不是僵死的字词它们是活的生命，它们在**呼吸与运动**，语词具有它们自身的生命力，写诗不只是把一些字词排在纸面上，它们有着其行动力，词语作用了写作者的身体意识和生命的择选，一个写作者也将其语气、语调甚至经历与思悟融于语言的组织之中，这是写作者和语言之间的**合作**，相互**促成**的过程，或者说一个生命如何被语词所改变，如何相互促进生成，成就一个诗人，用语词在世上写下他的印记，一个生命运动的呈现，他参与和归宿于语言劳作，在此获得写作者的新的生命。

领着来访的李建春参观我常走的山路。顺手拾起一根竹杖。夏日山中草深淹没了若有若无的**山道**。我们向山的深处走去，在两块巨石间坐了很久，聊到九十年代诗歌的事，他言及我为九十年代诗歌的殿军者，这来自他的阅读观察。以为我的成熟期的诗集《河流简史》《笛音和语音》在诗艺和道德的复杂性上，给人一种集大成的感觉。在他看来，我的知识阅读面，喜欢的西方诗人典范形象，也与九十年代诗人大体保持一致。他用了几个月的时间读了我的几本诗集，一本随笔记，几易其稿，为我的写作做了相对全面的评说，感觉他的真实和坦诚。

从炕上移出身子落座黑瓦屋檐走廊的木椅上。山尖一堆火烧云为我们升腾，从庭院草坪望过去——游移、迁变在这唯一的瞬间，和他一起看云的生灭。从书房闲坐在两把藤椅上，从落地玻璃窗望过去，窗子正好框入山体和山尖的云。我们即兴将这尚未命名的山房确定为**看云居**。是呀，室内没有多余什物遮挡我们的观视。我建造了这空空的房子，我们看云或空。

这条荒寂的羊肠小道是山民们走出来的，现在他们也很少经过它，几乎闲置在那里。

窃喜于这紧邻山房的山道可以用来晨昏的**散步**，从电脑前离开或放下书卷，打开北门的木门即可看见它，等候在那里，一年四季；好像是为**晚年**的**读写**生活准备的。你是**幸运**的，这条山路在你未识它之前就在这里等候多年。这些年的**南北迁徙**原来就是要找到它。

那是僻静的侧向山脚草丛中的路，属于**自己的路**。有时芭茅侵占了小路上的空间，你拨开它前进。有时停在荒山野岭中，听到麂子的叫声，嘶哑粗短，你和它**共处**在一个山岭。

这里没有集体的人力介入，没有挖掘机的身影。你走在道上感觉它不叫路，野草和树木蔓延到它的上面，但有着隐约的路径，这是唯一的属于**一个人的道路**；世间不可复现的路。

你常来到这里，闻到花香和鸟叫，把沿途所见和内心所思糅进一个个词语里，展示有限的生存场景，但又披露无限内心的神秘和风景。有时候在写作中途离开伏案已久的书桌，出门，来到这山路，思绪从字里行间漫涉到这小道。写作似乎中断了，实际上它们还在这个山路上延续，你把写作空间拓展到宽阔山野，语词蔓延到草丛山脊天空之间；这时鸟在叫，远处的山脊的**曲线**为你弯曲，同时你收听到心里跳出来的词句，匆匆沿途回返书房**改写增补**到纸上，这条山路啊和那字里行间相联结。

今早，发现野花依附于那块石头，一株褐色的以为死去的老李树居然爆出一树花朵。你进入了创作晚期。停贮在一个山头观望山脉的走势，那线条是神造的美妙，如何也相望不厌。

真理往往来自对自然的观察。所谓的伟大存在于不起眼与被人忽视的细微中。低头细察那山桐子树，花落在无人出现的坡地。几乎听到了山的细语和你的应答，停在那里记下内心跳荡而出的**句子和乐思**。你越是向山野深处走，那应接不暇的景观就像山涧溪水向你涌现。山野的宁静既不是挥霍也不是多余的，而是恰如其分地沉寂累积，化成伟大的无言之境

——可以说，你用词语创造出来的**新路**，你的词语生涯自然走向孤寂的没有人烟的原始的话语空间；有时，在阳台静坐，从大厅经过望见它；沉思的诗句自然涌现，牵连余下的光阴，要你将之转化为语词；打开通往山路简陋的门扉，你书写的词语与这条道路紧紧相连。